잘 팔리는
스토리의
비밀

일러두기

1. 단행본은 겹화살괄호(《 》)로, 영화, TV 시리즈 등은 홑화살괄호(〈 〉)로 표기했다.

2. 이 책에 등장하는 도서, 영화, TV 시리즈 중 국내에 소개된 작품은 한국어판 제목을
   따랐으며, 국내에 소개되지 않은 작품은 원작의 제목을 병기했다.

3. 외래어 표기의 경우 국립국어원의 외래어 표기법을 원칙으로 삼았으나, 국내에 널리
   알려진 일부 인명이나 관용적으로 쓰이는 표현은 관례를 따랐다.

4. 이 책의 각주는 모두 옮긴이 주이다.

인물의 변화와 감정의 흐름이 만드는 이야기의 힘

잘 팔리는 스토리의 비밀

앤서니 멀린스 지음 | 이민철 옮김

Beyond the Hero's Journey

세종

필독서. 이 책 없이는 이야기를 시작하지 마라. 이미 이야기를 쓰고 있다면 이 책을 읽고 기존의 모든 가정을 뒤집어보라. 현대적이고, 현재의 스토리텔링 기법에 바로 적용할 수 있으면서, 신선한 내용을 담고 있어, 우리가 지금 보고 있는 드라마와 영화의 이야기를 전달한다. 앤서니 멀린스는 단순히 이야기를 보거나 듣는 데 그치지 않고, 이야기 안에서 배울 점을 찾아낸다. 내가 시나리오를 쓰기 시작했을 때 알았더라면 좋았을 것들이 너무 많다. 지금 쓰고 있는 TV 프로그램을 다듬는 데도 많은 도움이 되었다.

— 벤저민 로, 〈가족법〉의 제작자이자 작가

이 책은 시나리오 작법에 대한 우리의 사고방식을 다시 생각해보도록 영감을 준다. 할리우드 영화는 물론 독립영화와 세계 각국의 시나리오 사례를 바탕으로 읽기 쉽게 쓰였으며, 시나리오의 중심 원리인 캐릭터의 변화(아크)에 집중할 수 있도록 도와준다. 이 책은 인물의 외적 행동뿐만 아니라 가장 깊은 내면의 성격 묘사까지도 찾아낸다. 앤서니 멀린스의 접근 방식은 스토리의 핵심으로 향하는 강력한 길을 알려준다.

— 제프 러시, 《대안 시나리오 쓰기: 할리우드 공식을 넘어서》의 공동 저자

수십 년 동안 시나리오 작법서들은 거의 종교적이라 할 만큼 '영웅의 여정'과 '3막 구조'의 원칙을 따랐다. 두 가지 모두 훌륭한 틀임은 분명하지만, 특정한 유형의 이야기에서만 그렇다. 오늘날처럼 장편 시리즈와 다중 인물의 서사가 중심이 되는 '피크 TV' 시대에는 비선형 구조와 반反영웅 캐릭터들이 많아지며, 작가들은 이야기를 분석할 새로운 방식에 목말라 있다.

이 매혹적인 책에서 앤서니 멀린스는 다양한 영화를 분석하여 통찰력 있고 실용적이며, 무엇보다도 진정으로 독창적인 이야기를 쓸 수 있도록 도와준다.

　　　　　　　— **마이클 루카스**, 〈5개의 침실〉, 〈뉴스리더〉, 〈파티 트릭〉의 제작자이자 작가

시나리오와 이야기 쓰기 기술에 대한 놀랍도록 신선한 접근 방식이다. 앤서니 멀린스는 창의적인 아이디어와 실용적이고 현실적인 글쓰기 방식을 결합하는 방법을 알려준다. 글쓰기에 대한 지식을 얼마나 갖추고 있는지와는 상관없이 누구나 이 책을 읽고 아이디어를 정리할 수 있다.

　　　　　　　— **워렌 클라크**, 〈더 하이츠〉의 공동 제작자이자 작가

'영웅의 여정'은 인류 역사만큼이나 오래된 이야기이며, 이를 분석하는 틀은 그보다 더 낡아 보일 때가 많다. 이제는 새로운 시각이 필요하다. 바로 앤서니 멀린스가 그 해답이다. 그는 스토리와 캐릭터를 구성하고 비평하는 방식에 대해 현대적이고 사려 깊은 접근을 제시하며, 읽는 내내 신선한 해방감을 선사한다. 만약 우리가 창작자로서 잊힌 역사 속 인물들과 그들의 이야기에 다시금 시선을 돌리고자 한다면, 그들을 바라보는 분석의 방식 또한 달라져야 한다. 멀린스는 기존의 틀을 벗어나, 명확한 욕망을 지니지 않거나 선형적으로 변화하지 않는(혹은 전혀 변화하지 않는) 캐릭터의 심리를 탐색할 수 있는 새로운 도구를 제공한다. 이 책은 단순히 흥미로운 읽을거리를 넘어, 스토리 비평의 영역에서 꼭 필요한 진화라고 할 수 있다.

　　　　　　　— **메그 오코넬**, 〈레트로그레이드〉의 공동 제작자이자 작가

마음을 움직이는 이야기는
어떻게 빚어지는가?

미국의 유명 범죄 심리물 TV 시리즈인 〈소프라노스〉의 첫 시즌에서 토니 소프라노의 조카 크리스토퍼 몰티산티는 자신의 마피아 생활을 바탕으로 시나리오를 써보려고 한다. 그는 워드 프로그램만 있으면 글이 술술 써지리라 기대하며 컴퓨터를 구입한다. 하지만 몇 주 동안 글쓰기에 매달렸음에도 19쪽밖에 쓰지 못하고 벽에 부딪힌 채 망연자실한다. 이때 그의 집에 놀러 온 친구 폴리가 돼지우리 같은 집 안을 보고 깜짝 놀란다. 폴리가 무슨 일이냐고 묻자, 크리스토퍼는 푹 꺼진 소파 위에 앉아 빈 맥주 캔과 피자 상자에 파묻힌 채 폴리를 올려보며 되묻는다. "내 아크Arc★는 어디 있을까, 폴리?"

폴리가 어리둥절해하자 크리스토퍼가 덧붙여 설명한다. "작법서를 보니 모든 인물은 '아크'가 있어. 인물은 어딘가에서 시작해 뭔가를 경험하

★　　　원뜻은 '활처럼 휘어진 둥근 모양'을 가리키나 작법에서는 이야기의 전개 과정이나
캐릭터의 변화를 나타내는 곡선적 흐름을 의미한다.

고, 그 결과 삶이 달라지지. 글을 써보려고 마피아 생활을 되짚어봤거든. 내가 좋아하는 영화 속 인물과 내 이야기는 뭐가 다를까? 내 삶은 뭐가 달라졌을까? 도대체 내 아크는 뭘까? 하지만 아무리 생각해봐도 내 삶에는 아크가 없고, 앞으로 좋은 일이 일어나기는커녕 아무것도 바뀌지 않을 것 같더라고." 크리스토퍼의 괴로움은 단순히 창작의 고통이 아니라, '실존적' 고통이었다.

이 아름다운 신scene은 TV 시리즈 〈소프라노스〉가 왜 걸작인지를 보여준다. 〈소프라노스〉는 자신이 속한 갱스터 장르 자체를 패러디한다. 크리스토퍼는 어린 시절 본 영화 속 마피아처럼 멋지게 살아야 한다고 생각하지만, 오히려 그 생각 탓에 좌절에 부딪힌다. 〈소프라노스〉는 주인공 토니 소프라노를 비롯한 여러 인물의 두려움과 불안을 깊이 파고들면서 통찰과 감성, 웃음까지 전달한다.

〈소프라노스〉는 이야기가 우리의 정체성과 삶의 목표를 결정한다고 말한다. TV, 영화, 소설, 신문과 같은 전통 매체든, 인스타그램, 페이스북, 엑스(X, 예전의 트위터), 틱톡과 같은 디지털 플랫폼이든 간에, 우리는 이야기를 소비하고 이야기와 우리를 쉼 없이 비교하며 곱씹는다. '이 이야기는 왜 공감될까?' '이 이야기는 나의 세계, 믿음, 희망, 두려움, 욕망을 어떻게 그렸을까?' '이야기와 실제 삶은 어떻게 다를까?' '이야기는 사람들의 삶과 이 세계에 대해 무엇을 말할까?' 우리는 인물의 눈동자에 비친 우리 모습을 보려 한다. 그것은 인간의 뿌리 깊은 충동이다. 우리는 이야기를 갈망한다. 그 이유는 무엇일까? 이야기는 막막한 세상에서 우리가 혼자가 아니라고 위로하기 때문이다.

이야기 속 인물, 사건, 생각에 공감할 때, 이야기를 들으며 울고 웃고 생각하고 느낄 때, 우리는 타인과 교감한다. 이때 우리가 처음 교감하는 타인은 작가다. 작가는 세계를 관찰해서 우리가 이해할 수 있도록 숙련된 솜씨로 이야기를 빚는다. 이야기가 영화라는 옷을 입었다면 우리는 작가 외에도 이야기를 만들고 고민한 프로듀서, 감독, 배우, 촬영감독, 디자이너, 작곡가를 비롯한 수많은 사람과 교감한다. 그리고 우리와 같은 장면을 보고 비슷하거나 혹은 전혀 다른 감정을 느끼는 관객과도 교감한다.

여기서 끝이 아니다. 우리는 이야기의 바탕이 된 실제 인물, 장소, 사회와도 교감한다. 타인의 삶이 실제로 어떤지 알기란 어렵다. 하지만 이야기를 듣는 동안 우리는 타인의 눈으로 세상을 보고 타인의 생각에 공감한다. 그 생각이 원래 우리 생각과 다르더라도 말이다. 그러면서 우리의 세계가 조금씩 넓어진다.

인간이 이야기를 통해 세계를 이해한다는 사실은 전혀 놀라운 일이 아니다. 호주의 토착 설화는 그 흔적이 무려 6만 5천 년 전까지 거슬러 올라간다. 이야기는 지구상에서 가장 오래 살아남은 문화인 셈이다. 호주 원주민과 토러스 해협 섬 주민들도 살아남기 위해 이야기에 의지했다. 수천 년이 흐른 지금, 세상이 너무 복잡해지고 미래가 불안해지자, 많은 사람이 영화와 TV 드라마를 챙겨 보며 삶에 위안을 얻고 있는데, 이는 우연이 아니다. 사람들은 넋을 잃고 깔깔대며, "와, 이건 딱 내 이야기인걸!" 하고 이야기에 감탄한다.

아마 당신도 그럴 테지만, 누군가는 이야기를 너무 좋아해서 단순히 영화나 드라마를 보고 책을 읽는 데서 멈추지 않는다. 직접 이야기를 지어내려 한다. 옛날 사람 티를 내서 쑥스럽지만, 나는 어린 시절 〈스타워즈〉의 주인공 피규어를 모으고 쉴 없이 쏟아지는 〈스타워즈〉 스핀오프spin-off★ 영화를 보면서 이야기를 지어내기 시작했다. 내 이야기에서는 신비로운 현상금 사냥꾼 보바 펫이 악당이 아닌 주인공으로 등장해서, 한 솔로(보바 펫 다음으로 좋아하는 캐릭터)와 팀이 되어 악의 제국과 싸운다. 나는 열혈 선생의 수제자 루크 스카이워커가 아니라 아웃사이더 두 사람이 악당들과 싸운다는 발상이 마음에 쏙 들었다.

나는 미술에 잠시 발을 담갔다가 붓을 팔고 그 돈으로 비디오카메라를 사서 연출과 극작 전공으로 학위를 마쳤다. 나의 첫 단편영화 〈스톱Stop〉은 한 남자가 오지에서 신호등을 발견하면서 시작되는 코미디로 칸 영화제 공식 경쟁 부문에 초청되었다. 호주에서는 전업 작가나 감독으로 활동할 기회가 미국이나 영국만큼 많지 않았지만 나는 꿋꿋이 버텼고, 마침내 2004년부터 2010년까지 방영된 TV 시리즈 〈로스트〉에서 한 자리를 맡게 되었다. 〈로스트〉는 당시 세계에서 가장 큰 TV 시리즈에 속했다. 나는 인터넷에 올릴 〈로스트〉의 스핀오프 드라마 두 편, 〈815를 찾아라FIND 815〉와 〈다르마는 당신을 원한다Dharma Wants You〉의 각본을 쓰고 연출을 해야 했다. 이 작업 덕분에 나는 2009년에 프라임타임 에미상에서 베스트 인터랙티브 TV상을 비롯해 수많은 상을 받았다.

그때부터 나는 TV와 다큐멘터리, 웹 드라마와 참여형 드라마 등 분야를 가리지 않고 작가로서 경력을 쌓았으며, '영국영화TV예술아카데미BAFTA'와 국제 에미상을 비롯해 다양한 상을 받았다.

그러자 이야기 창작에 대한 강의 요청이 들어오기 시작했다. 처음에는 강의 준비를 만만하게 생각했다. "그야 간단하지. 작가를 시작했을 때

★　오리지널 영화나 드라마에서 새롭게 파생해 만들어진 작품.

읽은 작법서로 가르치면 되잖아." 작법서에는 흥미로운 아이디어가 많았지만 정말 중요한 아이디어가 무엇인지 나는 알고 있었다. 바로 '영웅의 여정Hero's Journey'이었다. 시나리오 쓰는 법을 잠깐이라도 공부한 사람이라면 누구나 들어봤을 만큼, 영향력 있는 개념이었다.

영웅의 여정은 수천 년 전부터 있었다고 말할 만큼 오래된 개념이지만, 실제로 이 개념이 작가들 사이에 유행한 시기는 1992년 크리스토퍼 보글러Christopher Vogler가《신화, 영웅 그리고 시나리오 쓰기》를 출간하면서부터였다.★ 영화 시나리오 자문으로 일하던 보글러는 이야기, 즉 영화를 이해하는 방법으로 '영웅의 여정'을 제시했다. 책은 잘 읽혔고 유용했으며 열정이 넘치고 내용이 풍성했다. 이 책은 순식간에 베스트셀러가 되었고 많은 사람이 읽었으며 유명세를 누렸다. "완벽한 책이야. 문제 될 게 있겠어?" 그런데 문제가 '생겼다'. 그 이야기는 차차 하기로 하고 우선 영웅의 여정이 무엇인지부터 알아보자.

보글러는 현대의 이야기가 대체로 고대 신화의 서사 패턴을 반복한다고 주장했다. 보글러는 이 패턴을 12단계로 나누었다. 12단계를 깊게 설명하는 대신 간략하게 정리해보자.

1. 영웅은 고향을 떠나 모험에 뛰어들어 문제를 해결하라는 부름을 받는다.
2. 영웅은 소명에 관심을 보이지 않고 고향을 떠나지 않으려고 한다.

★ 이 책의 원제는 'The Writer's Journey(작가의 여정)'로 책에서 다루는 개념인 '영웅의 여정'에서 따왔다.

3. 이윽고 현자가 나타나 다시 생각하라며 영웅을 설득한다.

4. 큰 사건이 발생하고 이를 해결하려면 영웅이 나서야 한다고 주위에서 압박한다.

5. 영웅은 '특별한 세계'로 들어가 낯선 힘이 제안한 시험을 치르고 새롭고 낯선 동료와 적을 만난다.

6. 영웅은 동료의 성장에 용기를 얻어 문제를 해결할 준비가 되었다고 생각한다.

7. 근심이 사라진 영웅은 문제를 해결하려고 씨름한다.

8. 처참하게 실패한다.

9. 영웅은 실패를 되새기며 만회할 방법을 찾는다.

10. 다시 문제와 마주한다.

11. 실패에서 배운 교훈을 이용해서 문제를 해결하고 승리한다!

12. 문제 해결 후 고향으로 돌아온 영웅은 사람들에게 교훈을 전한다.

요약하면, 영웅의 여정은 낯선 임무를 강요받은 영웅이 의심과 두려움을 이겨내고 더욱 강하고, 훌륭하고, 심지 굳은 사람이 되어 귀향하는 이야기다. 이것은 우리가 미지의 세계에서 두려운 존재를 마주하더라도 잘 해결할 수 있다는 극적이고 감정적이면서 희망찬 이야기다. 결말은 항상 해피 엔딩이다.

어디서 들어본 듯한 줄거리인가? 즐겨 보는 영화를 떠올려보자. 그것이 할리우드 영화라면 영웅의 여정이 제시하는 플롯을 그대로 따를 확률이 높다. 보글러는 책에서 〈스타워즈〉, 〈오즈의 마법사〉, 〈록키〉, 〈귀여운 여인〉, 〈레인맨〉, 〈풀 몬티〉, 〈미지와의 조우〉, 〈북북서로 진로를 돌려라〉와 같은 작품을 예로 들면서 수천 편의 영화가 이 공식을 따른다고 주장했다.

한발 더 나아가 보글러는 영웅의 여정을 보완하려고 '3막 구조Three-Act Structure'로 알려진 유명한 기법을 가져온다. 사이드 필드Syd Field는 1979년 출간한 《시나리오란 무엇인가》에서 모든 영화가 세 부분이나 3막, 즉 시작, 중간, 끝의 구조로 나뉜다고 주장했다. 보글러는 신화 연구에서 용어를 가져와 3막에 출발Departure, 입문Initiation, 귀환Return이라고 이름을 붙였다. 즉 영웅은 고향에서 출발해 어떤 일을 경험하고 고향으로 귀환한다는 설명이다. 3막 구조는 상식적이고 설득력이 있으며 단순한 데다가 이해하기 쉽다. 원래 유행하던 3막 구조와 보글러가 발견한 영웅의 여정을 한데 모으니 모든 시나리오가 완벽하게 설명되는 듯했다.

지난 30년 동안 책, 블로그, 팟캐스트, 작법 수업, 어디에서든 시나리오 작법을 다룰 때면 대부분 영웅의 여정과 3막 구조를 함께든 따로든 꼭 소개하고, 여기에서 파생한 용어와 기법을 안내했다. 블레이크 스나이더Blake Snyder는 《SAVE THE CAT!: 흥행하는 영화 시나리오의 8가지 법칙》에서 뼈대만 남긴 3막 영웅의 여정Three-Act Hero's Journey을 제안한다. 존 트루비John Truby는 《이야기의 해부》에서 이야기가 전개되는 과정을 '22단계'로 구분한다. 린다 아론슨Linda Aronson은 《21세기 시나리오 쓰기21st-Century Screenwriting》에서 줄거리가 복잡한 현대 이야기를 파악하기 위해 3막 구조를 사용한다. K. M. 웨일랜드Weiland는 《캐릭터 아크 만들기》에서 이 책과 닮은 듯 다른 각도에서 캐릭터 아크를 탐구하면서 3막 구조를 이용한다.

3막 구조와 영웅의 여정은 보글러의 책에서 처음 하나로 통합된 이후, 수십 년 동안 작가들의 정신을 지배해왔다. 시나리오 쓰기는 이제 예전과 달라졌다. 영화도 완전히 달라졌다. 〈소프라노스〉의 크리스토퍼 몰티산티는 영웅의 여정과 비교하면서 앞으로 자신의 인생이 달라질지, 좋은 일이 생길지, 자기에게 아크가 있는지 궁금해한다. TV에 나오는 가상의 인물마저 캐릭터 아크 같은 전문 개념을 언급할 정도로 그것은 이미 오래전에 주류가 되었다.

영웅의 여정은 영화 밖으로도 영향을 미쳤다. 보글러는 조지프 캠벨Joseph Campbell이 고대 신화를 연구한 내용을 담아 1949년에 출간해 많은 영향을 준 책,《천의 얼굴을 가진 영웅》을 다듬어 단순화했다. 캠벨은 전 세계 설화를 연구한 결과, 반복되는 패턴을 찾았다고 주장했다. 그 패턴은 영웅이 낯선 땅으로 가서 지혜와 풍요를 발견하는 여정이었다. 캠벨은 이를 '하나뿐인 이야기'라는 뜻으로 '단일 신화'라고 불렀다. 캠벨의 주장에 따르면, 단일 신화는 먼 옛날 신화에서부터 오늘날 영화, 소설, 연극은 물론 도시 전설에도 영향을 미쳤다.

다른 각도로 보면 영웅의 여정은 서구 문명의 기원을 다룬 이야기로, 미지의 세계(종종 다른 땅)로 뛰어들어 두려움을 극복하고 원주민을 정복한 다음, 새로운 지혜와 풍요와 사상을 가지고 고향으로 돌아온 위대한 개인(항상 남자들)을 숭배하는 문화가 서구 사회에 존재한다는 뜻이다. 크리스토퍼 콜럼버스, 갈릴레오 갈릴레이, 아이작 뉴턴, 벤저민 프랭클린, 토머스 에디슨, 알베르트 아인슈타인, 닐 암스트롱, 그리고 예수도 이런 영웅에 포함된다.

수천 년 동안 인류가 쌓아온 신화의 무게를 지려고 했으니, 크리스토퍼 몰티산티가 아크를 찾지 못한 것은 당연하다. 그런 기준에 빗대면 누구든 하찮게 보일 것이다. 우리는 영웅이 되기도, 아크를 찾기도 힘들다.

시나리오 작법 수업에서도 같은 문제와 맞닥뜨렸다.

나는 수업 시간에 이렇듯 제법 그럴싸한 보글러의 작법 이론을 소개하고 학생들과 함께 고전 영화를 보며 이론이 적용된 사례를 찾으려 했다. 보글러가 언급했던 할리우드 영화에서 쉽게 찾을 수 있으리라고 생각했다. 그런데 이론이 적용되는 전통적 주류 영화도 있었지만, 전혀 적용되지 않는 영화가 생각보다 많았다.

우선, 전통적 '영웅'이 등장하지 않는 할리우드 영화가 꽤 있었다. 오히려 비극적 안티 히어로를 내세운 영화도 많았다. 예를 들어 〈시민 케인〉, 〈선셋 대로〉, 〈사이코〉, 〈차이나타운〉, 〈지옥의 묵시록〉, 〈황무지〉, 〈대부〉, 〈택시 드라이버〉, 〈뻐꾸기 둥지 위로 날아간 새〉, 〈노인을 위한 나라는 없다〉, 〈아이스 스톰〉, 〈미스틱 리버〉, 〈데어 윌 비 블러드〉, 〈멀홀랜드 드라이브〉 같은 영화에서 주인공은 마침내 승리하고 부와 지혜를 얻어 귀환하지 않는다. 도리어 지독하게 우울하다. 영화의 주인공과 이야기 모두 흥미롭고 매력 있지만, 영웅의 여정에서 말하는 '영웅적인' 주인공이나 이야기로 보이지는 않았다.

더욱이 영화에 등장하는 이른바 영웅들은 대개 아크가 없는 듯 보였다. 크리스토퍼 몰티산티가 찾는 그런 아크를 가진 인물은 없었다. 그들은 내면이 성장하지도 트라우마를 극복하지도 않았다. 영웅의 여정에서 설명한 것과 달리, 그들은 이야기 내내 한결같았다. 한번 생각해보자. 〈죠스〉에서 브로디 서장의 감정 아크는 무엇일까? 물 공포증을 이겨내는 것일까? 아마 그는 식인 상어가 무서워서 물 공포증이 있는지도 잊어버렸을 것이다. 브로디 서장이 시장에게 제대로 맞서지 못한 탓에 상어의 공격이 더 심해졌다고 주장할 수도 있다. 그런데 영화 내내 브로디 서장은 시청 공무원이 아니라 상어와 싸운다. 따라서 이 주장은 틀렸다. 브로디 서장은 처음부터 보여준 겁 많고 조심스러운 태도 덕분에 성공한다. 그는 물 공포증을 극복하긴 하지만, 그것이 영웅의 여정에서 말하는 인물의 변화는 아니다.

다른 예를 살펴보자. 〈인디아나 존스 1: 레이더스〉에서 인디아나 존스의 아크는 무엇일까? 뱀 공포증일까? 그것은 브로디의 물 공포증처럼 하찮아 보인다. 인디아나 존스가 성궤의 힘을 두 눈으로 목격하면서 완고한 과학적 세계관이 도전받는다고 주장할 수도 있겠다. 하지만 이를 전체 이야기를 좌우하는 인물의 변화라고 보기에는 무리가 있다. 인디아나 존스는 신앙심이 샘솟아서가 아니라 항상 영리하고 지략이 뛰어나서 성공한다. 〈에일리언〉의 리플리는 어떨까? 그녀는 시종일관 냉정하고 분별력이 있는 모습을 보이며 모든 대원이 격리 조치를 엄수해야 한다는 절대 틀릴 리가 없는 주장만 한다!

영웅의 여정은 예상과 달리 보편적이지도 않고, 시나리오 수업에 유용하지도 않았다. 그럼 3막 구조는 어떨까? 모든 이야기에는 당연히 시작, 중간, 끝이 있다. 3막 구조는 써먹을 수 있을 것 같았다. 하지만 막상 수업을 시작하자 어디에서 이야기가 시작되고 어디에서 끝이 나는지 모두가 동의하는 지점을 찾을 수 없었다. 지금 생각해보면 당연했다.

〈죠스〉에서 처음 막이 전환되는 지점은 어디일까? 소년이 식인 상어에게 물리는 장면일까? 소년의 엄마가 브로디 서장에게 맞서는 장면일까? 상어 사냥꾼 퀸트가 등장하는 장면일까? 그도 아니면 브로디 서장이 상어를 잡으려고 배에 올라타는 장면일까? 인터넷에서 자료를 찾아보면 이 고전 영화를 '3막'으로 나누는 기준이 모두 제각각이라는 사실을 알게 될 것이다. 수업 시간에도 3막 구조를 찾는 연습이 비생산적이라고 느껴

질 만큼 숱한 억측이 오갔다. 하지만 정작 나를 괴롭힌 문제는 따로 있었다. 내가 실제로 글을 쓸 때 3막 구조를 사용하지 않는다는 사실이다.

솔직히 말하면 나는 글을 쓸 때 3막 구조를 사용하는 프로 작가를 한 명도 본 적이 없다. 글쓰기를 시작하는 작가들이 되든 안 되든 3막 구조를 이용하려고 애쓰는 경우는 봤어도, 실제로 글로 먹고사는 프로 작가들은 영웅의 여정이 아니라 이야기와 씨름하는 자기만의 방식이 있었다.

앞서 소개한 사례에서 보듯 3막 영웅의 여정은 지지자들의 주장과 달리 모든 이야기에 들어맞는 만능 도구가 아니다. 할리우드 고전 영화조차 이 모델과 맞지 않는 영화가 많다면 이야기 창작 전통이 서구 사회와 완전히 동떨어진 다른 사회는 어떨까? 캠벨이 주장하듯 영웅의 여정은 여전히 보편적 단일 신화로 나타날까?

우리가 3막 영웅의 여정을 사용하지 않는 더 합리적인 이유가 있다. 우리는 TV 시리즈 대본을 쓰기 때문이다. 이 사실이 왜 중요한지 알아보자. 첫째, TV 시리즈는 이야기가 무척 길다. 시즌으로 구성되어 짧게는 몇 년에서 길게는 몇십 년 동안 방송된다. 예를 들어 〈브레이킹 배드〉가 1막에서 2막으로 바뀌는 지점을 콕 집어낼 수 있을까? 첫 번째 에피소드에 있을까? 첫 번째 시즌 3분의 1쯤 되는 지점에 있을까? 첫 번째 시즌의 결말에서 나올까? 두 번째 시즌에서 나올까? 어디라고 말하기가 아주 힘들다. 그렇다고 TV 시리즈를 기획한 시나리오 작가가 '막acts'의 개념을 사용하지 않는다는 뜻은 아니다. 작가는 대부분 막을 나눈다. 에피소드 하나는 대체로 4막에서 6막으로 구성된다. 3막이 아니다. 그럼 막을 가르는 기준은 무엇일까? 바로 광고다. 막을 나누는 것은 신화적 이야기 구조가 아니다. 방송국 국장과 광고주가 수익을 목적으로 이쯤에서 이야기를

잘 팔리는 스토리의 비밀

자르라고 지시한다.

둘째, TV 시리즈의 인물도 고귀한 영웅일 수 있고, 변화형 인물로서 영웅의 여정에서 말하는 아크를 경험할 수 있지만(〈매드맨〉의 페기 올슨), 실제로는 비극적 안티 히어로(〈브레이킹 배드〉의 월터 화이트)이거나 전혀 변화하지 않는 인물(〈소프라노스〉의 토니 소프라노나 〈매드맨〉의 돈 드레이퍼)일 확률이 높다. TV 시리즈는 이야기가 길어서 인물이 감정을 폭발하듯 극적으로 느끼기보다는 한참 동안 변화하지 '않은' 채로 등장한다. 실제로 전통적 TV 시트콤은 어느 에피소드를 보든 '어이쿠!' 하며 멍청한 실수를 거듭하면서 발전이 없는 인물을 보여주겠다고 슬그머니 시청자에게 약속한다.[★]

영웅의 여정 12단계와 3막 구조는 이야기 구조를 쉽고 아름답게 설명하지만 안타깝게도 시나리오 쓰기라는 상업 창작 분야에서는, 특히 TV 시리즈의 시나리오를 쓸 때는 딱히 쓸모가 없다. 보글러는 《신화, 영웅 그리고 시나리오 쓰기》의 개정판에서 '할리우드식' 아이디어에 대한 세계 각지의 반응을 다루면서 이를 솔직하게 인정했다. 보글러는 호주를 비롯해 아시아, 독일, 동유럽과 같이 할리우드와 이야기 전통이 다른 국가에서는 영웅을 감정적으로든, 사회적으로든 교화되어야 할 존재, 또는 수상하고 미심쩍은 존재로 묘사한다는 사실을 깨달았다.

이미 눈치챘겠지만 3막 영웅의 여정을 사용한 내 시나리오 쓰기 수업은 처음 예상과 달리 잘 되지 않았다. 하지만 덕분에 멋진 영화를 잔뜩 볼

[★] '어이쿠!'는 〈심슨 가족〉에서 주인공 호머 심슨이 실수할 때 내뱉는 감탄사로, 호머는 늘 같은 실수를 반복하는 TV 시트콤의 전형적인 주인공이다.

수 있었고 즐거웠다. 나는 수업이 끝난 뒤 프로 작가로서 내가 그동안 어떻게 대본을 썼는지 궁금해졌다. 3막 영웅의 여정을 사용하지 않는 것은 맞는데, 달리 어떤 방법을 사용했는지 떠오르지 않았다. 이것은 프로 작가가 흔히 부딪히는 문제였다. 프로 작가는 잘 썼든 못 썼든 간에 수없이 글을 써왔고, 숱한 이야기를 읽고 보는 과정에서 내면에 차곡차곡 지식을 쌓는다. 즉 프로 작가는 이야기를 쓸 때 무엇이 필요한지 안다. 다만 그 지식을 밖으로 꺼내 일목요연하게 설명할 줄 모른다.

작가들은 책상 앞에 앉아 멋진 이야기를 쓸 때 무엇이 필요한지 본능적으로 안다. 어떤 작가가 이야기에 꼭 맞는 아이디어를 제안하면 다른 작가들도 '아하' 하고 무릎을 친다. 그 아이디어 위에 어떻게 이야기를 쌓아 올려야 하는지도 안다. 작가마다 부르는 이름은 달라도 비슷한 희곡 원리를 아는 것 같았다. 같은 원리를 두고 어떤 작가는 '플롯 포인트plot point'로, 어떤 작가는 '터닝 포인트turning point'라고 부른다. 누군가는 '골칫거리complication'라고, 누군가는 '빌드업escalation'이라고 말한다. 나는 그 원리가 무엇인지, 작가의 목소리를 되찾아 3막 영웅의 여정이라는 관습을 무너뜨릴 수 있을지 호기심이 생겼다.

그 호기심의 결과가 지금 당신이 읽는 이 책이다. 나는 마감을 코앞에 두고, 키보드 앞에 앉아 텅 빈 모니터를 물끄러미 바라보며, 메모지에 아이디어를 적고, 작업을 미루고, 화이트보드에 생각을 끼적이다가, 커피를 마시고, 다시 작업을 미루고, 친한 동료와 정신없이 한참 통화하다가, 정신이 조금 돌아오면 감독, 배우, 프로듀서, 투자자와 대화하면서 책을 완성했다. 그중 일부는 시나리오 쓰기와 창작 과정에 관한 내 박사 학위 논문에서 발췌했다. 공들인 논문이지만 읽어달라고 할 생각은 없다. 그렇게

까지 민폐를 끼치고 싶지는 않다!

이 책이 기존 이론의 한계를 벗어나 이야기의 폭을 넓히고 프로 작가든, 아마추어든 할 것 없이 글 쓰는 사람들이 이야기를 쉽게 이해하고 설명하는 데 도움이 되기를 바란다. '아크 분석Arc Analysis'은 간단하지만 유용하다. 인물의 이야기에서 중요한 순간을 콕 집어내고 그 순간들이 모여 이야기를 빚어내는 과정을 알려준다. 어려운 용어 없이 단순하게 이야기를 설명한다. 알 듯 모를 듯한 전문용어 대신 쉽고 일상적인 단어로 이야기의 팔다리가 어떻게 움직이는지 묘사한다.

우리는 앞으로 공식에 이야기를 꿰맞추지 않아도 이야기에 형태를 부여하는 희곡 원리가 존재한다는 사실을 여러 영화를 통해 살펴볼 것이다. 주로 유명한 할리우드 영화와 세계 명작 영화를 예로 들 예정이다. 배경 지식을 제공하기 위해 고전 영화도 몇 편 골랐지만, 대부분은 장르와 제작자가 다양한 요즘 영화이다. 영화를 보지 않았어도 괜찮지만 본다면 도움이 될 것이다. 영화와 글쓰기에 관심이 있다면 이미 봤을 확률이 높다.

여러 영화를 다루려고 해도 모든 영화를 다룰 수는 없다. 골든글로브상이나 아카데미상 후보작만 봐도 세상에는 도무지 알 수 없는 난해한 영화들이 참 많다는 사실을 알게 된다. 그래도 우리 사회가 더 폭넓은 이야기를 접하기를 바라며 다양한 영화를 다루려고 노력했다.

아크 분석은 본문에서 예시로 든 영화뿐 아니라 TV 드라마나 소설, 연극에도 쉽게 적용할 수 있다. 무엇보다 자기만의 이야기를 창작할 때 무척 유용하다. 이제 막 글쓰기를 시작한 사람이든, 프로 작가든 간에 앞으로 소개할 이 상식적인 극적 원리를 사용해서 공식으로 찍어낸 '틀에 박힌' 이야기가 아니라 당신의 이야기를 '발견'하기를 바란다. 아울러 이야기를 풀어내는 당신의 목소리를 찾기를 바란다.

이야기를 12단계나 3막 구조, 영웅의 여정 같은 정해진 틀 안에 가두는 순간, 이야기는 본질과 진실에서 멀어진다. 나는 영웅의 여정, 단일 신화, 3막 구조, 일곱 가지 기본 플롯 같은 공식을 들으면 플라톤의 동굴 비유가 떠오른다.

죄수들은 동굴에서 태어나고 자란다. 그들은 사슬에 묶여 있어 동굴 벽에 드리운 사람과 동물의 그림자만 본다. 플라톤에 따르면, 죄수들은 평생 그림자만 보기 때문에 그림자를 사람과 동물의 실제 모습으로 착각한다. 플라톤의 비유는 강력했으며 〈매트릭스〉와 〈트루먼 쇼〉를 비롯해 여러 영화에 아이디어를 제공했다. 플라톤의 비유는 상상만이 아니었다. 우리가 세계와 사람을 어떻게 이해하는지에 대한 정확한 묘사였다.

치마만다 응고지 아디치에Chimamanda Ngozi Adichie는 2009년 인기 테드TED 강연에서 어린 시절 읽은 책이 어떻게 자신의 세계관을 형성했는지 설명했다. 그녀는 서구에서 출간된 책을 읽고 자랐다. 그 영향력이 어찌나 강력했는지 그녀가 일곱 살 때 쓴 이야기의 등장인물은 전부 백인으로, 눈동자가 파랗고 눈밭을 뛰어다니며 진저비어를 즐겨 마신다.

그녀는 나이지리아에서 살았고, 주변 사람은 모두 피부가 검고 문밖에는 사계절 내내 태양이 내리쬐었지만, 그녀가 읽은 이야기가 그녀의 세계를 지배했다. 동굴의 죄수처럼 그녀는 문밖의 진짜 세상 대신 그림자만 보고 있던 셈이다.

호주에서 자라는 동안 나도 비슷한 일을 겪었다. 호주에는 식민지 역사와 관련해서 두 음절로 된 짧지만 강력한 단어가 존재한다. 바로 테라 눌리우스terra nullius이다. 이 단어는 '누구의 소유도 아닌 땅'을 뜻하는 법률 용어로, 무척 독특한 이야기를 낳는다. 즉 호주는 영국인이 오기 전까지 누구의 소유도 아니었다는 주장이다(호주에는 이미 서로 다른 부족, 언어군, 개별 국가에서 온 토착민 수십만 명이 살고 있었음에도 말이다).

나는 학교에서 테라 눌리우스가 식민지가 되기 전 호주를 가리키는 말이라고 배웠다. 이는 호주 원주민을 마음대로 내쫓기 위한 뻔뻔한 거짓말이었지만, 1992년 원주민 수장 에디 마보Eddie Mabo가 법정 투쟁에서 승리할 때까지 계속되었다. 눌리우스가 사라지자 다른 대중적 '이야기'가 등장했다. 호주 원주민이 식민지화에 대항하지 않았고, 자기 영토를 지키기 위해 투쟁하지 않았다는 이야기이다. 이 거짓말을 바로잡기 위해 호주 역사학자들이 원주민, 비원주민 가릴 것 없이 한마음으로 애쓰는 중이다.

우리를 둘러싼 세계는 자연스럽게 이야기의 폭을 제한한다. 하지만 이는 눈이 오는 것 같은 자연현상이라기보다 대개 문화적 현상이다. 문화와 언어, 전통은 우리를 같은 집단으로 묶어준다. 우리는 이야기라는 렌즈를 통해 세계를 보고 이해한다. 이야기는 긴요하고 생존에 꼭 필요하다. 하지만 한계도 있다. 전통은 우리를 규정하는 동시에 우리를 구속한다. 이것은 피할 수 없다. 따라서 우리는 전통이 고정되고 보편적이라고 단정하지 말아야 한다. 이야기는 주변 세계를 입맛대로 골라 해석한다. 테라 눌리우스는 사라지기 전까지 200여 년 동안 편리한 허구였다. 마찬가지로 3막 영웅의 여정이라고 해서 모든 이야기를 설명하지는 못한다(이 책도 예외는 아니다!).

'전통'에 기대는 순간, 문화의 사각지대가 생겨나 상상력이 쪼그라들고 지혜로운 영웅이 승리를 거두고 귀환하는 이야기만 눈에 띄며, 화면 속에서 우리의 모습을 보지도, 우리의 이야기를 듣지도 못한다.

우리 모두가 영웅은 아니다. 우리는 자주 실패한다. 종종 일을 망친다. 때로는 비극을 경험하고(〈대부〉, 〈버닝〉), 때로는 깔깔 웃는다(〈인사이드 르윈〉). 우리는 시행착오를 겪고도 성장하지 못한다(〈소셜 네트워크〉, 〈나이팅게일〉, 〈사랑도 통역이 되나요?〉). 뜻을 꺾기는커녕 생긴 대로 살겠다며 고집을 부린 끝에 문제를 해결하는가 하면(〈판타스틱 우먼〉, 〈에린 브로코비치〉, 〈모아나〉), 온 힘을 다해 버티다가 무릎을 꿇기도 한다(〈스위트 컨트리〉). 영웅이 등장하지 않는 보통 사람들의 삶을 살고(〈어느 가족〉, 〈히든 피겨스〉), 너무나 평범해서 이렇다 할 갈등도 교훈도 없는 삶을 산다(〈패터슨〉).

이 책은 영웅이 나오지 않는 이야기를 다룬다. 영웅이 없는 이야기를 말한다. 그것은 매듭이 잔뜩 꼬여 복잡하고, 말끔하게 풀리지 않는 이야기이다. 가슴 절절하고, 설득력 있고, 진솔하고, 눈길을 사로잡고, 두렵고, 불안하고, 실화 같고, 영감을 주고, 시적이고, 당혹스럽고, 흥미진진한 이야기이다. 무엇보다 숨겨진 우리 모습을 드러내는 이야기이다.

오늘날 우리는 좋든 싫든 누구나 영웅이 될 수 있다고 믿는 시대에 살고 있다. 우리는 하루에도 몇 번씩 자신이 세운 영웅의 여정을 널리 알리고, 앞을 가로막는 장애물을 물리치며 인터넷에 승리의 증거를 공개한다. 한발 물러나 곰곰이 생각해보면 우리의 문화가 오랫동안 우리 사회를 오늘날과 같은 기묘한 모습으로 몰아온 듯하다.

우리 모두 〈소프라노스〉의 크리스토퍼 몰티산티처럼 자신의 아크를 궁금해한다. 아크는 갖기 힘들다. 영웅의 여정이 묘사하는 세상은 실패는 말할 것도 없고 애매한 승리조차 받아들이지 않는다. 우리가 지어낸 이야기가 우리를 여기로 데려왔듯이, 이야기는 우리를 어디로든 데려간다. 이야기는 진정 우리를 자유롭게 만든다.

───────

이 책이 집필된 땅의 전통적 원주민인 자게라, 터르발, 릴루에쿼니(꽝헤르닝혜) 사람들에게 깊은 경의를 표한다. 그들의 땅과 물, 공동체와의 지속적인 연결, 그리고 오랜 이야기 전통을 존중하며, 과거와 현재, 그리고 미래의 장로들께 존경을 바친다.

차례

1부　　　　　　　　**아크 분석이란
무엇인가?**

Beyond the Hero's Journey

"누가 아크를 가졌는지 알아? 노아야"★

캐릭터 아크를 이용해 이야기 이해하기

———

이 책의 밑바탕이 된 개념은 캐릭터 아크character arc이다. 오래 기다려온 TV 시리즈의 결말이 못마땅한 팬들이 "여주인공의 아크를 이렇게 끝내다니 말도 안 돼!" 하고 외칠 때, 이 용어를 들었을 수도 있다. 작가의 도구함에서 캐릭터 아크는 '가장' 중요하지는 않아도, 상당히 중요한 도구이다. 이야기에 형태와 구조를 부여하고 감정선을 유지하며 더 큰 개념과 주제를 암시하기 때문이다. 더구나 이곳저곳 쓸모도 많다. 차차 살펴보겠지만 캐릭터 아크만 있으면 '영웅'도, 고리타분한 3막 구조도, 심지어 해피 엔딩조차 굳이 꺼낼 필요가 없다.

　캐릭터 아크의 유용함을 알리기 위해 내가 개발한 방법이 아크 분

★　　방주ark와 아크arc의 영어 발음이 같은 점을 이용한 드라마 〈소프라노스〉의 대사.

석_{Arc Analysis}이다. 이 방법을 사용하면 '3막 영웅의 여정'과 같은 정해진 공식 없이도, 중요한 극적 원리가 오롯이 담긴 이야기 형태를 만들 수 있다.

인물: 안과 밖

작가들이 말하는 캐릭터 아크는 **변화**를 의미한다. 인물의 삶이 달라지는가? 얼마나 달라지는가? 변화는 어디에서 시작해 어디에서 끝나는가? 콕 집어 말하면 아크는 '감정'의 **변화**이다. 인물의 감정이 달라지는가? 얼마나 달라지는가?

인물의 삶이 감정 측면에서 어떻게 달라지는지 이해하려면 인물의 내면을 보아야 한다. 당신이 창조한 인물의 두 가지 측면, '외부'세계와 '내면'세계를 떠올려보자. 외부세계는 인물의 정체성을 이루는 주변의 물리적 요소, 즉 주거지, 관계, 친구, 가족, 직장, 재산, 문화, 국적, 주위 자연환경까지 포함한다. 내면세계는 인물의 감정 세계를 구성하는 무형의 요소, 즉 희망, 꿈, 두려움, 욕망, 목표, 신념, 가치 등으로 구성된다.

이야기 초반에 외부세계와 내면세계는 자연스럽게 영향을 주고받으며 균형을 이룬다. 두 세계가 모두 완벽하다는 뜻은 아니다. 인물은 시시

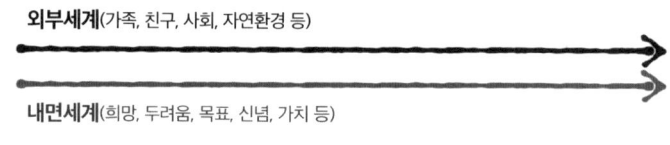

[그림 1-1]

한 직장을 다니고 인간관계에 치이고 전쟁터 한복판에서 지내지만, 그 삶이 별로 **달라지지 않는다**는 뜻이다. 인물은 어떤 상황에 놓였든 자기가 누리는 삶에 이미 익숙하다. 이때 외부세계와 내면세계는 강물을 사이에 두고 마주 보는 강둑처럼 평행선을 그린다.

주로 외부세계에 **뭔가 변화가 생기면서** 이야기가 시작된다. 그것은 직장에서 해고되거나 연인과 이별하는 것처럼 좋지 않은 변화일 수도, 복권에 당첨되거나 사랑에 빠지는 것처럼 좋은 변화일 수도 있다. 이런 외부 변화는 인물을 **새롭고 낯선** 상황에 빠뜨린다.

좋든 나쁘든 변화가 생기면 인물의 내면세계(신념, 꿈, 두려움 등)와 외부세계(가족, 친구, 사회 등) 사이에 **갈등**이 발생한다. 한쪽 강둑이 무너진 강물처럼 두 세계는 갈라져 서로 다른 방향으로 나아가기 시작하고 새로운 상황에 적응하도록 강요받는다. 낯선 상황에 적응하는 동안 이야기에 긴장이 생겨나고 갈등이 발생한다. 갈등은 무척 중요하다. 갈등이야말로 이야기를 실어 나르는 강물이기 때문이다.

강둑이 무너지지 않으면, 즉 외부세계가 변하지 않으면 갈등도 없다.

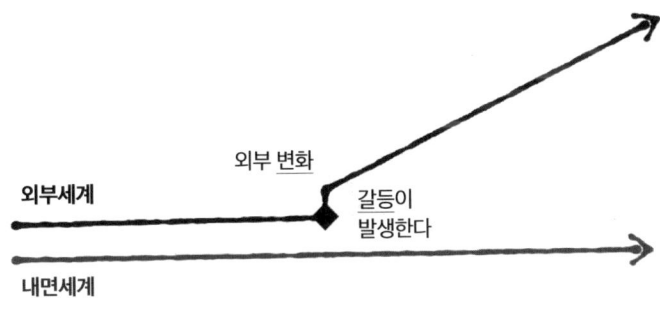

[그림 1-2]

갈등이 없으면 극적 장면이라고 할 것도, 이야기라고 부를 것도 없다. 갈등은 엄청나게 클 수도 있고(우주 소멸: 〈어벤져스: 엔드게임〉), 무척 사소할 수도 있으며(일상에서 시의 소재 찾기: 〈패터슨〉), 무엇이든 될 수 있다. '외부'세계와 '내면'세계의 틈새에서 이야기가 솟아나고 갈등이 생겨난다. 틈새가 벌어지면 그만큼 갈등도 깊어진다.

'외부의' **변화**로 발생한 **갈등**은 감정적으로 인물을 압박한다. 인물은 변화를 어떻게 받아들이는가? 갈등에는 어떻게 대처하는가? 바로잡으려고 노력하는가, 아니면 외면하는가? 어떤 상황에서건 인물은 '내면의' **선택**을 내려야 한다. 인물은 내면세계가 안내하는 대로 선택한다. 그 선택으로 인물이 어떤 사람인지, 무엇을 소중히 여기는지, 무엇을 두려워하는지, 무엇을 원하는지가 오롯이 드러난다. 말 뒤에 감춰진 인물의 모습이 드러난다. 인물의 선택으로 보이지 않는 감정 세계가 눈에 보이는 모습으로 표현된다.

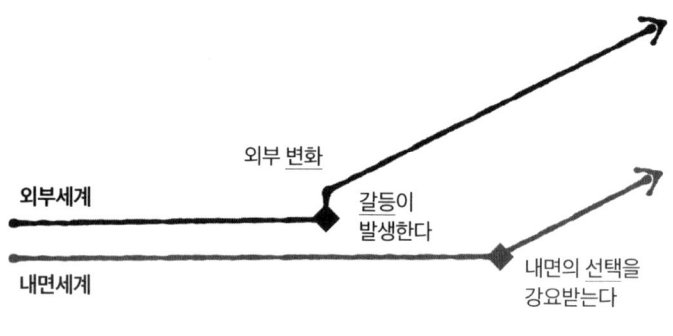

[그림 1-3]

인물과 선택

인물의 정체성과 감정선을 이해하고 당신이 만드는 이야기의 구조와 주제를 파악하려면 무엇보다 인물이 어떻게 선택하는지, 왜 그렇게 선택하는지를 이해하는 게 먼저이다.

갈등이 이야기를 실어 나르는 강물이라면 **선택**은 이야기의 방향을 결정하는 강둑과 같다. 예를 들어 이야기에 변화가 많아지면 선택해야 할 일도 많아진다. 자잘한 선택은 대개 눈앞의 사건에만 영향을 미친다. 반면 중대한 내면의 선택은 이따금 이야기 전체의 흐름을 바꿔버린다.

상황이 바뀌고 인물이 새로운 과제에 직면할 때 굵직굵직한 변화와 선택이 이루어지면서 자연스럽게 이야기에 **막의 전환**act break이 이루어진다. 이때 우리는 질문한다. '그래, 인물이 새로운 선택을 했어. 하지만 정말 그렇게 행동할까?' 어떤 변화와 선택이 가장 중요한지 알아볼 수 있다면 전

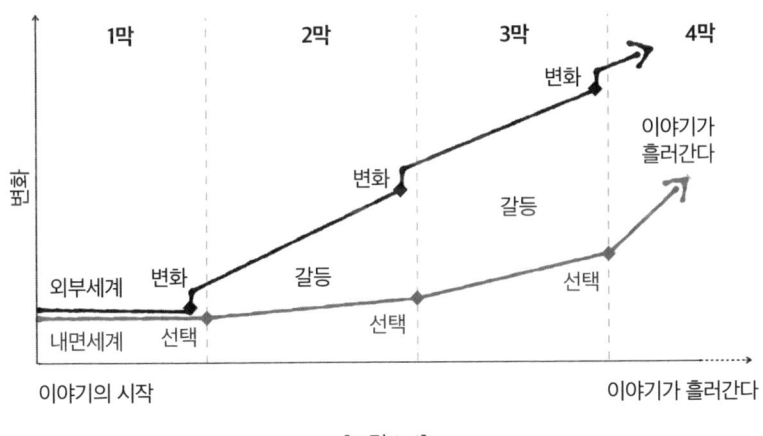

[그림 1-4]

1장 "누가 아크를 가졌는지 알아? 노아야"

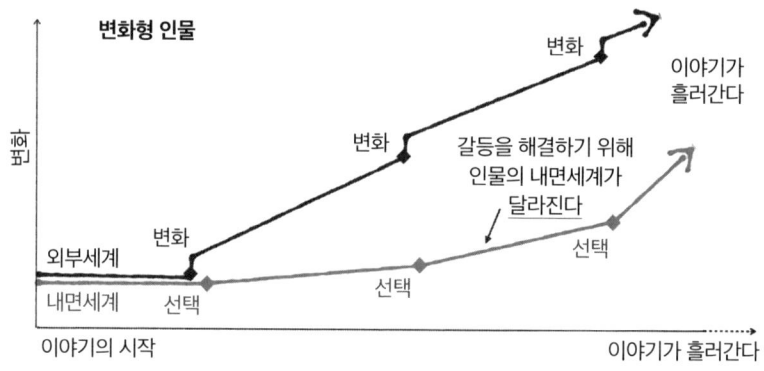

[그림 1-5]

체 이야기 구조를 한결 쉽게 이해할 수 있다([그림 1-4]를 참고하라).

인물의 선택은 이야기 형태만 결정하는 것이 아니다. 이야기에서 다루는 인물에 관해서도 많은 정보를 제공한다. 앞서 살펴봤듯이 선택은 보이지 않는 감정 세계를 눈에 보이는 형태로 드러낸다. 즉 선택을 기준으로 인물 유형은 크게 두 가지로 나뉜다. **변화형 인물**과 **불변형 인물**이다. 변화형 인물은 눈앞의 갈등을 해결하기 위해 **새롭거나 낯선 선택**을 내린다. 이야기가 펼쳐지는 동안 내면세계에 새로운 신념, 가치, 욕망을 받아들여 변화하는 인물이다. 이는 [그림 1-5]와 같이 진행된다.

한편, 불변형 인물은 갈등을 마주해도 **늘 똑같은 결정**을 되풀이한다. 예전과 똑같은 내면의 신념, 가치, 욕망에 근거해 문제를 해결한다. 감정이 달라지지 않는다. 이는 [그림 1-6]과 같이 진행된다.

인물은 감정적으로 **변화하거나 변화하지 않는다**. 단순하게 나누면, 전통적 영웅의 여정은 변화형 인물만을 다룬다고 말할 수 있다. 반면 여기

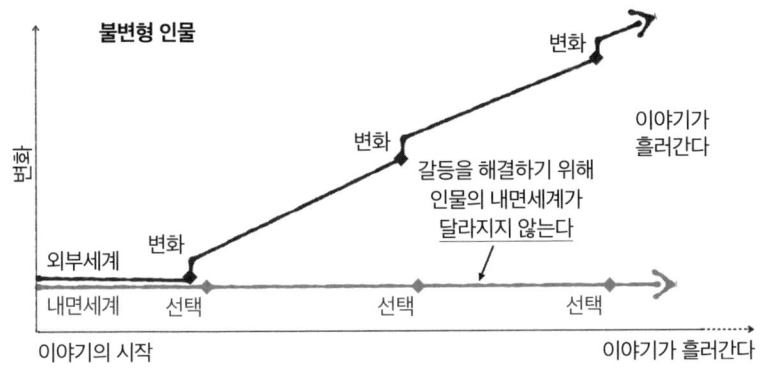

[그림 1-6]

서 우리가 다루는 인물의 범주는 매우 폭이 넓다.

감정이 변하거나 변하지 않는 모습으로 많은 인물을 표현할 수 있다. 어떤 이야기에서는 한결같은 감정이 위기를 해결할 숨은 초능력이 되는가 하면, 다른 이야기에서는 성숙하고 변화하는 감정 능력이 핵심 주제로 떠오른다. 그렇다면 인물은 언제 달라지기 시작하는가? 그 변화는 얼마나 극적인가? 상황은 해결됐는가? 그럴 수도 있고, 아닐 수도 있고, 이도 저도 아닌 어중간한 상태일 수도 있다. 이것은 전부 말해지는 이야기 **형태**가 어떤지, 당신이 다루는 인물의 고유한 특성이 무엇인지에 달렸다.

아크의 종류

인물의 성격이 긍정적으로 보이고 결말에 이르러 모든 상황이 잘 풀린다면 **낙관적 아크**Optimistic Arc라고 할 수 있다. 낙관적 아크를 걷는 인물은

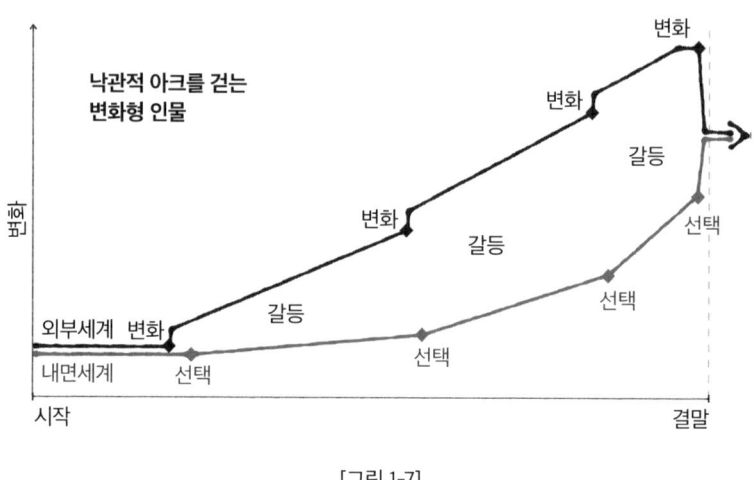

[그림 1-7]

내면의 선택으로 외부세계를 바로잡아 균형을 이룬다. 낙관적 아크를 걷는 변화형 인물이 나오는 이야기는 [그림 1-7]처럼 진행된다.

낙관적 아크를 걷는 인물이 등장하는 이야기로는 〈스타워즈: 새로운 희망〉, 〈쥬라기 공원〉, 〈페어웰〉, 〈레이디 버드〉, 〈콜 미 바이 유어 네임〉, 〈스파이더맨: 뉴 유니버스〉, 〈쇼생크 탈출〉, 〈블랙 팬서〉, 〈굿 윌 헌팅〉, 〈문라이트〉, 〈북스마트〉, 〈투씨〉, 〈킹스 스피치〉, 〈토이 스토리〉, 〈그래비티〉, 〈사이드웨이〉, 〈칠드런 오브 맨〉, 〈인비저블맨〉, 〈조조 래빗〉, 〈컨택트〉, 〈그녀〉, 〈캐롤〉이 있고, 거의 모든 픽사와 디즈니 영화들이 여기에 해당한다.

반면 **비관적 아크**Pessimistic Arc에서는 이야기가 끝나도 아무것도 해결되지 않는다. 인물의 내면 선택이 갈등을 못 풀고 상황이 해결되지 않은 채로 결말을 맞는다. 비관적 아크를 걷는 불변형 인물이 등장하는 이야기

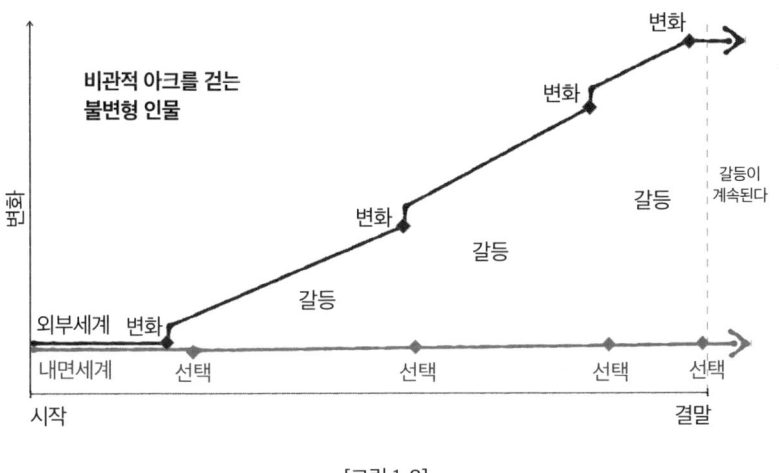

[그림 1-8]

는 [그림 1-8]처럼 진행된다.

비관적 아크를 걷는 인물이 등장하는 이야기로는 〈디파티드〉, 〈블랙 스완〉, 〈버닝〉, 〈언더 더 스킨〉, 〈세븐〉, 〈미스틱 리버〉, 〈언컷 젬스〉, 〈애니멀 킹덤〉, 〈스위트 컨트리〉, 〈잇 컴스 앳 나잇〉, 〈이제 그만 끝낼까 해〉, 〈멀홀랜드 드라이브〉, 〈지옥의 묵시록〉, 〈대부〉, 〈거미 여인의 키스〉, 〈리플리〉, 〈황무지〉, 〈로스트 인 더스트〉, 〈시민 케인〉, (그리고 당연히) 〈맥베스〉 등이 포함된다.

마지막으로 앞날이 좋아 보이기도 하고 나빠 보이기도 한다면, **양면적 아크**Ambivalent Arc이다. 양면적 아크는 흥미진진하다. 갈등이 미묘하고 복잡해서 주인공의 내면이 달라져도 갈등이 온전히 해결되지 않는다. 양면적 아크는 달콤쌉쌀한 '진짜 인생'처럼 보인다. 양면적 아크를 걷는 변화형 인물이 나오는 이야기는 [그림 1-9]처럼 진행된다.

1장 "누가 아크를 가졌는지 알아? 노아야"

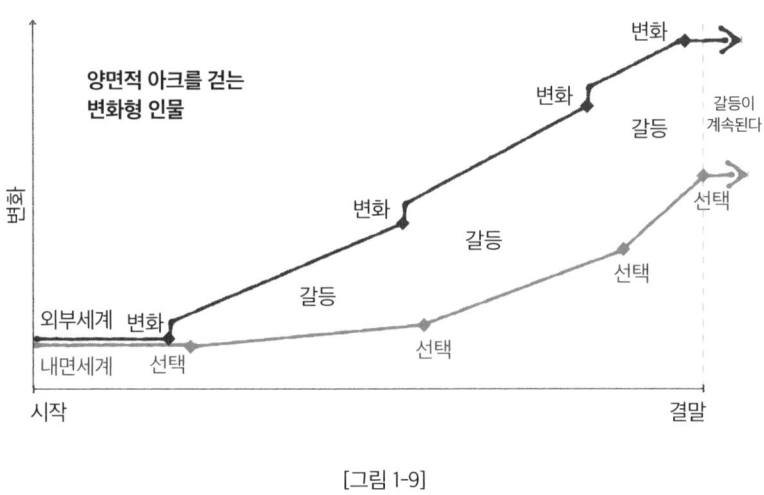

[그림 1-9]

    양면적 아크를 걷는 변화형 인물이 등장하는 이야기로는 〈소셜 네트워크〉, 〈어느 가족〉, 〈비포 선라이즈〉, 〈더 페이버릿〉, 〈타오르는 여인의 초상〉, 〈결혼 이야기〉, 〈텔마와 루이스〉, 〈맹크〉, 〈더 길티〉, 〈맨체스터 바이 더 씨〉, 〈테이크 쉘터〉, 〈콜드 워〉, 〈베이비티스〉, 〈미드소마〉, 〈나이팅게일〉 등이 있다.

    요약하면, 인물에는 두 가지 유형, 즉 변화형과 불변형이 있고, 아크에는 세 가지 형태, 즉 낙관적, 비관적, 양면적 아크가 있다. 따라서 인물과 아크를 조합하면 여섯 가지 이야기 형태가 나온다(정말 흥미로운 일곱 번째 조합이 있지만 그 이야기는 나중에 하도록 하자).

    하지만 여섯 가지 조합이 이야기 형태의 전부라고 생각하지는 말자. 이야기 흐름에 따라 입맛대로 조합을 수정하고 재배열하고, 마음에 안 들면 폐기해도 된다. 내 이론이 기존에 사용하던 '3막 영웅의 여정'보다 더 많은 이야기를 설명한다고 생각하지만, 모든 이야기를 설명한다고 생각하지는 않는다.

인물과 아크의 결합을 악보의 음표에 비유하면 이해하기 쉽다. 음계에는 음이 일곱 개뿐이지만 같은 음을 사용했다고 해서 모든 노래가 같다고 말하는 사람은 없다. 노래마다 음색이 다르고 멜로디가 다르듯 이야기마다 이야기의 형태와 결이 다르다. 이야기의 조합을 공부하면 이야기의 형태와 결을 읽을 수 있고, 당신만의 고유한 이야기를 만들 수 있다.

영화를 꼼꼼하게 읽으면 알게 되는 것들

앞으로 우리는 인물과 아크의 여섯 가지 조합을 하나씩 살펴보면서 각각의 특징을 알아볼 예정이다. 그러려면 다양한 인물과 아크가 나오는 작품을 두루 살펴봐야 한다. 영화를 한 편 한 편, 처음부터 끝까지 줄거리를 따라가며 외부의 변화와 내면의 선택이 어떻게 이야기의 구조를 빚어내고 주제를 드러내는지 알아봐야 한다.

영화를 꼼꼼하게 읽으면 이야기의 요소들이 어떻게 기능하고, 서로 연결되고 보완되며, 이야기에 반영되는지 한층 깊게 이해할 수 있다. 형식이나 구조와 같은 기존 틀에서 벗어나 이야기를 있는 그대로 이해할 수 있다. 이는 실제로 우리가 영화나 TV 드라마를 보고 책을 읽는 방식하고도 닮았다.

자, 영화가 시작된다. 변화형 인물이 나올지, 불변형 인물이 나올지(예고편에 단서는 나오지만) 아직 알 수 없다. 등장인물의 아크가 낙관적일지 비관적일지, 양면적일지도 알 수 없다. 이야기가 진행되자 실마리가 나온다. 인물의 외부세계와 내면세계의 특징, 즉 주거지, 직장, 배경, 신념, 가치관, 욕망, 두려움 따위를 알게 된다. 인물이 서서히 형태를 갖추고, 우리는 인물의 세계에 빠져든다.

인물의 세계에 익숙해지면 변화가 생긴다. 갈등이 발생한다. 우리는 인물의 세계에 더욱 깊이 빠져든다. '인물이 갈등에 어떻게 대처할까?' 인물이 어떤 사람인지 알았으니 앞으로 어떻게 갈등을 풀어나갈지 궁금해진다. 이야기가 얼개를 드러내기 시작한다. 결말은 아직 알 수 없다. 갈등이 풀릴지 말지 알 수도 없다. 짜임새가 좋은 이야기는 결과를 예측하기 어렵다. '주인공이 꼭 변해야 할까?' '갈등이 풀릴까 꼬일까, 아니면 이도 저도 아니게 될까?' 우리는 궁금해서 안절부절못한다.

이야기를 경험하는 과정이 원래 이와 같다면, 이야기를 분석할 때도 추정과 가정을 내려놓고 가능성과 놀라움에 마음을 열고 이야기에 다가가면 어떨까?

당신이 그런 태도로 이야기에 다가가기를 바란다. 파트별로 이야기의 구조가 어떻게 생겨나는지, 장면별로 이야기의 구조가 어떻게 탄탄해지는지, 그 과정을 차근차근 살펴보기 바란다. 꼼꼼하게 영화를 분석한다고 해서 지레 겁먹지 않아도 된다. 공부하듯 필기하지 않아도 된다. 그보다 다양한 질문을 던져야 한다. '이 이야기는 변화형 인물을 다루는가, 불변형 인물을 다루는가?' '인물의 중대한 결정이 무엇인가?' '인물의 아크가 낙관적인가, 비관적인가, 양면적인가?(즉 미래가 밝은가, 어두운가, 둘 다인가?)'

영화를 분석하면서 설명한 내용과 짝을 이루는 그림을 함께 실었다. 나처럼 이미지로 생각하는 사람이라면 도움이 되겠지만, 아니라면 슬쩍 훑어보고 넘어가도 된다. 덧붙이자면 설명과 그림은 자로 잰 듯 '딱 맞다'

기보다는 엇비슷하다. 아크 분석이 정밀한 기법이긴 해도 과학보다는 예술에 가깝기 때문이다(이야기란 우리가 마음 가는 대로 지어낸 것이다).

꼼꼼하게 읽으면 어떤 이야기든 이해하기 쉽다. 무엇보다 마음을 열고 이야기에 다가가야 한다. 일단, 여행을 떠나자. 발길이 닿는 대로 가보자. 결론으로 내달리지 않아도 된다. 이야기를 있는 그대로 받아들이자. 다만, 영화를 분석하려면 어쩔 수 없이 줄거리를 언급해야 하니 스포일러에 주의하자!

시나리오 작가만 꼼꼼하게 읽는 연습을 하는 게 아니다. 온갖 분야의 예술가들이 예술의 구조와 요소를 깊이 이해하기 위해 날마다 다른 예술가의 작품을 꼼꼼하게 살펴본다. 음악가는 음악적 영감을 좇아 음악을 '듣고 또 듣고', 화가는 다른 화가의 작품을 꼼꼼히 살피고, 사진작가는 동료 사진작가의 복잡한 테크닉을 낱낱이 파헤치고, 소설가와 시인은 같은 문장을 읽고 또 읽는다. 한 분야의 전문가가 되려면 그래야 한다. 예술가라면 누구나 매일 의식처럼 하는 작업이다.

언제쯤 진짜 '글쓰기 요령'이 나올까 걱정이라면 안심하자. 당신은 이미 요령을 배우는 중이다. 당신은 프로 작가가 글쓰기를 갈고닦으며 걸어간 길을 걷고 있다. 프로 작가가 하듯, 공들여 이야기를 분석하고 이야기의 가능성을 탐구하고 이야기의 경계를 넓히고 있다.

아크 분석을 연구하고 연습해서 완전히 몸에 익힌다면 온전한 당신만의 이야기 형태를 찾게 될 것이다. 당신의 이야기에 당신의 목소리가 깃들 것이다. 결국 당신의 목소리를 발견하는 것이 아크 분석의 목적이다. 그러려면 먼저 다른 작가의 목소리에 귀를 기울여야 한다. 자, 여행을 떠나보자.

2부   변화형 인물

Beyond the Hero's Journey

2장

"포스를 써라, 루크"

낙관적 아크를 걷는 변화형 인물

———

할리우드는 해피 엔딩을 사랑한다. 주류 할리우드 영화가 주로 낙관적 아크를 지닌 변화형 인물을 주인공으로 내세우는 이유다. 할리우드 영화는 긍정적이고 희망찬 이야기로 관객을 웃게 한다. 관객들은 할리우드 영화를 사랑한다(물론 관객이 사랑하는 다른 영화들도 많지만 그것들은 나중에 다루자). 희망을 노래한다는 점에서 영웅의 여정과 이야기 형식이 비슷할 때가 많지만 늘 그렇지는 않다. 인물 유형이나 스토리 아크 측면에서 영웅을 다룬 영화가 다른 영화와 무엇이 다른지 알아보려면 우선 할리우드 영화를 살펴봐야 한다.

낙관적 아크를 걷는 변화형 인물은 '진짜' 삶의 문제를 다루지 않는다고 무시하기 쉽다. 하지만 다음 영화들을 보면 알 수 있듯이 이 조합에 들어가는 영화는 상당히 다양한 편이다.

우리는 세 편의 영화, 〈스타워즈: 새로운 희망〉(흥미진진한 우주 모험), 〈레이디 버드〉(삐딱한 성장 이야기), 〈문라이트〉(절절한 사랑 이야기)를 살펴볼 것이다. 세 영화는 닮은 구석이 별로 없지만 결말은 비슷하다. 세 영화 모두 인물이 주요 갈등을 극복하고 감정적으로 변화하며 희망찬 어조로 끝을 맺는다. 이들을 '영웅'이라고 정의할 수 있을지는 따져봐야겠지만 주인공들은 하나같이 역경을 마주해 변화하는 모습을, 특히 감정이 변화하는 모습을 보인다. 우리는 이야기 속 인물의 외부세계에 어떤 큰 변화가 일어나는지, 그 변화로 인물이 어떤 선택을 내리는지 알아보고, 이런 변화와 선택이 어떻게 이야기에 주제를 불어넣고 아크를 만드는지 살펴볼 것이다. 자, 이야기는 오래전 멀고 먼 은하계에서부터 시작한다.

〈스타워즈: 새로운 희망〉(1977)

낙관적 아크를 걷는 변화형 인물을 알아보려면 〈스타워즈〉에서 출발하지 않을 수 없다. 영화의 각본을 쓴 조지 루카스George Lucas 감독은 조지프 캠벨의 이론인 영웅의 여정을 깊이 연구했으며, 〈스타워즈〉를 제작할 때 이를 의도적으로 모방했다고 말했다. 누구나 알다시피 〈스타워즈〉는 멀고 먼 은하계를 무대로 삼아 반란 세력과 함께 악의 제국을 무너뜨리라는 부름을 받은 어린 농사꾼 루크 스카이워커의 이야기를 들려준다.

이야기의 시작 장면부터 루크의 외부세계와 내면세계가 어떤 모습이었는지 살펴보자. 영화는 강력한 은하 제국과 비밀 설계도를 훔친 반란군이 우주 공간에서 전투하는 장면으로 시작한다. 반란군 수장인 공주는 비밀 설계도를 몸 안에 숨긴 로봇을 근처 행성으로 탈출시킨다. 이 행성에는 이야기의 주인공 루크가 살고 있다. '외부'세계부터 보면, 먼 곳에서 은하계 전쟁이 벌어지고 있지만 루크는 삼촌 내외와 함께 농장에서 일하며 오붓하게 사는 중이다. 루크는 어릴 적 부모님을 여의었고 친구들은 대부분 조종사가 되려고 고향을 떠났다.

'내면'세계를 보면, 루크는 조종사의 재능을 발휘해 파일럿 아카데미에 들어가 친구들이나 우주선 항해사였다는 아버지처럼 은하계를 여행하는 꿈을 꾼다. 하지만 한편으로 삼촌과 숙모를 도와 농장에서 일해야 한다는 의무감을 느낀다. 루크는 의욕이 없고 불만에 차 있으며, 뭔가 큰 일이 자신을 기다린다고 느끼지만 당장 어떻게 해야 좋을지 모른다.

영화가 시작되고 15분이나 지나서야 주인공 루크가 나온다는 사실을 짚고 넘어가자. 15분 동안 영화는 악의 제국, 비밀 설계도, 반란군 연합을 비롯한 '외부'세계가 펼쳐질 무대를 설치한다. 루크의 삶은 이상적이지는 않지만 안정적이다.

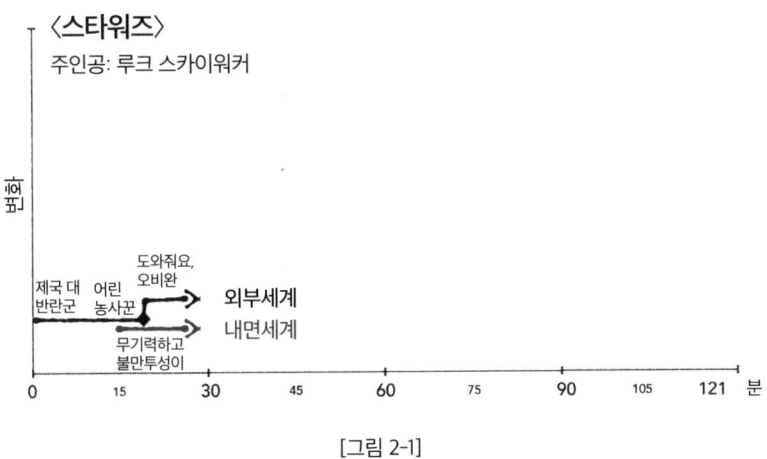

[그림 2-1]

하지만 루크가 로봇 안에 숨겨진 반란군의 SOS 메시지를 발견하면서부터 상황이 달라진다. 메시지를 보낸 젊은 여성(공주)은 오비완 케노비라는 인물에게 도움을 요청한다. 평온한 일상을 깬 '외부'세계의 변화 앞에 루크가 질문한다. '이 여성은 누구일까?' '오비완 케노비는 누구일까?' '어디서 그 사람을 찾을 수 있을까?' '내가 도와줘야 할까?'

삼촌이 괜한 일에 나서지 말라고 다그치자 루크는 잠자코 삼촌의 결정을 따른다. 결정에 따르는 것도 선택이지만, 평소처럼 루크가 늘 하던 선택일 뿐이다. 큰 결심을 한 것이 아니다. 루크가 갈등에 적절하게 대처하지 않자 일상도 딱히 변화가 없다.

루크는 우연히 오비완 케노비(벤)를 만나 메시지를 보낸 젊은 여성이 제국과 싸우는 반란군 수장 레아 공주임을 알게 되지만 선뜻 '함께하지' 못하고 여전히 망설인다. 심지어 아버지가 사실 반란군이었고 다스 베이더라는 제국군 리더의 손에 살해당한 제다이 기사라는 사실을 듣고도 루크는 요지부동이다. 주위에서 사건이 터지고 갈등이 생기지만, 루크는 여행과 모험을 꿈꾸는 마음을 숨긴 채 평소처럼 살기로 결심한다.

하지만 로봇을 쫓아온 제국군의 손에 삼촌 내외가 살해당하자, 루크는 마음을 바꿔 벤을 도와 로봇과 비밀 계획을 반란군과 레아 공주에게 전달하기로 '결심'한다.

이것은 루크의 첫 '내면의' 선택으로 중요하다. 루크는 처음으로 '새롭거나 낯선' 선택을 내렸고, 삶의 갈등에 의미 있는 반응을 보였다. 정황상 루크에게 다른 선택지는 없었다. 하지만 집을 떠나본 적 없는 순진한 농사꾼에게는 여전히 큰 결정이었다. 루크는 더 이상 제국의 문제에서 중립일 수 없었다. '함께해야만' 했다. 함께하기로 했으므로, 제다이 기사였던

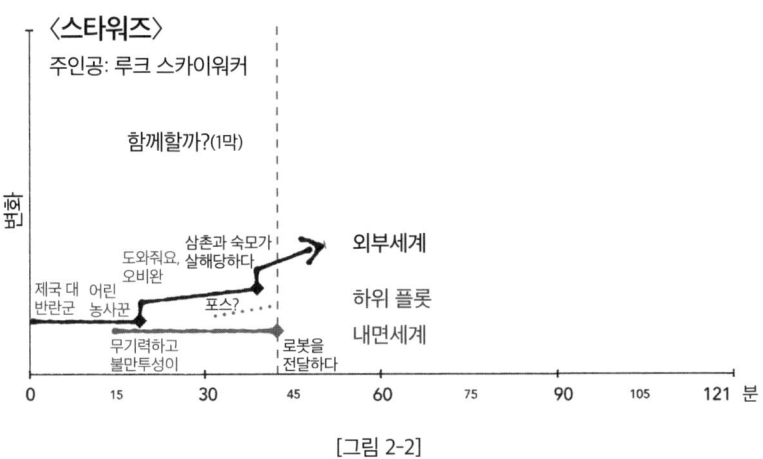

[그림 2-2]

아버지를 알아가고 포스라는 신비한 힘도 익혀야 했다(포스는 매우 중요한 하위 플롯이다). 루크가 벤을 도와 로봇을 반란군에게 전달하기로 용기 있는 결정을 함으로써, 이야기는 2막으로 넘어간다.

2막에서 루크는 로봇을 반란군에게 전해주려 한다. 그러려면 지역을 순찰하는 제국군 크루저를 따돌릴 빠른 우주선이 필요했다. 루크는 벤과 함께 악명 높은 조종사 한 솔로를 찾아가 고용하고 우주선을 손에 넣는다. 루크 일행은 제국군의 추격을 가까스로 피한다. 루크는 반란군 기지로 이동하는 동안 포스를 익히려 하지만 실패한다. 성격이 급해서 차분하게 정신을 집중하지 못한다. 다행히 벤이 곁에서 루크를 도와준다.

계획대로 착착 진행되었지만 막상 반란군 기지에 도착해보니 행성 크기만 한 거대 전투함 '죽음의 별'이 기지를 궤멸시킨 뒤였다. 루크 일행이 탄 우주선은 순식간에 '죽음의 별' 내부로 빨려 들어간다. 루크 일행은 제국군 트루퍼의 손에서 탈출하지만 '죽음의 별' 안에 발이 묶인다. 마침 레아 공주도 '죽음의 별'에 감금되어 있다는 사실을 알게 된다. 벤이 우주선을 빼낼 방법을 찾는 사이, 루크는 레아 공주를 구하자고 일행을 설득한다.

제국군에게 붙잡히면서 '외부'세계가 변화하자 루크의 '내면'에도 변화가 일어나고 루크는 레아 공주를 구하기 위해 평소와 다르게 행동한다. 루크는 자신을 밀어붙여가면서 성장한다. 루크는 어리숙한 농사꾼에서 영웅적인 인물로 감정의 변화를 경험한다. 이제 이야기는 3막으로 넘어간다.

루크는 제국군 트루퍼를 물리치고 쓰레기 압축기에 갇혀 죽다 살아난 끝에 공주를 구출한다. 벤은 우주선을 빼내는 데 성공한다. 하지만 탈출 시간을 벌기 위해 벤은 루크의 아버지를 죽인 악당 다스 베이더와 맞서다 살해당한다.

벤의 죽음으로 '외부'세계는 끔찍하게 변한다. 짧은 만남이었지만 루크는 벤을 아버지처럼 여겼다. 벤이 죽자 루크의 감정은 소용돌이친다.

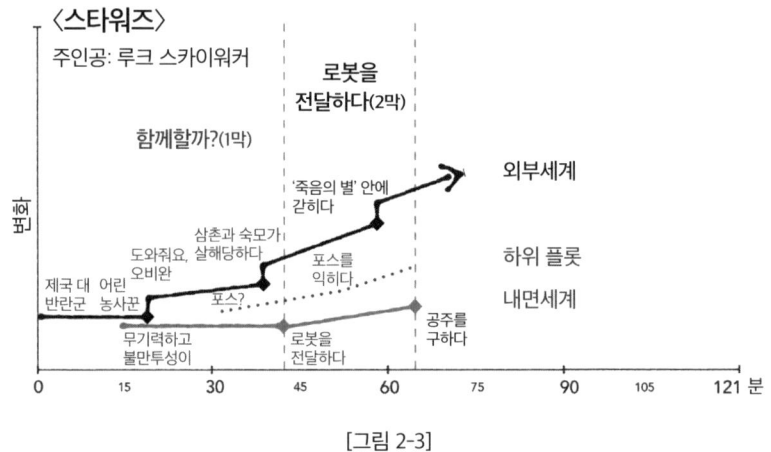

[그림 2-3]

'사랑하는 사람이 모두 죽는 마당에 이게 다 무슨 소용일까?' 루크는 그대로 반란군을 떠날 수도 있었다. 루크와 늘 옥신각신하던 한 솔로는 루크에게 함께 떠나자고 말한다. 그러나 루크는 두 가지 이유로 제안을 거부하고 제국과 싸우기로 결심한다. 첫째, 루크는 사랑하는 사람들의 죽음을 겪으면서 진심으로 제국을 없애겠다고 마음먹는다. 둘째, 루크의 머릿속에서 벤의 목소리가 들리기 시작한다. '벤의 목소리가 들리다니 어떻게 된 걸까? 벤은 죽었는데? 죽은 벤이 어떻게 내 머릿속에서 포스가 나와 함께할 거라고 말할 수 있을까?' 무척 이상한 일이었지만 루크는 (일단은) 목소리에 큰 관심을 기울이지 않는다.

벤의 죽음('외부의' 변화)과 제국과 싸우겠다는 결심('내면의' 선택)으로, 이야기는 이제 루크의 감정이 가장 극적으로 바뀌는 4막으로 넘어간다. 루크는 먼 길을 왔다. 하지만 아직 갈 길이 남았다.

마지막 4막에서 루크는 반란군에 합류하고 일인용 소형 전투기에 탑

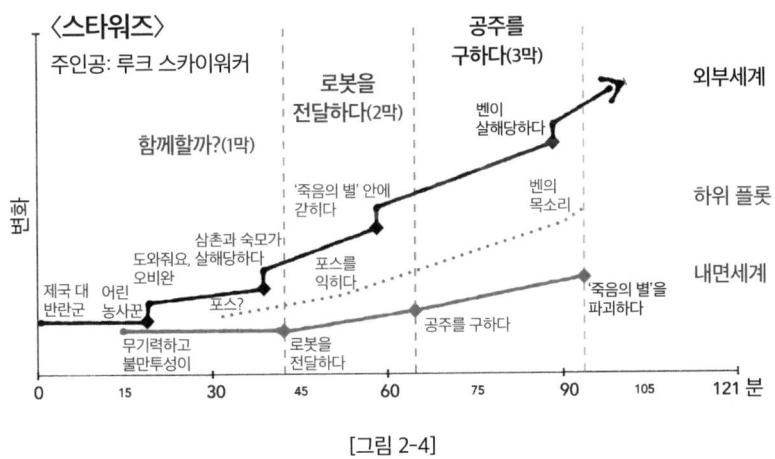

[그림 2-4]

승해 거대한 '죽음의 별'을 공격한다. 조종사들이 수없이 죽어간다. 이제 살아남은 조종사는 루크뿐이다. 루크는 말도 안 되게 작은 표적을 향해 미사일을 발사해야 한다. 확률은 지극히 낮지만 달리 방법이 없다. 루크가 미사일을 쏘려는 순간, 머릿속에서 벤의 목소리가 울린다. "포스를 써라, 루크."

루크는 마침내 벤의 말을 이해한다. 지금껏 해내지 못했지만, 표적을 맞추려면 포스를 전적으로 믿어야 한다. 루크는 두 눈을 감고 정신을 집중해 미사일을 발사한다. 쾅! 미사일이 명중한다. '죽음의 별'이 폭발하고 루크 일행이 승리한다!

루크의 '내면'이 극적으로 변화해 마침내 포스를 믿었기에 루크는 최종 승리를 거둔다. 그렇지 않았다면 루크와 반란군은 패배하고 갈등은 계

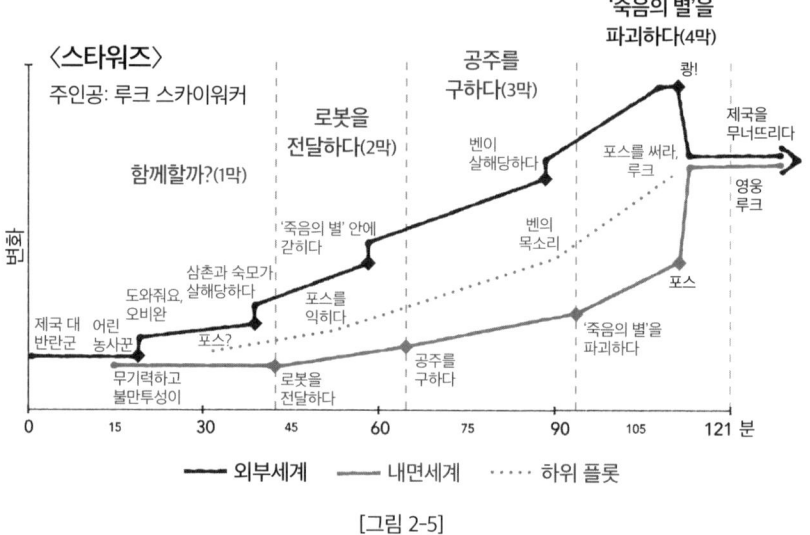

[그림 2-5]

속되었을 것이다.

루크의 삶은 내면의 변화로 적절한 균형을 되찾는다. 루크는 포스의 힘을 이해했으며 제국에 맞서 (일단은) 승리했다. 루크는 이제 순박한 농사꾼이 아니다. 은하계를 누비는 조종사이며, 포스를 수련하는 생도이자 영웅이다.

그림에서 보듯 세 요소, 즉 '외부'세계의 변화와 루크를 괴롭히는 갈등과 갈등을 풀기 위해 루크가 내린 선택은 서로 상관관계가 있다. 루크의 선택은 점점 루크를 미지의 세계로 밀어낸다. 그 결과, 영화 시작 부분에서는 루크와 관객 모두 미처 예상하지 못한 선택, 즉 루크가 포스의 힘에 오롯이 자신을 맡기는 선택을 하도록 그를 안내한다. 모든 일은 잘 마무리된다. 이런 맥락에서 볼 때, 루크는 낙관적 아크를 걷는 변화형 인물이다.

물론 루크는 수없이 사소한 결정을 내린다. 하지만 의미 있는 결정은 앞서 설명한 결정들이다. 그 결정들이 이야기에 형태를 부여하고 고유한 아크를 형성한다. 루크가 농장에 머물렀다면, 공주를 구하지 않기로 했다면, 벤이 죽었을 때 한 솔로와 함께 떠났다면, 벤의 목소리에 귀 기울이지 않았다면, 루크는 절대로 갈등을 해결하지 못했을 것이다.

루크가 내린 '내면의' 선택은 이야기의 주제와 목적도 함축한다. 위험을 감수하고 반란군과 '함께했기에' 루크의 눈앞에는 실제로도, 정신적으로도 새로운 세계가 열렸다. 영화는 포스를 익히는 하위 플롯을 이용해 이 '내면의' 변화를 묘사한다. 갈등을 해결하고 악의 세력을 물리치려면 선한 마음에서 샘솟는 정신의 힘(포스)을 믿는 길뿐이다.

낙관적 아크를 걷는 변화형 인물의 이야기는 놀라우면서도 필연적이어서 흥미롭다. 이야기 초반에 주인공이 할 수 없던 아주 단순한 행동

(예를 들어 "포스를 사용하라")이 주인공의 내면과 외부에 균형을 가져온다. 〈스타워즈〉는 이런 이야기의 교과서이지만, 때로는 구성이 너무 단순하게 느껴지기도 한다. 루크의 어떤 선택은 너무 쉬워 보인다. 예를 들어 루크는 벤이 죽고 나서도 포기하지 않을 게 뻔했고, 삼촌과 숙모가 죽은 이유는 인물의 갈등보다는 플롯 탓으로 보인다(특히 루크가 그들의 죽음을 전혀 슬퍼하지 않는 듯할 때 더욱 의심스럽다). 사실 포스를 익히는 과정도 딱히 어려워 보이지 않는다. 루크는 한 솔로처럼 의심 많은 사람이 아니라 원래부터 쉽게 믿는 사람이었다. 하지만 그럼에도 〈스타워즈〉 시리즈가 주는 끝없는 즐거움과 영향력을 부정할 수는 없을 것이다.

〈레이디 버드〉(2017)

겉으로 보면 아카데미 각본상 후보에 오른 그레타 거윅Greta Gerwig 감독의 〈레이디 버드〉는 〈스타워즈〉와 닮은 구석이 하나도 없는 듯하다. 레이디 버드 주위에는 악의 제국도, '죽음의 별'도, 우주 전투도 기웃대지 않는다(다만, 그녀가 레아 공주의 헤어스타일을 따라 해볼까 하고 한 번쯤 고민했을 것 같기는 하다). 하지만 루크 스카이워커처럼 그녀도 주변을 둘러싼 평범한 삶에서 벗어나 더 나은 무언가를 꿈꾸며, 원하는 것을 손에 넣으려면 감정의 변화를 겪어야 한다.

우선 그녀의 '외부'세계부터 들여다보자. 때는 2002년, '레이디 버드', 즉 크리스틴 맥퍼슨은 새크라멘토 교외(그녀의 표현대로라면 '캘리포니아 중서부 지역')에서 사랑하지만 형편이 넉넉하지 않은 부모님 밑에서 입양된 오빠와 함께 산다. 가톨릭 고등학교 졸업반이지만, 머리에 비해 성적이 저조해 번듯한 대학에 들어가기 힘들어 보인다. 그녀는 툭하면 선생님과 친구들을 무시해 학교에서 겉돌며 친구는 괴짜인 줄리뿐이다. 어머니 매리언과도 늘 긴장 관계다. 레이디 버드의 높은 이상을 두고, 두 사람은 번번이 부딪힌다.

'내면'으로 들어가 보면, 레이디 버드는 특별한 삶을 꿈꾸며 새크라멘토에서 멀리 떠나려고 한다. 오프닝에서 선언하듯이 "삶을 생생하게 느끼며", "문화가 풍부한 도시로" 가려고 한다. 크리스틴이라는 원래 이름이 너무 따분하다며 레이디 버드라는 새로운 이름을 짓는다. 성적도 시원찮고 가정 형편도 넉넉하지 않지만, 헌신적인 아빠 래리에게 도움을 받아 뉴욕 명문대에 지원서를 낼 생각이다.

보다시피 그녀의 삶에는 갈등이 많지만, 루크 스카이워커의 삶을 파괴한 악의 은하 제국처럼 목숨이 달린 문제는 아니다(하지만 〈스타워즈〉의 인물들도 자주 이름을 바꾸는 걸 보면 두 세계가 의외로 가까울지도 모르겠다).

레이디 버드가 처음 마주친 '외부' 세계의 변화는 학교 연합 뮤지컬에 참여할 기회다. 선생님이 에둘러 말했듯이, 그녀의 '연극적 성향'을 충족시키기에 알맞은 '새롭고 낯선' 기회였다. 또한 어머니 몰래 지원한 대학의 합격 통지를 기다리면서 시간을 보내기에도 딱 좋았다(어머니 몰래 대학을 지원한 사실은 중요한 하위 플롯이다).

학교 뮤지컬은 〈스타워즈〉의 서막을 연 은하계 전쟁만큼 극적이지는 않다. 하지만 뮤지컬이 인물의 삶에 '새롭고 낯선' 변화를 가져온다는 사실에 주목하자. 뮤지컬은 욕심나고 재미있지만, 목숨이 걸린 일은 아니다. 하지만 오디션에서 대니라는 소년을 만나는 바람에, 뮤지컬은 커다란 갈등의 씨앗으로 변한다. 레이디 버드는 매력 있고 유쾌하며 뽐내기 좋아하는 대니에게 내적 친밀감을 느낀다. 대니는 그녀가 동부 명문대에 진학하면 사귀고 싶던 그런 남자였다. 그녀는 대니에게 접근하기로 결심한다.

대니를 만나고('외부'의 변화) 대니에게 접근하기로 결심하면서('내면의' 선택) 이야기는 2막으로 넘어간다. 그 전에 레이디 버드의 선택을 꼼꼼하게 되짚어보자. 그녀는 대니에게 이성적 호감과 성적인 끌림('갈등')을 느끼고 접근하며, 이는 합리적인 행동이다. 대니가 대학에서 사귀고 싶던 유형의 남자였다는 점에서 타당한 선택이다. 그런데 이 선택이 '새롭고 낯선' 것일까? 그렇지는 않다. 그녀는 대니가 보여주는 모습 때문에 그를 좋아한다. 대니는 여느 새크라멘토 사람과 달랐다. 그는 동부나 뉴욕 출신처럼 보인다(그녀의 말마따나 최소한 '코네티컷이나 뉴햄프셔' 출신 같았다). 그녀는 영화 초반부터 보여준 욕망과 가치관에 따라 대니를 고른다. 미지의 세계로 뛰어든 루크 스카이워커와 달리 그녀는 익숙한 선택을 한다. 그녀의 선택은 '뻔하다'. 레이디 버드의 캐릭터 아크가 독특한 이유

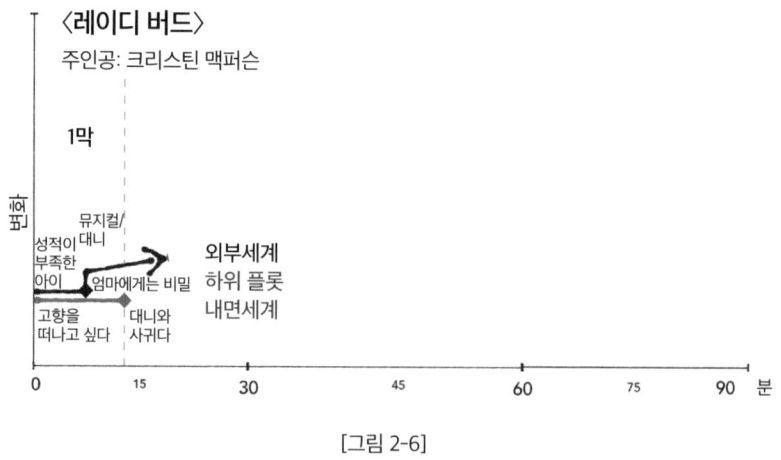

[그림 2-6]

가 여기 있다.

레이디 버드는 뮤지컬 연습을 핑계 삼아 대니에게 접근하고 두 사람은 데이트를 시작한다. 대니는 부유하고 보수적인 집안에서 자랐지만 레이디 버드처럼 새크라멘토를 벗어나 파리로 떠나고 싶어 한다. 레이디 버드는 추수감사절을 대니의 집에서 함께 보낸다. 어머니가 표현은 하지 않아도 속상해한다는 걸 그녀는 모른다. 어느새 그녀는 대니에게 푹 빠져버린다. 하지만 뮤지컬 첫 공연이 있던 날 밤, 대니가 다른 남자와 입 맞추는 장면을 목격한다. 그녀는 혼란스럽고 속상했지만 대니에게 연민을 느낀다. 두 사람은 이별한다. 그녀는 헤어진 후에도 대니를 가깝게 느끼지만 성 정체성의 위기를 겪는 대니에게 도움을 받기는 힘들다. 이별은 그녀의 '외부'세계에 커다란 흔적을 남긴다.

얼마 뒤 레이디 버드는 카일과 마주친다. 카일은 밴드에서 연주하며, 난해한 책을 즐겨 읽고, 사회체제를 부정하는, 다소 어두운 성향의 남자

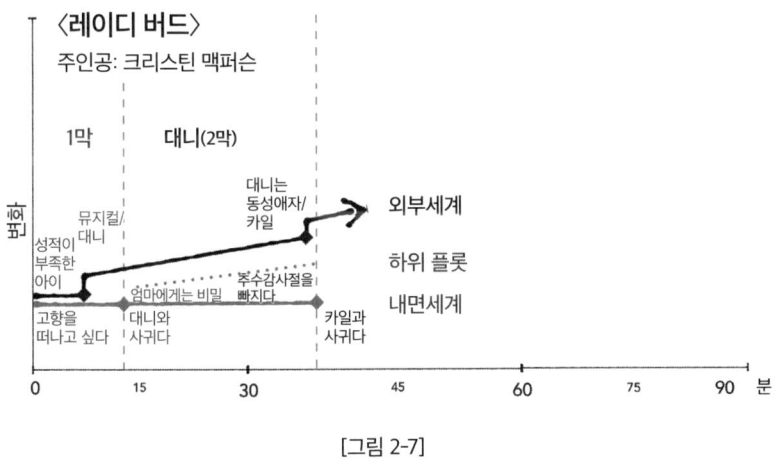

[그림 2-7]

2장 "포스를 써라, 루크"

다. 그녀는 카일에게 매료된다. '이 남자야말로 내 짝이야'라고 생각한 레이디 버드는 카일에게 접근한다. 하지만 사랑에 빠진 이유부터 남자를 고르는 기준까지 대니를 사귈 때와 비교해서 아무것도 달라지지 않았다. 영화가 시작된 이후 그녀의 '내면' 세계는 조금도 변하지 않았다. 아니, 그녀의 감정이 변해야 할 이유가 있을까? 변하면 더 행복할까? 변한다고 한들 동부 대학에 진학하거나 카일과 사귈 수 있을까?

카일 이야기를 하기 전에 잠시 시간을 되돌려보자. 레이디 버드가 대니와 사귀는 동안, 그녀의 아버지는 직장을 잃는다. 대학에 가려면 큰돈이 필요하니 아버지가 실직하면 그녀는 동부 명문대에 못 갈 수도 있다. 다른 이야기였다면 이를 중요한 '외부의' 변화로 다루고 인물이 갈등을 극복하려는 모습을 담았을 것이다. 하지만 〈레이디 버드〉에서 아버지의 실직은 고민 축에도 못 든다. 이 사건이 중요한 변화로 다루어지지 않는 이유가 뭘까? 아버지의 실직은 부모님의 고민거리이지 그녀의 문제가 아니기 때문이다. 잘 모를 수도 있지만, 10대는 대개 자기중심적이다. 아버지가 대학 입학을 도와주겠다고 약속했으니 걱정할 이유가 없다. 아버지가 일자리를 잃었어도 사정은 마찬가지다. 아니나 다를까, 대니 이야기가 끝날 즈음에 믿음직한 아버지 래리가 기다리던 서류를 그녀에게 건넨다. 부모님의 재정 문제는 이야기의 방향을 좌우하지 않는다. 어디까지나 갈등의 배경으로 레이디 버드의 이기심을 빛낼 뿐이다.

다시 새로운 남자 카일의 이야기로 돌아가보자. 카일은 어둡고 멋지고 신비롭다. 무심한 편이라 다가가기 어렵다. 레이디 버드는 인기 있는 제나에게 접근해 인지도를 얻어 카일에게 다가간다. 작전은 성공한다. 그녀는 제나와 친구가 되고 카일과 데이트를 시작한다. 안타깝게도 그녀는 새로운 친구들을 핑계로 공연 연습도 그만두고 단짝 줄리도 뒷전이다. 결국 그녀는 줄리와 다툰다. 하지만 자신의 이기적인 선택이 오랫동안 속 끓이던 어머니를 비롯해 주변 사람들에게 상처를 준다는 사실을 까맣게 모른다. 부적절한 농담을 던져 학교에서 정학당하고, 아버지가 몇 해째 우울증을 앓았음을 뒤늦게 알았을 때도 마찬가지다. 그녀는 새로운 친구들과도 금세 사이가 틀어진다. 근사한 저택에 산다고 한 거짓말을 제나에게 들키고, 카일과 한 첫 경험은 비참할 만큼 '허탈하다'.

온갖 골칫거리를 안고 있지만 '내면'세계를 기준으로 보면 그녀의 행동은 한결같다. 여전히 사람들의 관심에 목마르고, 허세를 부리고, 선을 넘고, 거짓말을 일삼고, 주변 사람을 홀대한다. 조만간 누릴 아름다운 동부에서의 삶만 꿈꾼다. 그녀의 선택은 '새롭지도 낯설지도' 않다. 그녀의 선택은 너무도 '뻔해서' 불길처럼 번지는 갈등을 잠재우지 못한다(그녀의 어머니도 알 것이다).

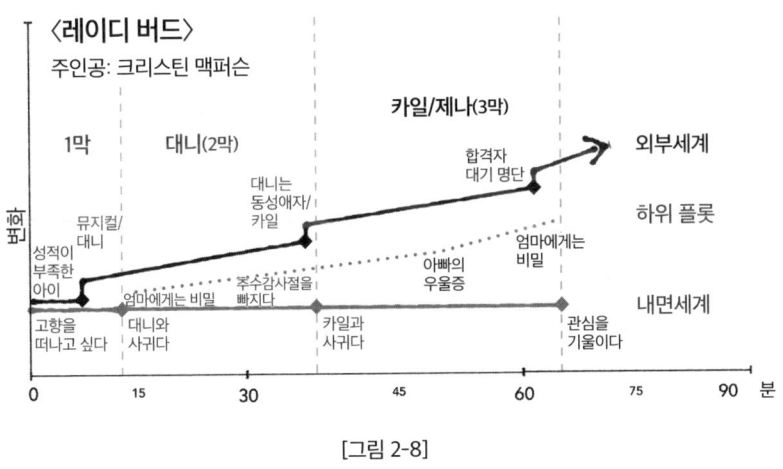

[그림 2-8]

뉴욕 대학의 합격자 대기 명단에 올랐다는 소식을 받고, 레이디 버드는 곧 꿈이 이루어질 듯 신나한다(이번에도 어머니에게는 말하지 않는다). 학교 선생님은 그녀가 새크라멘토에 관해 쓴 대학 입학 에세이를 읽고 새크라멘토에 대한 사랑을 느꼈다고 말한다. 그녀는 선생님의 말을 들은 다음부터 새크라멘토를 떠나면 그리워할, 사랑하는 것들에 '관심을 기울이기' 시작한다. 합격자 대기 명단에 오르고('외부의' 변화) 그리워할 것들에 '관심을 기울이면서'('내면의' 선택) 이야기는 4막으로 전환된다.

4막에서 레이디 버드는 처음으로 '뻔하지 않은' 선택을 한다. 그녀는 새크라멘토를 벗어나려 안달하기보다 감사하며 시간을 보낸다. 이 선택은 레이디 버드가 졸업식 파티를 카일이 아니라 단짝 줄리와 가겠다고 결심하는 장면에서 두드러진다. 그녀는 줄리와 화해해 다시 단짝이 되고 서로 얼마나 소중한 존재인지를 새삼 깨닫는다. 전 남자 친구 대니와도 관계를 회복한다.

이는 레이디 버드의 내면에서 뭔가 달라지고 있다는 신호였다. 그녀는 여전히 동부로 가고 싶어 하지만 고향을 바라보는 시선이 달라졌다. 그녀의 '감정'이 변화하고 있는 것이다.

아쉽지만 어머니와의 사이는 별로 나아지지 않는다. 그녀가 동부 대학의 합격자 대기 명단에 올랐다는 사실을 어머니가 알게 되자 사이는 더욱 나빠진다. 그녀는 어머니에게 용서를 빌지만, 뉴욕 명문대에 합격했다는 소식에도 어머니의 마음은 풀리지 않는다. 그녀는 속상한 어머니를 남겨둔 채 뉴욕에 가기 위해 집을 떠나고, 이야기는 마지막 5막으로 넘어간다.

레이디 버드가 어머니의 고통을 외면하고 고향을 떠나지만, 이 '내면

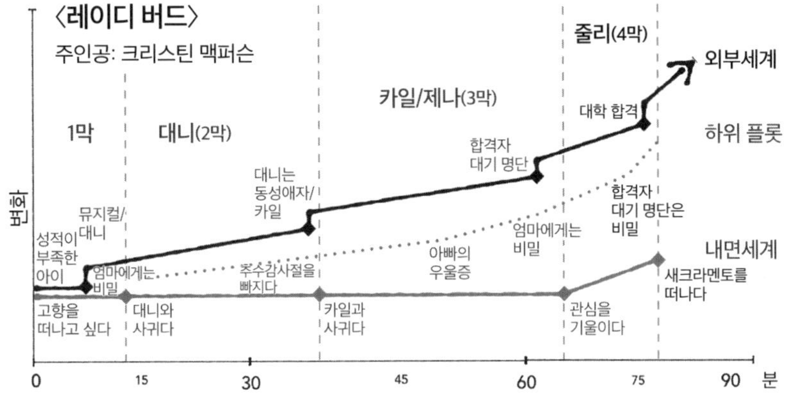

〈레이디 버드〉
주인공: 크리스틴 맥퍼슨
1막
대니(2막)
카일/제니(3막)
줄리(4막)
외부세계
하위 플롯
내면세계
변화
성적이 부족한 아이
뮤지컬/대니
엄마에게는 비밀
고향을 떠나고 싶다
대니와 사귀다
대니는 동성애자/카일
추수감사절을 빠지다
카일과 사귀다
아빠의 우울증
합격자 대기 명단
엄마에게는 비밀
관심을 기울이다
대학 합격
합격자 대기 명단은 비밀
새크라멘토를 떠나다
0
15
30
45
60
75
90
분

[그림 2-9]

의' 선택은 새롭지 않다. 그녀가 줄곧 원하던 일이었기 때문이다. 하지만 감정의 세계가 흔들린 그녀는 결정을 후회하며 새크라멘토에서의 삶을 새롭게 바라본다.

레이디 버드는 뉴욕에 도착해 짐을 풀다가 아버지가 몰래 짐가방에 넣은, 어머니가 쓰다 만 편지 더미를 발견한다. 아버지는 어머니가 레이디 버드를 얼마나 사랑하는지 표현할 말을 찾지 못해 편지를 마무리 짓지 못했지만, 이 쓰다 만 편지야말로 사랑을 증명한다고 말한다.

편지를 본 레이디 버드는 마침내 어머니가 자신을 얼마나 사랑했는지 깨닫는다. 영화는 처음에는 친구에게 주목하다가 결말에서는 오롯이 어머니에게 집중한다. 그녀는 난생처음 어머니와 떨어져 지내며 어머니의 부재를 온몸으로 느낀다. '외부'세계와 '내면'세계는 갈등이 절정에 이른다. 〈레이디 버드〉는 남자 친구나 단짝 친구에 관한 이야기가 아니다. 시종일관 어머니에 관한 이야기다.

얼마 후 레이디 버드는 파티에서 가볍고 냉소적인 남자를 만나 자신을 레이디 버드가 아닌 크리스틴으로 소개한다. 뉴욕은 꿈꾸던 모습과 달랐다. 그녀의 마음은 뉴욕이 아니라 새크라멘토의 집과 어머니를 향해 있었다. 그녀는 급성 알코올의존증으로 당혹스럽게 병원 신세를 진 뒤, 어머니에게 전화를 걸어 음성 메시지를 남긴다. 이 가슴 뭉클한 마지막 장면에서, 그녀는 운전면허 시험에 합격해 난생처음 차를 몰고 새크라멘토를 달리던 그 시간을 얼마나 좋아했는지 고백한다. 그녀는 그 기억이 얼마나 아름다운지, 얼마나 그리워할 일인지 깨닫는다. 그리고 마침내 어머니에게 사랑한다고, 고맙다고 말한다.

마지막에 변한 것은 레이디 버드의 이름만이 아니다. 영화 시작부터 그녀를 괴롭히던 갈등이 해결된다. 어머니에게 목줄을 잡힌 듯한 불편한 마음과 꿈을 이루기 위해 새크라멘토를 떠나려던 조급한 마음이 녹아내

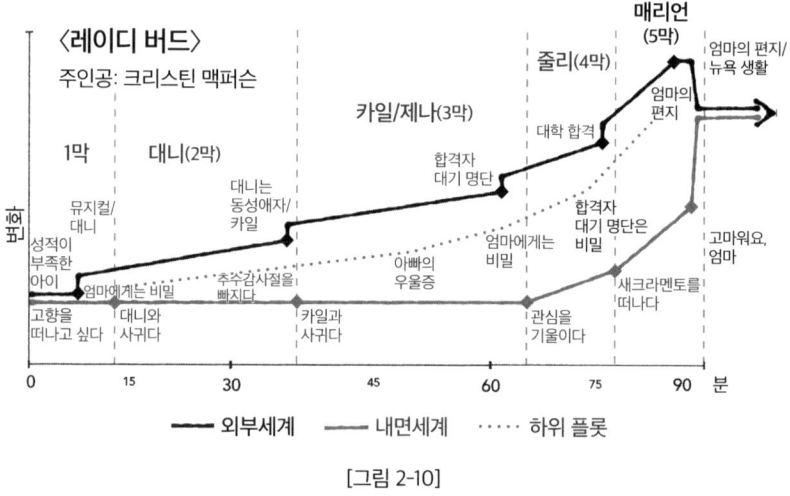

[그림 2-10]

린다. 레이디 버드는 이제 어머니가 어떤 희생을 치렀고 어떤 좌절감에 시달렸는지 안다. 자기가 내린 선택이 이기적이며 어머니에게 상처를 줬음을 안다. 어머니가 얼마나 애정이 넘치고 헌신하는 부모인지, 새크라멘토의 삶이 얼마나 감사한지 안다. 앞으로도 그녀는 어김없이 어머니와 다투겠지만, 서로를 아끼는 마음은 변하지 않을 것이다.

〈레이디 버드〉와 〈스타워즈〉는 얼핏 전혀 다른 이야기이지만, 스토리 아크는 닮았다. 두 영화 모두 주인공의 '감정이 변화하고', 결말에서 갈등이(특히 '감정'의 갈등이) 해소된다는 점에서 비슷하다. 하지만 두 영화의 아크가 어떻게 다른지도 주목해야 한다. 루크 스카이워커는 대개 삶의 갈등을 줄이는 방향으로 올바른 선택을 내렸다. 그는 항상 옳은 길을 선택한다. 반면 레이디 버드는 발전이 더디다. 그녀는 제자리에서 꿈쩍하지 않은 채, 뻔하고 이기적인 선택을 한다. 그녀는 친구를 외면하고 한심한 남자 친구를 사귀며 너무 오랫동안 어머니의 헌신을 당연하게 여겼다. 루크 스카이워커도 부모님 같은 사람을 잃지만, 잘못 선택한 대가를 톡톡히 치른다는 점에서 레이디 버드의 감정선이 더 복잡하게 꼬여 있다.

〈문라이트〉(2016)

영화 〈문라이트〉는 터렐 앨빈 매크레이니Tarell Alvin McCraney가 각본을 쓰고, 배리 젠킨스Barry Jenkins 감독이 연출한 작품으로, 아카데미 각본상을 받았다. 영화는 돌봐줄 사람 하나 없는 힘난한 세상에서 한 아이가 홀로 길을 찾는 과정을 마치 한 폭의 초상화처럼 그려냄으로써 관객의 마음을 사로잡는다. 영화는 낙관적 아크를 걷는 변화형 인물에 관한 이야기이며,

주인공 소년처럼 영화도 자기만의 길을 개척한다.

영화는 시간의 흐름에 따라 독립된 세 부분으로 나뉜다. 1부 '리틀'에서는 마이애미 리버티시市에 사는 아이 샤이론이 등장한다. 리버티시는 마약 거래가 판치는 험악한 동네다. 오프닝에서 샤이론을 뒤쫓는 아이들 무리가 나타난다. 아이들은 샤이론을 '리틀'이라고 놀려대며 '게이 엉덩이'를 발로 차버리겠다고 윽박지른다. 관객은 샤이론의 '외부'세계가 적의로 가득하다는 사실을 단숨에 감지한다. 샤이론이 아이들에게 쫓겨 낡은 아파트에 갇혔을 때, 마약상 후안이 나타나 샤이론을 구해준다. 샤이론이 이름도 사는 곳도 말하지 않자, 후안은 샤이론을 여자 친구인 테레사의 집으로 데려가 돌봐준다. 샤이론은 테레사를 만나자 말문을 열고 그날 밤 집에 가기 싫다며 자고 가겠다고 말한다. 여기서 샤이론의 '내면'세계가 드러난다. 샤이론은 극도로 수줍어하고 온순하며 걱정이 많다.

날이 밝자 후안은 홀로 샤이론을 키우는 엄마 폴라에게 샤이론을 돌려보낸다. 샤이론을 만난 폴라는 안도하지만 정작 샤이론은 폴라에게 거리감, 또는 두려움마저 느끼는 듯하다. 샤이론의 외부세계와 내면세계가 아직 온전히 모습을 드러내지는 않았지만, 영화는 절묘한 완급 조절을 통해 실마리를 제공한다. 샤이론에게 세상은 두려운 곳이다.

후안은 마약상이지만 마음이 따뜻하며 샤이론과 함께 시간을 보내려고 애쓴다. 이런 '외부의' 변화는 껍질을 깨고 세상 밖으로 나와 타인을 믿어보라고 샤이론에게 손짓하는 듯하다. 수줍음 많은 샤이론은 후안이 내민 우정의 손을 잡아보기로 결심한다. 샤이론이 내린 '내면의' 선택은 '새롭거나 낯설다'. 겉으로 내색은 하지 않지만, 샤이론의 '감정'은 달라지고 있다.

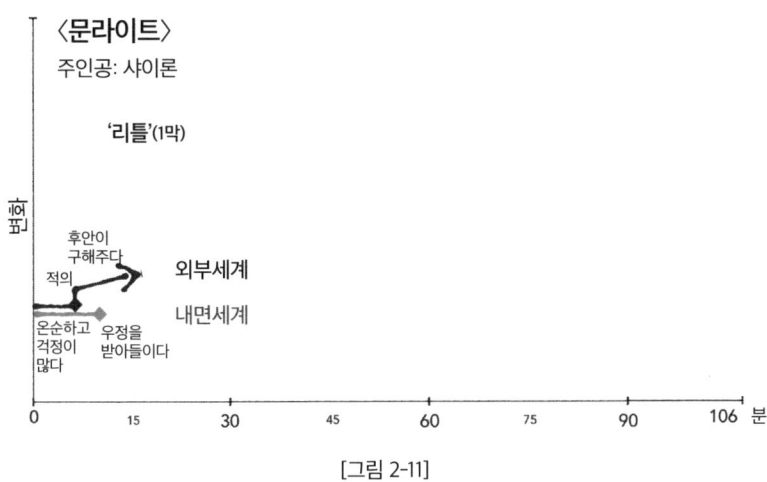

〈문라이트〉

주인공: 샤이론

'리틀'(1막)

호감

후안이
구해주다
적의   외부세계
              내면세계
온순하고 우정을
걱정이 받아들이다
많다

0   15   30   45   60   75   90   106 분

[그림 2-11]

두 사람은 함께 바닷가로 가고 후안은 샤이론에게 수영을 가르쳐준다. 샤이론이 '속으로' 우물쭈물 고민하자, 후안은 당당하게 가슴을 펴고 인생을 남의 손에 맡기지 말라고 샤이론에게 조언한다. 후안이 해준 조언은 영화 안을 맴돌며 샤이론의 '내면'이 서서히 달라질 거라고 예언한다.

비슷한 시기에 샤이론은 학교에서 만난 케빈과 친구가 된다. 케빈은 상대와 싸워 자신을 지키는 방법을 샤이론에게 알려준다. 이런 장면들은 당장 뚜렷한 줄거리로 연결되지는 않지만, 샤이론이 후안을 만났을 때처럼 '내면의' 변화를 보여주면서 영화 뒷부분에 더욱 큰 울림을 예비한다.

샤이론은 학교에서 새로 친구를 사귀지만, 어머니 폴라가 마약에 빠지면서 상황이 다시 나빠진다. 폴라는 마약 살 돈을 구하려고 TV를 전당포에 맡기고 예전처럼 샤이론을 방치한다. 샤이론에게 어머니는 골칫거리이지만, 그는 이미 익숙한 듯 어머니와 거리를 둔다. 오히려 새로운 문제가 수면 위로 떠오르고 있었다.

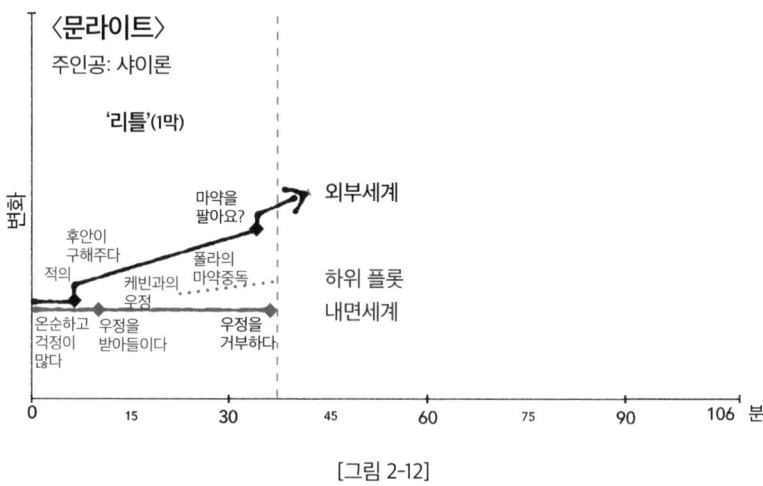

[그림 2-12]

후안은 폴라가 자기 구역에서 마약을 산다는 걸 알고도, 폴라를 제지하지 못한다. 얼마 후, 샤이론이 어머니에게 혼나 후안의 집으로 도망쳐 온다. 샤이론은 후안에게 '패깃faggot'★이 무슨 뜻인지 묻는다. 후안은 동성애자여도 아무 문제 없다며 샤이론을 따스하게 위로한다. 하지만 샤이론이 그에게 마약을 파는지 묻자, 후안은 추악한 진실을 숨기지 못하고 털어놓는다. 샤이론은 불쑥 자리에서 일어나 아무 말도 하지 않고 밖으로 나간다.

샤이론은 후안 덕분에 한동안 미묘한 감정 변화를 느끼지만, 친구라고 생각한 후안이 어머니에게 마약을 팔았다는 사실에 다시 혼란스러워한다. 샤이론은 어른이 베푼 친절이나 우정은 미덥지 않다고 결론을 내린

★   남성 동성애자를 비하하는 속어.

다. 어머니가 그랬듯 어른의 사랑에는 항상 대가가 따른다. 샤이론은 후 안과 절교하기로 마음먹고 예전처럼 조심스러운 아이로 돌아간다. 샤이 론을 둘러싼 갈등이 더욱 깊어지고 샤이론의 상태는 예전보다 나빠졌다. 후안이 폴라의 마약중독을 묵인했음이 드러나고('외부'세계), 샤이론이 후 안과 거리를 두기로 선택하면서('내면'세계), 이야기는 2막으로 넘어간다.

앞서 언급했듯, 〈문라이트〉는 독립된 세 부분으로 나뉜다. 각 부분은 단막극처럼 펼쳐진다. '외부'세계에 변화가 일어나고(후안이 도착한다), 인 물이 선택을 내리고(후안의 우정을 받아들인다), 갈등이 깊어지면서 이야기 가 절정을 맞이하고(후안이 잘못을 인정한다), 마지막 결정을 내린다(후안 의 우정을 거부한다). 이 패턴을 기억해두자.

2부 '샤이론'은 몇 년이 지난 후의 이야기다. 이제 샤이론은 극도로 내 향적인 10대 소년으로 성장했고, 성 정체성으로 남몰래 고민한다. 가엾 게도 '외부'세계는 예전보다 더 나빠졌다. 어머니 폴라는 여전히 약에 찌 들어 아무 희망이 없고, 약값을 대려고 다시 성매매를 시작했다. 동성애 자를 혐오하는 무리는 예전보다 덩치도 크고 포악해졌다. 특히 티렐을 중 심으로 하여 변함없이 샤이론의 주위를 맴돈다. 샤이론이 안심할 곳은 여 전히 테레사의 집뿐이고, 이제 후안은 죽고 없었다. 샤이론은 마음을 써 주는 테레사가 고마웠지만 후안에게 받은 상처가 두 사람의 우정을 가로 막는다. 샤이론은 변함없이, 어쩌면 예전보다 더 두렵고 외롭다.

어느 날 밤, 샤이론은 무작정 기차 여행을 떠나고 후안에게 수영을 배 웠던 바닷가에 다다른다. 바닷가 모래사장에 앉아 있는 샤이론에게 옛 친 구 케빈이 다가온다(케빈은 1부에서 싸우는 법을 가르쳐준 친구이다). 케빈은 자신만만한 10대로 자랐다. 그는 샤이론을 '블랙'이라고 부른다. 사실 최근에 샤이론은 케빈이 나오는 야릇한 꿈을 꾸었지만, 당연히 케빈에게는 비밀로 했다. 한참 만에 만난 두 사람은 지난 이야기를 나누며 함께 웃었고, 긴장이 풀리자 차츰 서로에게 마음을 연다. 두 사람은 마침내 입을 맞추고 케빈은 샤이론이 절정을 느끼도록 자위를 돕는다.

이 섬세한 순간에 샤이론의 '외부'세계와 '내면'세계는 극적으로 변화한다. 샤이론은 평생 숨겨온 감정을 드러낼 순간을 이제야 맞이한다. 샤이론은 이 순간을 오롯이 받아들이기로 선택한다.

샤이론이 '낯선' 선택을 내리면서, '감정'이 변화할 조짐이 보인다. 수줍음 많은 샤이론과 자신만만한 케빈은 다시 만날 듯한 분위기를 풍긴다. 샤이론은 난생처음 누군가와 진정으로 가까워지고, 어쩌면 사랑에 빠질지도 모른다며 마음이 들뜬다. 설레는 마음과는 별개로 관계를 새로 맺자 갈등도 새로 발생한다. 샤이론은 갈등을 풀려고 안달한다. 케빈과 멀어진

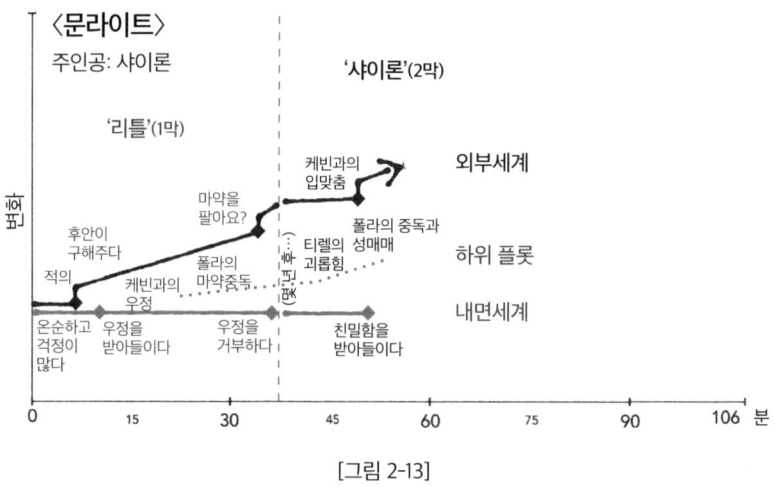

[그림 2-13]

다면 도저히 못 견딜 것 같다.

하지만 이튿날 학교에서 케빈은 티렐의 손에 이끌려 본의 아니게 '때려눕히기' 놀이에 참여한다. 놀이의 규칙은 티렐이 한 사람을 지목하면 케빈이 지목된 사람을 쓰러질 때까지 때려눕히는 것이다.

티렐은 샤이론을 지목한다. 케빈은 괴로워하며 샤이론을 때리기 시작한다. 케빈이 그만 쓰러지라고 사정하지만, 샤이론은 테레사와 후안에게 배웠던 대로 당당하게 끝까지 버틴다. 이윽고 선생님들이 나타나 놀이가 중단된다. 선생님이 누구 짓인지 묻지만, 샤이론은 '남자'답지 못하고 약해빠졌다는 오해를 받으면서도 누구 짓인지 끝끝내 밝히지 않는다. 그 대신 샤이론은 예전과 다른 무척 '새롭고 낯선' 선택을 내린다.

학교로 돌아온 샤이론은 교실로 들어가자마자 의자를 집어 든 다음 티렐의 머리를 내려친다. 학생들이 이성을 잃은 샤이론을 뜯어말리는 동

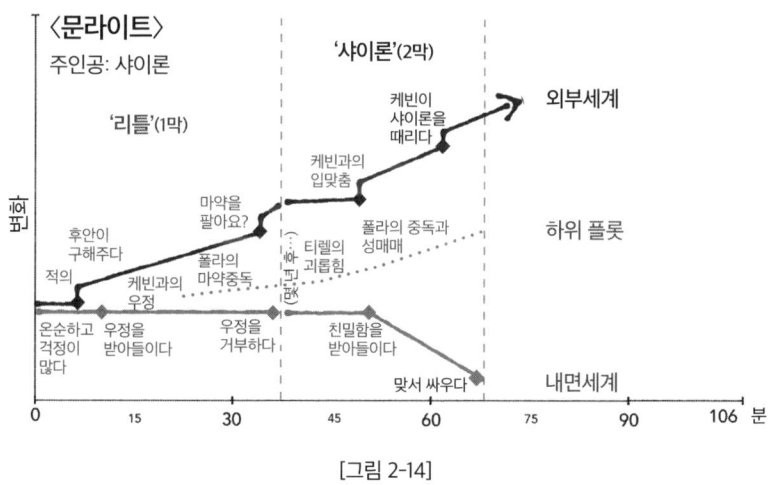

[그림 2-14]

안 티렐은 겁을 먹은 채 바닥에 납작 웅크려 있다. 경찰에 체포되면서 샤이론의 인생은 더욱 큰 고통과 갈등 속으로 빠져든다. 케빈이 티렐의 놀이에 가담하는 바람에 잠시나마 샤이론이 손에 쥔 희망마저 산산조각 났다. 후안과 케빈, 어머니처럼 주변 사람들에게 연거푸 배신당하는 마당에 샤이론이 누군가에게 사랑과 친밀감을 느낄 수 있을까? 극적인 사건이 일어나고 샤이론이 '새롭고 낯선' 선택을 내리자(괴롭히는 사람들에 맞선다) 갈등이 깊어지면서, 이야기는 3막으로 우리를 데려간다.

3부 '블랙'에서 우리는 몰라보게 달라진 샤이론을 만난다. 샤이론은 이제 20대로 온몸이 근육질이며 사람들이 두려워하는 존재다. 험악한 인상의 샤이론은 마약상이 되었으며, 후안처럼 옷을 입고, 도금한 치아를 낀 채 번쩍이는 자동차를 몰고 다닌다. 감옥도 여러 번 들락거렸다. 우리가 알던 온순한 소년은 온데간데없다. 샤이론의 '외부'세계는 위태롭고 불안한 반면, '내면'은 꽁꽁 감춰져 있다. 샤이론은 사람들에게 자신을 '블랙'이라고 소개한다. '샤이론'이니 '리틀'이니 하는 이름은 옛 추억이 된 지 오래인 듯하다. 2부 마지막에 샤이론이 내린 '내면의' 선택은 과격했으며, 갈등을 해결하기는커녕 도리어 부추겼다. 샤이론은 조직 내에서 두려움의 대상이지만, 진짜 정체성, 특히 감정을 완벽하게 숨기고 산다.

외모는 몰라보게 달라졌을지언정 샤이론은 여전히 어머니의 기억과 무시당하고 학대받는 악몽에 시달린다. 어느 날 밤, 옛 친구 케빈으로부터 전화가 걸려온다. 예상치 못한 전화였다. 두 사람은 그동안 어떻게 지냈는지 지난 일들을 이야기한다. 케빈은 샤이론을 때렸던 일을 사과하고 자신이 일하는 애틀랜타의 식당으로 샤이론을 초대한다. 케빈은 샤이론을 연상시키는 노래를 들었다며, 샤이론이 와준다면 요리도 만들어주

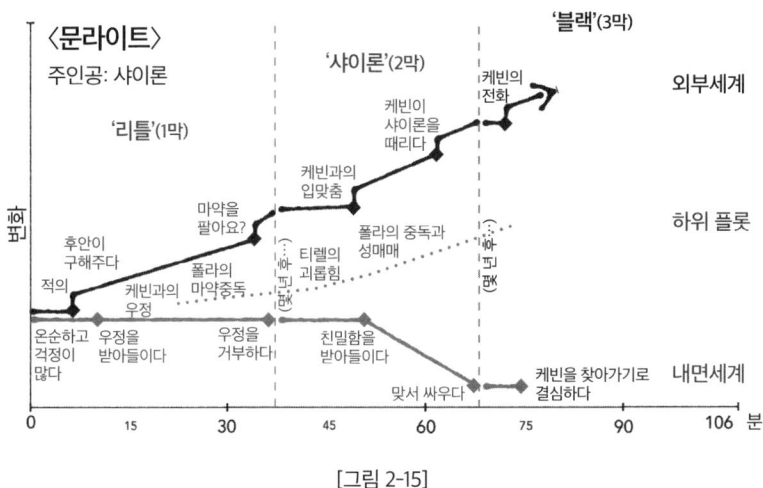

[그림 2-15]

고 노래를 들려주고 싶다고 말한다. 샤이론은 확답을 피하지만, 얼마 후 10대 때처럼 케빈이 나오는 꿈을 꾼다.

케빈의 전화로 샤이론의 마음속 해묵은 갈등이 다시 수면 위로 올라온다. 오랫동안 사랑하던 사람들과 거리를 둔 채 감옥을 들락거리며 홀로 지냈음에도, 샤이론은 케빈의 집을 방문하기로 결심한다. 이 선택은 무척 '새롭고 낯설다'.

샤이론은 케빈을 만나러 가는 길에 재활 센터에 들러 중독 치료 중인 어머니 폴라를 면회한다. 어머니를 보러 간 적이 별로 없었지만, 한번 만나보기로 결심한다. 두 사람 사이에는 긴장감이 팽팽하다. 폴라는 잘못을 뉘우치며 샤이론이 더는 자신을 사랑하지 않더라도 자신은 샤이론을 사랑한다고 마침내 고백한다. 폴라는 미안했다며 지난 일을 사과한다. 두 사람은 눈물을 흘리며 서로 부둥켜안는다.

샤이론은 그동안 온갖 험한 일을 겪었음에도 불구하고, 사랑한다는 폴라의 말을 믿는다. 예전이라면 그러지 못했을 것이다. 두 사람은 감동적으로 화해한다. 샤이론의 감정이 변화하려면 반드시 거쳐야 하는 일이었다. 하지만 진정 의미 있는 사건은 그 뒤에 일어난다.

샤이론이 애틀랜타의 식당에 나타나자 케빈은 깜짝 놀란다. 케빈이 샤이론을 위한 특별 요리를 준비하는 동안, 두 사람은 반가운 분위기 속에서 한참을 대화하며 지난 일을 떠올린다. 하지만 이런저런 이야기를 나누면서도 바닷가에서의 일은 절대 꺼내지 않는다. 케빈은 결혼했다가 이혼했으며 아이가 하나 있다고 털어놓는다. 샤이론이 머뭇거리다가 마약을 판매한다고 털어놓자 케빈은 충격을 받는다. 비난받았다고 생각해 자리에서 일어나 집으로 돌아가려는 찰나, 케빈이 나타나 노래를 튼다. 샤이론은 케빈과 함께 노래를 들으며 감상에 젖어 지난날을 떠올리고 마음을 열기로 결심한다. 샤이론은 자신을 만져준 사람은 케빈뿐이었다며 케빈에게 고백하고 흐느껴 운다.

마지막 장면에서 샤이론은 소파 위에 누운 채 케빈의 품에 안겨 있다. 연인 사이에서 흔히 하는 행동이지만, 샤이론은 그때까지 한 번도 경험해보지 못한 일이다. 샤이론의 '외부'세계는 앞으로도 위험하고 불확실할지 모르지만, 이제 마음의 문은 활짝 열렸다. 마음의 문이 열리면서 타인에게 이해받고 받아들여질 기회가 생겼다. 샤이론은 고립되어 숨는 대신 타인을 믿고, 기꺼이 상처받을 수 있게 되었다. 샤이론의 '감정'은 달라졌으며, 영화는 어제보다 내일이 살기 좋을 거라고 말한다('낙관적 아크').

〈문라이트〉의 짜임새는 조용하고 미묘하며 뛰어난 데다 무척 독창적이다. 영화는 3부, 또는 보글러와 필드가 이름 붙인 대로 '3막'으로 구성

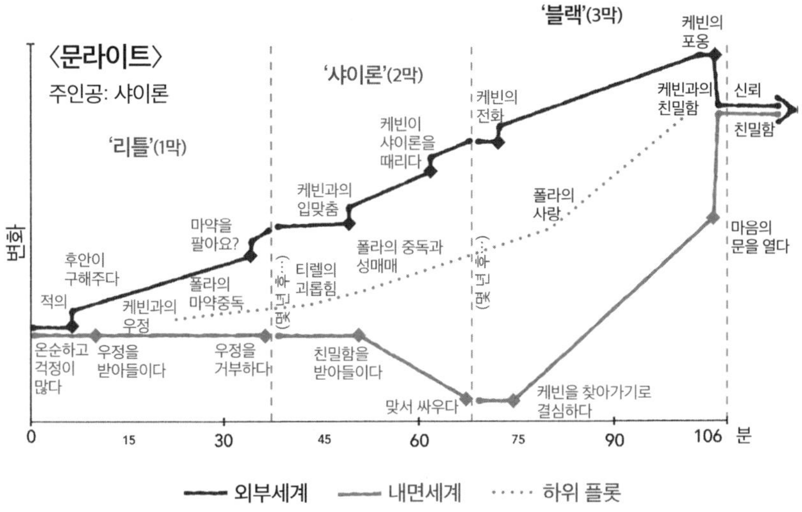

〈문라이트〉
주인공: 샤이론
'리틀'(1막)
'샤이론'(2막)
'블랙'(3막)
변화
적의
후안이 구해주다
케빈과의 우정
폴라의 마약중독
마약을 팔아요?
온순하고 걱정이 많다
우정을 받아들이다
우정을 거부하다
(몇 년 후…)
티렐의 괴롭힘
케빈과의 입맞춤
폴라의 중독과 성매매
케빈이 샤이론을 때리다
친밀함을 받아들이다
맞서 싸우다
(몇 년 후…)
케빈의 전화
폴라의 사랑
케빈을 찾아가기로 결심하다
케빈과의 친밀함
케빈의 포옹
마음의 문을 열다
신뢰
친밀함
0
15
30
45
60
75
90
106
분
외부세계
내면세계
하위 플롯

[그림 2-16]

되지만, 전통적 구분과 달리 파트마다 별개의 주제를 바탕으로 외부의 변화, 갈등, 선택이 일어나며 독립적 아크로 구성된다. 1부와 2부에서 샤이론은 감정적으로 바뀌려 하지만 번번이 과거로, 더 파괴적인 상태로 돌아간다. 3부에서 샤이론은 케빈의 초대에 응하고 어머니를 방문하기로 결심하면서 한 발 나아가지만 결정을 마지막으로 미루면서, 이야기의 감정선은 팽팽해진다. 샤이론은 케빈과 이야기하며 타인을 믿을지 말지 '내적'으로 갈등한 끝에 진실을 내뱉고 자유를 얻는다. 샤이론이 마침내 케빈에게 솔직하게 마음을 열 때, 관객은 가슴 아프고 벅찬 감정을 느낀다. 영화는 샤이론의 복잡한 캐릭터 아크를 단순한 서사 아래 솜씨 좋게 감춘다.

요약: 긍정적인, 성장하는, 갈등이 해결되는 이야기

앞서 살펴본 세 편의 영화에서 주인공은 '외부의' 변화를 마주하고 '갈등'을 겪으며, 그것을 해결하기 위해 '내면'이 달라지도록 강요받는다. 결말에 이르면 인물은 변화하고 미래는 예전보다 밝게 보인다.

변화형 인물은 낙관적 아크를 따라 자신만의 여정을 떠난다. 〈스타워즈〉에서 루크 스카이워커의 감정 변화는 상당히 부드럽고 점진적이다. 루크는 변화하기 힘든 상황도 거부하지 않는다. 오히려 포스와 더불어 새로운 삶을 수용하고 마음이 흔들리지 않는다. 시종일관 변화와 해결이라는 외길을 선택한다.

〈레이디 버드〉에서 크리스틴은 굴곡진 여정을 겪는다. 레이디 버드는 어머니와 긴장된 관계를 맺을 때, 대니에게 친밀감을 느낄 때, 음울한 카일과 일탈할 때, 제나와 친구가 될 때, 매번 뻔한 선택을 내린다. 그녀는 새크라멘토에서의 삶, 특히 어머니의 사랑과 단짝 줄리를 하늘이 내린 선물로 알고 포용해야 한다. 하지만 영화 내내 그녀는 갈등을 가라앉히기는커녕 악화시키기 일쑤다.

끝으로 〈문라이트〉에서 샤이론은 자연스레 얻은 별명에 만족하지 않고 정체성을 찾기 위해 끝없이 투쟁한다. 샤이론은 케빈과 후안에게 좋은 영향을 받지만, 그들에게 끔찍하게 배신당한 뒤 감정을 드러내거나 약점을 드러내는 일을 두려워하게 된다. 샤이론은 온전히 자신을 드러내고 그들의 잘못을 용서함으로써 치유된다.

세 영화의 인물은 '내면'이 어떻게든 '변화'하고, 그 결과 삶의 '갈등이 해결된다'라는 점에서 낙관적 아크를 걷는다고 할 수 있다. 지금 상황은

잘 팔리는 스토리의 비밀

완벽하지 않고 내일 당장 무슨 일이 있을지 몰라도, 미래는 밝고 행복해 보인다. 루크는 자신의 소박한 출신을 뛰어넘어 눈부시게 성장하고 전쟁에서 승리해 영웅으로 거듭난다. 레이디 버드는 꿈을 좇으며 어머니와 관계를 개선하려 한다. 샤이론은 동성애자임을 꼭꼭 숨긴 채 마약을 판매하는 위험한 삶을 살지만, 이야기 초반에는 불가능해 보였던 평안과 행복을 느낄 기회를 얻는다.

앞서 살펴본 영화 세 편 모두 3막 영웅의 여정 구조에 딱 맞는 사례라고 말할 사람도 있을 것이다. 세 작품 모두 영웅의 여정처럼 이야기의 중심에 감정의 변화가 놓여 있는 것은 사실이다. 하지만 영웅의 여정에 해당하는 12단계를 찾을 수 있을지, 찾는다고 해도 모두가 합의할 수 있을지는 솔직히 의문이다. 그러면 3막 구조에는 해당할까? 앞서 말했듯이, 〈스타워즈〉는 네 부분 또는 4막으로 나뉘고, 〈레이디 버드〉는 5막으로 구분된다. 3막으로 나눌 수 있는 영화는 〈문라이트〉뿐인데, 그마저도 전통적 의미의 3막과는 거리가 멀다.

영화마다 분위기도 서로 다르다. 〈스타워즈〉의 결말은 영웅의 여정처럼 승리를 만끽하지만, 〈레이디 버드〉는 달콤쌉쌀하며, 〈문라이트〉는 가슴이 뭉클하고 아련하다. 루크 스카이워커를 영웅이라고 부를 수는 있어도, 레이디 버드와 샤이론도 그럴까? 그들도 영웅일까? 아마 아닐 것이다. 낙관적 아크를 걷는 변화형 인물을 더 자세히 알고 싶다면, 다음 영화들을 참고하자. 〈쥬라기 공원〉, 〈콜 미 바이 유어 네임〉, 〈스파이더맨: 뉴 유니버스〉, 〈페어웰〉, 〈투씨〉, 〈킹스 스피치〉, 〈토이 스토리〉, 〈칠드런 오브 맨〉, 〈조조 래빗〉, 〈컨택트〉, 〈그녀〉, 〈캐롤〉.

"폭풍이 몰려온다"

양면적 아크를 걷는 변화형 인물

낙관적 아크의 인물은 과거보다 더 나은 미래를 향해 가는 반면, 양면적 아크의 인물은 장밋빛이 아닌 불확실한 미래를 향해 간다. 비참한 미래도 아니고, 분명 과거보다 나은 미래이지만, 완벽한 미래는 아니다. 잔인하게도 인물이 얼마나 고생했건 간에, 감정을 시험하는 갈등은 눈앞으로 다가온다. 인물이 시험을 통과하리라는 보장도 없다.

3장에서 우리는 양면적 아크를 걷는 변화형 인물에 관해 세 이야기를 살펴볼 예정이다. 인물은 '외부의' 변화와 '갈등'을 마주치고, 여러 가지 '감정'의 변화를 경험하겠지만, 삶의 모든 갈등이 해소되지는 않는다. 여전히 갈 길이 멀다.

우리가 살펴볼 이야기는 〈터미네이터〉(고전 SF 스릴러), 〈소셜 네트워크〉(교활한 인물 탐구), 〈나이팅게일〉(호주를 배경으로 한 잔혹한 시대극)이다. 2장에서 이미 보았듯이, 인물이 삶의 갈등을 해결하기 위해 나름의 길을 선택하면서 이야기는 다양한 형태를 빚고 색깔을 비춘다. 하지만 인물이 원하는 대로 일이 풀리지는 않을 것이다. 〈터미네이터〉에서 소년이 사라 코너에게 말하듯이, "폭풍이 몰려온다."

〈터미네이터〉(1984)

제임스 캐머런James Cameron 감독이 각본에 참여한 영화 〈터미네이터〉는 B급 영화로 묻힐 뻔하다가 오랫동안 사랑받는 수십억 달러 시리즈로 발돋움했다. '로봇이 세상을 지배하면 어떻게 될까?'라는 영화의 전제는 할리우드 SF의 표본이다. 영화는 허술한 서사를 가리기 위해 추격 신을 때려 부어 극적 긴장도를 올리면서 불멸의 여성 액션 히어로 사라 코너를 소개한다.

　영화는 2029년 인간의 머리뼈를 발로 짓밟는 괴물 로봇이 지구에서 인류를 휩쓸어버린 시점에서 시작한다. 그런 다음, 곧장 1984년 현재로 돌아와 전기 폭풍이 몰아치고 그 안에서 실오라기 하나 걸치지 않고 벌거벗은 거구의 남성(빅 가이)이 나타나는 장면을 보여준다. 남성은 칼을 든 남자들을 잔인하게 살해한 다음 옷을 빼앗아 입는다. 한편 다른 곳에서도 전기 폭풍이 나타나고 남성 하나가 등장한다. 그는 처음 등장한 남성처럼 맨몸이지만 덩치가 작고(리틀 가이), 덜 공격적이다(남자는 상당히 긴장했는데, 연기가 어설픈 탓으로 보인다). 리틀 가이는 경찰관에게 올해가 몇 년도인지 물어본 다음, 백화점으로 들어가 옷을 훔친다. 아울러 빅 가이와 리틀 가이 모두 사라 코너라는 이름의 여성을 찾는다.

한편 사라는 근무 시간에 늦어 스쿠터를 타고 서둘러 식당으로 가고 있다. 사라는 단짝 진저와 함께 살며 같은 식당에서 일한다. 사라는 고객을 살갑게 대하고 열심히 일하지만, 말썽꾸러기 아이들 같은 짓궂은 손님 때문에 곤욕을 치른다. 영화는 빠르고 효율적으로 이야기의 무대를 훑으면서, 사라가 성격이 느긋하고 마음이 따뜻하며('내면'세계), 직장에서 종종 손님에게 휘둘린다는 사실('외부'세계)을 알려준다. 더욱이 기묘한 남자 둘이 그녀를 찾는다. 그녀는 과연 이 문제에 어떻게 대응할까?

빅 가이는 사라 코너라는 이름의 한 여성을 추적해 살해한다. 주인공 사라도 TV에서 살인 사건 뉴스를 접하지만 대수롭지 않게 여긴다. '우연히 이름이 같은 사람이 죽었을 뿐이잖아?' 그날 밤, 사라는 퇴근 후 진저와 함께 클럽에 놀러 갈 준비를 하느라 들떠 있다. 정체 모를 두 남자에게 쫓기고, 동명이인의 여성이 살해당하는 등 '외부'세계가 변화하고 있지

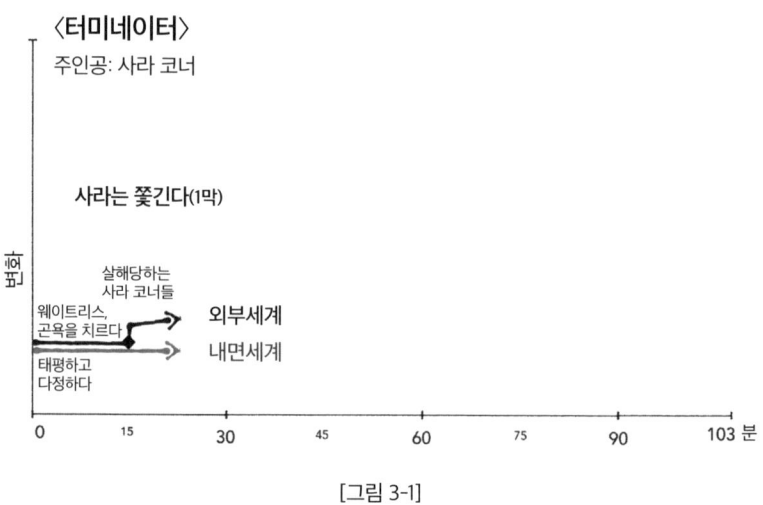

[그림 3-1]

만, 사라는 자신에게 다가올 어떤 위협도 알지 못한 채 아무런 대응도 하지 못한다. 액션 스릴러의 법칙대로 관객은 인물보다 한 발 앞서가며 모든 위협을 인지한다.

나이트클럽으로 걸어가는 사라를 리틀 가이가 뒤쫓는다(정확히 말하면 리틀 가이는 보통 체격이지만 빅 가이의 덩치가 커서 상대적으로 작아 보일 뿐이다). 사라는 또다시 사라 코너가 살해됐다는 TV 뉴스를 접하고 걱정이 되어, 경찰서로 전화를 걸어보지만 쉽사리 연결되지 않는다. 사라는 다시 집으로 전화를 걸어 진저에게 메시지를 남기지만, 그때는 이미 진저를 사라로 착각한 빅 가이가 진저를 살해한 뒤였다. 사라가 진저에게 남긴 메시지를 들은 빅 가이는 사라의 위치를 파악한다. 그리고 사라를 뒤쫓기 시작한다.

빅 가이가 나이트클럽에 나타나 사라를 죽이려 하지만, 리틀 가이가

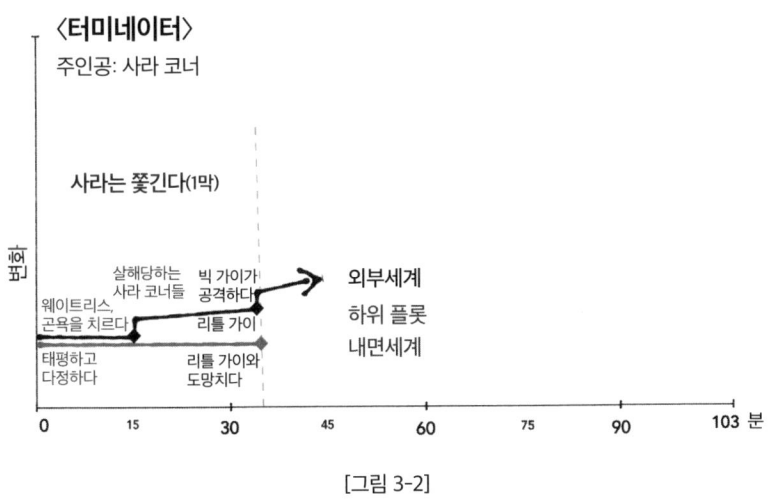

[그림 3-2]

빅 가이를 막고 사라를 구한다. 리틀 가이는 살고 싶으면 자신을 따라오라고 사라에게 말한다. 빅 가이가 총알을 난사하며 나이트클럽을 쑥대밭으로 만들자 사라는 리틀 가이를 따라가기로 결심하고, 이야기는 2막으로 넘어간다.

사라의 선택은 '새롭지도 낯설지도' 않다. 사라는 정신이 온전한 사람이라면 누구나 내릴 법한 선택을 했을 뿐이다. 사라가 처한 상황은 '새롭거나 낯설지도' 모르지만, 사라가 내린 '내면의 선택'은 그렇지 않다. 사라는 단지 위험에 처한 상황에서 누군가 내민 손을 붙잡았을 뿐이다.

이윽고 숨 막히는 추격전이 펼쳐진다. 리틀 가이는 자신을 리스 병장이라고 소개하며, 사라를 보호하는 임무를 맡았다고 주장한다. 두 사람이 추격을 피해 주차장에 숨어 있는 동안, 리스는 자신이 실은 미래에서 왔다고 털어놓는다. 한술 더 떠서 두 사람을 쫓는 빅 가이가 인간이 아니라 터미네이터라는 미래에서 온 로봇이라고 설명한다. 사라는 훗날 로봇에 맞서 싸우는 저항군 리더를 출산하는데, 터미네이터가 사라를 죽여 리더의 출생을 막으려고 한다는 것이다. 사라는 받아들이기 힘든 이야기에 어리둥절해하고 리스가 이를 다시 설명하려는 순간, 두 사람을 발견한 터미네이터가 이들을 공격한다. 때마침 신고를 받고 출동한 경찰들이 둘을 포위한다. 리스가 경찰들과 싸우려고 나서지만 사라가 리스를 제지한다. 사라가 현명하게 대처한 덕분에 둘은 목숨을 구한다. 여기까지도 사라의 내면세계와 외부세계는 처음과 크게 다르지 않다. 사라는 달라지지 않았다. 사라는 리스와 다르게 경찰이 자기편이라고 믿는다. 두 사람이 경찰에 체포되자 터미네이터가 달아나고 이야기는 3막으로 전환된다.

사라의 선택은 '새롭지도 낯설지도' 않다. 무척이나 정신없는 밤을 보

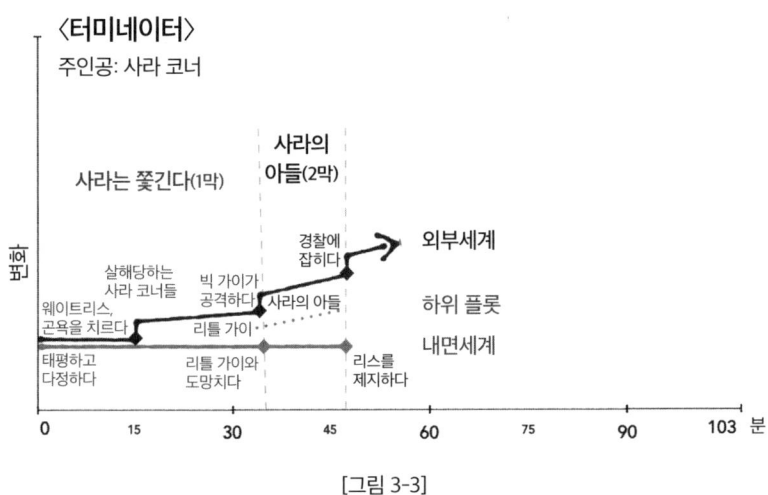

[그림 3-3]

냈지만 사라의 내면은 달라지지 않는다. 사라는 살아남기 위해 리스의 손을 잡고 달아나긴 했어도 리스가 한 이야기를 전적으로 믿지는 않는다.

리스는 미래에서 로봇이 나타났다고 경찰에게 설명하지만, 경찰과 범죄심리학자는 물론 사라마저 리스가 망상을 앓고 있다고 여긴다. 한편 터미네이터는 허름한 어느 호텔에서 망가진 몸을 수리하고 회복한 뒤 곧장 공격을 재개한다. 터미네이터는 경찰서를 급습하고 경찰과 피 튀기는 총격전을 벌인다. 리스가 또 한 번 위기에서 사라를 구출해내어 탈출한다.

사라의 선택은 여전히 '새롭지도 낯설지도' 않다. 사라는 자신에게 익숙한 세계관을 벗어나지 않았다. 사라의 세계에는 미래에서 온 살인 로봇이 존재하지 않는다. 더욱이 경찰을 공격하려던 리스를 막아선 때를 제외하면, 사라는 대체로 선택하는 쪽이 아니라 상황에 '반응'하는 쪽임을 주목하자. 이야기를 앞으로 끌고 나가는 사람은 사라가 아니라, 중요한 순

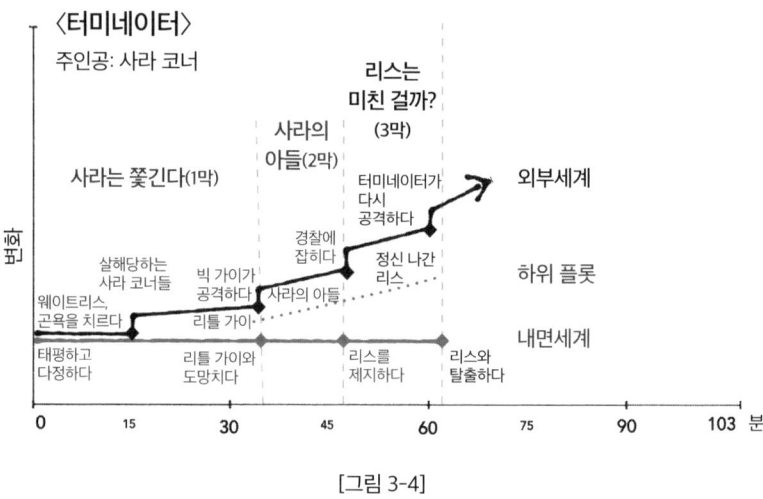

[그림 3-4]

간마다 굵직한 결정을 내리는 리스이다. 현실에서 정말로 살인 로봇이 날뛴다면 리스의 제안을 수락해 달아나는 것 말고는 도리가 없다. 할리우드 주류 영화에 '반응형' 인물이 아예 등장하지 않는 것은 아니지만, 별로 환영받는 편은 아니다. 영화계의 통설에 따르면, 관객은 결단력 있게 선택하고 이야기를 이끌어가는 인물을 사랑한다. 제법 그럴듯한 주장이다. 하지만 '반응형' 인물의 가치를 몽땅 깎아내려서는 안 된다. 사라가 마주한 위험이 얼마나 거대하고 기묘한지를 떠올려보면, 선택하는 대신 반응하는 것은 무척 당연하다. 사라는 얼마 전까지만 해도 평범한 여성이었지만 순식간에 '미래에서 온 살인 로봇'에게 쫓기는 신세가 된다. 그 외에도 믿기 힘든 이야기는 또 얼마나 많은가!

밤이 찾아오고 사라와 리스는 기진맥진한 상태이다. 두 사람은 커다란 배수로 밑에 몸을 숨긴다. 사라가 리스의 상처를 돌보는 사이, 리스는 미래의 아들 존 코너에 관해 사라에게 이야기한다. 리스는 존에게 훈련받았고, 전설의 영웅 사라 코너를 만나고 싶어 과거로 가는 임무에 자원했다고 털어놓는다. 사라는 자신이 '전설'이라니 말도 안 된다며 저항군을 이끌기는커녕 수표 관리도 제대로 못 하는 사람이라고 손사래를 친다. 사라는 리스가 말한 운명을 원하지 않는다. 하지만 리스는 운명을 마주하라는 존의 메시지를 사라에게 전한다. 사라가 운명을 받아들이지 않으면 존은 태어나지 못하고 인류는 멸망한다. 리스가 회상하는 미래 장면에서 리스는 구겨진 사라의 사진을 물끄러미 보고 있다. 이윽고 로봇이 기지를 공격하고 사진은 불타버린다.

사라는 자신을 기다리는 운명이 무엇인지 조금씩 이해하기 시작한다. 하지만 불안하고 의심스러운 마음이 여전히 남아 있어 사라의 '내면'은 아직 그녀에게 주어진 운명을 온전히 받아들이지 못한다. 사라는 아직 운명을 감당할 준비가 되지 않았다.

이튿날, 사라와 리스는 어느 모텔에 묵는다. 리스가 잠시 외출한 사이에 사라는 어머니에게 전화를 걸어 안심하라며 호텔 전화번호를 알려주는 실수를 저지른다. 사라가 어머니라고 생각한 인물은 사실 터미네이터였다. 사라의 위치를 파악한 터미네이터는 그녀를 죽이러 모텔로 찾아온다. 사라는 철없는 행동으로 상황을 악화시켰다. 사라는 코앞까지 다가온 위험을 몰랐고, 평범한 사람이 할 법한 '평범한' 선택을 한다. 하지만 이 실수를 통해 자신이 무엇과 싸우고 있는지 눈뜨게 된다.

그날 밤, 리스는 집 안의 가정용품으로 폭탄을 제조하는 법을 사라에게 알려준다. 사라는 '전설'의 사라 코너가 실망스럽지 않은지 리스에게 조심스레 묻는다. 리스는 품에 지니고 다니던, 존이 건네준 사라의 사진

이야기를 꺼낸다. 리스는 잔뜩 긴장된 목소리로, 과거로 돌아가는 임무에 지원한 이유가 실은 당신을 보기 위해서라고, 당신을 사랑해서라고 사라에게 고백한다. 조금 생뚱맞은 (달리 보면 소름 끼치는) 고백에 마음이 움직인 사라는 리스와 잠자리를 갖는다.

평범한 여성인 사라는 지금 미래와 현재라는 두 세계 사이에서 갈팡질팡하는 중이다. 살인 로봇에게 쫓기는 와중에 어머니에게 안부 전화를 걸더니 미래에서 왔다고 주장하는 남자와 섹스를 한다. 조심성 없는 행동으로 위기를 자초하더니, 리스의 생뚱맞은 고백을 받아준다.

사라는 이전과 달리 '새롭고 낯선' 선택을 내린다. 리스와 섹스를 한 뒤로 사라의 감정이 변화하기 시작한다. 사라는 이전과 다른 눈으로 세계를 바라보고 이해하기 시작한다. 두 사람이 호텔을 떠나려는 찰나, 터미네이터가 습격한다. 두 사람은 가까스로 몸을 피해 트럭에 올라타고, 이

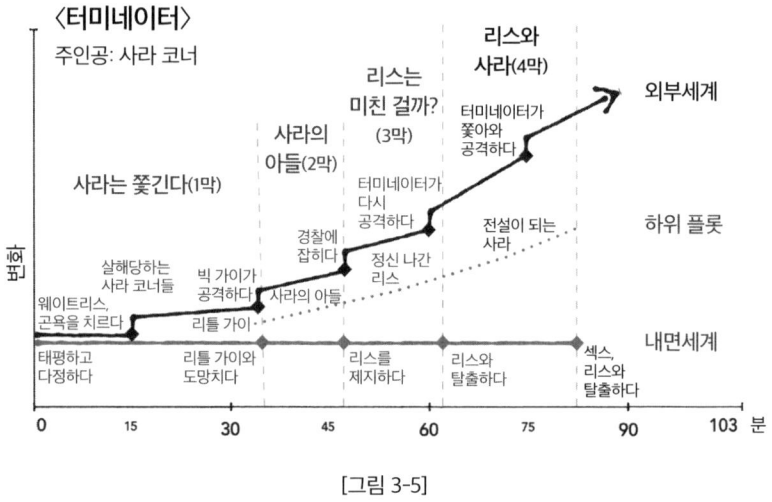

[그림 3-5]

야기는 5막으로 넘어간다.

자동차를 타고 좌충우돌하며 쫓고 쫓기는 추격전이 벌어진다. 사라가 운전대를 잡고 리스가 터미네이터를 향해 폭탄을 던진다. 두 사람은 마치 한 몸처럼 움직인다. 사라는 자신이 앞으로 어떤 위기를 맞게 될지 점점 또렷이 느낀다. 하지만 두 사람이 아무리 애를 써도 터미네이터를 멈출 수는 없다. 결국 리스가 치명상을 입으면서 추격전이 끝난다. 사라는 리스를 부축해 공장 안으로 데려간다. 리스가 일어서지 못하자, 마치 군 지휘관이 부하에게 명령하듯 당장 일어나 정신 차리고 임무를 수행하라고 리스에게 소리친다.

사라의 감정은 변화하는 중이다. 사라는 이제 진짜 위험이 무엇인지, 무엇을 위해 싸워야 하는지 안다. 이 싸움에는 자신의 목숨만 달린 게 아니다. 아들의 목숨이 달렸으며 전 인류의 목숨이 달렸다. 두 사람은 기지를 발휘해 터미네이터를 파괴하지만, 안타깝게도 폭발에 휘말려 리스가 사망한다. 엎친 데 덮친 격으로 터미네이터는 잿더미에서 다시 일어선다. 사라는 이제 혼자다. 더는 리스의 뒤에 숨을 수 없다. 그녀는 '전설'의 사라 코너답게 전략을 세운다. 터미네이터를 직접 유인한 다음, 압축기로 분쇄해 완벽히 파괴한다. 오롯이 혼자 힘으로 터미네이터를 제거한다.

마지막 장면에서 사라는 무릎에는 총을, 손에는 테이프녹음기를 쥔 채 임신한 몸으로 차를 몰아 사막을 횡단한다. 그리고 앞으로 태어날 아들을 위해 아버지가 누구인지, 어떤 일이 일어날지 모든 상황을 하나하나 설명하며 녹음한다. 그때 어떤 아이가 폴라로이드 사진기로 사라의 사진을 찍는다. 리스가 품에 지니고 다니던 바로 그 사진이다. 우리는 사라가 그 사진을 아들에게 건네줄 것임을 안다. 아들은 그 사진을 다시 자신

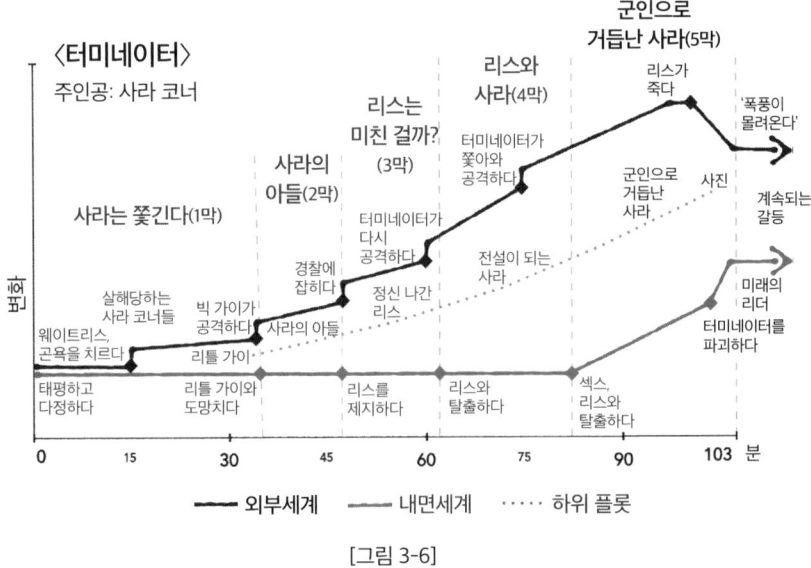

[그림 3-6]

의 아버지 리스에게 전해줄 것이다(케케묵은 시간 여행의 역설이다). 사라는 아이에게 돈을 주고 사진을 산 다음, 차를 몰아 다가오는 폭풍 속으로 사라진다.

사라는 (일단 현재 버전의) 터미네이터를 물리치고 기묘한 운명을 받아들이면서 평범한 식당 종업원에서 미래 저항군의 리더로 거듭난다. 그 덕분에 굳은 심지는 생겼을지언정 여유로운 일상과 단짝 친구, 어머니, 연인을 잃는다. 사라는 앞으로도 오랜 세월 시련을 겪을 것이다. 미래는 어두컴컴하다. 사라와 아들 존은 다가오는 끔찍한 전투의 최전선에서 싸울 것이다. 사라는 감정의 변화를 겪으며 한결 굳세고 단단한 인간으로 성장한다. 그러나 그녀의 아크는 모호하고 불확실하며 결론이 나지 않는다. 이야기는 이제 막 시작되었을 뿐이다. 영화는 앞으로 이어질 속편을 예고

하면서, 영원히 계속될 위험과 다가올 스릴을 관객에게 약속한다(다만, 안타깝게도 새로운 시리즈가 나올수록 창의성이 점점 떨어진다).

〈소셜 네트워크〉(2010)

〈터미네이터〉에서 사라 코너는 혁명의 어머니라는 운명을 거부하며 투쟁하는 반면, 〈소셜 네트워크〉의 마크 저커버그는 정반대로 행동한다. 마크는 세상을 바꿀 수 있다고 '믿는다'. 따라서 자기 마음대로 하게끔 방해하지 말라고 사람들을 설득하기만 하면 된다. 하지만 그게 정말 마크가 바라고 필요로 하는 일일까?

아카데미상 수상에 빛나는 에런 소킨Aaron Sorkin 각본의 영화 〈소셜 네트워크〉의 오프닝 신에서 주인공 마크 저커버그(실제 인물을 바탕으로 만들어진 가상의 인물)는 저녁 식사 자리에서 여자 친구 에리카와 말다툼한다. 마크는 경쟁이 치열하고 흉흉한 이 세상에서 자신을 어떻게 돋보이게 할지 고심 중이다. 영화 초반, 마크가 여자 친구와 신경전을 벌이며 나누는 몇 분의 대화로 우리는 마크의 내면세계와 외부세계에 관해 여러 정보를 얻는다.

우선 '외부'세계를 보면, 마크는 하버드 공대생이며 머리가 좋지만, 이성에게 인기가 없고 엘리트 사교 클럽에도 들어가지 못한다. 하지만 '내면'세계를 보면, 마크는 무자비하고 방어적이며 경쟁과 싸움을 즐기고, 지식을 무기로 휘두르며, 타인을 무시하고 깊은 불안을 감추고 있다. 한마디로 마크는 불만 덩어리다. 그는 주목받고 싶어 할 뿐 아니라, 자신이 '주목받아 마땅한 사람'이라고 여긴다. 이미 눈치챘겠지만, 마크는 곁에 두기 몹시 피곤한 사람이다.

아니나 다를까, 마크와 에리카는 금세 이별한다. 에리카는 맥주를 다 마시기도 전에 마크를 차버린다. 얼마 뒤, 마크는 분한 마음을 풀기 위해 자신이 만든 웹사이트 '페이스매시Facemash'에 에리카를 비롯한 하버드대의 모든 여학생 사진을 게시한다. 이 사이트에 접속하면 여학생들의 '섹시함'에 상대평가 기준으로 별점을 매기게끔 되어 있다.

마크는 자신을 깔본다고 여겨 에리카를 비롯한 모든 하버드대 여학생에게 모욕을 주는 선택을 내린다. 사실 이 선택은 '새롭지도 낯설지도' 않다. 마크에게는 일상이나 다름없다. 하지만 사람들은 평소와 다른 반응을 보인다. 페이스매시에 접속자가 잔뜩 몰리는 바람에 하버드대 인터넷 서버가 다운된다. 이 사건으로 마크는 하버드대 총장과 개인 면담을 하고 하버드대 여학생들에게 미움을 사지만, 좋은 일도 생긴다. 유명 인사가 된 것이다. 그때 돈 많은 쌍둥이 형제 윙클보스가 마크에게 접근한다. 윙클보스 형제는 하버드대 안에서 사용할 소셜 네트워크를 개발 중이다. 마크는 함께 네트워크를 개발해 실추된 명예를 회복하자는 윙클보스 형제의 제안을 수락한다.

하지만 마크는 말만 그럴 뿐 윙클보스 형제를 도울 생각이 없다. 마크는 시간을 끌면서 자신만의 소셜 네트워크 '더 페이스북The Facebook'을 개발하고 필요한 자금을 모으기 위해 단짝 친구 에드와도를 영입한다. 마크는 에드와도에게 윙클보스 형제 이야기를 하지 않는다. 마크가 학교 안에서 악명을 떨치고('외부의' 변화) 손수 자신만의 소셜 네트워크를 만들기로 결심하면서('내면의' 선택) 이야기는 2막으로 넘어간다.

마크는 에드와도의 자금을 사용해 팀을 꾸리고 윙클보스 형제보다 한

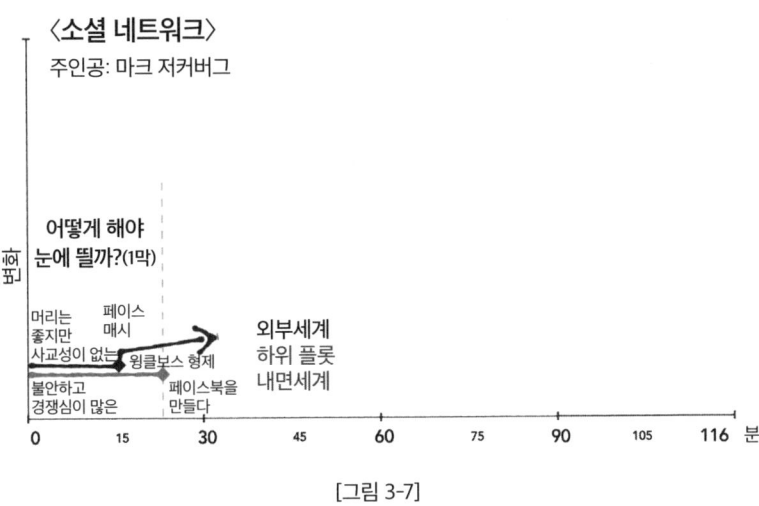

[그림 3-7]

발 앞서 소셜 네트워크를 개발한다. 과거와 현재가 엇갈리며 이야기가 전 개된다. 현재 마크는 페이스북의 기원이 누구의 소셜 네트워크인지, 페이스북의 소유권이 누구에게 있는지를 두고 에드와도, 윙클보스 형제와 함께 진흙탕 싸움 중이다. 진실이 무엇이든, 과거의 마크는 공동 창업자 에드와도와 함께 윙클보스 형제보다 먼저 '더 페이스북'을 공개하고, 이야기는 3막으로 넘어간다.

마크와 에드와도는 더 페이스북 덕분에 학교에서 유명 인사가 되고 인기를 누린다. 하지만 윙클보스 형제가 마크를 상대로 소송을 거니 마니 하는 이야기가 들린다. 엎친 데 덮친 격으로 마크는 에드와도와 사이가 멀어진다. 에드와도는 더 페이스북에 광고를 실어 수익을 창출하자고 제안하지만, 마크는 어떤 상품을 팔아야 할지 아직 모르며 시기상조라고 그의 제안을 거절한다. 마크는 그토록 바라던 명성과 지위를 얻지만, 헤어

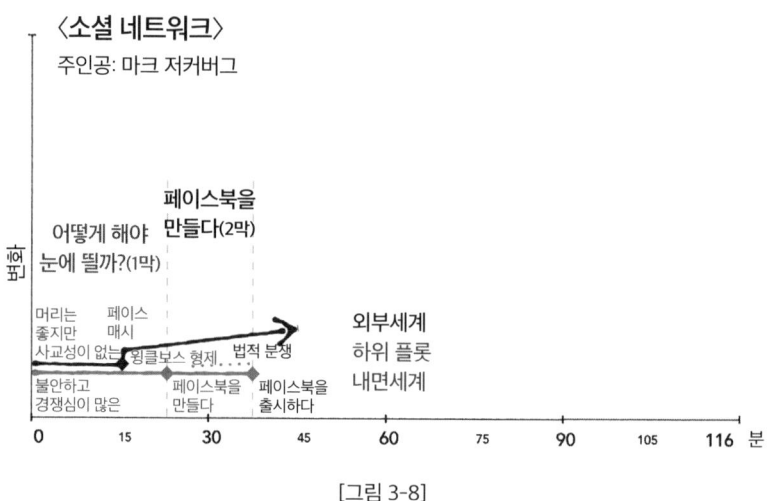

〈소셜 네트워크〉

주인공: 마크 저커버그

페이스북을
만들다(2막)

어떻게 해야
눈에 띌까?(1막)

머리는
좋지만   페이스
사교성이 없는   매시
                    윙클보스 형제···   법적 분쟁

불안하고
경쟁심이 많은   페이스북을   페이스북을
                만들다   출시하다

외부세계
하위 플롯
내면세계

0   15   30   45   60   75   90   105   116 분

[그림 3-8]

진 여자 친구 에리카의 마음을 되돌리지는 못한다. 마크는 아직 갈 길이 멀다고 여기고 회사의 규모를 키우는 데 몰두한다. 이야기는 4막으로 넘어간다.

여기서 마크의 선택이 이야기를 움직일 뿐 아니라 '외부'세계를 변화시킨다는 사실을 꼭 짚고 넘어가자. 마크가 페이스매시를 만들자, 윙클보스 형제가 이를 보고 마크에게 접근한다. 그리고 마크는 형제보다 한 발 앞서 더 페이스북을 개발한다. 많은 이야기에서는 '외부의' 변화가 '내면의' 선택을 내리도록 인물을 압박한다. 하지만 〈소셜 네트워크〉에서는 반대이다. 마크가 결정을 내리면 주변 세계가 바뀐다. 〈소셜 네트워크〉의 작가는 미래를 내다보기라도 한 듯 현실의 마크 저커버그와 페이스북의 앞날을 그려낸다.

여기서 마크가 아직 감정 변화를 보이지 않는다는 사실을 눈여겨볼

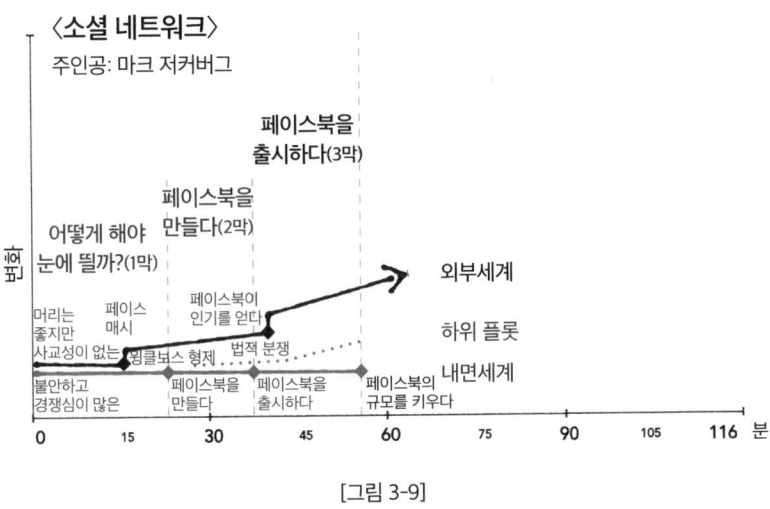

[그림 3-9]

만하다. 마크는 첫 장면에서 보았듯 남다른 천재이지만, 경쟁심이 넘치고 감정이 들쑥날쑥하다. 마크는 달라져야 할 이유를 느끼지 못한다. 더욱이 더 페이스북으로 원하는 모든 것을 손에 넣었다. 지위와 인기, 사람들의 인정을 얻었다. 앞으로 막대한 부를 손에 쥘 수도 있다!

마크가 회사의 규모를 키우려고 하자, 음원 공유 사이트 냅스터의 악명 높은 창업자 숀 파커가 마크에게 접근한다. 숀은 더 페이스북이 조 단위 가치의 기업이 될 것이라며 이름에서 '더The'를 빼고 회사명을 '페이스북Facebook'으로 바꾸라고 제안한다. 마크는 에드와도의 반대에도 숀을 회사로 영입한다. 그런 다음 마크는 또다시 에드와도의 반대를 무시하고 페이스북 본사를 서부로 이전한다. 회사가 급격히 성장하자 마크와 에드와도는 사사건건 부딪힌다. 어떤 회사가 선뜻 큰돈을 페이스북에 투자하겠다고 제안하는 사이에, 에드와도는 법인 계좌를 동결해 회사의 주도권

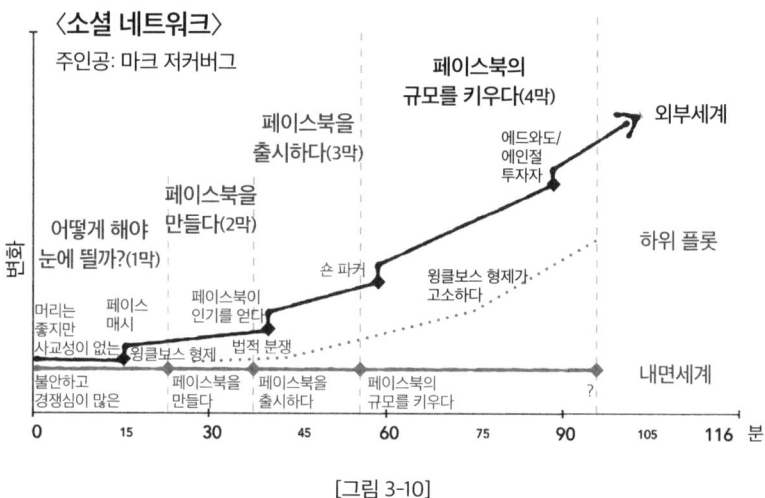

[그림 3-10]

을 가져오려 한다. 이에 격분한 마크는 에드와도가 자신이 만든 최고의 발명품을 망가뜨려 회사의 앞날을 망치려 한다고 비난한다. 마크는 영화가 시작한 이후 처음으로 '외부의' 상황을 통제하지 못하는 모습을 보인다. 마크는 불쾌해한다. 한편, 투자자는 마크와 에드와도가 부딪히는 와중에도 원래 제안대로 투자를 밀어붙인다. 마크는 투자 성공을 축하하는 자리에 에드와도를 초대해 어떤 서류에 서명하도록 부추긴 다음, 함께 축배를 든다.

투자자가 등장하면서('외부의' 변화) 이야기는 마지막 5막으로 넘어간다. 하지만 마크는 항상 남들보다 한발 빠르다. 마크는 에드와도와 관객이 눈치채지 못한 사이에 극적인 '내면의' 선택을 이미 내린 뒤였다.

마크는 투자 유치를 받는 과정에서 숀과 손을 잡고 에드와도의 뒤통수를 치면서 에드와도의 페이스북 지분 비율을 사실상 0으로 물타기를

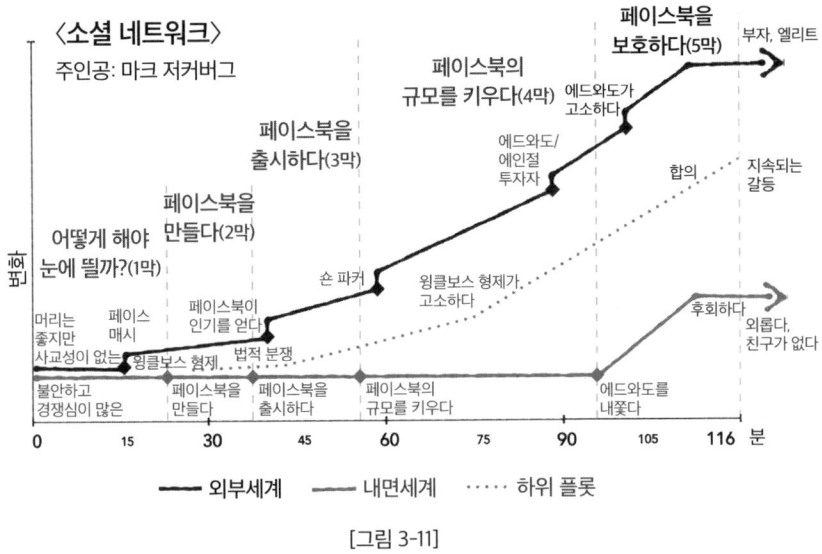

〈소셜 네트워크〉
주인공: 마크 저커버그

어떻게 해야 눈에 띌까?(1막)

페이스북을 만든다(2막)

페이스북을 출시하다(3막)

페이스북의 규모를 키우다(4막)

페이스북을 보호하다(5막)

부자, 엘리트

에드와도가 고소하다

에드와도/에인절 투자자

합의

지속되는 갈등

손 파커

윙클보스 형제가, 고소하다

머리는 좋지만 사교성이 없는

페이스 매시

페이스북이 인기를 얻다

불안하고 경쟁심이 많은

윙클보스 형제

법적 분쟁

후회하다

외롭다, 친구가 없다

페이스북을 만든다

페이스북을 출시하다

페이스북의 규모를 키우다

에드와도를 내쫓다

0   15   30   45   60   75   90   105   116 분

━━ 외부세계   ━━ 내면세계   ····· 하위 플롯

[그림 3-11]

해버린다. 페이스북 사용자가 100만 명이 넘어가고, 에드와도는 마크가 자신을 배신했다고 날을 세우며 고소하겠다고 협박한다. 얼마 뒤 숀이 마약 소지 혐의로 경찰에 체포되자 마크는 처음으로 사람을 잘못 본 게 아닐까 의심한다. '내가 옳은 일을 했나? 하나뿐인 친구를 배신한 꼴일까?' 온갖 사건을 겪으면서 마크는 마침내 감정의 변화를 경험한다. 하지만 이미 때는 늦었다.

마지막 장면은 다시 현재로 돌아온다. 마크는 퇴근하려는 여성 변호사에게 저녁을 같이 먹자고 제안한다. 하지만 변호사는 식사 초대를 거절한다. 혼자 남은 마크는 페이스북에 접속해 전 여자 친구 에리카에게 '친구' 신청을 보낸다. 에리카는 수락하지 않는다.

마크는 난생처음으로 진솔한 감정을 드러낸다. 공격하지도, 요구하지도, 경쟁하지도 않으면서 타인에게 다가간다. 마크는 이제껏 일어난 일을 되짚어본다. 그리고 후회한다. 아이러니로 가득한 순간이다. 마크는 바라던 모든 것을 손에 넣었다. 명성과 인정, 막대한 부까지. 마크는 역사상 가장 거대하고 강력한 웹사이트를 개발했고 그 웹사이트를 통해 전 세계 모든 사람과 연결될 수 있었다. 단, 자신만 빼고.

영화의 마지막 몇 분 동안 마크는 변화형 인물처럼 나온다. 하지만 변화가 너무 늦어 삶의 갈등을 해결하지 못한다. 마크의 아크는 해결되지 못하고 완성되지 않으며 몹시 모호하다. 작가인 에런 소킨은 현실의 마크 저커버그가 영화에서 묘사한 마지막 순간을 실제로 어떻게 느꼈는지 알 길이 없다(영화는 제3자의 인터뷰와 공개된 기록에 근거한다). 따라서 작가가 선택한 방식, 즉 갈등의 여지를 남기는 열린 결말은 무척 효과적이다.

현실의 마크를 꼭 닮은 등장인물인 마크는 마지막 장면에서 사실 "나는 나쁜 사람이 아니에요"라고 말할 때를 제외하면 감정을 드러내거나 마음 약한 모습을 보이지 않는다. 마크의 이런 모습은 무척 그럴듯할 뿐 아니라, 현실의 마크 저커버그와 페이스북에 관해 사람들이 줄곧 느끼는 양가감정을 정확히 포착한다.

〈나이팅게일〉(2018)

(※ 주의: 이 영화는 성폭행과 강간, 영아 살해 장면을 포함합니다.)

양면성은 단번에 이해하기 어려운 개념이다. 여러 요소가 뒤섞여 있기 때문이다. 양면적 아크에서 상황은 유동적이고 불안정하며, 인물은 항상 장점과 단점이 공존한다. 〈소셜 네트워크〉에서 마크는 물질적으로 풍족한 반면, 정신적으로 궁핍하다. 〈나이팅게일〉은 거의 정반대이다. 이제부터 마음의 준비를 하기 바란다. 〈나이팅게일〉은 끔찍하고 마음 아픈 이야기다. 하지만 고통을 인내하고 영화를 끝까지 보고 나면 진정한 힘이 무엇인지 결말에서 알 수 있다. 마지막 장면에서 주인공은 막막한 미래를 마주하고도 시작할 때와 달리 용기와 품위를 보여준다.

영화 〈나이팅게일〉은 식민지 시대를 배경으로 호주 출신의 작가이자 감독 제니퍼 켄트Jennifer Kent가 태즈메이니아 원주민 공동체와 협업해 제작한 영화다. 켄트 감독은 데뷔작 〈바바둑〉(2014)에서 끔찍한 어머니의 사랑을 묘사해 관객을 덜덜 떨게 했다. 그리고 두 번째 작품인 〈나이팅게일〉에서 전작보다 훨씬 심란하면서도 마음을 뒤흔드는 이야기를 창조했다.

이야기의 무대는 19세기 무렵 태즈메이니아이다. 주인공 클레어는 아일랜드인 전과자이다. '외부세계'를 보면, 클레어는 같은 아일랜드인 전과자 에이든과 결혼해 사랑스러운 아기를 낳고 함께 살고 있다. 재산이라고는 말 한 마리와 오두막 한 채가 전부이지만 둘은 식민지 땅 위에 새 삶의 보금자리를 하나하나 꾸려가는 중이다.

'내면세계'를 들여다보면 클레어는 강인한 성격이며 권위를 거북해한다. 지역을 관할하는 영국군 장교 호킨스 중위에게 대들 만큼 무모하진 않지만, 호킨스의 부하들이 난폭하게 굴자 당당히 맞선다.

클레어는 법률로 정해진 형기를 마쳤으며, 허가증만 받으면 호킨스 중위의 감시를 벗어날 수 있다. 하지만 클레어가 마음에 든 호킨스 중위는 석 달째 결재를 미루고 있다. 영국군 장교의 환영 파티 자리에 참석한 클레어는 감시를 마치고 허가증을 달라고 호킨스에게 간청한다. 하지만 그는 노래나 한 곡 불러보라며 클레어를 조롱하고 성추행하려 한다. 클레어가 거부하자 호킨스는 그녀를 강제로 덮친다.

클레어는 이 일을 남편 에이든에게 숨긴다. 하지만 남편은 호킨스와 직접 허가증 문제를 이야기하겠다고 고집을 부리고, 결국 두 사람 사이에 싸움이 벌어진다. 이때 호킨스의 상관이 나서서 둘의 싸움을 말린다. 상관은 막무가내로 싸우는 호킨스를 보고 승진 대상에서 그를 제외한다. 앙심을 품은 호킨스는 길길이 날뛰더니 부하를 데리고 클레어와 에이든의 집으로 들이닥친다. 다시 싸움이 벌어진다. 에이든은 총에 맞아 목숨을 잃고, 클레어는 다시 강간당한다. 그리고 둘의 아기마저 이들의 손에 살해당한다.

가슴이 미어지는 장면이다. 영화는 이 장면을 상업적으로 이용하지 않으며 단호하고 진지하게 묘사한다. 차차 밝혀지겠지만, 〈나이팅게일〉은 숨겨진 호주 식민지 역사를 과감히 수면 위로 끌어낸다.

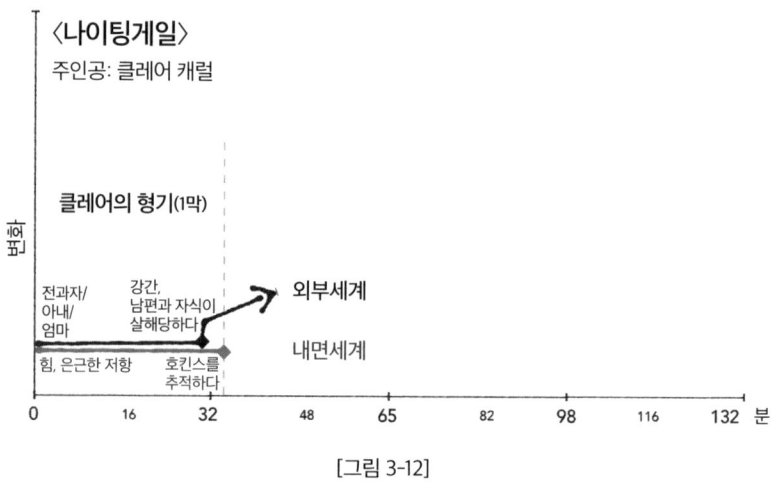

[그림 3-12]

부부를 습격한 후, 호킨스 일당은 승진 청원을 넣기 위해 상관이 근무하는 북부의 론서스턴으로 향한다. 한편 클레어는 사랑하는 가족을 땅에 묻은 다음 호킨스를 뒤쫓기로 마음먹고 결의를 다진다. '호킨스에게 반드시 대가를 치르게 할 것이다.' 호킨스가 클레어를 공격하고('외부의' 변화), 클레어가 그를 뒤쫓기로 결심하면서('내면의' 선택) 이야기는 2막으로 넘어간다.

하지만 혼자 다니는 여성에게 태즈메이니아의 자연환경은 만만한 곳이 아니다. 클레어는 친구의 조언대로 원주민 추적자 빌리를 고용하지만, 찜찜함을 느낀다. 클레어는 원주민에 대한 편견이 심하고 빌리에게 잡아먹힐지도 모른다며 투덜댄다. 빌리 역시 클레어가 탐탁지 않다. 빌리는 클레어 같은 '백인 놈들'을 미심쩍어하며 괜히 문제에 휘말리기도 싫어한다. 결국 클레어는 납치된 남편을 찾으러 간다고 거짓말로 빌리를 설득한다. 거래가 성사되자 둘은 함께 길을 떠난다.

클레어는 빌리가 못 미더워 한동안 총구를 빌리 쪽으로 두고 지낸다. 하지만 울창한 숲속에서 빌리는 걱정거리 축에도 들지 못한다. 지형은 위험하기 짝이 없고, 죄수를 호송하는 군인들이 쉴 새 없이 두 사람을 위협한다. 한쪽에서는 원주민과 정착민이 한 치의 양보 없이 전투를 계속한다. 숲속은 그야말로 전쟁터이다.

설상가상으로 식량이 떨어지고 수면 부족에 시달리는 데다 클레어는 젖몸살까지 끙끙 앓는다. 빌리가 근처에서 식량을 훔쳐오고 불어난 강물에서 클레어를 구해주기까지 하지만, 클레어는 여전히 빌리에 대한 경계를 풀지 않는다.

깊은 밤, 두 사람은 이야기하면서, 더 정확하게는 말다툼하면서, 생각보다 서로 공통점이 많다는 사실에 놀란다. 빌리는 클레어가 아일랜드 출신이며 영국인을 싫어한다는 사실을 알게 된다. 영국인은 아일랜드인을 쫓아냈으며, 클레어는 죄수 신세가 되어 고향을 떠나야 했다. 반대로 클레어도 빌리의 부족이 어떻게 자기 땅에서 추방당했는지 알게 된다. 빌리는 어릴 적에 가족과 헤어져 감옥에 갇히고 백인 문화를 익히며 살아야 했다. 빌리는 부족의 옛 전통을 회복하려고 얼마나 자신이 고군분투했는지, 백인으로부터 독립하기를 얼마나 바라는지 클레어에게 털어놓는다.

두 사람은 비슷한 상황을 겪었지만 감독은 두 사람의 경험을 똑같이 다루지 않으려고 주의를 기울인다. 감독은 죄수인 클레어가 원주민 빌리보다 '더 자유롭다'라는 사실을 영화 곳곳에서 분명히 드러낸다. 빌리의 부족은 살아갈 땅과 목숨을 지키기 위해 정착민과 전쟁을 치르는 중이다. 빌리가 어디에 있든 등 뒤에서 그를 노리는 자가 있다. 빌리의 눈으로 보면, 아일랜드인이든 영국인이든 둘 다 미덥지 못한 침략자에 불과하다.

얼마 후, 호킨스 일당이 원주민 부족 여성을 납치해 강간하면서 원주민 부족과 충돌한다. 클레어와 빌리는 전투 현장을 발견하고 부상당한 군인을 뒤쫓는다. 그는 클레어의 아기를 죽인 범인이었다. 클레어는 분노에 사로잡혀 남자를 총으로 쏘려 하지만 총알이 나가지 않는다. 클레어는 어쩔 수 없이 총신으로 군인을 때려눕힌 다음, 칼로 가슴을 찔러 죽인다. 남자는 피투성이가 되어 서서히 죽어간다. 클레어는 크게 동요한다.

빌리는 남편을 찾는다는 클레어의 말이 거짓임을 알고 떠나려 한다. 빌리는 더 이상 문제에 휘말리고 싶지 않았다. 하지만 클레어는 실은 남편과 아이가 살해당했다고 사실대로 털어놓으며 빌리를 붙잡는다. 가족을 잃어본 빌리는 클레어에게 연민을 느낀다. 빌리는 클레어를 떠나지 않

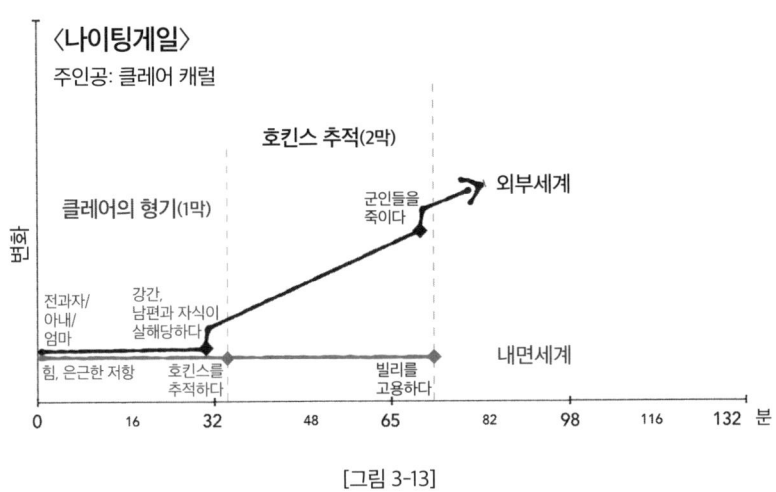

〈나이팅게일〉

주인공: 클레어 캐럴

호킨스 추적(2막)

클레어의 형기(1막)

군인들을
죽이다

외부세계

힘, 은근한 저항

전과자/
아내/
엄마

강간,
남편과 자식이
살해당하다

호킨스를
추적하다

빌리를
고용하다

내면세계

0   16   32   48   65   82   98   116   132 분

[그림 3-13]

고 복수를 돕기로 한다. 아기를 죽인 남자를 클레어가 끔찍하게 살해하고 ('외부의' 변화) 복수를 마무리 짓기 위해 빌리를 붙잡기로 결심하면서('내면의' 선택) 이야기는 3막으로 넘어간다.

둘은 이제 공동의 적이 생겼지만, 클레어는 여전히 빌리의 방식을 받아들이지 못한다. 클레어는 젖몸살을 앓으면서도 빌리가 권한 '주술 같은' 민간요법을 거부하고 빌리가 식용으로 채집해온 음식도 경계한다. 설상가상으로 두 사람을 쫓던 군인들이 클레어가 죽인 남자의 시체를 발견하면서, 클레어와 빌리는 이제 영국군을 살인한 혐의를 받게 된다.

잠이 든 클레어는 꿈속에서 죽은 남편과 아기의 환영에 시달린다. 온몸이 녹초가 된 클레어는 넋이 나간 채, 가파른 내리막길에 몸을 던져 죽으려 한다. 하지만 빌리가 또 한 번 클레어를 구하고, 이번에는 클레어를 연기로 치유하는 의식을 치른다. 클레어는 너무 지친 나머지 거부할 생각

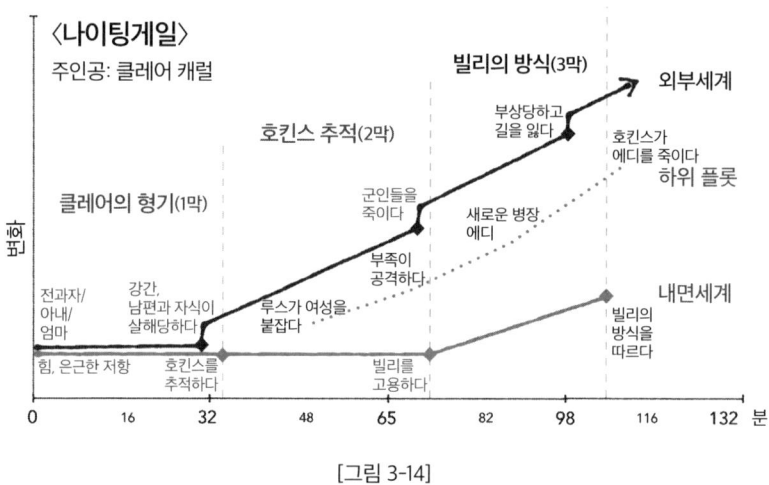

<〈나이팅게일〉>
주인공: 클레어 캐럴

빌리의 방식(3막)

호킨스 추적(2막)

클레어의 형기(1막)

부상당하고
길을 잃다

외부세계

호킨스가
에디를 죽이다
하위 플롯

군인들을
죽이다

새로운 병장
에디

전과자/
아내/
엄마

강간,
남편과 자식이
살해당하다

루스가 여성을
붙잡다

부족이
공격하다

내면세계

빌리의
방식을
따르다

힘, 은근한 저항

호킨스를
추적하다

빌리를
고용하다

0   16   32   48   65   82   98   116   132 분

[그림 3-14]

도 못 한 채 멍하니 앉아 의식을 치르고, 빌리가 준 음식을 먹고 자연요법
으로 젖몸살을 치료한다.

빌리는 호킨스 일당의 길 안내를 하던 삼촌의 시체를 발견하고 복수
에 눈이 먼다. 반면 클레어의 마음은 무너지고 있었다. 클레어는 제 손에
피를 묻힌 뒤 줄곧 찝찝함을 느낀다. 마침내 호킨스의 머리에 총알을 박
아 넣을 기회가 오지만, 클레어는 방아쇠를 당기지 못하고 오히려 총알에
맞아 부상을 입은 채 숲속으로 달아난다.

클레어는 빌리와 호킨스 일당과 떨어져 길을 잃고 헤매다가 넋이 나
간 채 강물로 뛰어든다. 정신을 차린 클레어는 빌리의 영혼을 상징하는
검은 앵무새를 좇는다. 앵무새는 그녀를 론서스턴으로 가는 길로 안내한
다. 클레어는 마침내 피로 얼룩진 폭력에서 벗어나 빌리가 말한 자연의
길을 따라 걸으며 위험한 숲에서 벗어난다. 클레어의 감정은 달라지고 있

다. 클레어가 상처를 입고 숲속에 혼자 남은 뒤('외부의' 변화) 빌리의 방식을 존중하고 마음을 열면서('내면의' 선택) 이야기는 마지막 4막으로 넘어간다.

영화의 하위 플롯은 클레어의 이야기와 나란히 펼쳐지며, 호킨스 일당이 론서스턴으로 가는 과정을 하나하나 보여준다. 켄트 감독은 호킨스가 주변을 통제하기 위해 지위를 이용하고, 사람들을 협박하거나 모욕하고 자기 부하마저 제거하는 모습을 보여주며, 식민지에서 벌어지는 잔인한 힘의 역학을 그려낸다. 세상 끝에 자리한 외딴 전쟁터에서, 법률은 호킨스처럼 힘을 가진 남자들이 입맛대로 이용하는 도구에 지나지 않는다. 하위 플롯은 권력과 통제라는 클레어 이야기의 핵심 주제를 남자들의 갈등을 통해 다시 한번 드러낸다.

클레어는 론서스턴으로 가는 길에 빌리와 재회한다. 두 사람은 군인들이 호송하는 원주민 죄수들을 멋대로 죽이는 현장을 한 끗 차이로 벗어난다. 빌리는 죄수들이 살해되기 전 자신의 부족이 몰살당했다는 소식을 듣는다. 둘은 물자를 구하러 마을로 들어가는 길에, 숲에서 살아남은 호킨스와 마주친다. 호킨스는 혹여나 승진에 방해될까 봐 다시 눈에 띄면 죽여버린다고 협박한 다음, 클레어를 피해 술집으로 들어간다. 클레어는 호킨스를 뒤따라 장교들이 잔뜩 모인 술집으로 들어가, 호킨스의 상관 앞에서 그의 살인 행각을 폭로하고 자신이 자유의 몸임을 선언한다. 호킨스의 승진 기회를 철저히 망친 뒤, 클레어는 술집을 나온다.

클레어와 빌리는 숲속으로 달아난다. 이윽고 빌리는 전장에 나가는 용사처럼 온몸을 칠하고, 창을 들고 마을로 돌아가 잠든 호킨스를 찔러 죽인다. 클레어는 부상당한 빌리를 데리고 멀리 바닷가로 달아난다. 둘은

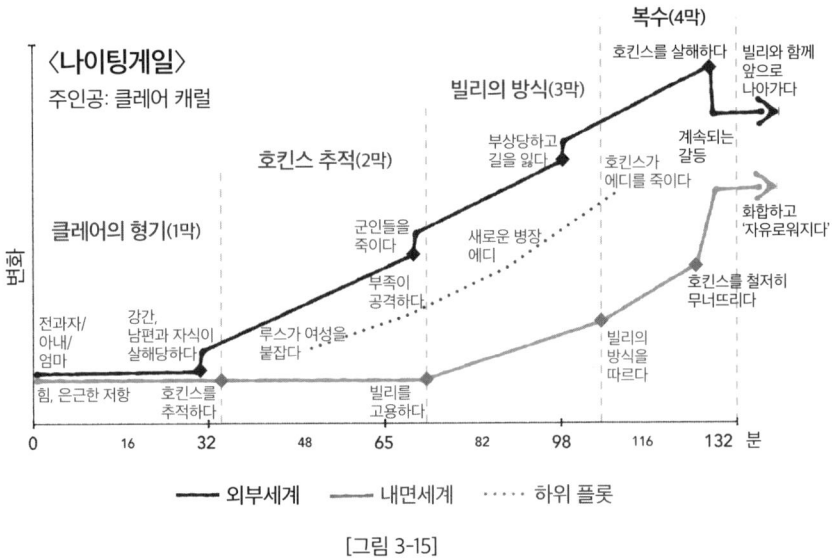

[그림 3-15]

바닷가에 앉아 떳떳하고 뿌듯한 표정으로 각자의 모국어로 노래한다. 바다 위로 떠오르는 태양을 바라보며 영국군에게 쫓길지언정 자신들이 더는 죄수가 아님을 깨닫는다.

〈나이팅게일〉은 끔찍하고 비참한 이야기이지만, 그 결말은 영화를 볼 때마다 소름 끼칠 정도로 감동적이다. 영화는 촘촘하게 짜인 이야기로 관객을 쉴 틈 없이 결말의 카타르시스로 몰아간다. 하지만 결말은 양면적이고 모호하다.

클레어와 빌리에게 시간이 얼마 남지 않았음은 의심할 여지가 없다. 두 사람은 곧 붙잡힐 것이다. 붙잡힌다면 자비는 없을 것이다. 앞으로도 폭력은 이어질 것이다. 더 많은 여성이 학대당하고, 더 많은 원주민이 추방되고 살해될 것이다. 둘은 무력하다. 폭력을 휘둘러도, 폭력을 멈춰도 아무것도 해결되지 않는다.

하지만 클레어와 빌리는 정신의 자유를 얻는다. 클레어는 감정의 변화를 경험하며 빌리를 이제 자신과 동등한 존재로 본다. 고통의 깊이는 다르지만, 치유의 과정을 함께 걸어갈 동료를 얻는다. 한편 빌리는 영국인에게 빼앗긴 부족의 문화를 되찾는 여정을 시작한다. 마지막 장면에서 떠오르는 태양을 보며 빌리는 이렇게 선언한다. "나는 아직 여기 있다." 이 말은 생존과 회복력을 예찬하는, 먼 옛날부터 오늘날까지 시대를 가리지 않고 사람들에게 울림을 주는 메시지다. 원주민 부족은 숱한 고난을 이겨내고 여전히 여기에 있다.

바닷가에 도착한 클레어와 빌리는 가진 게 별로 없다. 하지만 (일단은) 자유를 손에 넣었고 문화를 지켰으며 동료를 얻었다. 〈소셜 네트워크〉의 마크와는 정반대 상황이다. 마크는 모든 것을 가졌지만 곁에 아무도 없다. 캄캄한 어둠을 헤매더라도 실낱같은 희망의 빛이 비춘다면 우리는 어떤 끔찍한 고통도 이겨낼 수 있다.

요약: 미묘한, 달콤씁쓸한, 갈등이 해결되지 않는 이야기

흔히 모호함과 재미는 상관이 없다고 여겨진다. 그러나 세 편의 영화 〈터미네이터〉, 〈소셜 네트워크〉, 〈나이팅게일〉에서 보듯, 양면적 아크는 결말을 열어두고 앞으로 무슨 일이 일어날지를 오롯이 관객의 상상에 맡긴다.

주인공의 운명이 완전히 마무리되거나 행복하게 끝맺지 않는다고 해서 이야기가 꼭 우울해지는 것은 아니다. 관객은 인물이 투쟁하고 인물의 감정이 변하는 과정을 곁에서 지켜보며 인물과 함께 여행한다. 관객은

〈터미네이터〉를 보며 사라 코너가 성장해 터미네이터와 대결하는 장면을 못내 기다린다(2편부터는 기다릴 정도는 아니다). 〈소셜 네트워크〉에서는 마크가 지난 잘못을 뉘우치며 더 좋은 친구, 더 괜찮은 사람이 되려는 모습을 보며 흡족해한다. 〈나이팅게일〉에서는 클레어와 빌리가 각자의 처지를 공감하고 서로의 문화를 깊이 이해하면서 끔찍한 사건들을 해결해 나가며 성장하는 모습을 볼 수 있다.

인물이 달라지려 애쓰지만 바라던 대로 되지 않을 때, 영화는 달콤쌉쓸한 매력을 드러내며 미묘한 삶의 진실에 한 발 더 가까워진다. 양면적 아크는 할리우드 영화의 엔딩과는 다르지만 나름의 진실과 진정성을 보여준다. 변화형 인물과 양면적 아크를 다루는 영화를 보려면 다음 영화를 참고하자. 〈타오르는 여인의 초상〉, 〈아이스 스톰〉, 〈브로크백 마운틴〉, 〈도니 다코〉, 〈델마와 루이스〉, 〈사랑도 통역이 되나요?〉, 〈아이리시맨〉, 〈라라랜드〉, 〈졸업〉, 〈스포트라이트〉, 〈결혼 이야기〉, 〈내일을 위한 시간〉.

4장

"그건 우리 가족이야······ 나는 아니야"
비관적 아크를 걷는 변화형 인물

할리우드를 두고 '꿈의 공장'이라고들 한다. 할리우드는 대중의 즐거움을 위해 삶을 아름답게 포장해서 판매하는 수조 원어치 규모의 산업이다. 할리우드는 '꿈처럼' 아름다운 삶을 노래한다. 모든 일은 잘 풀리고 어찌어찌 괜찮아진다. 하지만 실은 할리우드에서도 오랜 세월 악몽 같은 삶을 노래한 역사가 있다. 삶은 잘 풀리지도 않을뿐더러 어찌어찌 괜찮아지지도 않는다. 절망과 죽음과 고통이 영원히 인물을 따라다닌다. 삶을 갈기갈기 찢어놓은 갈등에서 벗어나는 안식도, 구원도 없다.

예를 들어 슬래셔slasher 장르는 관객이 아끼는 인물이 흥겨운 살육의 리듬에 맞춰 팔다리와 몸통이 잘리고 살해당하는 광경을 지켜보는 즐거움이 은근히 깔려 있다. 공포 영화에서 마지막까지 살아남은 사람은 진정제를 잔뜩 투여받은 채로 (적어도 속편이 제작될 때까지는) 남은 삶을 재활 센터 같은 곳에서 외로이 보낸다. 그들의 삶은 이제 끝났다. 우리는 이 사실을 극장에 들어서기 전에, 리모컨 시작 버튼을 누르기도 전에 안다. 이때 느끼는 불안과 공포, 좌절이야말로 우리가 공포 영화를 볼 때 기대하는 감정이다. 흥행 수익이 가장 좋은 영화들을 보면 결말에서 인물은 대부분 엉망진창이 된다. 〈블레어 위치〉, 〈파라노말 액티비티〉, 〈13일의 금요일〉 같은 영화를 보아도 그렇다.

공포 영화가 아니어도 오랜 세월 사랑받는 할리우드 영화들 가운데 주인공이 행복 복권에 당첨되지 않는 영화가 많다. 〈시민 케인〉, 〈선셋 대로〉, 〈차이나타운〉, 〈지옥의 묵시록〉, 〈황무지〉, 〈대부〉, 〈택시 드라이버〉, 〈뻐꾸기 둥지 위로 날아간 새〉, 〈노인을 위한 나라는 없다〉, 〈미스틱 리버〉, 〈멀홀랜드 드라이브〉 같은 영화가 여기에 속한다.

이번 4장에서 살펴볼 이야기에는 재난을 피하려고 천신만고한 끝에 비관적 아크로 끝맺는 변화형 인물이 등장한다. 살펴볼 영화는 마피아 영화의 고전 〈대부〉, 기이한 SF 영화 〈언더 더 스킨〉, 심리 미스터리 〈버닝〉이다.

〈대부〉(1972)

영화 〈대부〉는 마리오 푸조Mario Puzo와 프랜시스 포드 코폴라Francis Ford Coppola가 공동으로 각본에 참여했으며, 대중문화에 깊숙이 스며든 작품이다. 본 적이 없어도 본 듯한 기분이 들 만큼 영화의 대사와 명장면이 끊임없이 패러디되고 각색되었다. 〈소프라노스〉는 보란 듯이 〈대부〉를 참고했으며, 〈심슨 가족〉은 은근슬쩍 패러디했다. 〈브레이킹 배드〉에서 주인공 월터 화이트가 절망에 빠져 범죄자로 바뀌어가는 과정에도 〈대부〉의 그림자가 엿보인다.

이는 놀라운 일이 아니다. 〈대부〉는 폭력과 복수로 얼룩진 어두운 역사를 파고들면서, 예술성과 대중성이라는 두 마리 토끼를 모두 잡는다. 영화는 잔인한 폭력을 그리면서도 따뜻한 가족의 일상을 묘사한다. 〈대부〉는 단순히 할리우드 고전 영화를 대표하는 작품이 아니다. 〈대부〉는 비극이 무엇인지, 비관적 아크를 걷는 변화형 인물을 이야기할 때 어디서 출발해야 하는지를 명확하게 알려주는 작품이다.

이야기는 1945년 돈 비토 코를레오네의 딸 결혼식장에서 시작된다. 제작비가 걱정될 정도로 화려한 결혼식 장면에는 코를레오네 가문의 주요 인물이 총출동한다. 그리고 코를레오네 가문이 재물을 갈취하고 사람을 협박하는 등 여러 불법행위에 얽혀 있음이 금세 드러난다. 가문에서 범죄와 무관한 사람은 주인공 마이클 코를레오네뿐이다. '외부'세계를 살펴보면, 마이클은 전쟁에 참전한 후 귀국해 현재는 대학을 다니며 케이라는 여성과 사귀고 있다. 마이클은 가족과 함께 집에서 지내는 시간을 좋아하며 아버지의 뜻을 존중해 가업에 발을 담그지 않는다. 마이클은 상원의원에 출마하거나 정치인이 되는 것처럼 더 큰일을 준비 중이다. '내면' 세계로 들어가 보면, 그는 성격이 느긋하며 사랑에 빠져 행복한 사람이다. 가족을 아끼고 집안일이라면 두 발 벗고 나선다. 특히 아버지 비토를 잘 따른다. 아버지의 뜻대로 가업이 아닌 다른 분야에서 성공하려 한다. 마이클은 가업에 관해 묻는 여자 친구 케이에게 이렇게 대답한다. "그건 우리 가족이야, 케이. 나는 아니야." 이 말을 기억해두자.

1막에서는 강력한 타탈리아 가문이 마약을 새로 유통하기 위해 코를레오네 가문에 거래를 제안한다. 여기에는 음모가 숨어 있다. 아버지 비토는 숱한 범죄를 저질렀지만 마약 사업만큼은 더러운 일이라고 꺼림칙해하며 타탈리아 가문과 손을 잡지 않는다. 비토가 제안을 거절하자 마약왕 버질 솔로초는 타탈리아 가문의 계획을 실행하기 위해 비토의 목숨을 노린다('외부의' 변화).

마이클은 가업과 직접 관련이 없지만, 코를레오네 가문에서 나고 자랐으니 결국 대가를 치러야 한다. 마이클은 케이와 데이트를 하다가 아버지가 습격당했다는 소식을 듣고 서둘러 집으로 돌아간다. 마이클은 형 소니와 가문의 고문 변호사 헤이건, 코를레오네 가문 사람들과 함께 잠시 몸을 숨긴다. 마이클을 비롯한 이들은 한 가지 생각뿐이었다. '비토와 가문을 지키려면 어떻게 해야 할까.' 하지만 마이클은 가업과 무관하다. 그는 가문을 어떻게 도와야 할까? 마이클은 어쩌면 좋을지 알 수 없다. 아

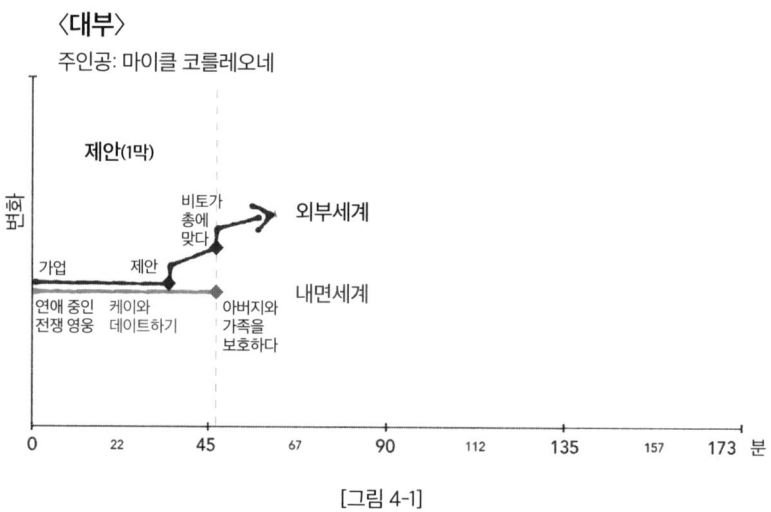

[그림 4-1]

직은 그렇다. 비토가 생명의 위협을 받고('외부의' 변화), 마이클이 집으로 돌아오면서('내면의' 선택) 이야기는 2막으로 넘어간다.

다행히 비토가 목숨을 건지고 소니가 보복을 준비하는 사이, 마이클은 이 모습을 곁에서 지켜본다. 마이클은 아버지의 말씀을 존중하고 따르고 싶지만, 가문이 곤경에 빠졌다는 생각이 떠나지 않는다. 마이클은 가족을 돕고 싶다. 문제는 방법이다. 마이클은 케이로부터 만나고 싶다는 연락을 받고 시내 레스토랑에서 함께 저녁을 먹는다. 하지만 케이를 만난 마이클은 냉랭하다. 더 이상 케이가 알던 다정한 남자가 아니다. 마이클은 자기 집안 문제에 케이가 휘말리지 않았으면 좋겠다고 말한다. 케이는 마이클이 변했다고 느낀다(실제로 마이클은 변하는 중이다). 마이클은 헤어질 생각은 아니지만 언제 다시 볼 수 있을지 모르겠다고 케이에게 말한다. 우리는 이 말에서 마이클의 감정이 변하기 시작했음을 알 수 있다.

얼마 뒤 마이클은 아버지를 만나기 위해 병원을 찾는다. 하지만 정작 그곳에 아버지를 보호하는 사람이 아무도 없자 솔로초가 다시 한번 아버지를 노리고 있음을 눈치챈다. 형 소니는 잠시 자리를 비워 곁에 없었고, 부패한 경찰이 솔로초를 돕고 있어 마이클을 도와줄 사람이 아무도 없었다. 마이클은 스스로 문제를 해결해야 한다. 마이클은 기지를 발휘해 집안의 오랜 친구인 제빵사에게 부탁해 병원 입구에서 아버지를 지킨다. 전략은 성공한다. 마이클은 현장에 나타난 부패 경찰과 맞서고 솔로초의 암살 계획은 실패로 돌아간다. 마이클의 내면은 달라지고 있다. 마이클은 더는 방관자로 남기 싫다. 마이클은 병원에서 아버지에게 말한다. "이제는 제가 아버지를 돌봐드릴게요. 제가 아버지 곁을 지킬게요."

상황이 복잡해지자('외부의' 변화) 소니와 헤이건은 대책을 의논한다.

마이클은 아버지를 공격한 솔로초와 부패한 경찰서장을 직접 암살하겠다는 대담한 계획을 제안한다. 마이클은 자신이 멋모르는 대학생으로 알려져 있으며 사업에 발을 담근 적도 없기에 절대로 범인으로 의심받지 않을 것이며, 암살 계획은 꼭 성공할 거라고 말하면서 걱정하는 가족들을 다독인다. 마이클은 마침내 아버지의 원수를 갚고 가문을 지켜낼 기회를 얻는다. 아버지가 쓰러지고 나서부터 줄곧 마음에 품었던 바람이 이루어진다.

마이클은 계획대로 솔로초와 경찰서장을 총으로 살해한다. 하지만 케이에게 한 약속과 달리 마이클은 변했고, 코를레오네 가문의 사람들과 똑같은 사람이 되었다. 아버지의 목숨이 또 한 번 위기를 맞고('외부의' 변화) 마이클이 가족에게 헌신하며 적들을 암살하겠다고 결심하면서('내면의' 선택) 이야기는 3막으로 넘어간다.

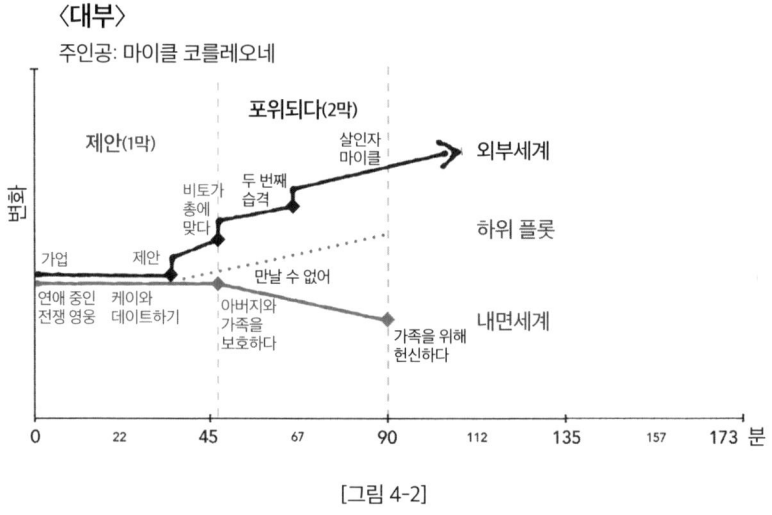

[그림 4-2]

안타깝지만 마이클의 범행은 두 가문 사이에 평화를 가져오는 대신, 전면전을 불러온다. 가족들은 안전을 위해 마이클을 이탈리아 시칠리아로 보낸다. 집으로 돌아온 비토는 마이클이 살인을 저질렀다는 사실을 듣고 망연자실한다. 비토가 몸을 회복하는 동안 두 가문은 전면전을 치르고, 고문 변호사 헤이건은 소니가 감정에 휩쓸리지 않고 가문을 잘 다스리도록 조언한다. 하지만 하위 플롯을 보면, 소니는 매제인 카를로가 여동생 코니를 학대해왔음을 알고 그를 흠씬 두들겨 팬다(영화 초반에 나온 결혼식이 이 두 사람의 결혼식이다).

한편, 케이는 암살 사건 이후로 연락이 없는 마이클에게 상처를 받고 마이클의 소식을 수소문 중이다. 마이클은 여전히 케이를 사랑하지만 시칠리아에서 만난 여성인 아폴로니아와 결혼한다. 언뜻 충동적인 듯한 이 결정 뒤에는 사실 다른 이유가 있다. 마이클은 가문의 유산과 아이들, 전통을 염려한다. 마이클은 가문을 위해 원수를 살해했듯이, 이번에는 가문의 미래를 위해 자신을 희생하고 주어진 역할을 떠맡으려 한다.

그러나 적들은 마이클을 용서하지 않았다. 그들은 마이클에게 복수하기 위해 아폴로니아가 탄 차에 몰래 폭탄을 설치한 다음 터뜨려 그녀를 살해한다. 소니는 욱하는 성질 탓에 손쉽게 암살 표적이 되어 살해당한다. 비토는 남은 자식들을 살리기 위해 타탈리아 가문에 휴전을 요청하고 다른 가문들의 요구를 받아들인다. 비토는 평화로운 관계를 유지하며 마약 거래를 방해하지 않기로 약속한다. 안전이 확보된 마이클은 집으로 돌아와 가업에 참여한다. 마이클은 가업을 5년 안에 완벽하게 합법적 사업으로 바꾸어놓겠다고 케이에게 청혼하며 약속한다. "아버지 방식은 이제 끝났어."

111
4장 "그건 우리 가족이야…… 나는 아니야"

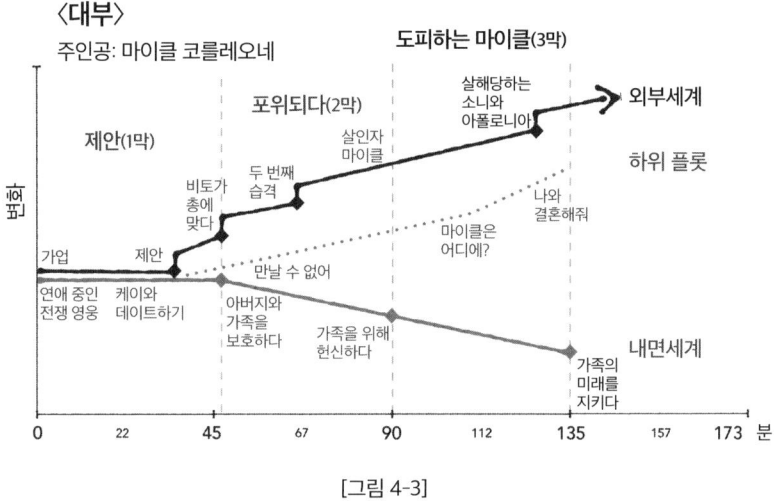

<대부>
주인공: 마이클 코를레오네

[그림 4-3]

아버지 비토가 그러했듯 마이클은 힘든 일을 겪었지만 더는 피를 볼 생각이 없었다. 하지만 예전의 자신으로 돌아갈 생각도 없었다. 마이클은 아버지와 가문을 지키고, 가문의 미래를 책임져야 한다고 생각한다. 비토가 다른 가문들에게 항복하고('외부의' 변화), 마이클이 합법적으로 일하겠다고 결심하면서('내면의' 선택) 이야기는 마지막 4막으로 이어진다.

몇 년의 시간이 흐른다. 그동안 마이클은 가문을 대표하는 자리에 오르고 네바다로 사업 거점을 옮겨서 합법적으로 카지노와 호텔을 손에 넣을 계획을 세운다. 케이와 결혼하고 자녀를 둘 낳는다. 마이클은 얼핏 케이와 한 약속을 지킨 듯 보인다. 그러나 합법적으로 일하겠다는 약속과 달리, 마이클도 비토도 네바다로 사업장을 옮기는 과정에서 피를 볼 수밖에 없음을 안다. 아니나 다를까, 네바다 거래처는 코를레오네 가문이 이제 끝장났다며 카지노와 호텔을 팔지 않겠다고 처음의 약속을 뒤집는다.

하지만 마이클은 원하는 것을 손에 넣기 위한 준비를 이미 마친 모양이다. 자세한 계획은 몰라도 가문의 미래를 지키는 일에 마이클은 온 신경을 쏟고 있다. 그사이 비토가 사망한다. 아버지의 장례식에서 마피아 원로 한 사람이 마이클에게 다가오더니 네바다 건을 해결하자며 마이클을 전체 가문 회의에 초대한다. 비토는 죽기 전 마이클을 전체 가문 회의에 초대하는 사람이 있다면 그 사람이 배신자이며, 그 회의는 마이클을 암살하기 위한 자리라고 경고했었다.

마이클은 예정대로 계획을 실행한다. 마이클이 조카의 세례식을 치르는 사이, 코를레오네 가문의 조직원들은 다른 가문의 수장들을 무자비하게 살육한 다음 네바다의 적도 제거한다('외부의' 변화). 세례식이 끝난 뒤, 마이클은 조직의 배신자를 처단하고 형 소니의 살인을 사주한 매제 카를로도 제거한다. 얼마 뒤 케이는 정말로 카를로를 죽이지 않았는지 마이클에게 묻는다. 마이클은 케이에게 거짓말하기로 마음먹고('내면의' 변화) 자신은 결백하다고 말한다. 케이는 마이클의 말을 믿는다. 하지만 곧이어 마이클의 부하들이 방으로 들어와 그의 손에 입을 맞추며 '돈Don'★이라고 부르는 광경을 목격한다. 마이클은 평범한 시민에서 피도 눈물도 없는 범죄 조직의 보스로 완벽히 탈바꿈한 것이다.

마이클이 변화형 인물이긴 하지만, 비관적 아크를 지녔다고 말해도 될까? 마이클은 적을 쓰러뜨리고 모든 위험을 물리친 끝에 가문의 수장인 '돈'이 되었다. 하지만 이것은 그가 정말 바라던 일이 아니다. 마이클은 전투에서는 이겼지만, 전쟁에서는 승리하지 못했다. 비토는 마이클이

★   마피아의 두목을 부르는 말.

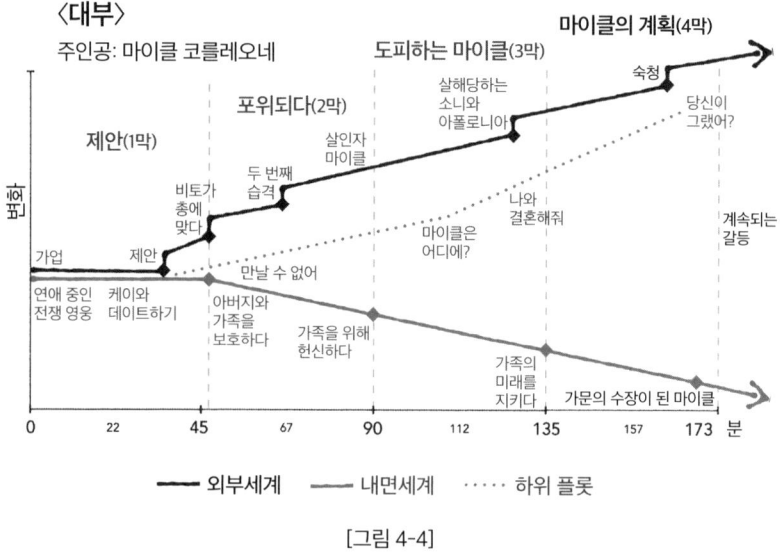

<대부>

주인공: 마이클 코를레오네

마이클의 계획(4막)

도피하는 마이클(3막)

포위되다(2막)

제안(1막)

숙청

당신이
그랬어?

살해당하는
소니와
아폴로니아

살인자
마이클

두 번째
습격

비토가
총에
맞다

계속되는
갈등

나와
결혼해줘

마이클은
어디에?

만날 수 없어

제안

가입

연애 중인
전쟁 영웅

케이와
데이트하기

아버지와
가족을
보호하다

가족을 위해
헌신하다

가족의
미래를
지키다

가문의 수장이 된 마이클

0   22   45   67   90   112   135   157   173 분

━━ 외부세계   ━━ 내면세계   ⋯⋯ 하위 플롯

[그림 4-4]

사업에 발을 담그는 바람에 평범한 삶을 살지 못한 것을 못내 아쉬워했
다. 마이클이 가업에 뛰어들어 갈등이 커졌지만 어쩌면 마이클의 자녀들
이 비토의 바람을 이루어주지 않을까? 하지만 우리는 굳이 후속편을 보
지 않고도 영화가 끝나는 순간 마이클의 가족이 폭력의 굴레를 벗어나기
힘들 것이라고 예감한다.

<언더 더 스킨>(2013)

(※ 주의: 이 영화는 성폭행과 강간 장면을 포함합니다.)

조너선 글레이저Jonathon Glazer와 월터 캠벨Walter Campbell이 함께 각본을
쓰고, 마이클 파버Michael Faber의 원작 소설에서 아이디어를 가져온 영화

〈언더 더 스킨〉의 세계는 기묘하고 신비롭다. 영화는 친숙한 현대 세계를 배경으로 한 SF 영화다. 하지만 여느 SF 영화와 달리 우리가 보는 세계가 어떤 곳인지, 그 세계의 규칙도, 이름 없는 등장인물의 동기도 알려주지 않으며 대사조차 별로 없다. 관객은 눈앞의 실마리를 하나하나 수집해 무슨 일이 일어나고 있는지 직접 알아내야만 한다. 영화를 보는 내내 관객은 기묘하고 심란한 기분에 빠져들며 엔딩 크레디트가 올라간 뒤에도 강한 여운을 느낀다.

〈언더 더 스킨〉은 배경 설명을 아끼면서도 주인공의 복잡한 내면세계를 그려낸다. 주인공인 여성은 이름이 없고 말수가 적으며, 치밀하고 섬세하게 짜인 비관적 아크를 따라 움직인다.

영화는 여자가 등장하면서 시작된다. 여자는 무심하고 냉정하다. 여자는 하얀 밴을 타고 글래스고 시내를 돌아다니며 친구나 가족 없이 혼자 사는 남자를 물색한다. 목표로 한 남자를 발견하자 놀라우리만치 따뜻하고 다정한 태도로 도와달라며 남자에게 접근한 다음, 어두운 폐가로 남자를 데려간다. 남자는 여자와의 섹스를 기대하지만, 예상과 달리 새카맣고 무한한 공간에 갇힌다. 볼일을 마친 여자는 다른 희생양을 찾아 떠난다. 여자는 오토바이를 타는 정체 모를 남자 밑에서 일하며, 전임자가 죽는 바람에 최근 일을 시작했다. 여자는 세상을 낯설어하며 외국에 온 듯, 모든 것을 처음 배우는 사람처럼 정처 없이 떠돌아다닌다.

영화는 대사 몇 마디 없이 주인공의 '외부'세계를 솜씨 좋게 그려낸다. 여자는 인간의 탈을 쓴 외계인으로 혼자 사는 남자들을 납치한다. 그녀는 왜 인간을 납치할까? 아직은 알 수 없다. 우리가 아는 것은 여자가 일종의 미끼이고 엄격하게 정해진 역할만 수행하며, 오토바이를 타는 남자에게 감시당한다는 사실이다. '내면'세계를 들여다보면, 여자는 이름이 없고 감정도 없으며, 자기가 하는 일에 무관심하고, 인간 세상에 익숙하지는 않아도 인간을 곧잘 흉내 낸다.

여자는 임무를 능숙하게 수행해서 남자들을 새카만 공간 안에 가둔다. 차츰 여자의 세계가 어떤 곳인지, 어떤 방식으로 작동하는지 하나씩 단서가 드러난다. 붙잡힌 남자들은 새카만 공간에 서서히 흡수되어 외계인을 위한 자원, 즉 식량 같은 것으로 바뀐다.

어느 날 평소와 달리 상황이 꼬이는 바람에 여자는 목표로 노리던 남자를 죽이고 남자의 곁에 있던 아기를 바닷가에 내버려둔 채 자리를 떠난다. 아기는 목표가 아니었고, 여자는 아기가 어떻게 되든 관심이 없다. 얼마 뒤 바닷가에 도착한 오토바이를 타는 남자도 현장을 정리하지만, 아기에게는 무관심하다. 한편, 도로에서 신호를 기다리던 여자는 아이의 비명에 화들짝 놀란다. 여자는 우는 아기가 있는지 주위를 둘러본다. 그리고 눈에 띈 한 아이를 호기심 어린 눈으로 바라본다.

이 장면은 신비로운 주인공의 '내면'에 작지만 중대한 변화가 일어났음을 보여주는 신호다. 여자는 난생처음으로 납치하려는 남자가 아닌 인간 아이에게 관심을 보인다. 여자의 내면에 '새롭고 낯선' 요소와 '갈등'이 생겨났다. 여자는 임무의 목적과 이유가 문득 궁금해진 것처럼 보인다. 작전을 수행하는 동안 여자의 '내면'세계에 새로운 관점이 생겨난 듯하다. 바닷가에서 아이와 마주치고('외부의' 변화) 여자가 아이에게 관심을 보이면서('내면의' 선택) 이야기는 2막으로 넘어간다.

임무를 수행하는 동안 여자의 '내면'도 계속 변화한다. 여자는 인간 남녀의 차이가 흥미로운 듯 남자뿐 아니라 여자에게도 관심을 보이기 시

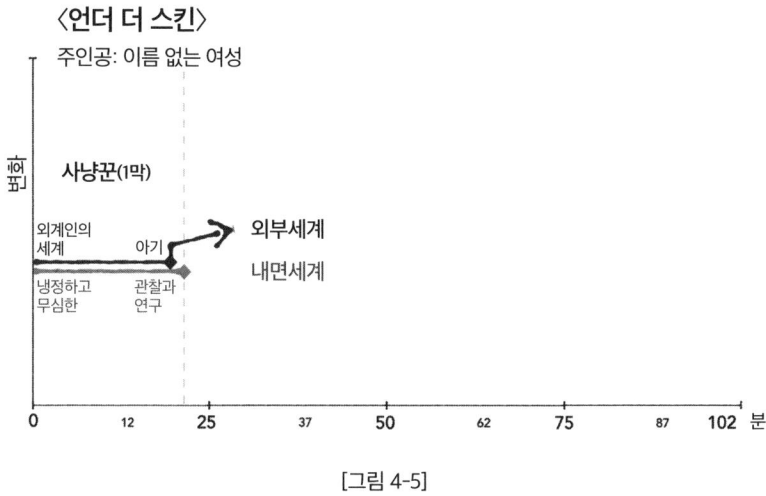

[그림 4-5]

작한다. 여자가 길을 걷다가 넘어지자 낯선 사람들이 다가와 그녀를 도
와주고, 여자는 난생처음 본 사람들이 자신을 도와주는 상황에 어리둥절
해하며, 이 이상한 생명체를 이해해보려는 '내면의' 변화가 일어난다. 오
토바이를 타는 남자는 여자의 변화를 눈치챈 듯 여자의 눈을 들여다보며
꼼꼼히 관찰한다.

얼마 뒤 여자는 얼굴이 잔뜩 일그러진 남자를 사냥감으로 고른다. 여
자는 남자의 처지를 공감하는 듯하며, 그의 슬픈 사연을 들은 다음 연민
마저 느끼는 듯하다. 여자는 남자를 유혹해 새카만 공간 안에 가둔 뒤 거
울에 비친 자기 모습을 처음인 듯 바라본다. 그리고 자기 모습이 거리에
서 본 사람들과 똑같이 생겼음을 깨닫는다. 여자는 불현듯 갇힌 남자를
풀어주고 달아난다. 여자가 거울에 비친 자기 모습을 바라보고('외부의'
변화) 얼굴이 잔뜩 일그러진 남자를 구해 달아나면서('새롭고 낯선 내면'의

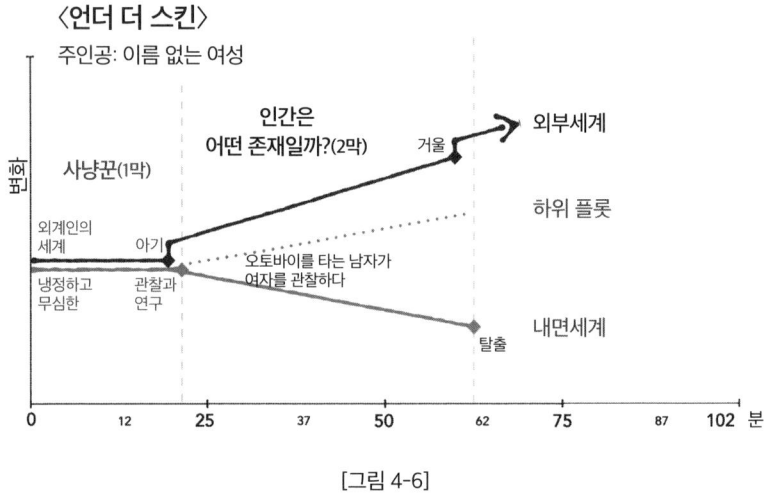

[그림 4-6]

선택) 이야기는 3막으로 이어진다.

여자는 오토바이를 타는 남자로부터 달아나려고 하지만 아쉽게도 문
제는 더욱 커진다. 여자가 밴을 타고 달아나자, 오토바이를 타는 남자는
재빨리 여자가 풀어준 남자를 추적해 붙잡는다. 오토바이를 타는 남자는
여자를 찾기 위해 근처를 수색한다. 여자는 밴을 버리고 혼자 걷는다. 카
페를 발견하고 안으로 들어간 여자는 카페 안의 손님들처럼 케이크를 한
조각 삼켜보지만, 소화가 되지 않아 전부 토해낸다.

얼마 뒤 길을 잃고 헤매던 여자는 버스를 탈 수 있도록 도와주는 남자
를 만난다. 이번에도 여자는 낯선 남자의 친절에 어리둥절해하며 그의 집
으로 따라간다. 남자가 여자에게 집 안을 구경시켜주는 동안 여자는 인간
을 이해하려는 듯 음악에 맞춰 손가락을 두드리기도 하고, 남자의 행동을
하나씩 흉내 내어보기도 한다. 남자는 따뜻한 차를 내어주며 푹신한 침대

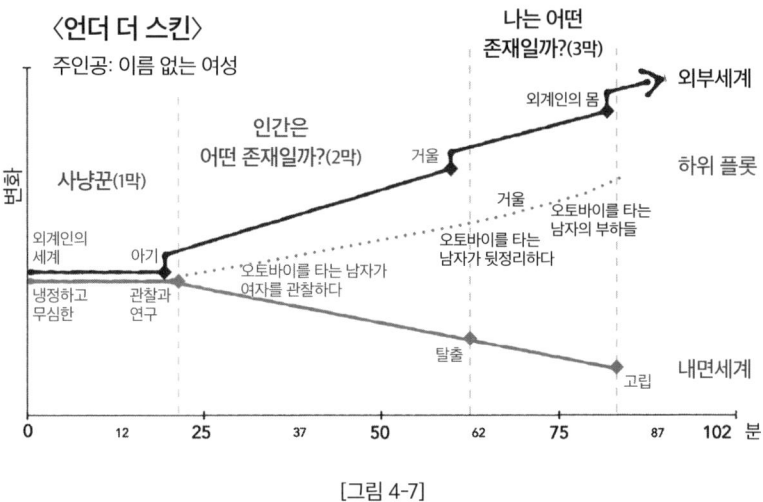

<언더 더 스킨>

주인공: 이름 없는 여성

나는 어떤
존재일까?(3막)

외계인의 몸

외부세계

인간은
어떤 존재일까?(2막)

거울

하위 플롯

사냥꾼(1막)

거울

오토바이를 타는
남자의 부하들

외계인의
세계

아기

오토바이를 타는
남자가 뒷정리하다

냉정하고
무심한

관찰과
연구

오토바이를 타는
여자가 관찰하다

탈출

내면세계

고립

0   12   25   37   50   62   75   87   102 분

[그림 4-7]

를 양보하고 여자가 쉴 수 있도록 자리를 비켜준다. 그날 밤 여자는 거울
에 비친 자기 몸을 찬찬히 뜯어보며 자기 몸이 어떻게 생겼고, 어떻게 움
직이는지 파악한다. 어느 날 여자는 남자에게 입맞춤하고 둘은 섹스를 시
작한다. 하지만 남자는 금세 두려움을 느끼고 행위를 멈춘다. 문제가 있
었다. 겉보기와 달리 여자에게는 여성의 질이 없었다. 인간의 몸을 제아
무리 감쪽같이 따라 해도 완벽히 똑같을 수는 없었다. 여자는 달아난다.
여자가 인간과 다른 자기 몸을 확인하고('외부의' 변화) 친절한 남자가 마
음 편히 지내도록 집을 떠나면서('내면의' 선택) 이야기는 마지막 4막으로
넘어간다.

　여자는 도망치기로 선택했지만, 이 '새롭고 낯선' 선택은 여자를 위험
에 빠뜨린다. 오토바이를 타는 남자가 여전히 여자를 뒤쫓는 와중에, 여
자는 외딴 숲에 도착하고 숲을 관리하는 삼림 관리인과 마주친다. 관리인

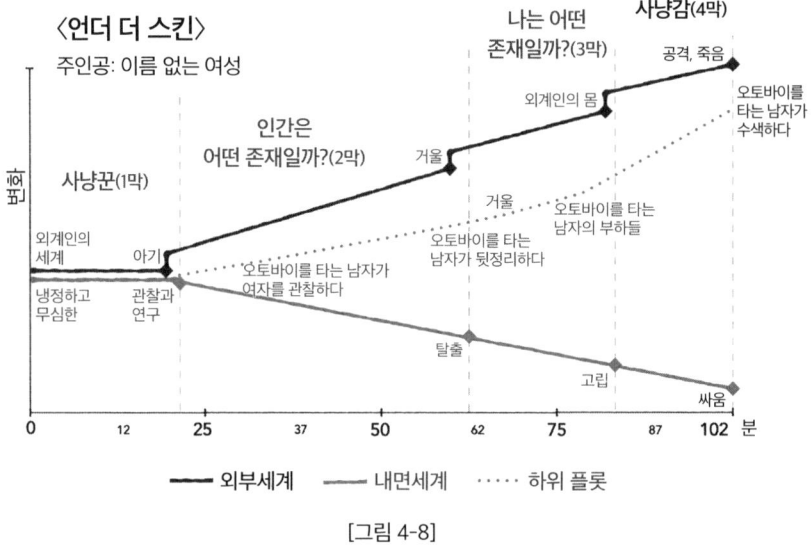

[그림 4-8]

은 숲에서 위험한 장소가 어딘지 여자에게 알려준다. 여자는 등산객용 산
장을 발견하고 그곳에서 잠들지만, 누군가 자신을 강제로 덮치는 바람에
잠에서 깬다. 여자를 성폭행하려던 남자는 아까 만난 삼림 관리인이다.

　여자가 달아나자 관리인은 여자를 뒤쫓아 따라가 제압하고 강간하려
한다. 관리인과 몸싸움하는 과정에서 등의 피부가 벗겨지며 외계인의 몸
이 겉으로 드러난다. 여자의 등은 남자들을 가둔 공간처럼, 액체처럼 부
드럽고 잉크처럼 흘러내리며 칠흑같이 새까맣다. 여자 외계인은 장갑을
벗듯 인간의 피부를 벗은 다음 어리둥절한 표정의 자기 얼굴을 두 손 위
에 올려놓고 바라본다. 여자의 '내면은 변화했다'. 마침내 여자는 피부 아
래 감춰진 자기 모습을 보고 자신이 인간과 다른 존재임을 깨닫는다. 그
순간 안타깝게도 삼림 관리인이 되돌아와 여자의 몸에 휘발유를 붓고 불

을 붙인다. 오토바이를 타는 남자가 여자를 찾는 동안, 여자의 몸은 눈 덮인 숲의 끄트머리에서 불타고 있다.

영화의 결말은 어둡고 잔인하며 비극적이다. 여자는 '내면의' 결단을 내려 과감하게 탈출하고 정체성을 깨닫지만, 갈등은 해결되지 않는다. 여자를 둘러싼 외부세계는 갈등이 가득하다. 여자를 관리하는 정체 모를 오토바이를 타는 남자부터 여자에게 납치당하는 섹스에 굶주린 남자들, 여자를 강간하는 삼림 관리인까지. 이 기괴한 세상에서 사람들은 사냥꾼이거나 사냥감이다. 관객은 대사와 설명이 없는 세계를 지켜보며 여자의 방황에 공감하고, 동시에 여자가 본질적으로 위험한 상황에 놓였음을 깨닫는다. 영화의 배경은 황량하면서도 익숙하다. 덕분에 단순한 SF 영화의 한계를 벗어나, 미래가 어둡다고 말하는 대신 지금 우리가 사는 현재가 어둡다고 말하는 듯하다. 이 세계에서는 외계인조차 감정을 느끼지만, 성폭력을 피할 수는 없다. 〈언더 더 스킨〉은 모든 사람의 입맛에 맞는 영화는 아니겠지만, 쉽게 잊기 힘든 영화다.

〈버닝〉(2018)

영화 〈버닝〉은 단순한 삼각관계에서 시작해 무엇이 진실인지, 우리가 무엇을 믿어야 할지 알 수 없는 수수께끼로 탈바꿈하는 매혹적인 심리 드라마다. 영화의 각본은 무라카미 하루키의 단편소설을 바탕으로 오정미 작가와 이창동 감독이 각색했다. 영화는 노련한 솜씨로 이야기를 풀어나가며 관객을 종수의 고독한 내면으로 안내한다. 종수는 주변 사람들과 자신의 과거를 이해하려고 애쓰는 작가다.

종수는 비관적 아크를 걷는 변화형 인물처럼 보이지만, 이야기가 진실과 거짓, 망상과 환상 사이를 쉴 새 없이 오가는 터라 확신하기는 힘들다. 영화의 도입부는 인물의 '외부'세계를 소개한다. 종수는 20대 초반으로 가난한 시골에서 자랐으며, 지금은 허드렛일을 하며 먹고산다. 종수를 키운 아버지는 걸핏하면 화를 내는 다혈질로 교도소를 여러 차례 들락거렸고, 어머니는 어릴 적에 일찌감치 종수를 떠났다. '내면'세계를 보면, 종수는 수줍음이 많고 말수가 적으며 작가가 되려는 꿈을 주변에 숨긴 채 산다. 작가가 되고 싶지만 무엇을 쓰고 싶은지 아직 확신하지 못한다.

어느 날 종수는 어릴 적 친구 해미를 우연히 만나지만 바로 알아보지 못한다. 해미는 성형수술을 받았다고 종수에게 설명한다. 수줍음이 많은 종수는 천사처럼 아름다운 해미를 보고 금세 호감을 느낀다. 카페 장면은 흥미롭다. 해미가 팬터마임과 상상 놀이를 즐긴다고 말하고 종수는 해미의 말에 귀를 기울인다. 종수는 해미에게 푹 빠진다. 해미는 아프리카로 여행을 가 있는 동안 고양이를 돌봐달라고 종수에게 대뜸 부탁한다.

둘은 해미의 원룸으로 들어가 해미가 기르는 고양이 '보일'을 찾지만 아무리 불러도 고양이는 나타나지 않는다. 해미는 낯선 사람이 오면 고양이가 숨는다고 설명한다. 이윽고 종수와 해미는 입을 맞추고 섹스한다. 종수는 해미와 관계가 깊어졌다고 느끼고 커다란 감정의 변화를 겪을 조짐을 보인다. 종수가 우연히 해미를 만나고('외부의' 변화), 해미와 잠자리를 하기로 결심하면서('내면의' 선택) 이야기는 2막으로 넘어간다.

종수는 공무원 폭행 혐의로 재판을 기다리는 아버지를 대신해 집으로 돌아와 농장을 돌본다. 집으로 계속 전화가 걸려오지만 정작 전화를 받으면 수화기에서 아무 말이 없다. 하위 플롯을 보면, 종수의 아버지는 실

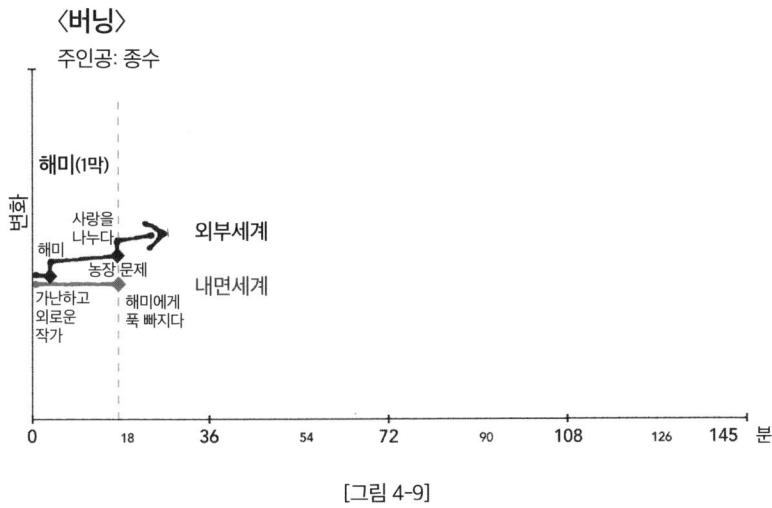

〈버닝〉

주인공: 종수

해미(1막)

사랑을
나누다

해미 → 외부세계

농장문제

가난하고
외로운
작가

해미에게
푹 빠지다

내면세계

| 0 | 18 | 36 | 54 | 72 | 90 | 108 | 126 | 145 | 분 |

[그림 4-9]

형 판결을 면하려면 공무원을 찾아가 사과부터 해야 한다. 변호사도 종수에게 연락해 아버지를 설득하라고 부탁한다. 하지만 종수는 아버지를 만나러 가지 않는다. 그 대신 본 적 없는 고양이의 밥을 주러 해미의 집으로 간다. 종수는 해미의 집에 갈 때마다 해미를 떠올리며 침대에서 자위한다.

어느 날 종수가 공항으로 해미를 마중 나가지만, 해미는 일행이 있다. 벤이라는 남자와 함께였다. 벤은 20대 후반으로 경제적으로 여유가 있고 왠지 모르게 미심쩍은 남자다. 종수는 함께 식사하면서 두 사람이 아프리카에서 비행기가 연착되는 바람에 만났음을 알게 된다. 해미는 신이 나서 여행 이야기를 늘어놓다가 아름다운 일몰을 보자 외로워졌고, 세상에서 사라지고 싶은 기분이 들었다고 말한다. 하지만 종수는 해미의 이야기보다 정체 모를 남자 벤에게 관심을 보이며 직업을 캐묻는다. 벤은 종수가 이해하지 못할 거라며 "어떤 놀이를 한다"라고 아리송한 말로 대답한다.

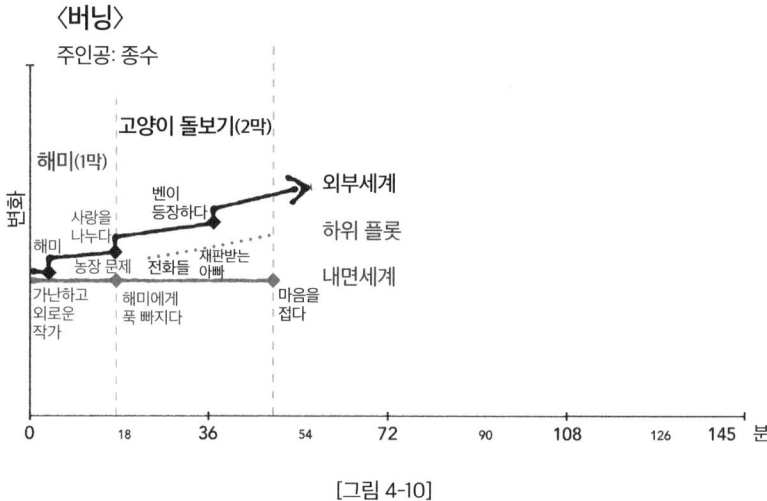

<버닝>

주인공: 종수

고양이 돌보기(2막)

해미(1막)

벤이
등장하다

외부세계

사랑을
나누다

하위 플롯

해미

내면세계

농장 문제 전화들   재판받는
아빠

가난하고
외로운
작가

해미에게
푹 빠지다

마음을
접다

외부 내면

0   18   36   54   72   90   108   126   145 분

[그림 4-10]

벤은 자리에서 일어나며 해미를 집에 데려다주겠다고 제안한다. 종수는 새로 등장한 부유하고 세련된 벤에게 열등감을 느끼고 한발 물러선다.

종수는 불 보듯 뻔한 선택을 내린다. 벤을 만난 종수는 주눅이 들었고 머릿속이 복잡해진다. '벤과 해미는 무슨 사이일까? 해미는 나를 어떻게 생각할까? 두 사람은 연인일까? 그날 해미의 방에서 느낀 감정은 나만의 착각일까?' 종수는 남몰래 상처받고 혼란스러워한다. 덩달아 종수의 내면에서 갈등이 자라난다. 벤이 등장하고('외부의' 변화) 종수가 해미를 향한 애틋한 마음을 감추면서('내면의' 선택) 종수는 다시 예전으로 돌아가고, 이야기는 3막으로 넘어간다.

종수는 농장으로 돌아가 아버지를 도우려고 마을 사람들에게 탄원서를 받아보지만, 서명하는 사람이 별로 없다. 아버지는 이미 신망을 잃은 듯하다. 종수는 시내에서 만나자는 해미의 연락을 받고 마음이 들뜨지만,

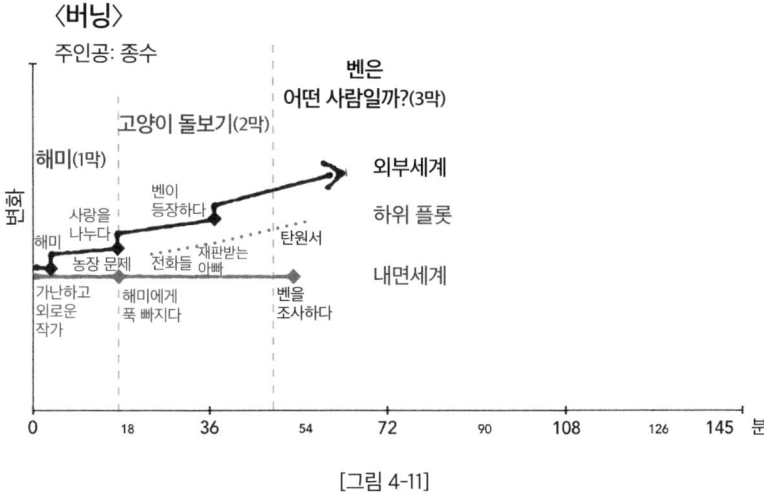

<버닝>

주인공: 종수

벤은
어떤 사람일까?(3막)

고양이 돌보기(2막)

해미(1막)

벤이
등장하다

외부세계

사랑을
나누다

하위 플롯

해미

'재판받는
아빠

탄원서

농장 문제
전화들

내면세계

가난하고
외로운
작가

해미에게
푹 빠지다

벤을
조사하다

0　　　　18　　　36　　　　54　　　72　　　90　　　108　　126　　145 분

[그림 4-11]

그 자리에 함께 있는 벤을 보고 실망한다. 종수는 벤이 해미의 마음을 가지고 '논다'라고 의심한다. 종수는 해미의 곁을 떠나기 전에 이 부유한 남자가 어떤 사람인지 더 알아보기로 한다. 이 장면에서 수줍음 많은 종수는 '새롭고 낯선' 선택을 내린다. 종수의 '내면'은 달라지고 있다.

　종수가 굳게 '마음'을 먹자 이야기가 새로운 방향으로 움직인다는 사실에 주목하자. 앞서 설명했듯, 주인공이 굳게 '결심'하면서 이야기가 새로운 막으로 넘어갈 때가 많다. 주인공의 선택은 이야기의 방향을 제시한다. 아울러 주인공이 갈등에 어떻게 대처하는지 보여준다. 처음에 종수는 벤과 해미 사이에 끼어들려 하지 않는다. 종수는 소심했고, 따라서 아무 결심도 하지 못한다. 이야기가 이대로 흘러갔다면 해미와 종수는 사이가 멀어지고 이야기도 산으로 갔을 것이다. 그러나 두 번째 선택의 기회가 찾아오자 종수는 몰래 라이벌을 조사하기로 결심한다. 종수의 결심은 '새롭고 낯선' 선택이면서 종수의 '내면'이 변화한다는 신호다.

벤의 아파트를 방문한 종수는 욕실 수납장에서 여성용 장신구를 잔뜩 발견한다. 이 장신구는 다 누구의 것이고 벤은 왜 이런 걸 가지고 있을까? 순진한 시골 청년인 종수는 개츠비*처럼 화려한 삶을 사는 벤을 의심하며 벤이 해미를 이용하는 것 같다고 그녀에게 경고한다. 종수는 처음으로 세련된 도시남 벤을 시샘하는 모습을 보여준다. 아니나 다를까, 밤에 다 같이 외출한 자리에서 해미가 여행 중 본 아프리카 춤을 추는 동안, 벤은 친구들과 함께 은근슬쩍 그 모습을 비웃는다. 종수는 해미가 춤추는 동안 따분하다는 듯 하품하는 벤을 목격한다.

얼마 뒤 벤과 해미가 불쑥 종수의 농장을 방문한다. 해미는 어릴 적 종수가 우물에서 자신을 구해준 이야기를 꺼내지만 종수는 기억하지 못한다. 셋이 함께 술을 마시고 대마초를 피우는데, 해미가 느닷없이 윗옷을 벗고 노을을 바라보며 춤춘다. 해미가 잠든 사이, 벤은 재미 삼아 버려진 비닐하우스를 태운다고 종수에게 고백한다. 벤은 정말로 근처의 비닐하우스를 하나 태울 생각이라고 말한다. 갑자기 용기가 솟은 종수가 해미를 사랑한다고 내뱉지만 벤은 종수를 비웃는다.

이튿날 아침 종수는 지난밤 일로 해미에게 화내며 옷을 벗고 춤추면 안 된다고 해미를 다그친다. 속상해진 해미는 벤과 함께 농장을 떠난다. 며칠에 걸쳐 종수가 전화를 걸지만 해미는 전화를 받지 않는다. 한편, 종수는 비닐하우스에 불을 지른다는 벤의 말이 전부 거짓이 아닐까 의심하

★　　　스콧 피츠제럴드의 소설《위대한 개츠비》의 주인공으로 막대한 부를 바탕으로 연일 호화 파티를 벌인다.

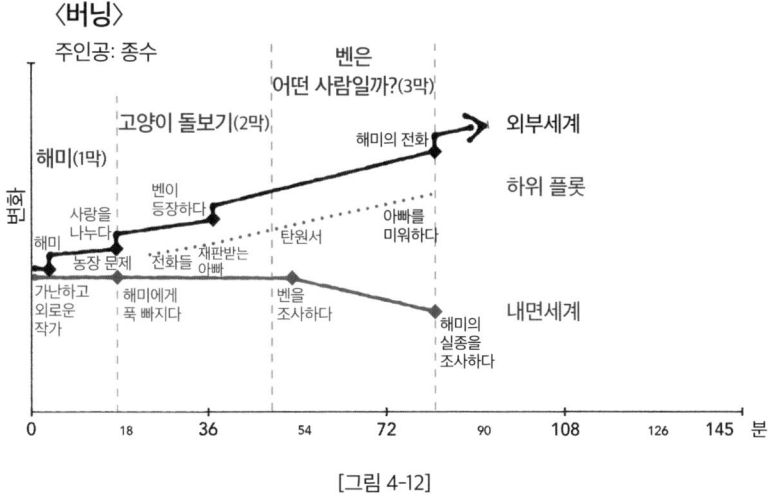

<버닝>

주인공: 종수

벤은
어떤 사람일까?(3막)

고양이 돌보기(2막)

해미(1막)

해미의 전화

외부세계

하위 플롯

벤이
등장하다

사랑을
나누다

아빠를
미워하다

해미

농장 문제 전화들 재판받는
아빠

탄원서

가난하고
외로운
작가

해미에게
푹 빠지다

벤을
조사하다

내면세계

해미의
실종을
조사하다

0   18   36   54   72   90   108   126   145 분

[그림 4-12]

며, 농장 주변의 비닐하우스를 하나씩 확인한다. 벤이 수상하다는 생각은 들지만 별다른 단서를 찾지 못하고 해미와도 멀어진다. 종수가 해미에게 화를 내건 매달리건, 무엇을 결심하건 상황은 바뀌지 않고 생각대로 흘러가지도 않는다. 종수의 감정은 달라지지만, 갈등은 해결되지 않는다.

며칠 뒤 해미의 번호로 전화가 걸려오지만 알 수 없는 소음만 들릴 뿐 해미의 목소리는 들리지 않는다. 종수는 부랴부랴 해미의 집으로 달려가지만, 출입문 비밀번호가 바뀌어 안으로 들어가지 못한다. 해미는 어디에 있을까? 해미는 괜찮을까? 해미로부터 기묘한 전화가 걸려오고('외부의' 변화) 종수가 해미를 찾기로 결심하면서('내면의' 선택) 이야기는 4막으로 넘어간다.

종수는 해미에게 계속 전화를 거는 한편, 집주인을 설득해 집 안으로 들어간다. 집 안은 해미의 평소 습관과 달리 부자연스러울 정도로 깔끔하

127

다. 짐 가방이 여전히 집 안에 놓여 있어 여행을 떠난 것 같지는 않았다. 종수는 해미를 찾기 위해 학교와 직장에 수소문해보지만 소식을 아는 사람이 아무도 없다. 종수는 벤이 있는 카페를 찾아가 벤에게 해미의 행적을 묻지만 모른다는 대답만 듣는다. 종수가 비닐하우스를 태웠는지 물어보자 벤은 태웠다고 대답하지만, 종수는 전부 거짓말이라며 벤을 몰아세운다. 벤은 때마침 온 여성과 자리를 뜨면서 해미가 종수를 특별하다고 말했다며, 그래서 두 사람을 질투했다고 고백한다. 종수는 해미의 실종에 벤이 관련 있다고 확신하고 벤을 뒤쫓아 교회와 미술관을 거쳐, 심상치 않은 외딴 호수에 다다른다. 벤은 호수 위를 물끄러미 바라보고만 있다. 여전히 해미의 실종에 관해 벤이 무언가 안다는 증거는 전혀 없다.

　종수는 해미의 가족을 만나 이야기하다가 해미가 말한 어린 시절 우물 이야기가 거짓임을 알게 된다. 그러나 얼마 후 돈을 빌리려고 수십 년 만에 아들에게 연락한 종수의 어머니는 집 근처에 있던 우물이 기억난다고 말한다. 종수는 혼란스럽다. '누구의 말을 믿어야 할까?'

　분노와 혼란이 쌓여가는 사이, 종수는 벤의 집 주변을 기웃대다가 그의 파티에 초대받는다. 벤은 종수에게 살갑게 굴면서 집필이 어떻게 되어가고 있는지 묻지만, 종수는 무엇을 쓰면 좋을지 모르겠다고 속내를 털어놓으며 "세상이 수수께끼 같아요"라고 말한다. 이윽고 종수는 벤의 욕실 수납장에서 해미가 차던 것과 똑같은 분홍색 시계를 발견한다. 그리고 고양이와 마주치는데, "보일"이라고 부르자 다가온다. 종수가 혼란스러워하면서 떠나려는 찰나, 벤은 심각해하지 말고 즐기며 살라고 종수를 타이른다.

　장신구와 고양이를 발견하면서 종수의 갈등은 극대화된다. 하지만 종

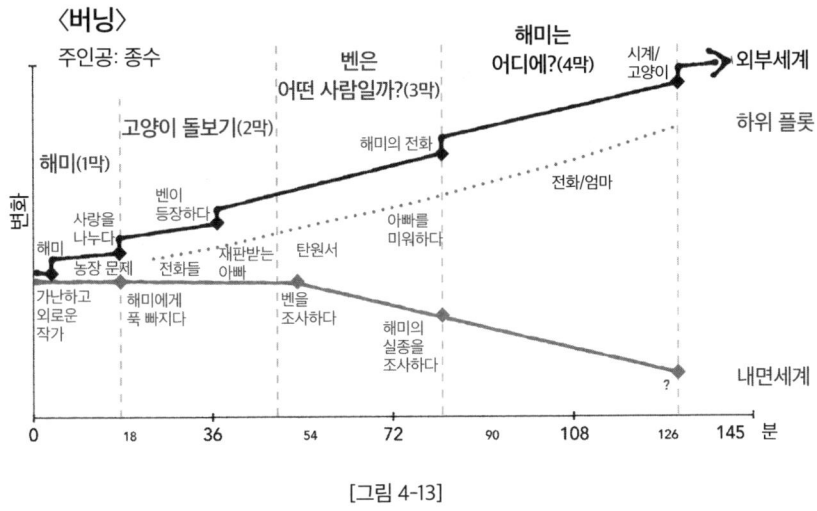

〈버닝〉

주인공: 종수

해미는
어디에?(4막)

벤은
어떤 사람일까?(3막)

고양이 돌보기(2막)

시계/
고양이

외부세계

해미(1막)

하위 플롯

해미의 전화

사랑을
나누다

벤이
등장하다

전화/엄마

해미

농장 문제

재판받는
아빠

탄원서

아빠를
미워하다

전화들

가난하고
외로운
작가

해미에게
푹 빠지다

벤을
조사하다

해미의
실종을
조사하다

?

내면세계

0   18   36   54   72   90   108   126   145 분

[그림 4-13]

수가 무엇을 할 수 있을까? '벤이 살인자일까? 해미가 말한 걸 모두 믿을
수 있을까?' 종수는 혼란스러워 어찌할 바를 모르는 듯하다. 〈대부〉의 마
이클 코를레오네가 숙청을 결심하던 순간처럼 종수가 계획을 세웠는지,
어떤 계획인지, 관객은 알 길이 없다. 이상하게도 종수는 벤과 맞서지 않
고, 벤을 처음 만났을 때처럼 한 발 물러난다. 종수는 예전의 소심한 남자
로 되돌아간 걸까? 종수는 뭔가 계획이 있을까? 알 수 없다. 종수가 장신
구와 고양이를 발견하고('외부의' 변화), 알 수 없는 선택을 내리면서('내면
의' 선택) 이야기는 5막으로 넘어간다.

얼마쯤 시간이 흐른 뒤, 공무원에게 사과하지 않은 종수의 아버지가
징역형을 선고받는다. 종수는 농장에 한 마리 남은 소를 팔고 해미의 집
으로 이사해 그곳에서 해미를 떠올리며 운다. 어느 날 아침 종수는 의자
에 앉아 글을 쓰기 시작한다. 한편, 벤은 고급 아파트에서 새 여자 친구의

4장 "그건 우리 가족이야…… 나는 아니야"

얼굴을 화장해주고 있다. 이 장면은 왠지 모르게 섬뜩하며 위협이 감돈다.

마지막 장면에서 종수가 벤에게 연락해 둘은 어떤 길 위에서 만난다. 벤은 늘 그렇듯 종수에게 살갑게 굴면서 해미의 소식을 묻는다. 종수는 대답 대신 칼을 꺼내 벤을 찔러 죽이고 벤의 시신을 불태워버린다. 그런 다음 입은 옷을 벗어 불태우고 벌거벗은 채 차에 올라타 어디론가 떠나버린다.

조용하고 수줍음 많은 작가 지망생에서 끔찍한 살인자로 돌변하는 종수의 모습은 몹시 충격적이다. 하지만 전혀 예상 못 한 변화는 아니다. 영화 내내 종수는 짐만 되고 서먹한 아버지와 곁에 없는 어머니로부터 느끼는 분노를 말없이 차곡차곡 쌓는다. 그는 가난하고 외롭고 울분에 차 있으며, 대한민국이라는 사회의 변두리를 맴돌면서 부유한 벤을 눈에 띄

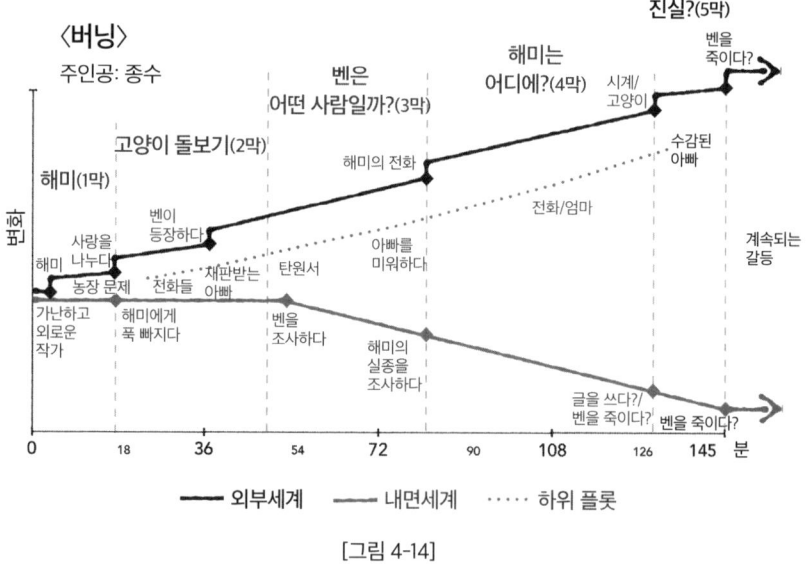

[그림 4-14]

게 시샘한다. 종수는 해미를 사랑하지만, 해미는 종수가 믿기 힘든 환상의 세계에서 산다. 종수가 벤을 질투하고 해미가 실종되자, 해미의 세계는 풀기 어려운 숙제에서 영원히 풀 수 없는 수수께끼로 남는다. 해미가 실종되고 벤의 비밀스러운 삶을 목격하면서 종수는 좌절을 느끼고 폭력적으로 돌변한다. 종수의 변화는 갑작스럽고 앞날은 몹시 비관적이다. 아니면 다른 가능성도 있을까?

느닷없이 벤을 살해하기 직전, 종수는 드디어 그토록 원하던 대로 글을 쓴다. 종수는 마침내 무엇을 쓰고 싶은지 알아낸 걸까? 벤과의 만남은 실제로 일어난 일일까? 아니면 종수의 상상일까? 종수가 지금껏 경험한 수수께끼 같은 일들은 모두 현실일까? 종수는 아버지의 삶을 무너뜨린 폭력에서 벗어날 수 있을까? 만약 벤을 살해한 것이 상상이라면 영화의 결말은 무척 다른 색깔을 띠며, 한층 모호해진다. 마지막 장면은 해미가 말한 우물이나 고양이처럼 또 다른 환상일까? 실제일까, 가짜일까? 관객은 어느 쪽인지 대답하기 어렵다. 바로 그 점이 핵심이다. 관객은 영화 속 종수처럼 잘 짜인 수수께끼에 갇혀서 어떤 대답도 얻지 못한다.

요약: 어둡고, 무력하고, 절망적인 이야기

세 편의 영화는 매우 독창적이고 매력 있고 실화 같은 이야기를 보여준다. 그 과정에서 갈등은 증폭되며 인물은 감정의 변화를 경험하고 고군분투한다. 하지만 결국 노력은 헛수고로 끝나고 선택은 좌절되며 인물은 세상의 무게에 짓눌려 절망한다.

솔직히 말해, 세상은 버겁다. 우리는 종종 잘못 선택한다. 영웅의 여정과 달리 언제나 상황이 잘 풀리지는 않는다. 세상사가 그렇다. 어떤 사람은 세상사가 '원래' 그렇다고 말한다. 하지만 우리는 이야기라는 틀 덕분에 상처받지 않은 채 안전한 거리에서 타인의 고통을 경험하고 좌절하고 연민할 수 있다.

이것이 바로 이야기가 가장 잘하는 일이다. 우리는 이야기를 통해 타인의 삶을 경험하고 타인의 신념과 가치에 공감한다. 어떤 상황이든 이야기로 경험할 수 있다. 우리는 타인의 고통을 지켜보며 외로움을 덜어낸다. 타인이 이상하게 행동하는 이유를 더 잘 이해하게 되고 우리에게 주어진 삶을 감사하며 살게 된다. 비관적 아크는 한낮의 햇빛을 가려 어두운 그늘을 현실에 드리움으로써 우리를 일깨운다. 우리는 한결 깊은 차원에서 타인과 연결된다. 비관적 아크를 걷는 변화형 인물이 등장하는 이야기를 더 살펴보고 싶다면, 다음 영화를 참고하자. 〈미스틱 리버〉, 〈어나더 라운드〉, 〈애니멀 킹덤〉, 〈배니싱〉, 〈블랙 스완〉, 〈빈폴〉, 〈스노우타운〉, 〈세븐〉, 〈선셋 대로〉, 〈나를 찾아줘〉, 〈거미 여인의 키스〉, 〈맥베스〉.

3부   불변형 인물

Beyond the Hero's Journey

"그 넥타이가 어울린다고 생각해요?"

낙관적 아크를 걷는 불변형 인물

───

3부에서는 주목받지 못한 숨은 '영웅들', 즉 불변형 인물을 다룬다. 시나리오 작법서나 강의에서 불변형 인물은 변화형 인물만큼 관심을 받지는 못한다. 영웅의 여정이 제시하는 엄격한 틀에 맞지 않는 탓이다. 불변형 인물은 감정 변화가 없다. 그들은 이야기의 처음부터 끝까지 사실상 똑같은 내면의 가치와 믿음, 욕망을 유지한다. 그들은 등장할 때도 사라질 때도 한결같이 행동하며, 둥근 틀에 끼워 넣은 네모 블록처럼 사회와 충돌한다. 그들은 완고하며 주변 사람의 화를 돋운다. 그들은 세상과 어긋난 사람들이다. 불변형 인물은 자신은 그대로 있으면서 주변 세상을 변화시킨다.

하지만 앞으로 만나볼 인물들은 영화 역사상 그 누구보다 매혹적이고 경이로우며 영감을 주는 비극적 인물들이다. 그들은 기록적인 흥행 수익을 벌어들인 영화, 〈조스〉, 〈다이하드〉, 〈패딩턴〉, 〈백 투 더 퓨처〉, 〈헝거 게임〉, 〈에일리언〉, 〈인디아나 존스: 레이더스〉에서 주인공으로 등장한다.

시나리오 작법서는 흔히 불변형 인물의 역할을 얕잡아보지만 관객은 그 가치를 알고 있다. 나는 거기서 한발 더 나아가 우리가 목격하는 등장 인물 대부분이 불변형 인물이라고 주장한다. 오늘날 우리가 보고 듣는 이 야기의 대부분을 차지하는 TV 시리즈가 대체로 불변형 인물을 주인공으 로 삼기 때문이다. 당연하다. TV 시리즈의 캐릭터 아크는 여러 해에 걸쳐 전개된다. 인물이 에피소드 두세 편 만에 다른 사람으로 변하면 이야기도 끝나고 만다. 그렇다고 그 인물을 다시 두세 편 만에 다른 사람으로 바꿀 수도 없는 노릇이다. 인물의 성격이 자주 바뀌면 관객은 인물을 신뢰할 수 없고, 드라마 〈닥터 후〉의 스핀 오프 시리즈를 보는 듯한 착각을 느낄 지도 모른다.[★] TV 시리즈의 인물은 서서히 변화한다. 〈브레이킹 배드〉의 주인공 월터 화이트가 두 번째 시즌이 시작되자마자 미스터 칩스에서 스 카 페이스로 변했다면, 줄거리가 금세 지루해져 관객들은 마지막 혈투가 벌어지기 한참 전에 채널을 돌렸을 것이다. 〈매드맨〉의 돈 드레이퍼 역시 별로 달라지지 않는다. 그는 담배를 파는 점잖은 나르시시스트에서 소다 를 파는 히피 나르시시스트로 바뀐다. 백악관에서 벌어지는 해프닝을 그 린 HBO 드라마 〈부통령이 필요해〉의 주인공 셀리나 메이어가 개과천선 하는 걸 보고 싶은 사람이 있을까? 그러면 재미가 싹 달아나지 않을까?

불변형 인물은 주변 세상이 퍼붓는 감정적 공격으로부터 자신을 보호

[★] 〈닥터 후〉의 주인공 닥터는 외계인으로, 죽음에 가까운 부상을 입은 뒤 부활하면서 성격과 외모가 완전히 바뀐다.

하는 내면의 힘과 믿음을 지닌다. 때로는 성공하고(〈히든 피겨스〉, 〈저스트 머시〉, 〈12명의 성난 사람들〉, 〈희극왕〉, 〈아폴로 13〉), 때로는 파멸의 씨앗을 뿌린다(〈언컷 젬스〉, 〈퍼펙트 케어〉, 〈차이나타운〉, 〈노인을 위한 나라는 없다〉, 〈데어 윌 비 블러드〉, 〈시민 케인〉). 가끔은 성공과 파멸을 모두 겪는다(〈더 리포트〉, 〈허트 로커〉, 〈포드 V 페라리〉, 〈나이트 크롤러〉, 〈아무르〉).

좋은 쪽으로든 아니든 불변형 인물은 주변 세상으로부터 배우는 게 별로 없는 듯하다. 하지만 그들은 스토리텔링의 폭과 깊이에 관해 알려주는 바가 많다. 이제부터 낙관적 아크를 걷는 불변형 인물이 등장하는 이야기를 살펴보자. 이 이야기에서 주인공들은 고집스러운 문제아가 된 덕분에 좋은 결과를 얻는다.

〈에린 브로코비치〉(2000)

수재나 그랜트Susannah Grant는 〈에린 브로코비치〉의 각본을 쓰면서 성격이 급한 싱글맘이 고작 몇 년 만에 빈털터리 신세를 벗어나 촉망받는 변호사가 된 실화를 다듬어 감동적이고 재기발랄한 이야기를 완성했다.

영화가 시작되자마자 주인공 에린이 등장하고 그녀를 둘러싼 '외부' 세계가 소개된다. 에린은 싱글맘으로 두 번 이혼했으며, 지금은 변변한 직업도 없다. 의사 채용 공고를 보고 지원하지만 의료 경력이 없으니 뽑힐 리 없다. 그러다가 교통사고까지 당하면서 삶은 더욱 버거워진다.

에린은 교통사고 건으로 법정에 서고, 자신의 차를 들이박은 돈 많은 변호사에게 화를 내며 욕설을 퍼붓는다. 여기서 우리는 에린의 '내면'세계의 핵심을 발견한다. 에린은 마음만 먹으면 다정하고 살갑게 굴 수 있지만, 비판받으면 곧장 날카롭고 까탈스러워진다.

　에린은 재판에서 패소하고 일자리도 얻지 못하자 자신의 변호를 맡아준 변호사 에드에게 일자리를 달라고 대뜸 매달린다. 에드는 까칠하지만 마음이 따스한 인물이다. 이 멋진 장면에서 에린이 가진 두 얼굴이 드러난다. 그녀는 거침없이 자기 생각을 말하고 배짱이 두둑한 다혈질이자, 아이를 위해서라면 뭐든 하는 안쓰러운 싱글맘이다. 에드는 알겠다며 에린에게 사무직 자리를 하나 준다.

　에린이 재판에서 지고('외부의' 변화), 에드에게 일자리를 달라고 용기 있게 말을 꺼내면서('내면의' 선택) 이야기는 다음 무대로 넘어간다. 에린은 세상 뻔뻔하게 행동하며 자기 의지대로 세상을 바꾸어간다. 그 모습을 더 따라가보자.

　에린은 에드의 회사에서 적응해보려 하지만, 경솔한 언행과 야한 옷

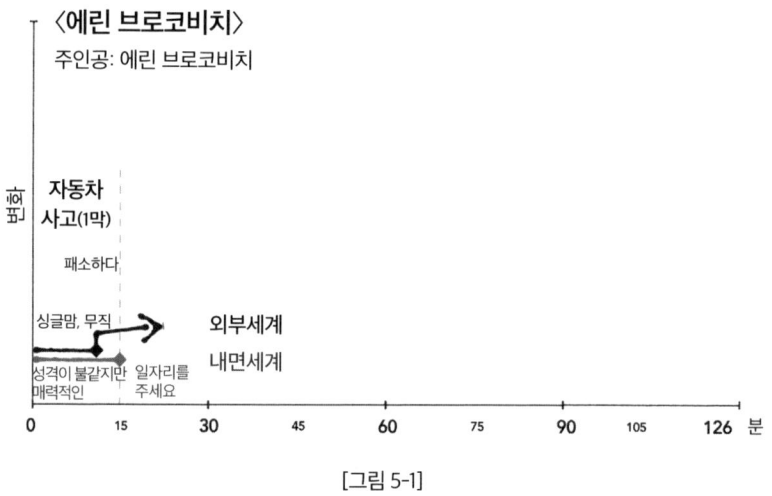

[그림 5-1]

차림 탓에 여직원들과 어울리지 못한다. 에드가 옷차림을 지적하자 에린은 당신 넥타이나 신경 쓰라고 쏘아붙인다. 이 장면은 에린이 주변 세상과 어떻게 소통하는지를 단순하면서도 강렬하게 보여준다(결국 에드가 넥타이를 바꿔 맬 거라는 건 불 보듯 뻔하다).

한편, 에린은 아이를 돌봐줄 보모를 찾느라 진땀을 흘리다가 건설 현장에서 일용직으로 일하는, 오토바이를 즐겨 타는 옆집 남자 조지의 도움을 받기로 한다. 그러면서 에린은 자신을 유혹한다든지 하는 다른 꿍꿍이는 품지 말라고 조지에게 미리 경고한다.

그러던 중 에린이 회사에서 흥미로운 사건을 접하면서 상황이 180도 바뀌기 시작한다. 그 사건은 힝클리라는 작은 마을에서 부동산 평가를 수행하는 무료 법률 상담 사건이다. 에린은 사건 자료에서 의료 기록을 발견하고 부동산과 무슨 관련이 있는지 궁금해한다. 에린이 에드에게 사건

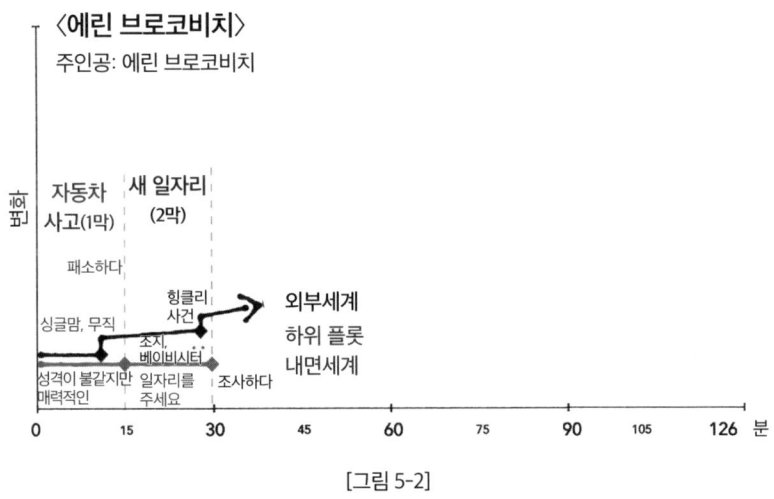

[그림 5-2]

조사를 더 해봐도 괜찮겠냐고 묻자, 에드는 얼결에 허락한다. 힝클리 사건을 발견하고('외부의' 변화), 이를 조사하기로 결심하면서('내면의' 선택) 이야기는 3막으로 넘어간다.

여기서 잠깐 1막과 2막을 되짚어보자. 1막과 2막은 길이가 상당히 짧아서 각각 15분밖에 안 되지만, 이야기 구성에서 특별한 역할을 한다. 1막은 주인공 에린을 소개하고 에린이 에드에게 일자리를 요구하면서 끝난다. 2막은 영화 전체를 관통하는 사건을 소개하고 에린이 사건을 조사하겠다고 결심하면서 끝난다. 1막과 2막을 하나로 묶어 '배경 설정_{set up}'이라고 해도 되지만, 그러면 작가가 의도한 진짜 효과를 놓치고 만다. 작가는 1막에서 인물을 다루고(내면), 2막에서 플롯을 다룬다(외부). 두 세계를 구분해 다루면서 관객이 인물과 플롯을 꼼꼼히 따라가기 쉽게 이야기를 구성한 것이다. 그리고 중요한 하위 플롯, 즉 에린과 조지의 관계를 그다음 순서로 마련한다. 작가는 에린과 조지의 이야기를 3막에 배치해 관객이 중요한 부분을 빠뜨리지 않고 잘 따라올 수 있게 배려한다.

에린은 에드에게 확실히 허락도 받았으니 사건을 철저히 조사하기 위해 일주일 동안 힝클리에 머문다. 에린은 에너지 기업인 PG&E가 이 작은 마을의 집들을 사들이는 한편, 주민 의료비까지 대신 내주는 수상한 정황을 포착한다. 에린이 부지런히 탐문한 결과, PG&E가 암 발병을 비롯한 치명적 부작용을 인지하고도 산화 억제제로 크롬6이라는 화학물질을 사용했음이 밝혀진다.

그러나 에린이 조사를 마치고 회사로 돌아오자, 에드는 일주일 동안 무단결근을 했다며 이미 에린을 해고한 뒤다. 에린은 늘 그렇듯이 거침없이 욕설을 날리고 회사를 박차고 나간다. 에린은 뜻밖에도 조지의 다정한 위로를 받고 둘은 가까워진다. 하지만 에린은 경계를 풀지 않고 조지에게 너무 다정하게 굴지 말라고 경고한다. 에린은 자신이 상처받을까 봐 두렵다.

얼마 뒤 에드는 힝클리에서 수행한 화학물질 검사 결과가 도착했다고 에린에게 찾아와 알린다. 검사 결과에 따르면 오염이 상당히 심각한 수준인 듯해 에드는 이 문제를 더 파헤치고 싶어 한다. 에린은 재고용과 승진, 월급 인상 전에는 아무 일도 하지 않겠다고 배짱을 부린다. 또 한 번 에린은 세상을 자기 뜻대로 바꾸고 원하는 바를 손에 넣는다. 힝클리 사건 조사 결과가 도착하고('외부의' 변화) 에린이 에드에게 배짱을 부리면서('내면의' 선택) 이야기는 4막으로 넘어간다.

4막은 분량이 길어서 한 시간 남짓이다. 분량은 길지만 이야기의 핵심이 여기 모두 담겨 있다. 4막에서 에린은 몇 달 동안 하루도 빠짐없이

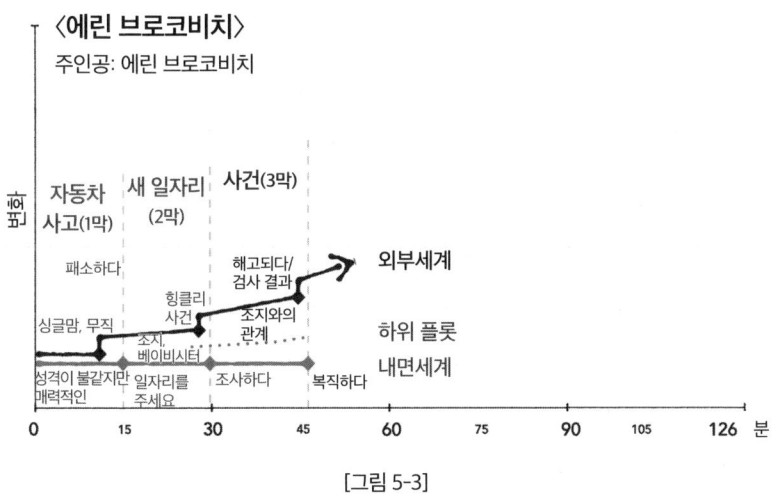

[그림 5-3]

차를 타고 힝클리 주민들을 찾아다니며 PG&E의 화학물질 오염으로 입은 피해에 관해 인터뷰한다. 마을에서는 이미 사람들이 병들어 죽어가고 있었지만, 지금껏 PG&E의 시설과 질병의 관계를 알아챈 사람은 아무도 없었다. 증거를 모아서 제대로 사건을 준비하려면 주민들이 경험담을 이야기하도록 설득해야만 한다. 주민들은 외부인을 신뢰하지 않았지만 솔직하게 다가가는 에린에게 마음을 활짝 연다. 법률 지식은 부족해도 사람을 사귀는 능력이 뛰어난 에린은 소박한 노동자 계급을 잘 안다. 에린도 그들과 같은 처지였기 때문에 주민들의 슬픈 사연을 듣고 깊이 공감한다.

힝클리 사건은 거대하고 복잡하지만, 에린은 타고난 자질을 발휘해 변화를 이끌어낸다. 에린은 평범한 사람들과 소통하고, 사건을 끈질기게 물고 늘어지며, 권위를 의심하고, 쉼 없이 일한다. 에린은 성공하기 위해 자신을 바꾸지 않는다. 원래 모습대로 살아갈 뿐이다.

하지만 에린을 바꾸려는 사람들이 있다. 조지와 에린의 아이들은 에린이 곁에 없는 시간을 힘겨워한다. 에드는 에린을 관습의 틀에 맞추려고 한다. 사건에 참여한 변호사들은 에린의 능력을 의심한다. 사무실의 여직원들은 에린의 옷차림을 헐뜯고 특별 대우를 받는다고 에린을 성토한다. 하지만 결국 모두 하나둘씩 에린의 사고방식에 적응해간다. 조지는 여자친구를 내조하고, 아이들은 어머니를 응원하며, 여직원들은 에린을 챙겨준다. 심지어 까다롭던 에드도 이제는 에린처럼 욕을 내뱉으며 화를 삭인다. 에린은 바뀌지 않는다. 바뀌는 건 세상이다.

사건은 거의 해결되는 듯하더니 에드가 고용한 법무법인이 재판이 아닌 중재를 해결책으로 제안한다. 중재가 받아들여지면 판사는 배심원의 입회나 항소 없이 판결하고 사건은 종료된다. 힝클리 주민들은 대도시에서 온 말만 번지르르한 변호사에게 농락당한 기분이 든다. 에린은 이미 녹초가 되었지만 주민들의 마음을 되돌려야만 한다. 주민 90퍼센트의 서명을 받지 못하면 사건은 무너진다. 갑자기 위협이 다가오고('외부의' 변화) 위협을 해결하기 위해 에린이 발 벗고 나서면서('내면의' 선택) 이야기는 마지막 5막으로 넘어간다.

에린은 조지와 아이들을 데리고 힝클리에 있는 호텔에서 지내며 24시간 내내 업무에 몰두한다. 약간의 진전은 있지만 PG&E 본사가 오염을 알면서 묵인한 사실을 증명할 '결정적 증거'가 나오지 않는다. 증거가 없다면 PG&E는 발뺌할 것이다. 하지만 에린 특유의 친화력으로 중요 문서를 파쇄하라는 명령을 받은 전 직원을 찾아낸다. 그는 명령과 달리 문서를 파쇄하지 않았다. 에린과 에드가 주민 서명과 함께 결정적 증거를 내밀자 파트너 회사 직원들이 깜짝 놀란다.

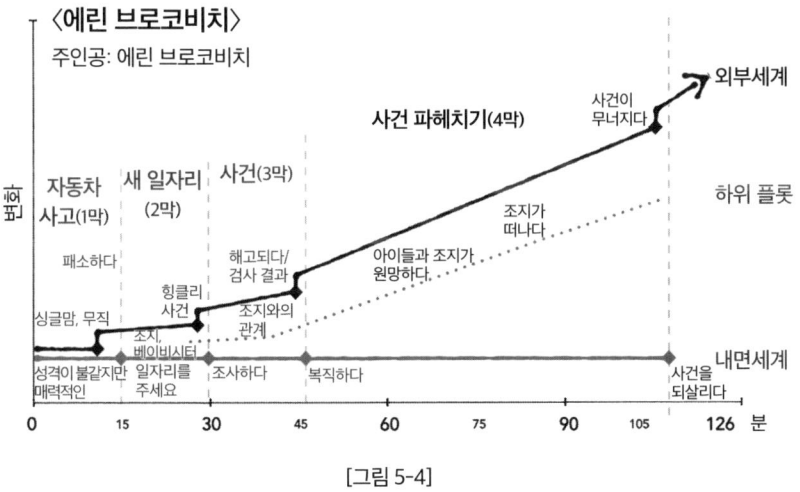

[그림 5-4]

5장 "그 넥타이가 어울린다고 생각해요?"

그들은 마침내 승소한다. 미국 역사상 최대 배상금이 판결된다. 마지막 장면에서 에드가 수표를 에린에게 건네면서 원래 약속한 수익 금액과 다르다고 에린에게 고백한다. 성격 급한 에린은 늘 그랬듯이 자기를 속였다며 에드를 다그치다가 수표 금액이 약속한 금액보다 훨씬 많다는 사실을 발견한다. 이번에는 에린이 성급하게 억측했고, 에드는 일부러 그 상황을 만들고 즐겼다. 하지만 오해해서는 안 된다. 에린이 겸손함을 보인 것은 찰나일 뿐이다. 에린은 영화 초반과 마찬가지로 언제 터질지 모르는 폭탄 같은 사람이다.

이야기를 흥미롭게 만든 요소는 다윗과 골리앗의 싸움처럼 규모의 차이다. 에린은 자신이 마주친 장애물이 무엇이든, 얼마나 거대하든, 포기하는 게 차라리 낫다고 세상이 아무리 조언해도 아랑곳하지 않고 발 벗

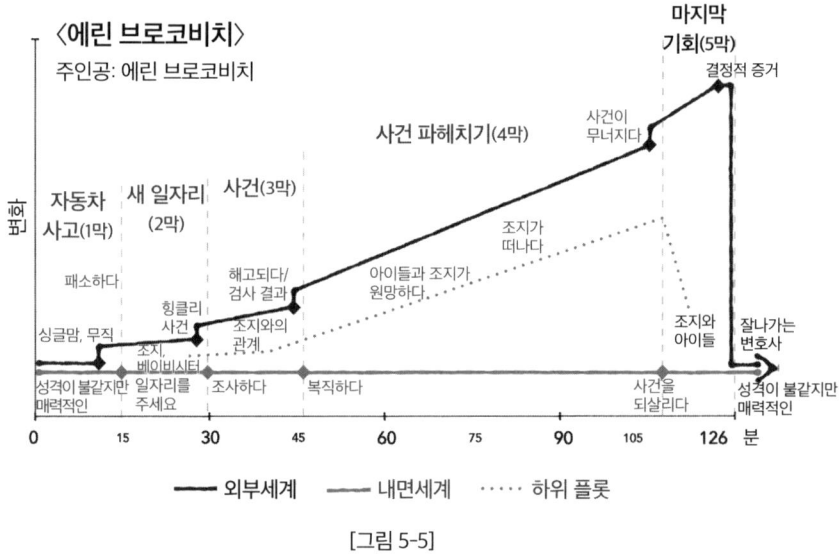

[그림 5-5]

고 나선다. 그리고 그녀는 성공한다. 물론 자기를 의심하게 되는 순간도 있지만 대체로 에린은 승리하며, 실패는 다른 사람들이 무능력한 탓이다.

주인공이 손대는 족족 성공하는 이런 영화를 보기란 원래 괴로운 일이다. 주인공의 승리가 당연하면 이야기는 긴장감이 떨어진다. 〈에린 브로코비치〉의 긴장감은 싸움의 규모에서 온다. 이것은 실화이며 우리는 에린이 승소한다는 사실을 안다. 다만 우리는 에린이 '어떻게' 승소하는지 모른다. 판돈은 어마어마하다. 상대는 거대한 기업이다. 평범한 여성이 대기업을 상대로 어떻게 승리했을까?

이 질문에 답하는 과정에서 우리는 영화의 주제를 만나고 에린의 아크를 긍정적으로 만드는 게 무엇인지 알게 된다. 에린은 자신만의 개성을 발휘해 심각한 삶의 갈등을 해소하고 힝클리 주민의 삶을 해결한다. 이 영화는 편견과 의심에 맞서 자신을 믿고 당당히 앞으로 나아가는 감동적인 이야기다. 에린이 자신과 의뢰인을 위해 싸우는 모습에서 우리는 우리를 얕보는 사람들과 싸워야 하며 절대 포기하지 않아야 한다는 사실을 배운다. 불변형 인물은 세상을 바꾼다. '에린 브로코비치'는 세상을 바꾸는 불변형 인물을 상징하는 이름이 되었다.

〈모아나〉(2016)

불변형 인물은 심사숙고하지 않아도 자신이 누구인지 처음부터 잘 안다. 폴리네시아의 공주 모아나가 훌륭한 사례. 재러드 부시Jared Bush가 각본을 쓴 〈모아나〉는 작은 외딴섬의 공주가 될 운명을 타고난 여자아이에 관한 이야기다. 영화는 폴리네시아의 다양한 설화와 전승을 토대로 용기와 정체성을 다루는 감동적인 이야기를 빚어낸다.

이야기는 가상의 폴리네시아 창조 설화를 들려주며 시작된다. 먼 옛날 창조의 여신 테 피티가 바다에 섬을 만들고 생명을 창조했다. 하지만 장난꾸러기 반신반인 마우이가 창조의 능력을 인간에게 주려고 여신 테 피티의 심장, 즉 그린 스톤을 훔친다. 그러나 용암 괴물 테 카에게 공격당하는 바람에 여신의 심장은 바다에 빠지고 마우이도 자취를 감춘다.

어린 모아나는 할머니에게 이야기를 더 들려달라고 조른다. "탈라 할머니, 세상이 만들어진 이야기를 해줘요." 할머니가 이야기를 시작한다. 이야기를 듣던 모아나는 언젠가 모아나의 부족이 사는 외딴섬을 둘러싼 암초 너머에서 여신의 심장이 발견되리라는 부분에서 큰 눈을 반짝인다. 우리는 모아나의 표정을 보며 강력한 운명을 예감한다. 모아나는 모험을 떠날 것이라는 걸.

'외부'세계를 보면 모아나는 부족의 공주다. 모아나의 아버지는 부족의 전통에 따라 암초 너머로 여행하는 일을 엄격하게 금지한다. 모아나의 부족은 선조 대대로 필요한 것을 모두 섬이 준다고 믿는다. '내면'세계를 보면, 모아나는 암초 너머에 존재하는 세상을 경험해보고 싶다. 하지만 아버지를 사랑하고 부족의 문화를 존중하기에 떠나고 싶은 마음을 누르고 공주의 역할을 감내한다.

하지만 섬에 마름병이 돌아 작황을 망치고 물고기가 잡히지 않자 식량이 떨어진다. 모아나의 할머니는 마름병을 마우이가 여신의 심장을 훔쳐서 생겨난 저주라고 말한다. 누군가 마우이를 찾아 심장을 제자리에 돌려놓아야 한다. 그 누군가가 바로 모아나다. 탈라 할머니는 모아나에게 비밀 동굴을 보여주며 과거 모아나 부족이 비밀리에 항해 생활을 했음을 알려준다. 그리고 모아나가 갓난아기일 적에 바다가 여신의 심장을 모아나에게 보여주었다는 사실도 일깨워준다. 할머니는 바다가 여신의 심장, 즉 그린 스톤을 모아나에게 건네며 알려주었듯 심장을 제자리에 돌려놓을 사람이 모아나라고 말한다. 마침내 모아나는 부족을 대표해 암초 너머로 가야 할 사람이 자신임을 깨닫는다. 어느 날 밤, 모아나는 낡은 배를 타고 항해를 떠난다. 섬에 마름병이 돌고('외부의' 변화), 모아나가 마우이를 찾아 여신의 심장을 되돌려놓는 임무를 받아들이면서('내면의' 선택) 이야기는 2막으로 넘어간다.

항해 경험은 부족하지만, 모아나는 전승에 나오듯 마우이가 있는 곳을 알려주는 갈고리 별자리를 바라보며 파도를 헤치고 바다를 항해한다. 폭풍우를 뚫고 마침내 마우이를 발견하지만, 마우이는 모아나를 도와줄 생각이 없다. 마우이는 용암 괴물 테 카와 싸우다가 마법 갈고리를 잃어

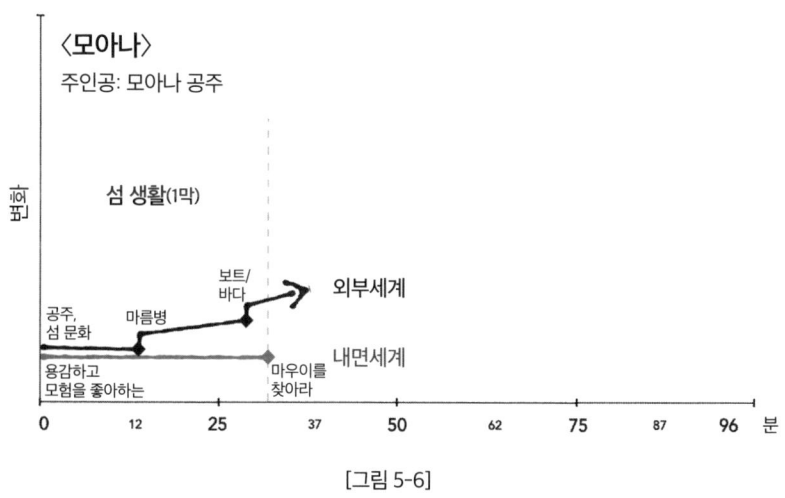

[그림 5-6]

버렸다고 털어놓는다. 갈고리가 없으면 다른 생물로 변신도 못 하고 테카와 싸우지도 못한다며 투덜댄다. 둘은 느닷없이 나타난 코코넛 해적의 위험천만한 공격을 힘을 합쳐 막아낸다. 그런 다음 모아나는 자기를 돕는 다면 다시 영웅이 될 수 있다며 마우이를 설득한다. 모아나가 허영심을 살살 건드리자 마우이는 모아나를 돕기로 약속한다. 하지만 먼저 마우이의 갈고리부터 되찾아야 한다. 마우이가 뜻밖에도 협조를 거부하고('외부의' 변화), 모아나가 마우이의 허영심을 적절히 자극하면서('내면의' 선택) 이야기는 3막으로 넘어간다.

마우이는 귀찮다는 듯 툴툴대면서도 모아나에게 항해술을 알려준다. 이윽고 둘은 마우이의 마법 갈고리를 가진 거대한 게 타마토아가 사는 동굴에 도착한다. 모아나가 타마토아를 속이고 둘은 갈고리를 가지고 달아난다. 하지만 마우이는 갈고리의 변신하는 힘을 마음대로 조절하지 못

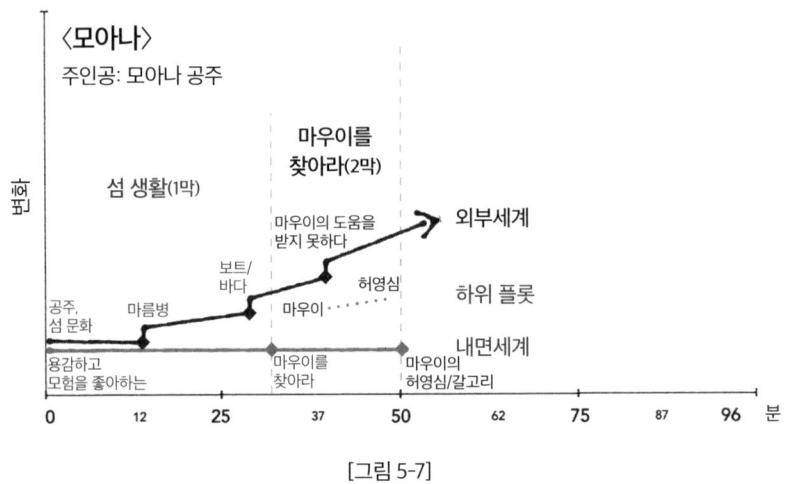

[그림 5-7]

한다. 마우이는 실의에 빠져 실은 자기가 고아였고 신들에게 입양되었으며, 신들이 준 마법 갈고리 덕에 지금의 반신반인 마우이가 되었다고 고백한다. 모아나는 마우이가 누구인지 결정하는 것은 신들이 아니라, 마우이 자신이라고 위로한다. 모아나의 위로에 용기를 얻은 마우이는 다시 갈고리의 힘을 발휘해 변신하고, 배의 키를 잡은 모아나와 함께 여신의 심장을 돌려놓으러 길을 떠난다.

여기서 누가 변화하고 있는지 눈치챘는가? 물론 모아나도 달라졌다. 모아나는 예전과 달리 배를 몰 수 있다. 하지만 모험을 좋아하던 모습도 달라졌을까? 아니다. 모아나는 에린 브로코비치가 그랬듯 주변 사람을 변화시키고 있다.

모아나와 마우이는 여신 테 피티의 섬에 도착한다. 마우이는 여신의 심장을 손에 쥐고 다시 한번 테 카와 맞붙는다. 하지만 테 카는 여전히 강력해서 갈고리가 크게 망가지고 마우이는 패배한다. 한 번 더 충격을 받으면 갈고리는 완전히 부서질 것이다. 결국 마우이는 싸움을 포기한다. 갈고리가 없으면 자신은 아무것도 아니라고 여기며 달아난다.

홀로 남은 모아나는 바다가 왜 이토록 중요한 여정을 위해 자신을 골랐는지 궁금해한다. 줄곧 모아나를 괴롭히던 이 의문은 이제는 버거울 정도로 무겁게 다가온다. 모아나의 눈앞에 탈라 할머니의 환영이 나타나 그만 섬으로 돌아오라고 말하지만, 모아나는 망설인다. 모아나는 돌아가기 싫은 것이다. 모아나는 선조보다 더 먼 바다로 나아가 바다의 부름에 응답하는 것이 자신의 운명임을 문득 깨닫는다. 모아나는 마음 깊숙한 곳에서 언제나 자신의 운명이 무엇인지 알고 있었다. 바다의 부름은 줄곧 마음 안에 있었다. 마우이가 느닷없이 달아나고('외부의' 변화), 모아나가 다

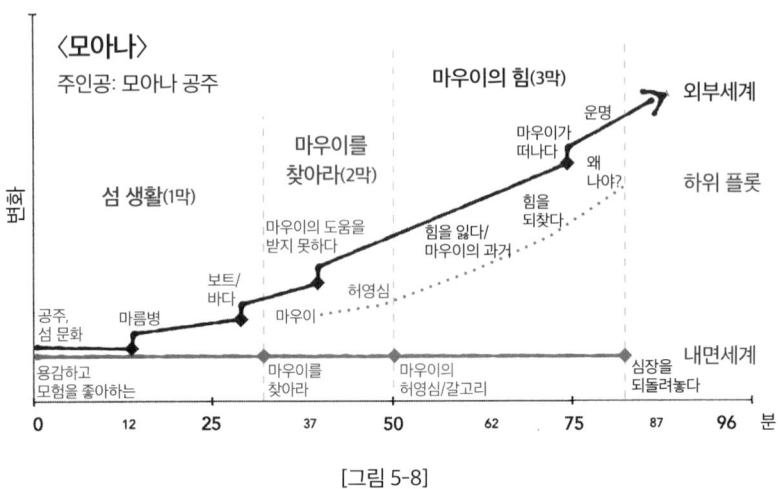

[그림 5-8]

시 한번 운명을 따르기로 다짐하면서('내면의' 선택) 이야기는 4막으로 넘어간다.

모아나는 배를 수리한 다음, 다시 테 카에게 도전한다. 그녀는 테 카를 속여 경계의 섬을 넘어가게 만든다. 하지만 섬은 이미 사라지고 없다. 그제야 모아나는 테 카와 테 피티가 같은 존재임을 깨닫는다. 창조의 여신이 심장을 잃고 용암 괴물로 변한 것이다. 그때 마우이가 돌아와 마법 갈고리를 희생해 모아나를 돕는다. 모아나는 자신의 운명대로 테 카를 마주하고 여신의 심장을 돌려준다. 테 카는 창조의 여신 테 피티로 되돌아온다. 그러자 부족의 섬에 생명이 돌아오고 부족 모두 목숨을 구한다. 마지막 장면에서 테 피티는 새 마법 갈고리를 마우이에게 선물한다. 모아나는 바닷길을 안내하는 부족의 대표가 되어 아름다운 배들을 이끌고 암초를 넘어 너른 바다로 나아간다.

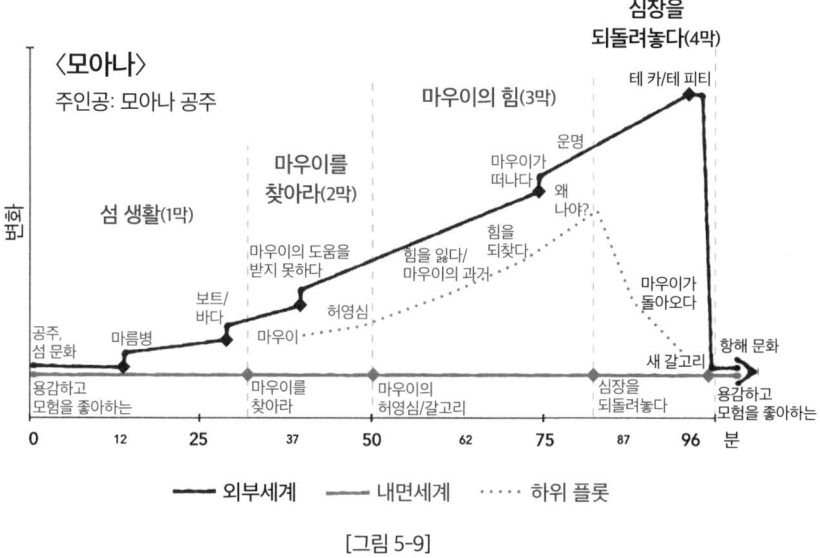

[그림 5-9]

모아나의 내면세계는 시종일관 첫 장면에서 보여준 호기심, 용기, 자기 확신 같은 자질을 위주로 움직인다. 그 과정에서 모아나는 마우이의 자신감을 북돋워주고 부족의 신념도 바꾸고 여신 테 피티의 정체성 위기도 해결한다. 전통적 관점으로 보면, 신을 바꾼 모아나를 영웅이라고 부를 테지만, 모아나는 영웅의 여정에 등장하는 영웅과 다르다. 모아나의 감정은 달라지지 않기 때문이다. 처음부터 진실만 말한 탈라 할머니도 마찬가지다. 모아나는 자신을 바꾸는 대신 세상을 바꾼다. 그 덕분에 그녀의 아크는 매우 낙관적이다.

주제를 말한다면, 〈모아나〉는 어떤 시련이 닥쳐도 자신이 누구인지 분명히 알고, 운명이 무엇인지 확실히 깨닫는 이야기다. 이 주제는 강력하고 관객에게 영감을 주며 영화가 큰 인기를 누리는 밑바탕이 되었다.

151

다만 문화적 정체성을 강조하는 〈모아나〉의 이야기가 실은 백인 미국인들이 태평양의 여러 섬 문화를 수집해서 짜깁기해 만든 이야기라는 사실은 조금 아이러니하다. 그래서일까? 모아나에 등장하는 가상의 섬이 모아나의 이야기가 모티브를 따온 실제 섬들보다 훨씬 유명해졌다. 이러니저러니 해도 〈모아나〉는 디즈니 영화다. 문화계의 거인인 디즈니는 〈모아나〉를 제작하면서 불편한 고정관념과 진부함으로 점철된 불행한 역사에서 벗어나 처음으로 다양성을 시험했다. 이런 시험작을 발판 삼아 다양한 배경을 가진 작가들이 더 많이 고용되고 〈모아나〉처럼 흥겹고 웃음이 터지는 이야기가 쏟아져 나오기를 간절히 바란다.

〈판타스틱 우먼〉(2017)

(※ 주의: 이 영화는 성폭행 장면을 포함합니다.)

세바스티안 렐리오Sebastián Lelio 감독과 곤살로 마사Gonzalo Maza가 공동으로 각본에 참여한 영화 〈판타스틱 우먼〉은 배우자의 죽음이라는 믿기 힘들 만큼 단순한 토대 위에 한 여성이 잔혹한 편견에 맞서 사랑과 정체성을 지켜내는 가슴 시리고 벅찬 이야기를 쌓아 올린다.

이야기의 주인공 마리나는 낮에는 레스토랑에서 웨이트리스로, 밤에는 재즈 바에서 가수로 일한다. 마리나는 직물 공장 관리자인 남자 친구 오를란도와 함께 산다. 오를란도는 마리나보다 한참 연상이고 마리나는 트랜스젠더인 터라 둘의 관계는 평범하지 않다. 하지만 두 사람은 서로를 굳게 믿고 편안한 시간을 함께 보낸다. 주위에 둘의 관계를 숨기지도 않는다. 오를란도는 마리나의 생일을 축하하는 저녁 식사 자리에서 고급 리

조트에서 연휴를 즐기자고 약속하는 편지를 마리나에게 건넨다(오를란도 는 구매한 항공권을 잃어버리는 바람에 놀러가자는 약속밖에 하지 못한다). 생 일을 축하하며 함께 춤추는 두 사람은 사랑으로 충만하다.

'외부'세계를 보면, 마리나는 사랑하는 연인이 있고 자기 인생에 만족 한다. 연인을 진심으로 사랑하고 노래를 좋아한다. '내면'세계를 보면, 마 리나는 삶의 만족을 추구하며 자신감 있고 내적으로 단단해서 두 사람의 나이 차나 마리나의 성 정체성 탓에 생기는 사회의 핍박을 의연하게 이 겨낸다.

그날 밤 집으로 돌아온 오를란도는 머리가 깨질 듯한 두통 탓에 잠에 서 깬다. 마리나가 서둘러 오를란도를 병원으로 데려가려고 짐을 챙기는 사이에, 오를란도가 계단에서 굴러떨어져 머리를 다친다. 오를란도가 병 원에서 치료받는 동안, 마리나가 의사에게 이름을 말하고 오를란도가 다 친 이유를 설명하지만 의사는 도리어 마리나를 의심한다. 의사는 오를란 도가 사망했다고 마리나에게 알린다.

마리나는 오를란도의 동생 가보에게 전화를 걸어 형의 부고를 알린 다. 병원에 머물던 마리나는 왠지 불안해져 병원을 뛰쳐나간다. 그때 경 찰이 불쑥 나타나 마리나를 붙잡는다. 경찰은 마리나를 다시 병원으로 데 려와 의사에게 이야기한 내용, 즉 오를란도의 몸에 난 멍들에 관해 질문 한다. 경찰은 신원 확인을 위해 신분증을 요구하면서 왜 도망쳤는지 마 리나에게 묻는다. 때마침 오를란도의 동생 가보가 병원에 도착한다. 그는 '민감한 상황'이니 가족이 병원에 오기 전에 마리나를 보내달라고 경찰들 에게 부탁한다. 오를란도가 갑자기 사망하고('외부의' 변화) 마리나는 충 동적으로 병원에서 뛰쳐나간다('내면의' 선택). 고민해서 선택을 내리지는

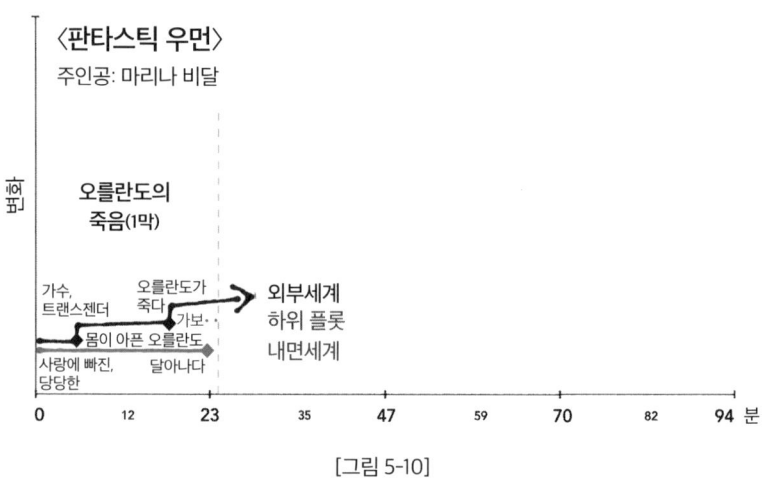

<〈판타스틱 우먼〉
주인공: 마리나 비달

효과
강도

오를란도의
죽음(1막)

가수,
트랜스젠더

오를란도가
죽다

외부세계
하위 플롯
내면세계

가보·
몸이 아픈 오를란도

사랑에 빠진,
당당한

달아나다

0   12   23   35   47   59   70   82   94 분

[그림 5-10]

않았지만, 마리나의 선택은 이야기를 다음 무대로 옮겨가고 앞으로 펼쳐
질 이야기의 방향을 결정짓는다.

레스토랑에 출근한 마리나는 간밤의 일을 친구인 레스토랑 사장에게
털어놓지 않는다. 오를란도의 전 부인 소니아는 근무 중인 마리나에게 전
화를 걸어 자동차와 아파트 열쇠를 내놓으라고 말한다. 그때 어떤 형사도
레스토랑으로 마리나를 찾아와 오를란도의 몸에 남은 멍 자국에 대해 미
심쩍다는 듯 질문한다. 형사는 마리나를 경멸하듯 취조하지만, 마리나는
당당한 태도로 대꾸한다.

이튿날 아침, 오를란도의 아들 브루노가 아파트에 찾아와 마리나를
위협하며 마리나가 남자인지 여자인지, 아버지와 어떤 사이인지를 캐묻
는다. 브루노가 오를란도의 개 디아블라를 데려가려 하지만, 마리나는 오
를란도가 개를 자기에게 주었다며 거부한다. 브루노가 마리나의 이름을

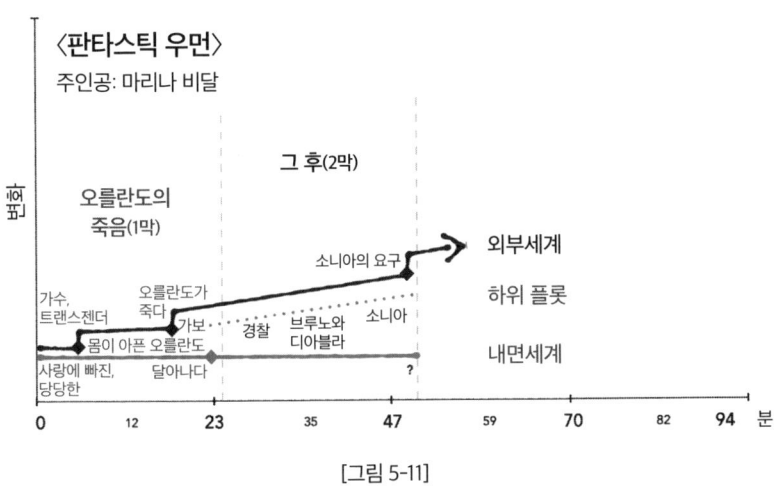

〈판타스틱 우먼〉
주인공: 마리나 비달

그 후(2막)

오를란도의
죽음(1막)

소니아의 요구

외부세계

하위 플롯

가수,
트랜스젠더

오를란도가
죽다

가보   경찰   브루노와   소니아
                          디아블라

몸이 아픈 오를란도

사랑에 빠진,   달아나다   ?
당당한

내면세계

0   12   23   35   47   59   70   82   94 분

[그림 5-11]

연거푸 틀리게 부르자 마리나는 따지듯 바로잡는다.

　　마리나는 자동차를 전 부인 소니아에게 가져다주는 길에, 뒷좌석에 오를란도가 앉아 있는 환영을 본다. 그리고 차 안에서 181이라는 동그란 숫자판이 달린 알 수 없는 열쇠를 발견하고 챙긴다. 어쩌면 둘만의 꿈같은 휴가를 위해 오를란도가 사물함에 항공권을 보관해놓은 것인지도 몰랐기 때문이다.

　　소니아도 다른 사람들처럼 마리아의 성별과 오를란도와의 사이를 캐묻고, 둘의 사랑을 '변태 성욕'으로 몰아세운다. 소니아는 돈을 줄 테니 오를란도의 장례식에 오지 말라고 마리나에게 경고한다. 마리나는 다시 한번 당당한 태도로 대꾸하면서 앞으로 어찌해야 할지 고민한다. 소니아의 요구('외부의' 변화)로 마리나가 앞으로 어떻게 할지 고민하면서('내면의' 선택) 이야기는 3막으로 넘어간다.

마리나는 아직 마음의 결정을 내리지 않았지만, 자신의 성 정체성과 사랑을 처음부터 줄곧 지켜왔다. 주위의 압력이 거세지만 마리나는 굳건히 버티고 있다.

마리나는 전에 만난 형사를 찾아간다. 형사를 따라간 마리나는 강제로 신체검사를 당하고 모욕감을 느낀다. 형사는 몸싸움의 흔적을 발견하는 일과 별개로, 마리나가 트랜스젠더임을 이용해 마리나를 겁주려 한 것이다. 하지만 신체검사 결과 아무 흔적도 발견되지 않고 마리나는 풀려난다. 얼마 후 가보로부터 전화가 걸려와 장례식에 오지 않으면 그 대가로 오를란도의 유골을 태운 재를 나눠주겠다고 제안하지만, 마리나는 전화를 끊는다.

마리나는 노래 선생님을 찾아가고, 선생님은 왜 연습을 빼먹느냐며 마리나를 꾸짖는다. 마리나는 노래 선생님과 오랜 세월 친밀한 관계를 맺어왔지만, 레스토랑에서 그랬듯 연인이 죽었다는 말을 꺼내지 않는다. 마리나는 자기 문제로 다른 사람에게 폐를 끼치려 하지 않는 듯하다. 마리나는 강인하고 독립적이다. 살아남으려면 그래야만 했다.

오를란도의 아파트로 돌아온 마리나는 브루노가 집으로 들어와 오를란도의 개 디아블라를 훔쳐갔음을 발견한다. 화가 난 마리나는 전화를 걸어 오를란도의 추모식이 열리는 곳을 알아낸다. 마리나는 언니의 도움을 받아 아파트에서 나와 추모식이 열리는 장소로 달려간다. 마리나가 나타나자 소니아는 마리나에게 당장 나가라며 소란을 피운다. 오를란도의 딸이 울음을 터뜨리자, 마리나는 가족의 뜻을 존중해 자리를 떠난다. 하지만 마리나는 집으로 돌아가는 길에 브루노의 무리에 납치당해 심한 모욕을 당하고 뒷골목에 버려진다.

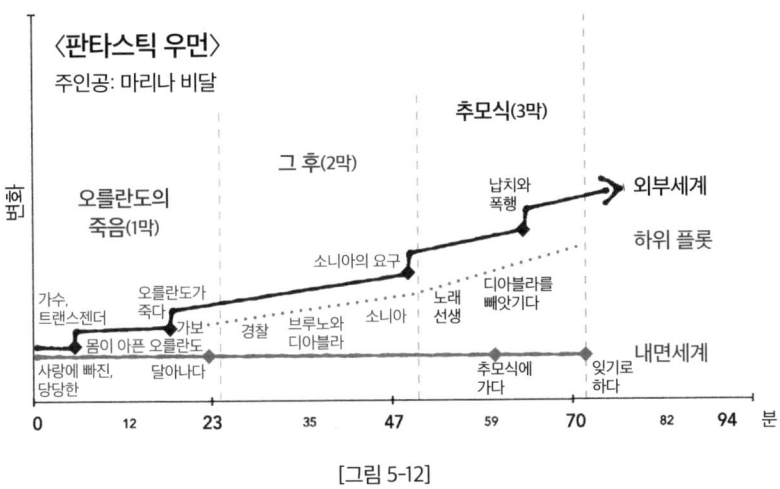

[그림 5-12]

마리나는 마음의 상처를 입은 채 어느 술집에 들어가 아무 남자나 유혹한다. 마리나는 남자와 섹스하면서도 슬픔에 짓눌려 넋이 나가 있다. 또다시 오를란도의 환영이 나타난다. 느닷없이 심한 모욕을 당하면서('외부의' 변화), 마리나는 이제 오를란도를 떠나보내겠다고, 장례식에 가지 않겠다고 마음을 굳히고('내면의' 선택) 이야기는 4막으로 넘어간다.

언니 집으로 돌아온 마리나는 마음을 정리했다고 언니에게 말한다. 하지만 얼마 후 마리나는 레스토랑에서 일하다가 오를란도의 유품과 무척 비슷한 열쇠를 가진 남자를 본다. 마리나는 유품이 어떤 사우나 시설의 사물함 열쇠임을 알아낸다. 마리나는 오를란도를 잊기로 했지만 오를란도와 함께 꿈꾸던 휴가가 자꾸만 떠오른다. 마리나는 사물함 안에 있을지도 모를 항공권을 오를란도의 유품으로 간직하려 한다. 마리나는 남자인 척하며 사우나 로커룸 안으로 들어간다. 사물함 문을 열쇠로 열지만,

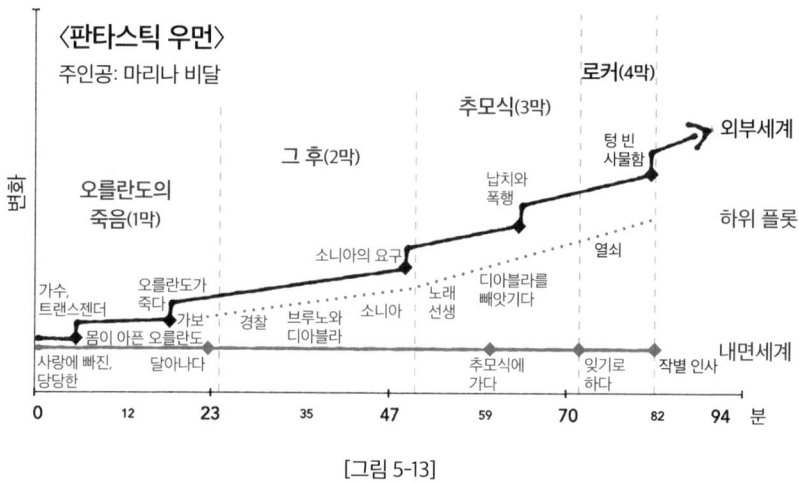

〈판타스틱 우먼〉
주인공: 마리나 비달

오를란도의
죽음(1막)

그 후(2막)

추모식(3막)

로커(4막)

외부세계

텅 빈
사물함

납치와
폭행

하위 플롯

소니아의 요구

디아블라를
빼앗기다

열쇠

가수,
트랜스젠더

오를란도가
죽다

노래
선생

오를란도

가보

경찰

브루노와
디아블라

소니아

내면세계

사랑에 빠진,
당당한

달아나다

추모식에
가다

잊기로
하다

작별 인사

몸이 아픈 오를란도

0   12   23   35   47   59   70   82   94 분

[그림 5-13]

안에는 아무것도 없다. 사물함은 텅 비어 있었다. 오를란도를 추억할 물
건은 없었다. 마리나는 뜻밖에도 텅 빈 사물함을 마주하면서('외부의' 변
화) 자신이 오를란도를 쉽게 잊을 수 없음을 깨닫는다. 마리나는 어떤 위
험이 기다리건 오를란도에게 작별 인사를 건네야겠다고 다짐하고('내면
의' 선택) 이야기는 마지막 5막으로 넘어간다.

　마리나는 택시를 타고 장례식장으로 간다. 그리고 장례식장으로 걸어
들어가는 길에 차를 탄 오를란도의 유족, 브루노, 소니아, 가보와 마주친
다. 그들은 장례식이 이미 끝났다며 마리나를 조롱하고 모욕한다. 마리나
는 느닷없이 자동차 위로 올라가 디아블라를 내놓으라며 하이힐로 지붕
을 쿵쿵 내리찍는다. 오를란도의 가족은 겁에 질려 달아난다. 이때 마리
나는 보기 드물게 분노한다. 하지만 그 감정은 잠시 나타났다 사라질 뿐,
마리나의 감정이 본질적으로 달라지지는 않았다. 오히려 이 장면은 마리

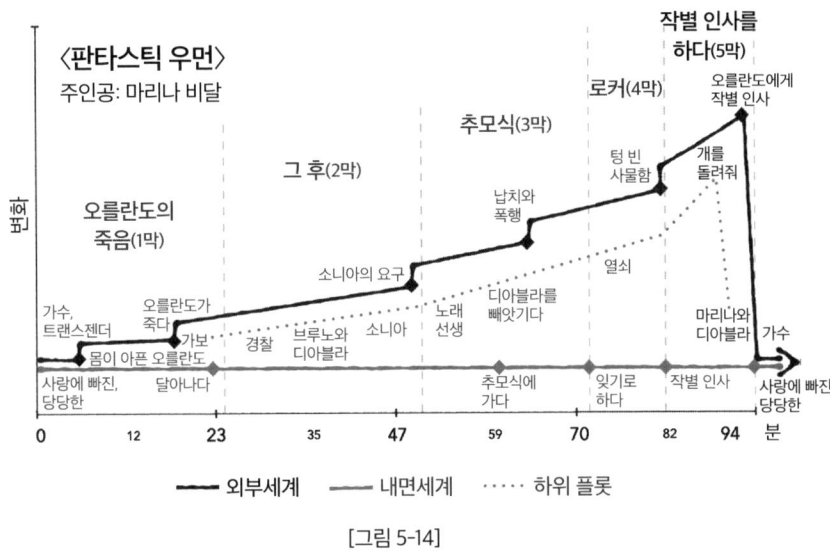

나가 오를란도의 가족 탓에 얼마나 큰 좌절감을 느꼈는지 보여준다(오를
란도의 가족이 마리나를 대하는 태도는 끔찍하다).

마리나는 장례식장에서 다시 오를란도의 환영을 본다. 환영을 따라
화장장으로 가자 오를란도의 시신이 놓여 있다. 마리나는 화장하기 전에
마지막으로 그를 지켜보며 오를란도에게 작별 인사를 건넨다.

얼마 후, 마리나는 디아블라를 데리고 조깅하고 있다. 오를란도의 가
족은 한 발 물러나 디아블라를 마리나에게 유품으로 주었다. 그날 밤, 마
리나는 오페라 콘서트를 준비한다. 노래 선생님이 피아노 반주를 맡고 마
리나는 그녀를 보러 온 관중을 위해 노래한다. 마리나는 연인을 잃고 괴
로운 시간을 보내야 했지만, 그 시간을 의연하게 견뎠고 오를란도를 향한
사랑을 지켜냈다.

〈판타스틱 우먼〉에서 마리나는 5막에 걸쳐 각각 다른 벽에 부딪힌다. 마리나는 오를란도의 장례식에 갈지 말지 고민하고, 마리나의 성별을 듣고 허둥지둥하는 의사를 만난다. 그리고 마리나를 원래 이름으로 부르는 경찰관과 마리나의 이름을 틀리는 브루노, 마리나를 변태라고 손가락질하는 소피아, 신체검사를 핑계로 마리나를 괴롭히는 형사와 마주친다. 시련이 차츰 거세어지지만 마리나는 자신의 성 정체성이 무엇인지, 자신이 누구를 사랑하는지 알고 있으며, 어떤 압박에도 흔들리지 않는다. 마리나는 자신이 누구인지 똑똑히 알고, 사랑의 의미를 분명히 이해하며 세상과 맞서 싸운다.

흥미롭게도 앞서 살펴본 이야기와 달리 〈판타스틱 우먼〉은 막이 끝날 때조차 마리나가 어떤 중대한 결정을 내리는지 또렷이 보여주지 않는다.

예를 들어 소피아가 마리아를 장례식에 오지 못하게 한 다음, 마리나가 어떤 행동을 했는지 확실하지 않다. 하지만 이야기의 흐름이 매끄럽지 않은 것은 아니다. 우리는 마리나가 무슨 생각을 하는지 이미 알고 있다. 영화의 맨 처음부터 마리나는 자신이 누구인지, 오를란도가 자신에게 어떤 의미를 지닌 사람인지 명확히 안다. 마리나가 내리는 모든 선택은 이미 우리가 아는 마리나의 모습을 뒷받침할 뿐이다.

마리나는 골목에 버려진 다음, 한발 물러나 장례식에 가지 않겠다고 결심한다. 하지만 이 결심은 마리나가 주눅이 들었거나 자신이 오를란도에게 작별 인사를 할 자격이 없다고 생각해서가 아니다. 마리나는 사람들과 싸우느라 조금 지쳤을 뿐이다. 그조차도 잠깐의 망설임이다. 마리나는 숱한 장애물이 앞을 가로막아도 마침내 오를란도와 함께하는 길을 발견한다. 마리나는 낙관적 아크를 걷는 진정 '판타스틱한' 불변형 인물이다.

요약: 용기 있는, 굴하지 않는, 영감을 주는 이야기

낙관적 아크를 걷는 불변형 인물은 주변 사람을 모두 적으로 돌리지만 않으면, 세상을 바꿀 잠재력을 보여준다. 그들은 내면이 단단하고 자신을 믿으며, 사람들이 자기처럼 세상을 본다면 모든 일이 술술 풀릴 것이라고 여긴다.

이야기의 긴장감은 주인공이 사람들과 갈등을 겪고 주변의 압박을 받으면서도 굴하지 않고 이를 견뎌내는 과정에서 나온다. 그들은 핍박을 견딘다. 그리고 세상을 더 나은 곳으로 바꾼다. 이런 영화들은 두 주먹을 불끈 쥐게 할 만큼 커다란 용기를 안겨준다. 낙관적 아크를 걷는 불변형 인물이 나오는 영화를 찾는다면 다음 영화를 살펴보자. 〈히든 피겨스〉, 〈저스트 머시〉, 〈인비저블맨〉, 〈다이하드〉, 〈패딩턴〉, 〈12명의 성난 사람들〉, 〈죠스〉, 〈코미디의 왕〉, 〈아폴로 13〉, 〈섹시 비스트〉, 〈글래디에이터〉, 〈에일리언〉.

6장

"내가 왜 이런지 알아?"

양면적 아크를 걷는 불변형 인물

5장에서 살펴봤듯 불변형 인물은 세상과 맞서 싸우며 단단한 내면을 지킨다. 그 힘은 종종 세상을 변화시키지만, 때로는 실패한다. 설령 세상을 바꾸더라도 바뀐 세상은 완벽한 세상과는 거리가 있다. 인생이 그렇듯, 풀리지 않은 문제가 남아 있고 갈등은 계속되며 최종 승리는 확실하지 않다.

6장에서는 양면적 아크를 걷는 불변형 인물을 들여다보기 위해 세 편의 영화를 살펴볼 예정이다. 〈윈터스 본〉(절박한 10대에 관한 잔잔하면서도 거친 드라마), 〈아무르〉(변치 않는 사랑에 관한 가슴 아픈 이야기), 〈허트 로커〉(어떤 군인에 관한 긴장감 넘치는 인물 탐구)가 그것들이다.

영화의 주인공들은 하나같이 비범하며 색깔이 강하다. 그들은 자신이 누구인지 이미 '안다'. 그들의 가치와 욕망, 신념은 태산처럼 흔들림이 없다. 그들의 자신감과 고집에는 감탄하지 않을 수 없다. 하지만 영화가 끝난 뒤에도 상황은 종결되지 않고 앞날은 모호하다. 삶의 갈등은 해결되지 않는다.

삶의 불편한 진실을 드러낸 덕분인지, 앞서 소개한 영화들은 영화제에서 다양한 상을 두루 수상했다. 〈아무르〉는 칸 국제영화제에서 황금종려상을 받았으며, 아카데미 영화제와 BAFTA(영국영화TV예술아카데미), 골든글로브에서 외국어 영화상을 수상했다. 〈허트 로커〉는 아카데미 작품상과 각본상을 함께 수상했다. 〈윈터스 본〉은 아카데미 작품상과 각본상 후보에 올랐으며 선댄스 영화제에서 심사위원 대상을 받았다. 영화가 성공한 다른 이유가 있을 수도 있다. 하지만 이 영화들이 왜 그토록 독창적이며 인상적인지, 그 이유는 인물들의 단호한 결의에서 찾을 수 있다.

〈윈터스 본〉(2010)

〈윈터스 본〉은 데브라 그래닉Debra Granik과 앤 로셀리니Anne Rosellini가 대니얼 우드렐Daniel Woodrell의 소설을 각색해 만든 영화로, 조용한 긴장감이 백미다. 영화는 간결한 연출과 시적인 대사를 통해 비참하고 막막한 상황을 마주한 한 소녀가 용기 있게 행동하는 이야기를 세심하게 담아낸다.

이야기는 미주리주 오자크라는 궁벽한 산간 지역에 사는 10대 소녀리 돌리와 함께 시작한다. 주인공 리는 동생들을 챙기는 한편, 신경쇠약에 걸린 듯한 어머니를 돌보며 산다. 그들은 몹시 가난하며 먹을 것도 얼마 없다. 아버지는 집에 들어오지 않은 지 한참 되었는데, 최근 마약을 제조한 혐의로 경찰에 붙잡혔다가 보석금을 내고 풀려난다. 경찰관이 집으

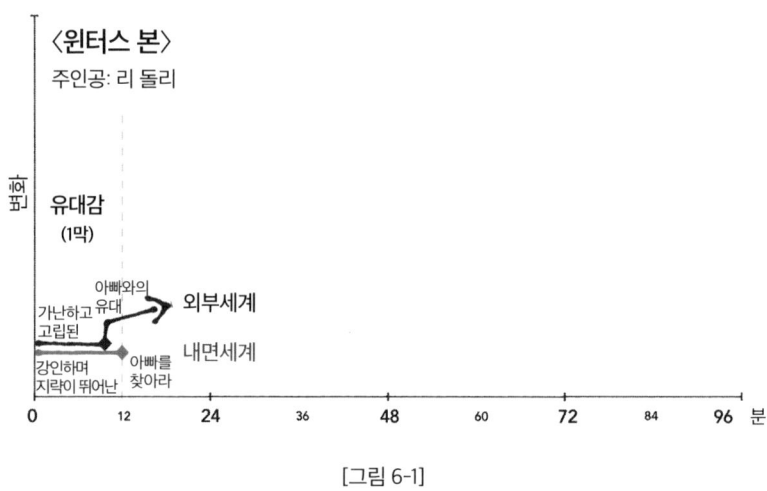

<그림 6-1>

로 찾아와 아버지가 집을 보석금 담보로 걸고서 도망쳤다고 리에게 알려준다. 며칠 내로 아버지가 나타나지 않으면 집이 날아갈 판이다. 리는 경찰관의 말을 가만히 듣더니 직접 아버지를 찾을 거라고 무심한 말투로 경찰관에게 대꾸한다.

영화는 짧은 몇 장면만으로 리의 삶에 관해 많은 정보를 제공한다. 우선 '외부'세계를 보면, 리의 가족은 무척 가난하고 불안정하며 리는 고립되어 있다. '내면'세계를 보면, 리는 영리하고 지략이 뛰어나며, 강인하고 독립심이 강하며, 가족에 헌신하고 권위를 의심한다. 만일 내 뒤를 맡길 가족이 필요하다면 리가 최선의 선택일 것이다. 아버지가 사라졌다는 소식을 듣고('외부의' 변화), 아버지를 찾아야겠다고 리가 결심하면서('내면의' 선택) 이야기는 새로운 국면으로 접어든다.

리는 아버지의 행방을 찾아 이곳저곳 수소문한다. 주변을 수색하기 위해 트럭을 빌려보려 하지만 거절당하고 하는 수 없이 걸어서 다닌다. 폭력적인 삼촌 티어드롭을 찾아가지만 도움을 받기는커녕 되레 협박만 당하고 돌아온다. 아버지와 함께 마약을 제조한 동료들을 만나보지만 도움이 되지 않기는 마찬가지다. 계속 수소문하던 리는 용기를 내어 악명 높은 범죄 집단의 두목 텀프 밀턴을 찾아간다. 하지만 텀프도 리를 상대하려 하지 않는다. 어떤 친척이 나타나 리가 더는 캐묻고 다니지 못하도록 마약 제조실에 불이 나 리의 아버지가 죽었다고 거짓말하지만, 리는 침착하게 거짓말을 꿰뚫어 본다.

사람들을 만나본 리는 모두가 뭔가 알면서도 입을 열지 않는다고 느낀다. 어느 날 리가 집에서 동생들을 돌보며 사냥하는 법을 가르치는 도중에 티어드롭이 찾아와 아버지의 소식을 전한다. 아버지의 차가 불에 탄 채 발견되었는데, 차 안에 아버지의 시신은 없었다고 한다. 하지만 리는 아버지가 이미 죽었으리라는 끔찍한 진실을 감지한다. 티어드롭은 마약에 취해서 은근슬쩍 리를 협박하며 가족 명의로 된 숲을 보석 보증인에게 빼앗기기 전에 팔라고 재촉한다. 10대 소녀가 하기 힘든 결정이다. 리는 말 없는 어머니에게 어떻게 하면 좋을지 알려달라고 눈물을 흘리며 애원하지만, 어머니는 아무런 도움이 되지 않는다.

리의 아버지가 법정 출석 기한을 어기자 보석 보증인이 다시 찾아와 집을 내놓으라고 소리친다. 리는 포기하는 대신 싸워보기라도 할 요량으로, 아버지가 도망친 게 아니라 죽었다고 보증인에게 말한다. 그러자 보증인은 일주일 안에 아버지의 죽음을 증명하지 못하면 집을 가져가겠다고 경고하고 돌아간다.

우리는 이미 리의 단호한 결의를 목격했다. 평범한 10대였다면 이 절

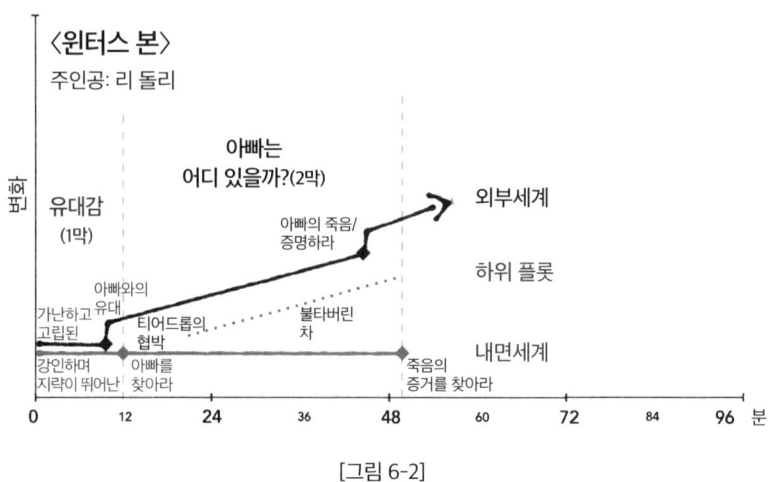

[그림 6-2]

박한 상황의 무게에 일찌감치 마음이 무너졌을 것이다. 리는 이 상황을 버텨야 한다고 생각하면서도 얼마나 버텨야 할지 알 길이 없다. 아버지가 죽었다는 사실을 깨닫고('외부의' 변화) 증거를 찾아 아버지의 죽음을 증명하려고 결심하면서('내면의' 선택) 이야기는 2막으로 넘어간다.

리는 소를 사고파는 경매장으로 텀프 밀턴을 만나러 간다. 그는 아빠의 죽음에 관해 전후 사정을 알고 있는 게 분명하다. 하지만 그는 리를 만나주지 않는다. 리는 이미 예상한 듯 이번에는 텀프 밀턴의 집을 찾아가지만 밀턴가 여자들에게 흠씬 두들겨 맞는다. 그때 티어드롭이 나타나 리를 데리고 집으로 돌아간다. 집으로 가는 길에 티어드롭은 아버지가 경찰과 내통하다 들켜서 살해당했다고 리에게 알려준다. 아직 누가 리의 아버지를 죽인 범인인지 모르지만 알아내면 복수할 거라고 말한다.

이 장면은 상당히 흥미롭다. 티어드롭은 리를 이전과 다른 태도로 대

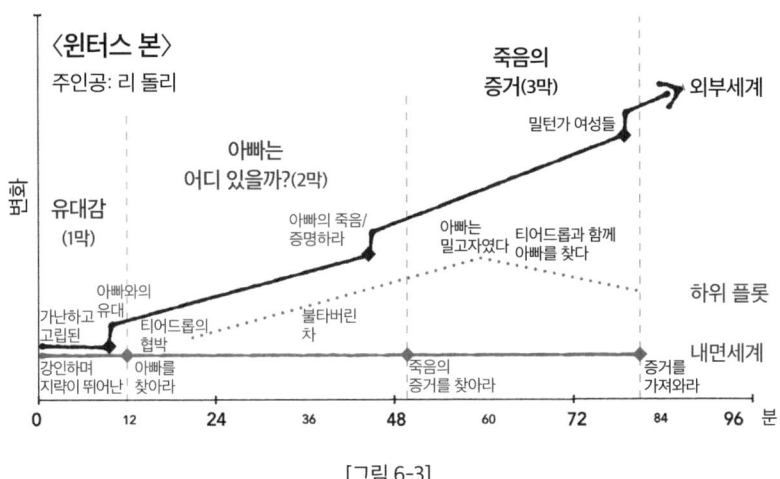

〈윈터스 본〉
주인공: 리 돌리

감정
선

죽음의
증거(3막)

외부세계

밀턴가 여성들

아빠는
어디 있을까?(2막)

유대감
(1막)

아빠의 죽음/
증명하라

아빠는
밀고자였다

티어드롭과 함께
아빠를 찾다

아빠와의
유대

하위 플롯

가난하고
고립된

티어드롭의
협박

불타버린
차

내면세계

강인하며
지락이 뛰어난

아빠를
찾아라

죽음의
증거를 찾아라

증거를
가져와라

0   12   24   36   48   60   72   84   96   분

[그림 6-3]

한다. 처음 만났을 때 티어드롭은 리를 협박했고 리의 사정에 무심했지만, 아버지가 죽었다는 이야기를 듣고 가족을 지키기 위해 용기 있게 나서는 리를 지켜보면서 마음이 바뀐다. 리를 대하는 태도가 상냥해진다.

집으로 돌아온 리는 동생들을 삼촌에게 입양시킬지를 진지하게 고민한다. 그리고 가족의 보금자리인 집을 지키기 위해 해군에 입대해 보석금을 마련하려고 한다. 하지만 리는 자격 미달로 해군에 지원하지 못한다.

티어드롭은 완전히 협조적으로 바뀌어 리를 집으로 초대하고 함께 아버지 시신을 찾자고 리에게 제안한다. 하지만 리의 아버지는 밀고자였기에 정보를 주는 사람이 아무도 없다. 답답해진 티어드롭은 어떤 트럭을 부수고 두 사람을 막아서는 경찰을 총으로 쏘겠다고 협박한다. 더는 희망이 없었다. 막다른 길에 다다랐다고 느낀 리는 아버지의 유품을 정리하며 쓸모없는 물건을 불태우고 조용히 흐느낀다.

6장 "내가 왜 이런지 알아?"

어느 날 리를 구타했던 밀턴가 여성들이 리의 집으로 찾아온다. 그들은 리를 아버지의 시신이 있는 곳으로 데려가주겠다고 제안한다('외부의' 변화). 리는 그들을 경계하면서도 절박한 심정에 따라나서고('내면의' 선택) 이야기는 마지막 4막으로 넘어간다.

여인들은 리의 머리를 자루로 덮은 채 리를 외딴 연못으로 데려간다. 이윽고 배를 타고 연못으로 들어가더니 나뭇가지가 얽혀 있는 수면 근처에서 배를 멈춘다. 여인들은 아래로 손을 뻗어 아버지 시신을 수면 위로 끌어올리라고 리에게 지시한다. 리는 손을 뻗어 시신의 팔을 잡고 밖으로 끌어올린다. 밀턴가 여성들은 아버지가 죽었다는 증거를 챙겨야 하니 손을 잘라서 가라며 리에게 전기톱을 건넨다. 하지만 리는 도저히 아버지의 손을 자를 수 없었다. 그러자 리가 시신을 붙들고 있는 사이, 밀턴가 여성들이 대신 손을 잘라낸다.

이튿날 리는 아버지의 손을 자루에 담아 경찰에 증거로 제출한다. 리는 지나가는 트럭이 집 앞에 아버지의 손을 던져두고 갔다고 경찰에 말한다. 보석금 집행은 취하된다. 그러자 뜻밖에도 보석 보증인이 아버지와 관련된 범죄 조직원이 공탁한 돈이라며 리에게 현금을 건네준다. 일단은 집도 지켜냈고 동생들을 먹여 살릴 돈도 구했다. 리는 동생들과 함께 현관 앞에 앉아 절대 두고 떠나지 않겠다고 말하며 동생들을 달랜다. 티어드롭은 집으로 찾아와 누가 아버지를 죽였는지 알지만, 리에게는 알려줄 수 없다고 말한다. 리는 차를 타고 떠나는 티어드롭을 보며 막을 수 없어 슬퍼한다. 티어드롭은 아버지의 복수를 하기 위해 떠난다. 리는 이것이 삼촌을 마지막으로 보는 순간이리라고 직감한다.

영화 〈윈터스 본〉에서 리는 타고난 내면의 강인함으로 지옥 같은 시

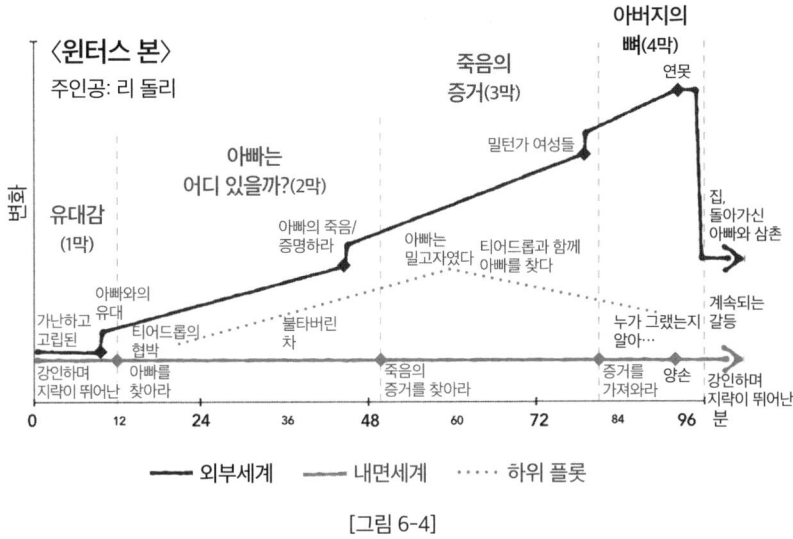

〈윈터스 본〉
주인공: 리 돌리

세로축: 희망

아버지의 뼈(4막)
연못

죽음의 증거(3막)
밀턴가 여성들

아빠는 어디 있을까?(2막)
아빠의 죽음/ 증명하라
아빠는 밀고자였다
티어드롭과 함께 아빠를 찾다

유대감 (1막)
아빠와의 유대
가난하고 고립된
티어드롭의 협박
불타버린 차
누가 그랬는지 알아…
계속되는 갈등

집, 돌아가신 아빠와 삼촌

강인하며 지략이 뛰어난
아빠를 찾아라
죽음의 증거를 찾아라
증거를 가져와라
양손
강인하며 지략이 뛰어난

0 12 24 36 48 60 72 84 96 분

── 외부세계   ── 내면세계   ····· 하위 플롯

[그림 6-4]

간을 견뎌낸다. 영화가 시작하는 시점에서 리의 상황은 좋지 않았지만 안정된 상태이며, 리는 강인하고 지략이 뛰어난 10대 소녀. 영화가 끝나는 시점에서도 상황은 약간 더 좋지 않지만 안정된 상태이며, 리는 변함없이 강인하고 지략이 뛰어난 10대 소녀다. 일단은 살 집도, 쓸 돈도 있다. 다만 아버지 없이, 변변한 수입 없이, 동생들을 챙기고 어머니를 돌봐야 한다. 엎친 데 덮친 격으로 마음 깊이 의지하던 삼촌 티어드롭은 조만간 죽거나, 아니면 오랫동안 병원 신세를 지게 될 것이다. 그렇다. 상황은 완벽하지 않다. 하지만 나쁜 것만도 아니다. 이야기 마지막에는 약간의 희망도 엿보인다. 리는 어떤 상황에서도 포기하지 않고, 그 용기는 무척 감명 깊다.

하위 플롯을 보면, 티어드롭이 마음을 열고 조카를 돕기로 결심한 이

169

6장 "내가 왜 이런지 알아?"

유는 리의 용기 때문이다. 밀턴가 여성들이 리를 경찰의 끄나풀로 의심하지 않고 아버지 시신을 찾게끔 도와주는 이유도 리의 끈기 덕분이다.

리의 단호한 결의는 세상에 영향을 미치고, 그 덕분에 리는 집과 가족을 지킨다. 영화는 10대 소녀의 용기와 끈기라는 주제와 더불어 가족과 헌신이라는 개념을 함께 탐구한다. 리는 이 모든 일을 거치면서 주변 사람들로부터 존중받는 위치에 선다. 언젠가 리가 다시 어려운 상황에 놓일 때 그 존중이 리를 도와줄 것이다.

〈아무르〉(2012)

미하엘 하네케Michael Haneke 감독이 각본을 쓴 영화 〈아무르〉는 영원한 사랑과 노년의 존엄함을 가슴 시리도록 아름답게 그려낸다. 한 노인은 사랑하는 아내가 병을 앓고 건강이 나빠지는 모습을 곁에서 지켜보며 끝까지 싸운다. 얼핏 보면 영화는 〈윈터스 본〉처럼 노인이 겪는 암울한 밤들을 '흥밋거리'로 보여주는 듯하다. 하지만 실은 무척 감동적이고 힘이 있으며 마음을 다독여주는 이야기다. 물론 슬픈 이야기다. 하지만 슬픔 말고도 여러 감정이 소용돌이쳐서 줄곧 마음에 맴도는 이야기다. 〈아무르〉는 장인이 한 땀 한 땀 공들여 만든 이야기란 무엇인지를 보여준다.

어느 날 소방관들이 고약한 냄새가 난다는 신고를 받고 출동해 파리의 한 아파트 문을 부수고 들어간다. 아파트 안에서 소방관들은 침대에 누운 나이 든 여성의 시신을 발견한다. 주변은 꽃으로 둘러싸여 있다. 여기서 하네케 감독은 쉽사리 감상에 젖지 않는다. 관객의 이목을 끌려고 거짓으로 긴장감을 꾸며내 이야기를 망가뜨리지 않는다. 영화의 제목은

'사랑'★이지만 결말은 할리우드식 해피 엔딩이 아니라고 미리 선언한다.

영화는 몇 달 전으로 되돌아가, 주인공 조르주 로랑을 비춘다. 조르주는 아내 안느와 오랜 세월 동고동락했으며 안느는 전직 피아노 교사로 지금은 은퇴한 상태다. 이어지는 장면에서 부부의 일상이 엿보인다. 둘은 함께 연주회에 가고 식사하고 대화를 나눈다. 두말할 나위 없이 서로를 깊이 사랑한다.

조르주는 경제적 여유도 있는 편이고 나이에 비해 건강하며 행복한 결혼 생활을 하고 있으며('외부'세계), 점잖고 교양이 있는 데다 자상하며 아내를 깊이 사랑한다('내면'세계).

어느 날 아침 안느는 식사 중에 가벼운 뇌졸중을 경험하고 잠깐 말을 잃으며, 자극에도 반응이 없는 마비 상태가 된다. 이 사건은 조르주와 관

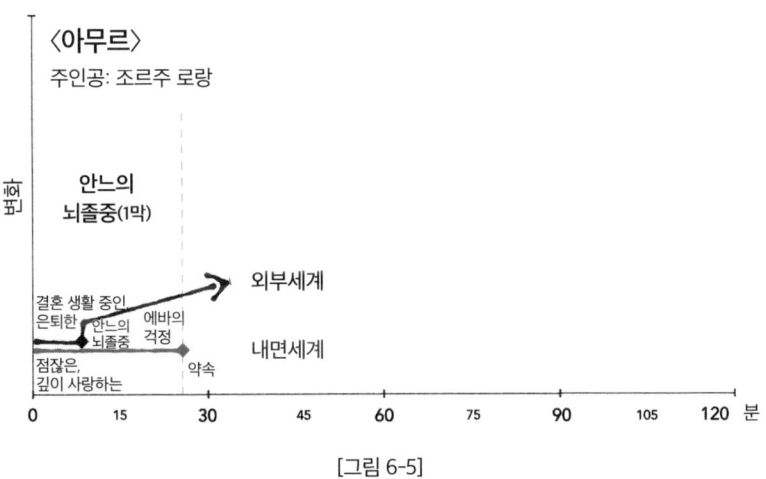

[그림 6-5]

★　　　　'아무르Amour'는 프랑스어로 '사랑'이라는 뜻이다.

객 모두에게 섬뜩하고 심란한 느낌을 안겨준다.

얼마 뒤 조르주는 자기만 아는 이기적인 딸 에바와 안느의 문제를 의논한다. 안느는 얼마 전 경동맥 수술을 받았으며 후유증으로 몸의 오른쪽이 마비된다. 안느는 이제 휠체어에 매인 신세가 되었다.

퇴원 후 집으로 돌아온 안느는 의사를 못 믿겠다며, 다시는 병원이나 요양원에 보내지 말아달라고 조르주에게 부탁한다. 조르주는 머뭇거리다 마지못해 약속한다. 안느가 뇌졸중을 겪고 수술이 실패하고('외부의' 변화), 조르주가 안느와 약속하면서('내면의' 선택) 이야기는 2막으로 넘어간다.

조르주는 안느가 불편하지 않도록 열심히 돌본다. 몸을 씻기고, 밥을 먹이고, 운동을 시키고, 온종일 곁을 지킨다. 안느는 조르주에게 짐이 되기 싫어서 밝게 지내려 애쓴다. 서로 책을 읽어주고 예전처럼 대화를 나누는 등 둘의 생활에 새로운 일상이 생기고 조금씩 나아지는 듯하다. 하지만 여전히 하루하루가 버겁다.

어느 날, 친구 장례식을 다녀온 조르주는 거실 바닥에 앉아 있는 안느를 발견한다. 거실 창문은 열려 있었다. 툭 터놓고 물어보지 못하지만, 안느가 창밖으로 몸을 던져 자살하려고 했다고 조르주는 짐작한다. 잠시 뒤 조르주가 장례식장에서 사람들이 유별나게 감정적인 모습을 보였다는 이야기를 꺼내자, 이야기를 듣던 안느가 더는 살기 싫다고 불쑥 내뱉는다. 조르주는 희망을 잃지 말라고 자신은 조금도 힘들지 않다며 다정하게 안느를 다독인다. 안느의 기분은 분명 나빠지고 있다('외부의' 변화). 하지만 조르주는 안느의 우울한 모습에도 한결같은 태도로 안느를 돌본다('내면의' 선택). 이제 이야기는 3막으로 넘어간다.

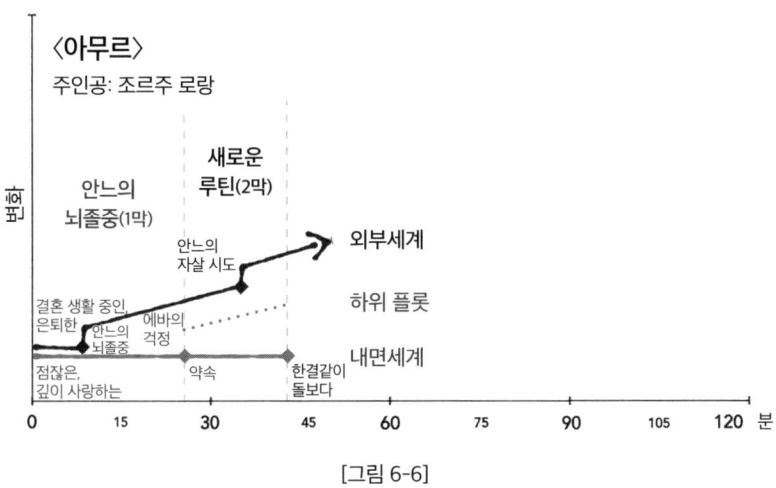

[그림 6-6]

영화는 일상의 활동을 유지하는 일이 얼마나 힘든지를 탁월한 솜씨로 선명하게 그려낸다. 침대에서 일어나 바닥으로 내려오기, 밥 먹기, 화장실 가기, 방을 나서기 같은 일은 이제 조르주와 안느에게 힘겹게 넘어야 할 장애물로 변해버렸다. 언뜻 평범한 일상처럼 보이지만, 하네케 감독은 이 연약한 부부가 불가능한 과제와 씨름하는 순간들을 불안과 긴장으로 꼼꼼히 덧칠한다. 감독은 대화에 의존하지도, 꼴사나운 감상에 젖지도 않으면서 조르주의 지독하고 고집스러운 사랑을 정확히 포착한다. 안느를 들어 옮기는 조르주의 모습에서는 사랑이 '엿보인다'.

조르주와 안느는 계속 함께 살아간다. 어느 날 성공한 예전 제자가 집으로 찾아와 안느의 상태를 보고 슬퍼하지만, 안느가 평소 좋아하던 곡을 피아노로 연주하며 안느를 위로한다. 조르주는 안느가 자유롭게 생활하게끔 전동 휠체어를 마련하지만, 안느의 회복은 끔찍하게 더디다. 안느는

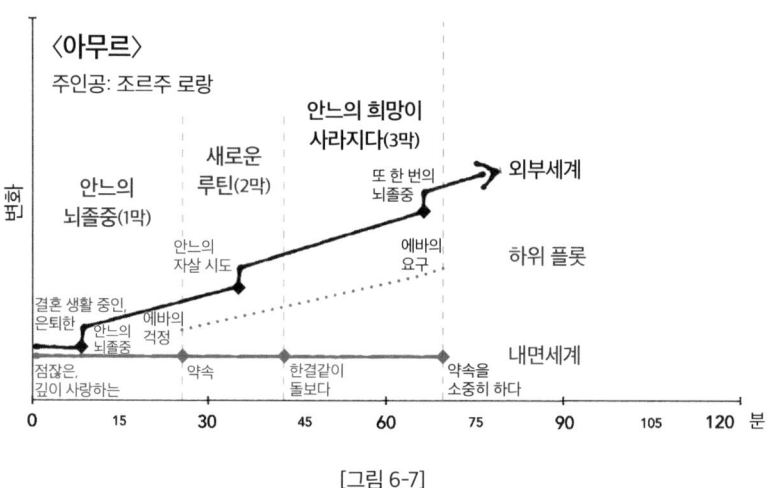

[그림 6-7]

전처럼 죽고 싶다는 말을 꺼내지 않고, 덕분에 조르주도 한숨 놓지만, 그렇다고 안느의 기분이 나아진 것처럼 보이지는 않는다.

어느 날, 딸 에바가 찾아와 급속히 나빠진 어머니의 모습을 보고 깜짝 놀란다. 그사이 안느는 또 한 번 뇌졸중을 겪었으며, 이제는 정신이 온전하지도 않고 말도 제대로 하지 못한다. 에바는 제대로 치료받을 수 있도록 어머니를 병원에 입원시켜야 한다고 말하지만, 조르주는 완강히 거부한다. 아내와의 약속을 지키기 위해서였다. 그 대신 조르주는 일주일에 세 번, 간호사의 도움을 받기로 한다. 안느의 상태가 나빠졌지만('외부의' 변화), 조르주는 안느와의 약속을 고집스럽게 지키기로 다짐하면서('내면의' 선택) 이야기는 4막으로 넘어간다.

조르주는 간병인의 도움을 받으며 꿋꿋이 안느를 돌본다. 침대에 누워 있는 안느에게 밥을 먹이고, 좋아하던 노래를 불러주고, 장을 보고, 집

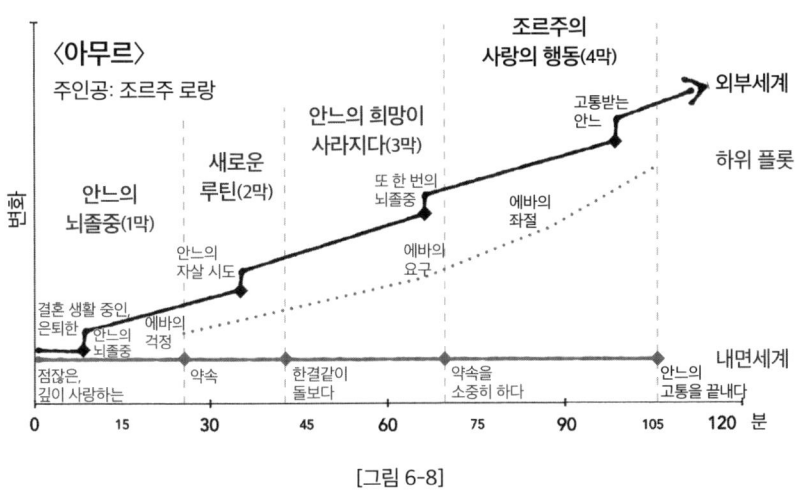

[그림 6-8]

안일을 한다. 안느의 기분은 오르락내리락한다. 어떤 날은 좋고 어떤 날은 좋지 않다. 어느 날 밤 안느는 물을 마시지 않으려 하며 조르주의 얼굴을 향해 물을 퉤 뱉는다. 울컥 화가 난 조르주는 안느의 뺨을 때리지만, 곧바로 자책하며 안느에게 사과한다.

딸 에바가 집을 찾아오자 조르주는 아내의 존엄을 지켜주려고 방문을 걸어 잠근다. 에바는 길길이 날뛰며 어머니를 어서 요양원으로 보내라고 소리친다. 하지만 이번에도 조르주는 그럴 수 없다고 대꾸한다. 이미 간병인의 도움을 받고 있으며, 병원보다 어머니를 더 잘 돌보고 있다고 주장한다. 조르주가 차분하면서도 단호한 말투로 설명하자 에바는 더 따지지 못한다. 조르주는 죽을 때까지 안느를 돌보겠다고 에바 앞에서 다짐한다.

그러던 어느 날, 안느는 혼란과 절망에 빠져 허공을 보며 헛소리를 내뱉는다. 조르주는 곁에서 이야기를 들려주며 안느를 가까스로 진정시킨

175

다. 안느가 차분해지자, 조르주는 곧장 옆의 베개를 들어 안느의 얼굴을 덮어 질식시킨다.

처음 영화를 보던 날 관객석에서 들린, 헉하고 놀라는 숨소리가 지금도 기억난다. 나도 놀랐다. 하지만 그 순간 나는 조르주의 행동을 오롯이 이해했다. 지금도 이해한다. 조르주와 안느가 함께한 시간은 이렇게 끝날 수밖에 없었다. 조르주는 진심으로 안느를 사랑했기에 안느를 죽였다. 영화의 제목이 사랑(아무르)인 이유다. 조르주가 안느의 고통을 끝내면서('내면의' 선택) 이야기는 마지막 5막으로 넘어간다.

조르주는 외출해 꽃을 사온다. 그런 다음, 싱크대에서 꽃을 하나하나 손질한다. 안느의 옷장에서 드레스를 하나 고르고 방문과 창문 틈을 테이프로 막은 뒤 문을 잠근다. 그리고 편지를 쓴다. 그때 비둘기 한 마리가 아파트 안으로 날아든다. 조르주는 담요를 들고 휘청거리며 겨우겨우 비둘기를 잡은 다음 살포시 쓰다듬는다.

잠시 후 조르주가 쉬고 있는데, 어디선가 설거지 소리가 들린다. 안느였다. 안느가 조르주에게 신발을 신고 외투를 챙기라고, 외출할 시간이라고 말한다. 조르주는 안느가 말한 대로 외출 준비를 마치고 그녀를 따라 현관을 나선다.

영화는 다시 현재로 돌아온다. 소방관들은 떠났고 넋이 나간 에바가 텅 빈 아파트에 덩그러니 앉아 있다. 조르주에게 무슨 일이 생긴 걸까? 아무도 모른다. 영화는 조르주에 관한 영화가 아니기 때문이다. 영화는 조르주와 안느, 둘 사이에 일어난 일에만 온전히 관심을 쏟는다. 영화는 다정하고 영원한 사랑을 이야기하면서도 괴로운 현실에서 눈을 돌리지 않은 덕분에, 감상에 빠지지 않고 달콤하면서도 쓸쓸한 사랑의 아름다움

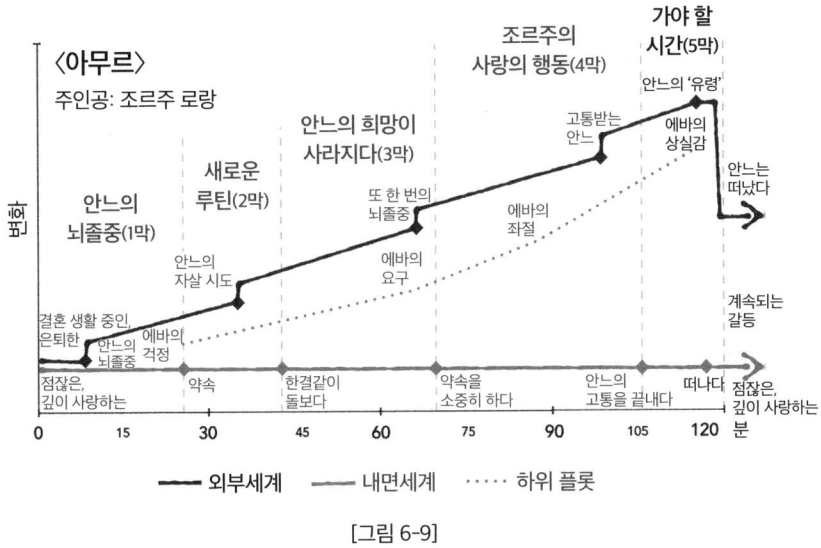

<아무르>

주인공: 조르주 로랑

조르주의 사랑의 행동(4막)

가야 할 시간(5막)

안느의 '유령'

에바의 상실감

안느는 떠났다

안느의 희망이 사라지다(3막)

고통받는 안느

새로운 루틴(2막)

또 한 번의 뇌졸중

에바의 좌절

안느의 뇌졸중(1막)

안느의 자살 시도

에바의 요구

결혼 생활 중인 은퇴한
안느의 뇌졸중

에바의 걱정

계속되는 갈등

점잖은, 깊이 사랑하는

약속

한결같이 돌보다

약속을 소중히 하다

안느의 고통을 끝내다

떠나다

점잖은, 깊이 사랑하는

0　15　30　45　60　75　90　105　120　분

━━ 외부세계　　━━ 내면세계　　······ 하위 플롯

[그림 6-9]

을 그려낸다. 조르주는 안느와 한 약속을 소중히 여겼고, 오랜 세월 함께 한 둘의 사랑을 마지막까지 지켰다. 조르주의 결정은 가슴 시리도록 아름다운 이야기를 빚어냈고, 진정으로 모호한 아크를 남겼다.

과연 조르주는 불변형 인물일까? 조르주의 감정은 달라지는가? 처음에는 안느의 고통을 끝내려 하지 않다가 나중에는 안느를 질식시켜 죽이므로 조르주가 변했다고 주장할 사람도 있을 것이다. 하지만 안느의 죽음을 연거푸 미루는 동안에도 조르주는 죄책감이나 후회를 드러내지 않는다.

이야기 내내 조르주는 누구나 실의에 빠졌을 법한 상황에서도 놀랍도록 차분하고 강인하게 행동한다. 하위 플롯을 보면, 딸 에바는 아버지가 왜 그런 결정을 내렸는지 이해하려고 애쓰지만 결국 받아들이지 못한다. 에바의 관점에서 보면, 아버지의 행동은 사랑으로 보이지 않는다. 실제로 친구의 별난 장례식 이야기를 할 때, 조르주는 감상에 빠진 사람들의 모습을 묘사하며 탐탁지 않아 한다. 하지만 그렇다고 해서 조르주가 사랑이나 다른 감정을 느끼지 못하는 건 아니다. 단지 안느에게 보여주었듯 조르주는 조용하고 기품 있게 사랑할 뿐이다.

조르주의 환상 속에 나타난 안느는 원한이 가득한 유령처럼 왜 자신을 죽지 못하게 붙잡아두느냐며 조르주에게 따지지 않는다. 반대로 안느는 살아생전 모습 그대로, 두 사람이 사랑하던 시절의 모습으로 조르주 앞에 나타난다. 영화사를 통틀어 조르주 로랑만큼 변하지 않는 인물을 찾기란 쉽지 않을 것이다.

〈허트 로커〉(2008)

마크 볼Mark Boal 각본의 영화 〈허트 로커〉는 드물게도 아카데미 각본상과 작품상을 모두 수상한 작품이다. 영화는 2차 이라크 전쟁 당시 폭발물 처리 부대를 배경 삼아, 줄곧 밀실에 갇힌 듯한 팽팽한 긴장감을 관객에게 선사하며, 등장인물과 이야기에 관해 모호한 양가감정을 일으킨다.

영화는 영웅의 여정 같은 전통적 이야기 구조가 아닌 에피소드 중심의 독특한 이야기 구조로 되어 있으며, 세밀화를 그리듯 인물을 탐구한다. 주인공 윌리엄 제임스 중사는 무모하고 완고하며 파악하기 힘든 인물이다. 스스로도 자신이 누구인지 잘 모르는 듯하다. 제임스 중사는 쉽게 감정을 드러내지 않는다. 그는 불변형 인물이며 위험과 스릴을 연거푸 쫓아다니는 악순환에 빠져 있다. 이런 요소가 한데 어우러져 쉽사리 잊히지 않는 독특한 영화적 체험을 빚어낸다.

영화는 미 육군 중사 윌리엄 제임스가 등장하며 시작된다. 그는 폭발물 처리 전문가로 이라크 전쟁 중에 폭발물이 터져 목숨을 잃은 전임자를 대신해 새로운 부대로 이제 막 합류했다. 제임스 중사의 '외부'세계는 몹시 위험해 보이지만 별로 놀랄 일은 아니다. 정작 놀랄 일은 '내면'세계에 있다. 그는 새로운 임무와 위험을 코앞에 두고도 무척 느긋하다. 부대 숙소에 나타나서는 시원한 바람을 쐬겠다며 창문에 달린 육중한 보호망부터 제거한다. 그는 산들바람과 생명의 위협을 맞바꾸는 사람이다.

앞서 말했듯이, 〈허트 로커〉는 독특한 에피소드 구조로 이루어졌다. 각각의 막은 제임스 팀이 수행하는 긴장감 넘치는 작전을 기준으로 나뉜다. 우리가 지금껏 봐온 인물들과 달리 군인들은 어디로 갈지, 무엇을 할지를 스스로 결정하지 않는다. 작가 마크 볼은 이런 군인의 특징을 잘 살려서 이야기에 솜씨 좋게 녹여낸다.

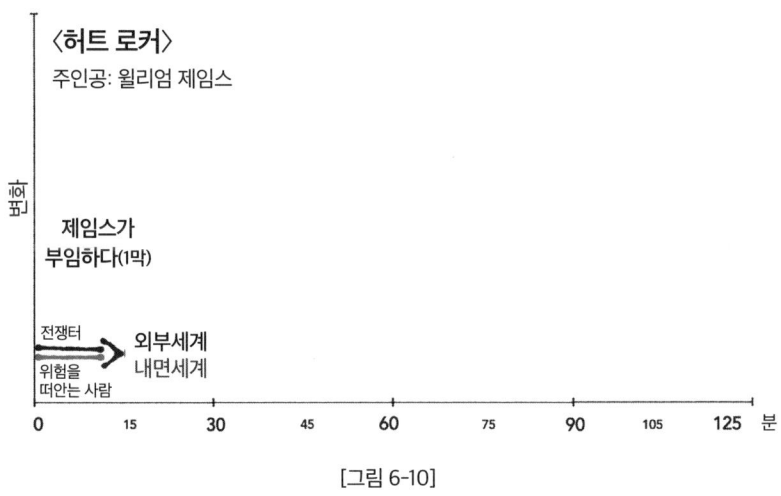

[그림 6-10]

제임스가 어떤 작전을 수행할지 선택하지 못한다고 해서, 판단력이 부족한 것은 아니다. 오히려 영화에서 갈등을 빚어내고 주제를 드러내는 것은 제임스의 상식을 벗어난 선택이다.

첫 작전에서 제임스는 샌본 하사와 엘드리지 상병과 함께 사제 급조 폭발물이 의심되는 현장으로 출동한다. 제임스는 즉흥적으로 행동한다. 원격 로봇을 보내 먼저 정찰하자는 제안을 거부하고, 적을 교란하기 위해 느닷없이 연막탄을 터뜨리며, 자신을 엄호하려는 샌본 하사와 교신을 끊고, 성난 시민에게 총질하며 즐겁다는 듯 킬킬거린다.

제임스는 숙련된 솜씨로 폭발물을 해체하고 다음 작전을 수행한다. 하지만 그는 처음부터 부대원과 사이가 멀어진다. 샌본 하사와 엘드리지 상병은 제임스가 스릴에 중독되었다며 그를 '골칫거리'라고 부르고, 본토로 귀환할 날만 손꼽아 기다린다. 이때부터 영화 속 화면에 본토 귀환이

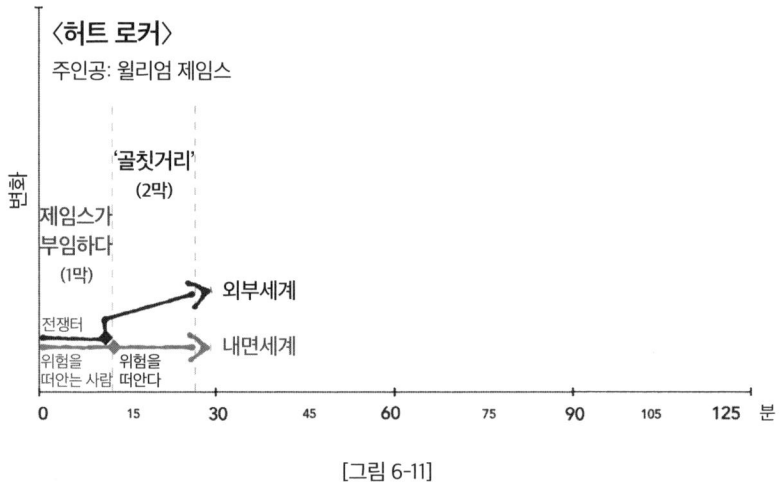

[그림 6-11]

며칠 남았는지 보여주는 자막이 나타난다.

3막에 나오는 하위 플롯을 보면, 제임스 중사의 전임자가 사망하자 엘드리지 상병이 괴로워하는 모습이 나온다. 엘드리지 상병은 마음의 문을 걸어 잠근 채 정신과 군의관의 상담 권유도 뿌리친다. 이제 다음 작전은 까다로운 자동차 폭탄 해체다. 제임스의 부대는 노출된 공간에 있고 어디서 적이 공격해올지 몰라 긴박한 상황이다. 샌본 하사는 제임스에게 복귀하라고 외치지만, 제임스는 이를 무시하고 끝내 통신용 헤드셋도 벗어던진다. 제임스는 위험을 무릅쓰고 폭탄을 해체하려 한다. 마침내 엄청난 확률을 뚫고 폭탄 해체에 성공한다. 샌본 하사는 화가 머리끝까지 치솟아 제임스의 얼굴을 때리지만, 정작 지휘관은 제임스의 행동을 칭찬한다.

또 다른 하위 플롯을 보면, 제임스는 다음 작전을 기다리다가 DVD를 파는 이라크 소년을 만난다. 제임스는 소년이 좋아하는 축구 선수 이름을

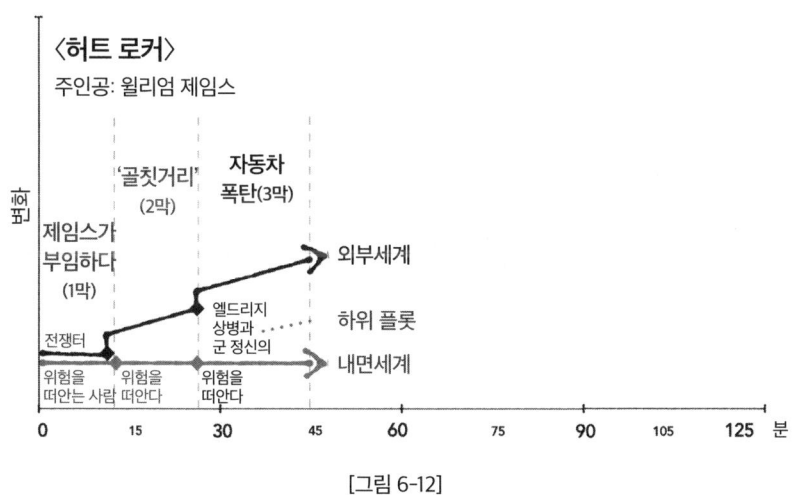

[그림 6-12]

따 '베컴'이라는 별명을 소년에게 붙여준다. 한편, 엘드리지 상병은 마음을 열고 정신과 군의관과 대화하면서, 제임스 때문에 부대원이 몰살당할까 봐 걱정스럽다고 이야기한다.

다음 작전에서 제임스 부대는 사막으로 파견되고, 그곳에서 압수된 탄약을 터뜨리라는 명령을 받는다. 제임스가 폭약을 준비하는 동안, 샌본 하사는 사고로 위장해 그를 날려버릴지 말지 진지하게 고민한다. 기지로 귀환하는 길에, 부대원과 용병들은 저격수에게 공격당한다. 그들은 궁지에 몰리지만, 제임스와 샌본 하사가 힘을 합쳐 부대원을 구해낸다. 엘드리지 상병이 압박감에 허둥지둥하자 제임스는 뜻밖에도 의지가 되는 모습을 보인다.

기지로 돌아온 부대원들은 술을 마시며 친목을 다지고, 장난치듯 거칠게 치고받는다. 엘드리지 상병이 작전 중에 겁이 났다고 고백하자, 제

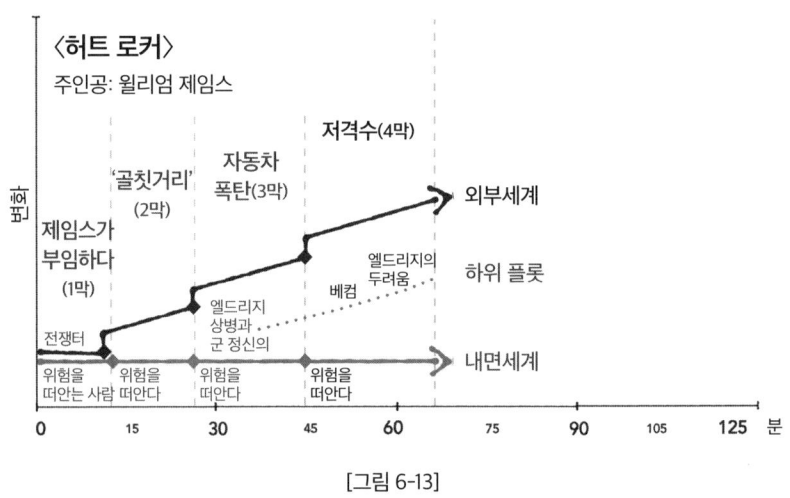

[그림 6-13]

임스는 "누구나 겁쟁이가 될 때가 있다"라며 위로한다. 제임스는 그의 기묘한 감정 세계를 들여다볼 실마리를 슬쩍 던진다. 제임스는 무엇을 두려워하는 걸까?

샌본 하사는 제임스의 침대 밑에서 폭발물 부품이 가득 든 상자를 발견한다. 제임스는 수백 번 넘게 해체 작전을 수행하며 얻은 기념품이라고 설명한다. 그것들은 전부 그를 거의 죽일 뻔한 폭탄들로, 거기에는 그의 결혼반지도 들어 있다. 어쩌면 제임스는 결혼 생활을 두려워하는 것인지도 모른다.

다음 작전에서 제임스의 부대는 이라크 소년의 시신 안에 숨겨진 '시체 폭탄'을 발견한다. 제임스는 피떡이 된 시신이 친구 베컴이라고 확신한다. 제임스는 안전하게 임무를 수행하는 대신, 폭탄을 해체해 시신을 회수하겠다고 고집을 부린다. 제임스가 폭탄 해체에 성공하고 모두가 돌아가려는 찰나, 엘드리지 상병과 함께 작전에 합류한 정신과 군의관이 사제 폭발물이 터져 목숨을 잃는다. 엘드리지 상병은 충격에 빠져 망연자실한다.

보다시피 작전을 주도하는 인물은 제임스이다. 제임스는 상식을 벗어난 위험한 선택을 내려 갈등을 일으키고 이야기에 힘을 불어넣는다. 여기서 제임스가 내린 선택들이 '새롭지도 낯설지도' 않다는 점에 주목하자. 이것은 그의 원래 행동 방식이며, 그의 감정 역시 변함이 없다.

관객은 제임스를 줄곧 지켜보았지만, 여전히 그가 어떤 사람인지 잘 모르며, 단지 그가 고집스럽고 위험을 즐긴다는 사실만 안다. 그는 왜 그런 위험을 감수할까? 관객은 알 수 없다. 하지만 힌트가 되는 장면은 있다. 제임스가 집으로 전화를 걸자 아기를 품에 안은 여성이 전화를 받는다. 여성은 제임스의 이름을 부르지만, 정작 제임스는 아무 말이 없다.

'시체 폭탄'에 열받은 제임스는 반란군이 제임스의 부대를 노리고 일부러 베컴을 부비 트랩으로 이용했다고 의심한다. 그는 기지를 무단이탈하고 베컴이 살았을 법한 주택을 찾아낸다. 그리고 주택에 침입해 평범한 이라크인 가족의 머리에 총을 겨눈다. 하지만 베컴이 누구인지 그들이 전혀 모르자, 자신의 실수를 깨닫고 그곳을 빠져나와 기지로 돌아간다. 제임스는 점점 위험은 안중에도 없다는 듯 행동하며 무고한 사람들의 목숨을 위험에 빠뜨린다. 제임스는 이 사실을 알고 있을까? 다음 작전을 보면 별로 그런 것 같지 않다.

다음 작전에서 제임스 부대는 자살 폭탄 테러범들의 공격 계획을 알아내기 위해 폐허가 된 도시 구역으로 파견된다. 제임스는 폭탄이 원격으로 작동되며 범인이 그들을 지켜보고 있다고 생각한다. 제임스는 샌본 하

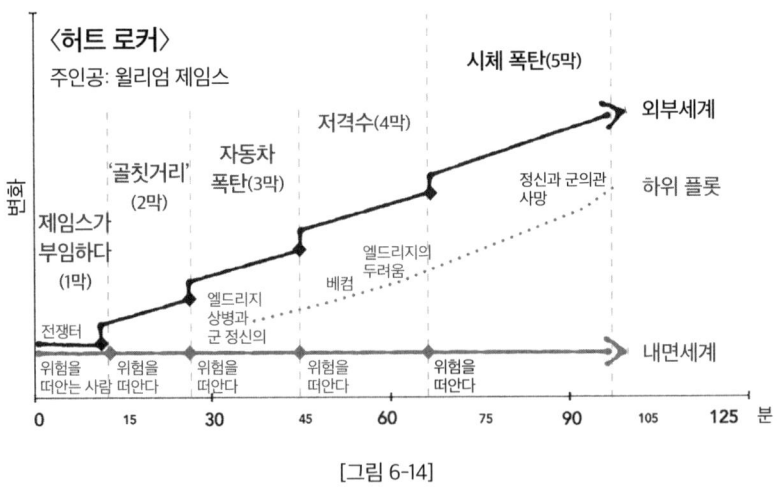

[그림 6-14]

사와 불안에 떠는 엘드리지 상병을 설득해 민간인 지역에 들어가 조사를 벌인다.

반란군과 작은 충돌이 벌어지고, 엘드리지 상병이 납치된다. 제임스는 엘드리지 상병을 구하려고, 어두운 골목으로 달아나는 반란군을 향해 총을 쏜다. 하지만 불행히도 엘드리지 상병이 총에 맞고 고통스러운 재활 과정을 몇 달간 거쳐야 하는 신세가 되고 만다. 엘드리지 상병은 후방으로 이송되면서 제임스가 너무 무모하며 위험한 상황에서 나오는 아드레날린에 중독되었다고 비난한다.

얼마 뒤 제임스는 거리에서 친구 베컴을 보고서, '시체 폭탄'이 베컴이 아니었음을 깨닫는다. 그는 베컴의 안전을 위해 베컴을 못 본 척한다. 제임스는 자신의 실수를 깨닫기 시작한다. 하지만 제임스가 정말 달라지고 있을까?

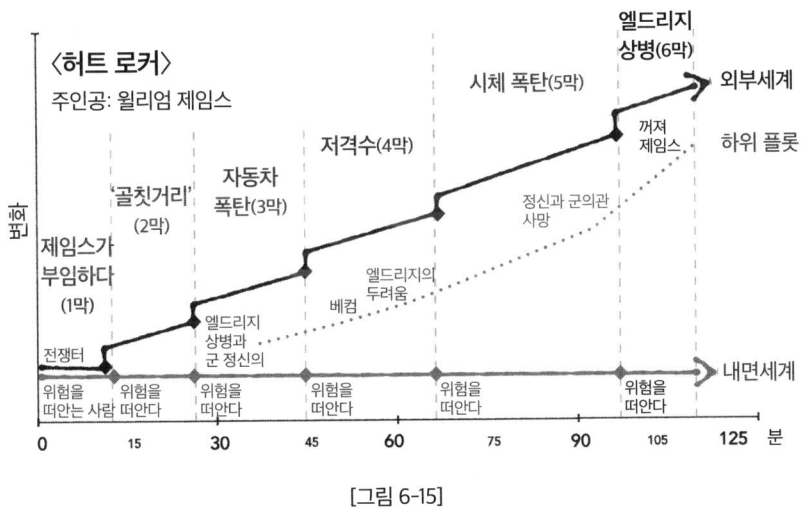

[그림 6-15]

제임스와 샌본 하사는 귀환을 며칠 앞두고 무고한 이라크 남성에게 채워진 자살 폭탄 조끼를 제거하라는 명령을 받는다. 하지만 폭탄은 너무 복잡하고 시간은 촉박하다. 제임스는 마지막 몇 초까지 폭탄을 해체해보려고 애쓰다가 겨우 탈출해 목숨을 건진다.

기지로 돌아오는 길에 샌본 하사는 작전에서 받은 스트레스를 견디지 못해 정신이 무너져 내린다. 반면 제임스는 평소와 다름없이 평온하다. 샌본 하사가 조금 전 거의 죽을 뻔했다며 제임스를 비난하자, 제임스는 고개를 끄덕이더니 기묘한 질문을 던진다. "내가 왜 이렇게 됐는지 알아?" 샌본 하사가 모른다고 말하자, 제임스는 자신도 모른다고 대꾸한다.

마지막 장면은 슈퍼마켓에서 시작된다. 집으로 돌아온 제임스는 요거

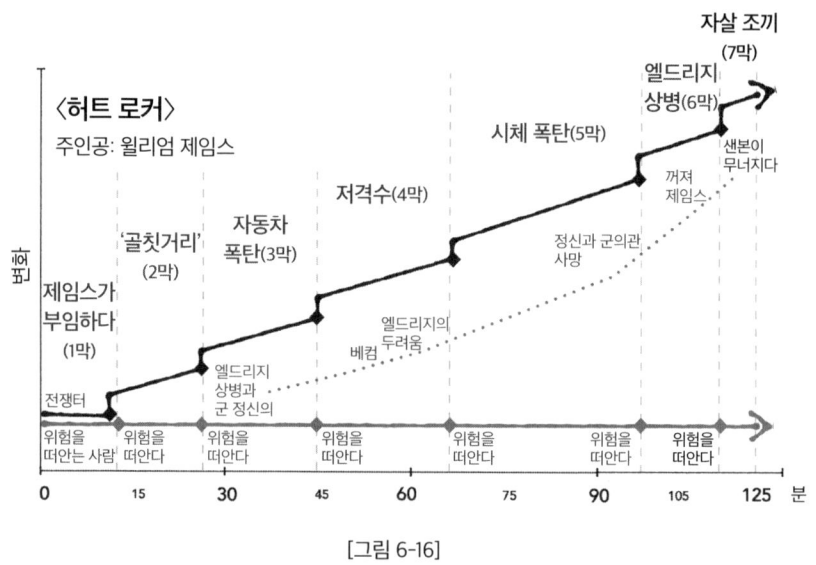

[그림 6-16]

트를 고르고 있다. 그의 모습은 왠지 어색하고 부자연스럽다. 스릴을 추구하는 삶을 이제 내려놓은 걸까. 앞으로 제임스가 감당할 위험이라고 해봐야 지방이 가득한 요거트와 다이어트 요거트 중에 무엇을 고를지 결정하는 일 정도일 듯하다. 그는 일상에 적응하려고 애쓰는 중이다. 평범한 집에 살면서 이물질로 꽉 막힌 빗물받이를 청소하고, 아내가 딱히 듣고 싶어 하지 않는 전쟁 경험담을 늘어놓는다.

제임스는 아기와 단둘이 있는 순간, 거의 독백하듯 자신의 마음이 어디에 가 있는지 털어놓는다. 그는 세상에서 정말 사랑하는 것은 단 하나라고 털어놓는다. 그리고 그것을 아내와 아이보다 더 사랑한다고 고백한다. 여기서 영화는 갑자기 장면이 전환되며 다시 이라크로 돌아와 두꺼운

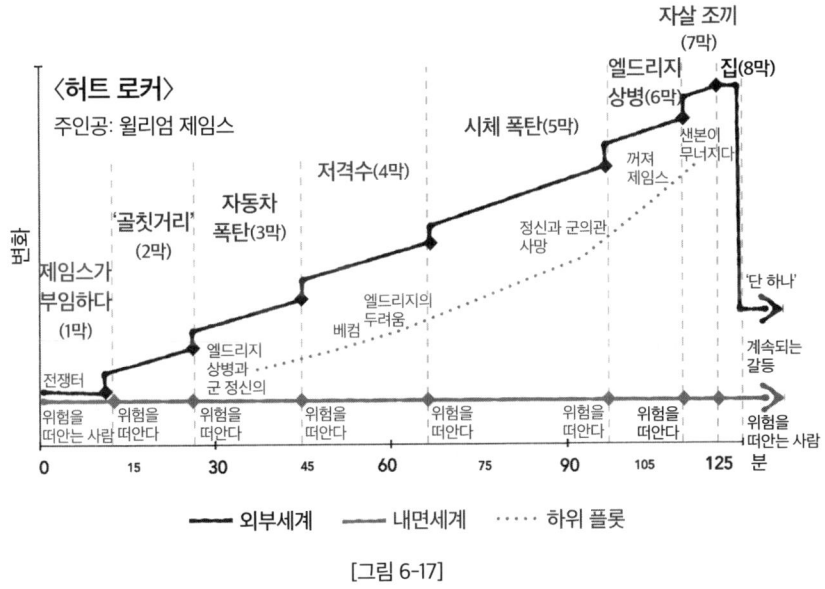

[그림 6-17]

폭탄 해체복을 입은 제임스를 비춘다. 그는 환하게 웃으면서 다음 아드레날린 주사를 향해 폐허가 된 거리를 홀로 걸어간다.

이야기 구조를 살펴보면, 〈허트 로커〉는 일화를 잔뜩 모아놓았다. 각각의 일화는 점점 위험해지는 제임스의 행동을 중심으로 연결된다. 영화는 단막극이라고 불러도 좋을 만큼, 제임스가 지닌 단 하나의 욕망, 즉 다음 아드레날린 주사에 집중한다. 줄거리는 딱히 방향을 틀지 않고 제임스도 별로 바뀌지 않는다.

제임스는 감정 면에서 달라지지 않지만, 거의 그럴 뻔한다. 제임스는 자신에게 문제가 있음을 '깨닫는다'. 하지만 이를 변화라고 하기에는 너무 사소하다. 제임스는 결국 생사를 오가는 예전 생활로 돌아가기로 마음먹는다. 깨달음의 순간은 스쳐 지나갈 뿐 그는 달라지지 않는다. 이번에는 예전보다 신중하게 행동하고 위험을 피하며 몸을 사릴 수도 있지만, 아마 그러지 않을 것이다. 영화는 제임스가 다시 예전과 똑같이 행동하리라고 암시한다.

다른 불변형 인물들처럼 제임스는 자신의 선택을 고집하고 주변 사람들에게 영향을 미친다. 샌본 하사는 정신이 무너지고 엘드리지 상병은 걷지 못하게 된다. 그가 총을 겨눈 이라크 가족들은 어떻게 되었을까? 제임스의 행동은 그 가족들에게 어떤 영향을 미쳤을까?

영화가 오롯이 제임스의 시선으로만 전개되는 것은 〈허트 로커〉의 장점이자 단점이다. 우선 장점은 관객이 제임스가 느끼는 압박을 고스란히 느끼며 영화에 몰두한다는 점이다. 반면 단점은 관객이 제임스의 왜곡된 시선으로만 이라크인들을 본다는 점이다. 제임스의 눈에 비친 이라크인들은 대체로 위험한 반란군이며 아주 가끔 전쟁터에서 살아남으려는 평범한 시민으로 나타난다. 영화는 관객이 안전한 거리에 앉아서 제임스의 스릴 넘치는 행동을 은근슬쩍 즐기게 해주려는 걸까? 영화의 실제 배경인 진짜 폭탄, 진짜 이라크인들과는 거리를 두고서? 그럴지도 모른다.

〈허트 로커〉를 만든 사람들은 제임스의 시선이 모순된다는 점을 아는 듯하다. 제임스는 영웅으로 그려지지 않는다. 스스로 고백하듯 제임스는 겁쟁이다. 제임스는 감정을 솔직하게 드러내지도, 타인과 관계를 맺지도 못한다. 이는 제임스가 해체하지 못하는 폭탄이다. 그는 그저 다음 아드레날린 주사에만 흥미를 보인다. 자신도 이 사실을 잘 안다.

요약: 강인하고, 흔들림 없는, 고집스러운 이야기

눈치챘겠지만 나는 결말이 모호한 이야기가 우리에게 보여주는 복잡함을 사랑한다. 리, 조르주, 제임스 같은 불변형 인물이 양면적 아크를 만날 때, 우리는 어쩔 수 없이 자신의 한계를 되돌아본다. 우리가 등장인물과 같은 처지에 있다면 어떨까? 그들이 내린 선택에 공감하는가? 그들은 우리에게 영감을 주는가, 아니면 우리를 자극하고 찝찝하게 만드는가? 우리의 내면이 어떤지에 따라 인물들은 다양한 느낌으로 다가온다.

불변형 인물이 등장하고 양면적 아크가 펼쳐질 때, 이야기는 단단하고 고집스러워진다. 등장인물은 온갖 역경에 맞서 쉼 없이 앞으로 나아가기 때문에 관객이 공감하기 어려울 때도 있다. 하지만 화면에서 눈을 뗄 수가 없다. 그들은 세상에 반기를 들고 이의를 제기한다. 운명의 끝이 항상 아름답지는 않지만, 그 깊이와 복잡함은 다른 영웅들보다 한층 깊고 한결 매력적이다. 불변형 인물과 양면적 아크가 결합된 이야기를 더 즐기고 싶다면, 다음 영화를 찾아보자. 〈멜랑콜리아〉, 〈프라미싱 영 우먼〉, 〈히든 라이프〉, 〈빌 스트리트가 말할 수 있다면〉, 〈날 용서해줄래요?〉, 〈더 리포트〉, 〈콜드 워〉, 〈케빈에 대하여〉, 〈무스탕: 랄리의 여름〉, 〈테이크 쉘 터〉, 〈나이트 크롤러〉, 〈린 온 피트〉.

7장

"우리는 여기서 멈추지 않는다"

비관적 아크를 걷는 불변형 인물

〈대부〉의 마이클 코를레오네가 살인과 폭력이라는 비탈길을 미끄러져 내려가는 모습을 지켜보기란 몹시 괴롭다. 아마도 마이클이 복수에 눈이 멀어 피에 굶주린 괴물로 변하기 전까지는 느긋하고 행복한 청년이었음을 우리가 알기 때문인 듯싶다. 변화와 비극은 우리 눈앞에서 벌어진다. 마이클이 '달라지기' 때문에 우리는 마이클의 변화와 선택에 더욱 공감한다. 우리는 마이클이 자신의 실수를 깨달을지 궁금해한다. 한때 마이클이 다정다감한 사람이었음을 우리는 알기 때문이다. 하지만 마이클 코를레오네보다 더 비극적인 아크 유형도 있다.

비관적 아크 이야기에서 불변형 인물은 시종일관 고집을 부리다가 파멸로 향한다. 그들은 고집불통에다 골칫거리다. 그들이 다른 식으로 살아갈 재주가 있을까? 다른 선택을 내릴 가능성이 있을까? 그들이 모아나와 에린 브로코비치처럼 세상을 바꿀 능력이 있을까? 대답은 '아니요'이다.

비관적 아크 이야기는 재앙이 곳곳에 널려 있으며 임박했다는 분위기가 감돈다. 주인공은 선택을 내리지만 세상과 부딪히기만 할 뿐이다. 세상은 그들을 배척하고 거세게 밀어낸다. 그들의 끝은 도무지 아름답지 않다. 하지만 그들이 바보일까? 사리 분별을 못 하고 시야가 좁은 걸까? 그들이 항상 틀렸을까? 나는 아니라고 생각한다.

이제부터 살펴보겠지만 비관적 아크를 걷는 불변형 인물은 신념에 충실하며 세상의 불완전함을 직시하고 부조리와 맞서 싸운다. 우리는 이런 사실을 다음 영화를 보며 확인할 수 있다. 〈멀홀랜드 드라이브〉(데이비드 린치 감독의 혼란한 심리 미스터리), 〈인사이드 르윈〉(조엘 코엔과 이선 코엔 형제의 우울한 코미디), 〈스위트 컨트리〉(데이비드 트랜터와 스티븐 맥그레거 각본의 긴장감 넘치는 호주식 서부영화). 이 영화들을 통해 우리는 비관적 아크를 걷는 불변형 인물이 성격이 느긋하고 어리숙하긴 해도, 기꺼이 불행을 감내하고 용기를 발휘하며 때로는 고귀한 행동을 함을 알 수 있다.

〈멀홀랜드 드라이브〉(2001)

머릿속을 어지럽게 뒤흔드는 데이비드 린치David Lynch 감독의 영화 〈멀홀랜드 드라이브〉를 내가 어떻게 설명할지 여러분은 궁금할 것이다. 두 개의 이름을 가지고 두 가지 삶을 사는 주인공을 어떻게 이야기해야 할까? 게다가 주인공만 그런 것도 아니다. 이 어리둥절한 영화에 등장하는 거의 모든 인물이 전혀 다른 평행 우주에서 전혀 다른 삶을 살아가는 듯하다. 도대체 무슨 일이 벌어지고 있는 걸까?

영화를 처음 봤을 때 내 반응도 크게 다르지 않았다. 나는 데이비드 린치 감독의 팬이다. 그의 작품을 좋아해서 영화를 볼 때면 하나라도 놓칠세라 꼼꼼히 살피는 편이다. 나는 린치 감독의 트레이드마크인 초현실적 풍경, 아리송한 인물들과 불길한 분위기에서 무언가 읽어내려고 영화가 상영되는 내내 화면을 뚫어져라 들여다봤다. 하지만 별로 도움이 되지는 않았다. 나는 영화관을 나오면서 머리에 팝콘이라도 묻은 듯 연신 고개를 가로저었다.

〈멀홀랜드 드라이브〉는 린치 감독의 다른 작품들처럼 N차 관람할 가치가 충분하다. 아직 영화를 보지 않았다면 앞으로 나올 줄거리를 읽지 말고 백지상태에서 영화를 보면서 신선한 당혹감에 풍덩 빠져보기를 제안한다. 그런 다음, 다시 여기부터 읽어보자. 후회하지 않을 것이다. 영화 속 신비로운 파란 상자 안에는 아무것도 없지만, 할리우드 드림과 악몽을 다룬 이 정신 산만한 이야기 속에는 뭔가가 있다. 바로 극도로 비관적인 아크를 걷는 불변형 인물이다.

이야기는 멀홀랜드 드라이브에서 자동차 사고가 벌어지면서 시작한다. 검은 머리 여성이 사고 잔해에서 비틀거리며 몸을 일으킨 다음, 방향 감각을 잃은 채 산비탈을 따라 로스앤젤레스 거리로 내려간다. 그곳에서 여성은 이야기의 주인공 베티 엘름스를 만난다. 베티는 온타리오 출신의 다정하고 순수한 소녀로 이제 막 도시에 도착했다. 그녀는 배우가 되기 위해 준비하며 루스 이모의 아파트에서 머문다.

베티는 다정하고 천진난만하며, 살짝 어리숙한 편이다('내면'세계). 그녀는 시골 출신으로 꿈의 도시 할리우드에서 성공을 꿈꾼다('외부'세계).

베티는 이모의 아파트에 숨어든 검은 머리 여성을 발견한다. 여성은 기억상실증에 걸린 듯 자기 이름이 무엇인지, 무슨 일을 겪었는지 전혀 기억하지 못한다. 여성은 리타 헤이워스의 영화 포스터를 발견하고서 자신을 '리타'라고 소개한다. 두 사람은 리타의 핸드백 안에서 돈다발과 정체 모를 파란색 열쇠를 발견한다. 리타는 자신이 멀홀랜드 드라이브로 가던 길임을 기억해낸다. 베티는 경찰에게 전화를 걸어서 다른 사람인 척 자동차 사고가 접수된 게 있는지 알아보자고 제안한다.

한편 이곳 할리우드에는 베티가 알지 못하는, 어딘지 불길한 인물이 여럿 숨어 있다. 첫 번째 인물은 어설픈 살인 청부업자이다. 그는 전화번호부를 훔치고 다니며 검은 머리 여성을 뒤쫓는 듯하다. 다음으로 섬뜩한 외모의 남자이다. 그는 식당 뒤에 숨어 산다. 마지막으로 스타 감독 아담이다. 그는 배우 카밀라 로즈를 다음 영화에 꼭 출연시키라는 폭력 집단의 협박을 받는다. 상당히 기묘한 상황이다. 하지만 알다시피 데이비드

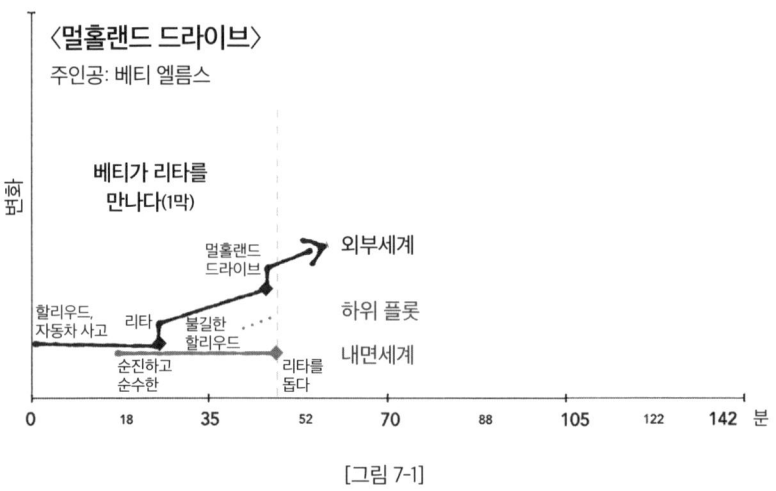

[그림 7-1]

린치 아닌가! 리타가 멀홀랜드 드라이브를 기억해내고('외부'세계), 베티가 리타를 돕기로 결심하면서('내면'세계) 이야기는 2막으로 넘어간다.

베티와 리타는 돈다발과 열쇠를 숨긴다. 그리고 공중전화 부스를 찾아가 경찰에게 전화를 걸어 익명으로 사고에 관해 묻는다. 공중전화 부스가 있는 식당 뒤편에는 섬뜩한 외모의 남자가 살고 있지만, 다행히 둘은 남자와 마주치지 않는다. 베티는 경찰로부터 지난밤 멀홀랜드 드라이브에서 사고가 났음을 알아낸다. 베티가 정보를 더 얻으려고 신문을 훑어보는 사이, 리타는 웨이트리스의 '다이앤'이라는 이름표를 보고 다이앤 셀윈이라는 이름을 떠올린다. 혹시 다이앤이 리타의 진짜 이름일까? 두 사람은 전화번호부에서 다이앤 셀윈의 전화번호를 찾아내 전화를 걸지만 아무도 받지 않는다. 하지만 실마리는 찾은 셈이다.

한편 왠지 위협적인 카우보이가 나타나 카밀라 로즈를 영화에 출연시키라고 아담을 협박하자, 아담은 마지못해 동의한다. 같은 시각, 베티는 오디션에 참여해 완벽한 연기를 선보이고, 그 자리에서 아담과 마주친다. 두 사람은 서로에게서 눈을 떼지 못한다. 꼭 어디선가 만난 적이 있는 것만 같다. 당황한 베티는 재빨리 자리를 벗어난다.

베티와 리타는 다이앤 셀윈의 집으로 간다. 문을 두드려도 대답이 없자, 베티는 창문을 통해 안으로 들어간다. 집 안에 들어선 둘은 침대 위에서 썩어가는 여성의 시신을 발견한다. 리타가 생명의 위협을 느껴 덜덜 떨자, 베티는 리타에게 금발 가발을 씌워 변장시킨다. 가발을 쓴 리타는 베티와 소름이 돋을 만큼 닮았다. 이윽고 침대에 누운 둘은 격렬하게 섹스하고 잠이 든다. 다이앤 셀윈의 시체를 발견하고('외부의' 변화), 베티가 리타와 섹스하기로 결심하면서('내면의' 선택) 이야기는 3막으로 넘어간다.

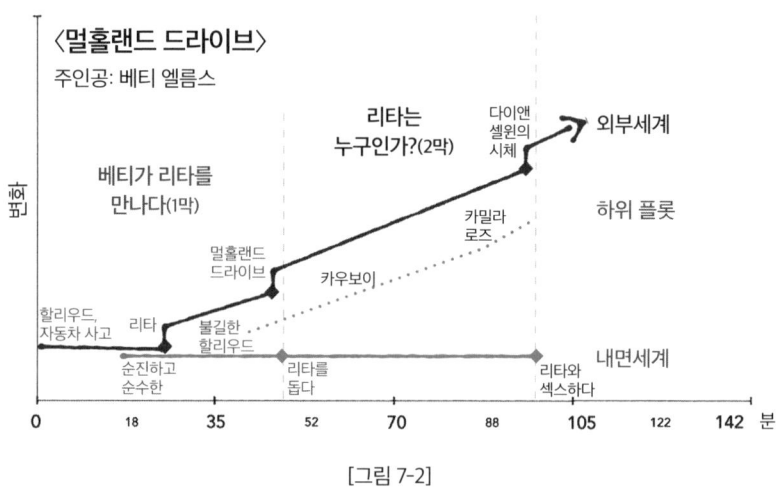

<언덕 (y축 라벨)>

〈멀홀랜드 드라이브〉
주인공: 베티 엘름스

리타는
누구인가?(2막)

베티가 리타를
만나다(1막)

다이앤
셀윈의
시체

외부세계

하위 플롯

멀홀랜드
드라이브

카밀라
로즈

할리우드,
자동차 사고

리타

불길한
할리우드

카우보이

내면세계

순진하고
순수한

리타를
돕다

리타와
섹스하다

0   18   35   52   70   88   105   122   142 분

[그림 7-2]

한밤중에 잠을 깬 리타는 베티를 재촉해 '실렌시오'라는 클럽을 찾아
간다. 클럽에 들어서자, 어떤 여성이 노래를 부른다. 사회자가 불쑥 등장
해 그 여성은 '환영'이라고 설명한다. 사회자가 말한 대로 여성의 노래는
녹음된 테이프 소리, 즉 '환영'이다. 베티는 문득 가방 안에 든 파란 상자
를 발견한다. 상자는 리타가 가진 파란 열쇠로 열릴 것처럼 생겼다. 두 사
람은 아파트로 서둘러 돌아온다. 리타가 열쇠로 상자를 열려는 찰나, 베
티가 사라진다. 베티는 어디로 간 걸까? 리타는 열쇠를 돌려 상자를 연다.
상자 안은 어둡고 텅 빈 듯하다. 상자가 바닥에 툭 떨어지고, 리타도 순식
간에 사라진다.

정신없는 줄거리를 따라오느라 고생했다. 이제 영화는 급격히 방향을
선회해 지금까지 풀어놓은 이야기를 한데 모아 정리한다. 파란 상자를 발
견하고('외부의' 변화), 상자를 열기로 결심하면서('내면의' 선택) 이 혼란한

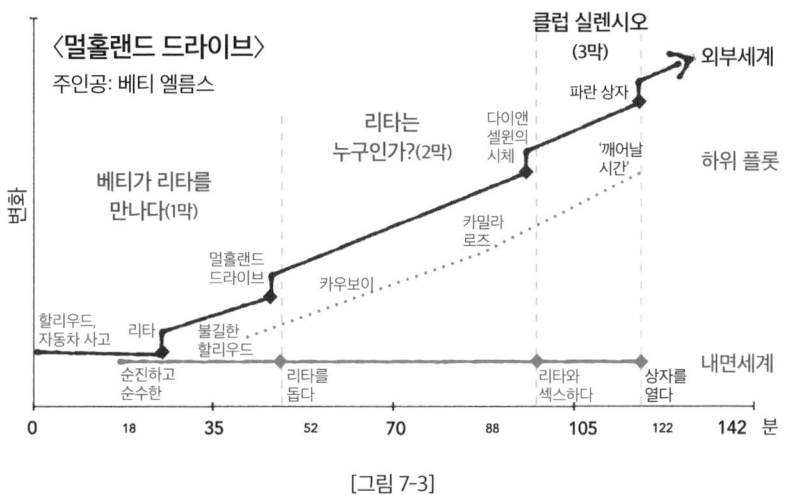

[그림 7-3]

이야기는 마지막 4막으로 향한다.

베티가 침대에서 잠을 깬다. 아까 본 다이앤 셀윈의 집이다. 실은 베티가 다이앤 셀윈이다. 쾌활하고 붙임성 좋은 베티는 이제 온데간데없고, 우울하고 샐쭉한 표정을 짓는 실패한 영화배우 다이앤 셀윈만 남았다. 다이앤(베티)은 동료 배우인 카밀라 로즈(리타)와 연인 사이다! 카밀라(리타)가 감독인 아담과 약혼하고 다이앤과 헤어지려 하자, 다이앤은 카밀라를 죽이기 위해 살인 청부업자(앞서 나온 어설픈 살인 청부업자)를 고용한다. 살인 청부업자는 의뢰를 마치면 파란 열쇠를 통해 카밀라가 죽었음을 알려주기로 한다. 다이앤은 잠에서 깨고, 커피 테이블 위에 놓인 파란 열쇠를 발견한다. 카밀라는 죽었다. 다이앤은 죄책감에 사로잡혀 정신착란 증세를 보인다. 무시무시한 환각이 나타나자 몸부림치던 다이앤은 침대 위로 쓰러지고 자신을 총으로 쏜다. 이윽고 방 안에 연기가 가득 차고, 기

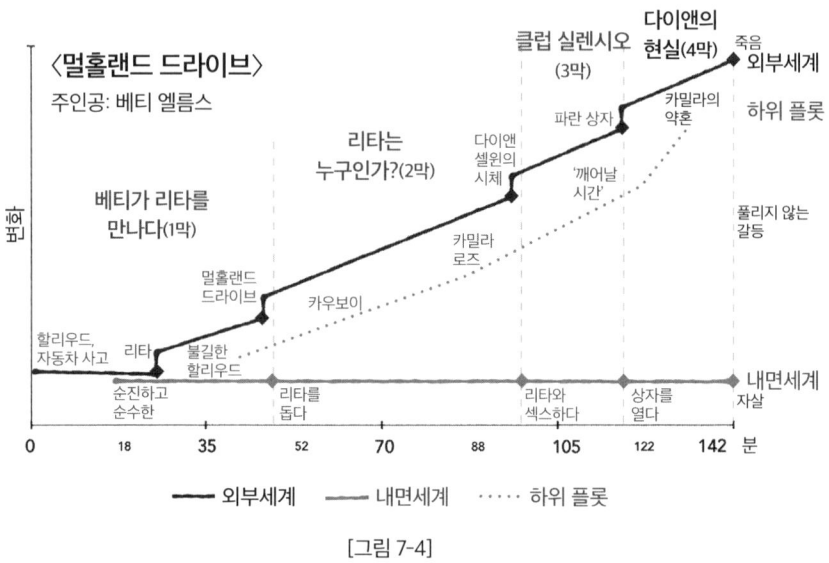

〈멀홀랜드 드라이브〉
주인공: 베티 엘름스

베티가 리타를
만나다(1막)

리타는
누구인가?(2막)

클럽 실렌시오
(3막)

다이앤의
현실(4막)

죽음
외부세계

하위 플롯

파란 상자

카밀라의
약혼

다이앤
셀윈의
시체

'깨어날
시간'

멀홀랜드
드라이브

카밀라
로즈

풀리지 않는
갈등

리타를
돕다

카우보이

할리우드,
자동차 사고

리타

불길한
할리우드

내면세계
자살

순진하고
순수한

리타와
섹스하다

상자를
열다

긴장

0   18   35   52   70   88   105   122   142   분

━━ 외부세계   ━━ 내면세계   ····· 하위 플롯

[그림 7-4]

묘한 분위기의 클럽에 앉아 있던 여성이 나지막이 읊조린다. "실렌시오."

영화에서 군데군데 드러난 실마리를 통해 눈치챈 사람도 있겠지만, 영화가 시작되고 첫 두 시간은 '환영', 콕 집어 말하면 꿈이다. 꿈속에서 베티는 꿈의 도시에서 새롭게 일을 시작하고 배우 경력을 쌓으며, 아름다운 여성 리타를 구하고 사랑에 빠진다. 그러나 어설픈 살인 청부업자, 기묘한 카우보이, 부패한 영화감독과 할리우드 영화계처럼 불길한 힘들이 베티를 짓누른다.

영화의 마지막 부분에서, 관객은 실패한 영화배우이자 버림받은 연인 다이앤 셀윈이 꿈에서 깨어나는 모습을 지켜본다. 꿈속에서 다이앤은 베티였고 리타는 베티를 사랑했다. 하지만 현실에서 리타는 카밀라 로즈이며 감독과 약혼하려 한다. 냉혹한 현실이 드러나고 할리우드라는 환상은 벗겨진다. 결국 다이앤은 카밀라를 죽이려고 살인 청부업자를 고용한다. 다이앤은 파란 열쇠를 발견하고 카밀라가 죽었음을 확인한다. 죄책감을 견디지 못한 다이앤은 결국 스스로 목숨을 끊는다.

'알고 보니 꿈' 기법은 상당히 유서가 깊지만, 능숙하게 구사하는 감독은 매우 드물다. 데이비드 린치 감독은 그 몇 안 되는 감독 중 하나다. 린치 감독은 항상 흔들리는 자아, 무의식, 꿈의 세계에 몰두한다. 린치 감독은 자칫 허술한 속임수로 보일 수도 있는 이 기법을 탐색의 도구로 삼아, 꿈과 야망, 버림받은 사랑이라는 주제를 깊이 파고들어 섬뜩하면서도 마음을 사로잡는 멋진 이야기를 빚어낸다.

베티의 꿈은 다이앤이 살아가는 악몽 같은 삶의 뒷면이다. 꿈속에 등장하는 인물들이 다이앤의 허물어져가는 심리 상태를 상징한다. 다이앤은 자신이 만들어낸 악몽에서 벗어나지 못한다. 다름 아닌 자신의 희망과 두려움, 욕망과 집착이 이 악몽을 만들어냈기 때문이다. 다이앤은 변하지 않으며 비극적 결말을 피하지 못한다.

이야기의 구조를 살펴보면 〈멀홀랜드 드라이브〉는 4막으로 나뉜다. 베티와 리타가 만나고(1막), 리타의 정체성을 찾아 나서고(2막), 실렌시오 클럽을 발견하고(3막), 다이앤이 악몽 같은 현실을 깨닫는다(4막).

주로 베티가 내리는 선택에 따라 이야기가 진행되기는 하지만, 기묘한 파란 상자를 열어 이야기를 마무리 짓는 사람은 리타이다. 하지만 리타는 결국 다이앤(베티)의 욕망이 형상화된 존재가 아닐까? 영화 속 인물은 대부분 다이앤(베티)의 내면세계가 빚어낸 상징이다. 상자가 열리고 다이앤이 잠에서 깨자, 꿈은 산산조각 나며 악몽 같은 현실이 드러난다.

〈멀홀랜드 드라이브〉를 보면 린치 감독은 일부러 천진난만한 베티를 등장시켜 꿈속을 돌아다니게 했음을 알 수 있다. 그 덕분에 관객은 기꺼이 베티의 꿈을 현실로 믿고 상상의 세계로 빠져들며 리타와 베티의 관계에 진지하게 몰입한다.

꿈에서 깨어났을 때 관객은 다이앤처럼 허탈함을 느낀다. 다이앤의 현실은 암담하고 희망이 없다. 다이앤은 괴로움을 멈추고 싶어 하며, 영화를 보는 관객도 대부분 다이앤과 같은 바람을 품는다. 하지만 꿈과 악몽이라는 관점에서 보면, 알 듯 말 듯 기묘한 이 세계는 거대한 심리 드라마의 무대로 그 모습을 드러낸다.

〈인사이드 르윈〉(2014)

조엘 코엔Joel Coen과 이선 코엔Ethan Coen 형제는 인상 깊은 인물과 예측하기 힘든 줄거리 전개를 보여주며, 다양한 시점에서 감상할 수 있는 블랙 코미디 영화를 제작해왔다. 〈인사이드 르윈〉도 예외가 아니다. 두 형제는 이 영화에서 그들만의 스토리텔링 기법을 거의 완성한 듯 보인다. 〈인사이드 르윈〉은 때로는 동화 같고, 때로는 날카로운 다큐멘터리 같으며, 가끔은 작은 연극 같은 영화다.

비관적 아크를 걷는 불변형 인물을 탐색하려 할 때, 고군분투하는 포크 싱어 르윈 데이비스는 딱 알맞은 인물이다. 차차 살펴보겠지만, 영화는 르윈이 주어진 운명에서 결코 벗어날 수 없음에 주목하면서, 어둡고 우울한 유머를 그려낸다. 너무 슬픈 나머지 웃음이 나는 셈이다.

이야기는 1961년, 뉴욕 그리니치빌리지의 가스라이트 카페에서 시작된다. 포크 싱어 르윈 데이비스는 카페에 앉은 몇 명 되지 않는 관객을 상대로 노래를 부른다. 노래도 괜찮고 감성도 충만하다. 하지만 공연이 끝난 뒤, 그는 어제 일로 단단히 화가 난 어떤 남성에게 골목에서 두들겨 맞는다. 르윈이 뭔가 잘못한 모양이다.

르윈은 부유한 친구인 고르페인 부부의 널찍한 아파트에서 깨어난다. 집에는 아무도 없다. 르윈은 예전 음악 파트너인 마이키 팀린과 녹음한 앨범을 튼다. 마이키는 영화 내내 대화 속에서 언급되지만, 정체는 베일에 싸여 있다. 르윈의 우울한 표정을 보면 마이키는 이미 죽었을지도 모른다.

이런 오프닝 장면을 통해 우리는 르윈에 관해 몇 가지 사실을 알게 된다. '내면' 세계를 보면, 르윈은 예술적 감성이 있고 섬세하며 우울하고, 누군가의 죽음을, 아마도 마이키의 죽음을 애도하는 듯하다. 골목에서 얻어맞기도 하는 걸 보면, 빈정대다가 곤란해질 때도 있는 듯하다. '외부' 세계를 보면, 그는 재능이 있지만 성공하지 못한 음악가이다. 운이 따라주지 않아 여기저기서 공연하며 떠돌아다닌다. 블랙 코미디의 주인공으로 제격이다.

외출하는 르윈을 고르페인 부부의 고양이가 뒤따라 나온다. 아파트 문이 닫히고 잠기는 바람에 그는 하는 수 없이 고양이를 데리고 움직인다. 르윈은 음반사를 찾아가 앨범 판매 대금을 정산받으려 하지만, 그가 낸 솔로 앨범은 한 장도 팔리지 않았다. 뒤이어 그는 옛 연인이자 오랜 음악 동료인 진을 찾아간다. 르윈은 진의 집에서 며칠만 신세를 지려고 하지만, 이미 다른 사람이 거실 소파를 점령한 뒤다. 설상가상으로, 진은 르윈의 아이를 임신한 듯하다(이는 르윈의 '외부' 세계에 일어난 극적인 변화다). 지금 만나는 남자 친구의 아이일 수 있지만, 진은 중절 수술비를 내놓으

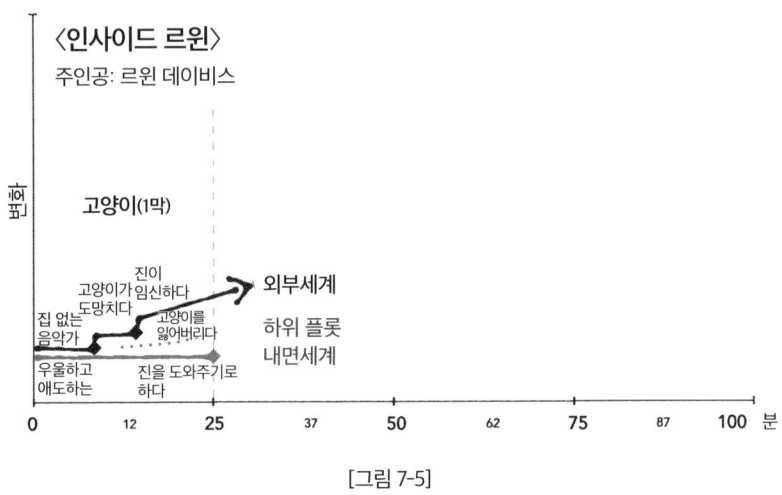

〈인사이드 르윈〉

주인공: 르윈 데이비스

고양이(1막)

진이
고양이가 임신하다
도망치다

집 없는
음악가

외부세계

고양이를
잃어버리다

하위 플롯
내면세계

우울하고
애도하는

진을 도와주기로
하다

0   12   25   37   50   62   75   87   100 분

[그림 7-5]

라고 르윈을 윽박지른다. 르윈은 일단 돈을 마련해보겠다고 말한다. 르윈
이 고르페인 부부의 고양이를 잃어버리면서 상황은 최악으로 치닫는다.
진이 임신하고('외부의' 변화), 르윈이 중절 수술비를 마련하기로 하면서
('내면의' 선택) 이야기는 2막으로 넘어간다.

르윈은 부모님의 집을 판 돈을 받을 속셈으로 누나의 집으로 찾아간
다. 하지만 그 돈은 선원 생활을 마치고 은퇴한 아버지의 노후 자금으로
써야 할 돈이다. 누나는 돈이 필요하면 아버지처럼 다시 상업용 선박의
선원이 되라고 말한다. 하지만 르윈은 아버지도 싫고 뱃사람이 되기는 더
더욱 싫었다. 그는 배를 타던 시절의 물건이 든 상자를 내다 버리라고 누
나에게 말한다. 배로 돌아갈 생각은 눈곱만큼도 없었다.

르윈은 고양이가 어디로 갔는지 짐작조차 못 하면서도, 고르페인 부
부에게 전화를 걸어 걱정 말라며 안심시킨다. 때마침 그는 컬럼비아 레코

202

드의 녹음실 세션으로 참여해 돈 벌 기회를 잡는다. 르윈은 진의 현재 남자 친구인 짐과 함께 세션에 참여해 우주선에 관한 색다른 노래를 녹음한다. 르윈은 녹음한 노래를 최악이라고 느낀다. 나중에 저작권료로 받을 수도 있지만, 당장 돈이 급한 나머지 저작권을 포기하고 세션료를 받아 진의 중절 수술비를 마련한다. 그리고 우연히 고르페인 부부의 고양이도 되찾는다. 상황은 차츰 나아지는 듯하다!

르윈은 진의 수술 예약을 위해 병원을 찾는다. 그리고 예전 여자 친구 다이앤이 중절 수술을 받지 않아 수술비가 그대로 남아 있으며, 있는지도 몰랐던 아이가 태어나 오하이오에 살고 있다는 사실을 알게 된다. 르윈은 머리가 어질어질하지만 겨우 마음을 추스르고 고르페인 부부에게 고양이를 돌려주러 간다. 하지만 즉석 공연을 하던 도중 고르페인 부인이 마이키의 화음 부분을 부르자, 그 일로 르윈은 부인과 말다툼을 벌인다. 엎친 데 덮친 격으로 르윈이 데려온 고양이는 고르페인 부부의 고양이가 아니다. 고르페인 부부의 고양이는 수컷인데, 르윈이 데려온 고양이는 고르페인 부인의 말마따나 '고환이 없다'. 르윈이 자신도 모르는 아이가 있음을 깨닫고('외부의' 변화), 마이키의 화음과 고양이 문제로 고르페인 부인과 다투게 되면서 이야기는 3막으로 넘어간다.

여기서 다른 영화와 달리 뚜렷한 내면의 선택 없이 막의 구분이 일어남에 주목하자. 주인공이 결심한 바는 없지만, 이 막은 완성된 것처럼 느껴진다. 르윈은 진과의 약속을 지키고, 고르페인 부부와 다투고, 뜻밖에도 자신에게 아이가 있다는 사실을 깨닫는다. 이제 르윈은 어떻게 행동할까?

너무 많은 일이 한꺼번에 밀려든 탓에 르윈은 정말 쉬고 싶은 심정이

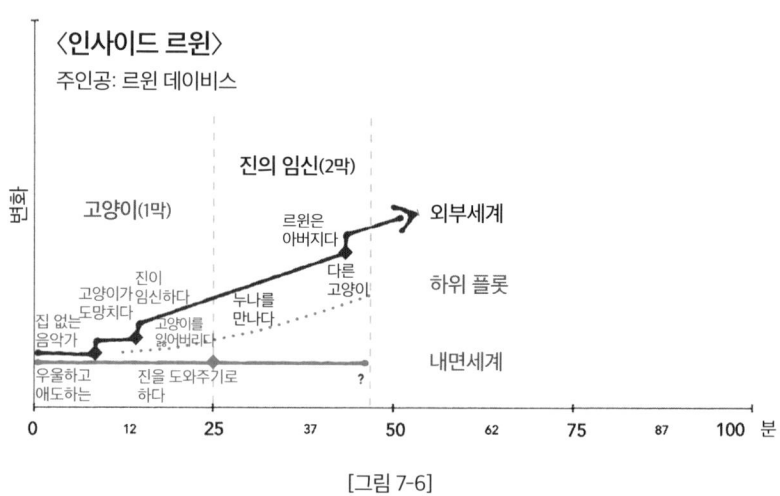

〈인사이드 르윈〉
주인공: 르윈 데이비스

진의 임신(2막)

고양이(1막)

외부세계

르윈은
아버지다

진이
고양이가 임신하다

다른
고양이

하위 플롯

집 없는
음악가

도망치다

누나를
만나다.

고양이를
잃어버리다

우울하고
애도하는

진을 도와주기로
하다

?

내면세계

0   12   25   37   50   62   75   87   100 분

[그림 7-6]

다. 르윈은 차를 얻어 타고 시카고에 다녀오기로 결심한다('내면의' 선택).
시카고에 있는 유명한 음악 매니저 버드 그로스먼을 찾아가 음악으로 먹
고살 방법을 찾을 계획이다. 여행을 함께한 일행은 고환이 없는 암컷 고
양이 한 마리, 자유로운 영혼의 시인 조니 파이브, 재즈 뮤지션 롤런드 터
너이다. 롤런드는 가는 내내 쓸데없는 이야기를 늘어놓고 틈만 나면 포크
음악을 모욕하며 르윈을 괴롭힌다. 길고도 불편한 여행이다. 한편 르윈은
대화가 오가던 중 마이키가 자살했다고 털어놓는다.

  르윈과 롤런드는 상성이 좋지 않다. 롤런드는 르윈에게 산테리아★ '저
주'를 걸겠다며 앞으로 되는 일이 하나도 없을 거라고 르윈을 협박한다.
르윈은 약물 과다 복용으로 쓰러진 롤런드를 발견해 구해준 다음, 조니

★   아프리카 토착 종교와 가톨릭이 결합된 종교.

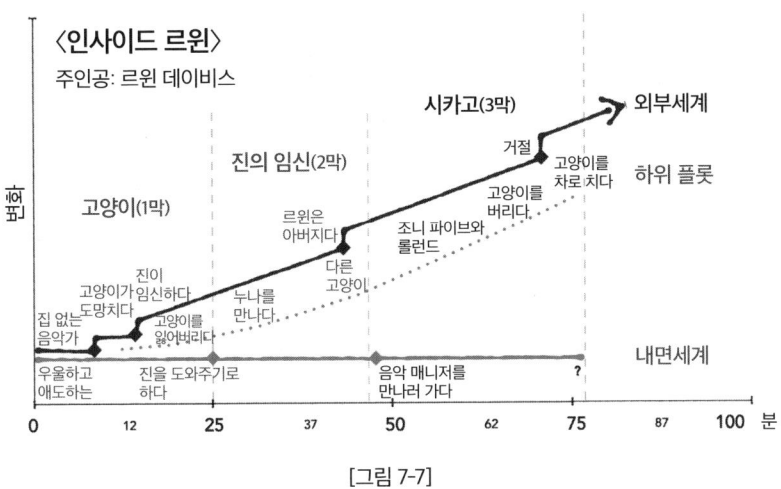

〈인사이드 르윈〉
주인공: 르윈 데이비스

시카고(3막)　　외부세계

진의 임신(2막)

거절

고양이를
차로 치다　하위 플롯

고양이(1막)

고양이를
버리다

조니 파이브와
롤런드

르윈은
아버지다

진이
고양이가 임신하다

다른
고양이

집 없는
음악가

도망치다

누나를
만나다

고양이를
잃어버리다

내면세계

우울하고
애도하는

진을 도와주기로
하다

음악 매니저를
만나러 가다

?

| 0 | 12 | 25 | 37 | 50 | 62 | 75 | 87 | 100 | 분 |

[그림 7-7]

파이브가 경찰에 체포되자 고양이를 버려둔 채 홀로 차를 얻어 타고 시
카고로 향한다. 마침내 르윈은 버드 그로스먼을 만나 노래를 들려준다.
그로스먼은 예전 파트너와 다시 합치는 게 어떠냐고 제안한다. 하지만 르
윈은 마이키가 죽었다는 말은 하지 않고 낙담한 채, 다시 차를 얻어 타고
뉴욕으로 돌아온다. 돌아오는 길에 전 여자 친구 다이앤과 자신의 아이가
사는 마을을 지나가지만, 차를 멈추지는 않는다. 르윈은 교대로 자동차를
운전하다가 고속도로를 건너는 고양이를 차로 친다. 그가 버려두고 온 고
양이일까? 르윈이 미처 확인하기도 전에 고양이는 느릿느릿 숲속으로 사
라져버린다.

　버드 그로스먼에게 거절당하고('외부의' 변화), 뉴욕으로 돌아오면서
이야기는 4막으로 넘어간다. 관객은 르윈이 다음에 내릴 '내면의' 선택이
무엇인지 모른다. 다만 르윈이 시카고에서 성공하는 꿈을 포기했다는 것

7장 "우리는 여기서 멈추지 않는다"

은 확실하다.

뉴욕으로 돌아온 르윈은 선원 조합을 찾아간다. 그는 음악의 길을 포기하고 아버지처럼 뱃사람으로 돌아가겠다고 결심한 듯하다('내면의' 선택). 이 선택은 중대한 결정이다. 르윈의 내면에서 감정의 변화가 일어나고 있다는 뜻이기 때문이다. 그는 음악을 포기할 참이다. 하지만 그래서 행복해질까? 앞으로 잘 살아갈 수 있을까?

르윈은 중절 수술비를 위해 마련한 돈을 탈탈 털어 선원 조합에 가입한다. 출항은 이번 주로 예정되어 있다. 그런 다음 내키진 않지만 머리가 희끗희끗한 아버지를 찾아가 배를 탈 거라고 알려준다. 르윈은 아버지의 기타를 들고 아버지가 가장 좋아하는 노래를 연주한다. 아버지는 조용히 노래를 듣다가 그만 옷에 실수한다. 르윈은 도선사 자격증과 출항에 필요한 서류를 챙기려고 누나의 집을 찾아가지만, 이미 짐을 모두 내다 버린 뒤였다. 르윈은 좌절한다. 자격증과 서류가 없으면 배를 타지 못한다. 조합으로 돌아가 환불을 요구하지만 이미 낸 돈을 되돌려받지 못하고 다시 빈털터리가 된다.

르윈은 진의 집으로 돌아온다. 진은 르윈이 가스라이트 카페에서 공연할 수 있도록 무대를 잡아놓았다. 르윈은 음악을 접었으며 이번이 마지막 공연이라고 진에게 신신당부한다. 얼마 후 르윈은 진이 자신의 공연 무대를 마련하기 위해서 가스라이트 카페의 지배인과 잠자리를 가진 사실을 뒤늦게 알게 된다. 르윈은 꼭지가 돌아 카페에서 노래하는 아무 죄 없는 노년 여성을 조롱한다. 그리고 카페에서 쫓겨난다.

갈 곳이 없어진 르윈은 고르페인 부부의 집으로 찾아간다. 르윈과 고르페인 부인은 진심으로 사과를 주고받는다. 마이키의 빈자리가 모두에

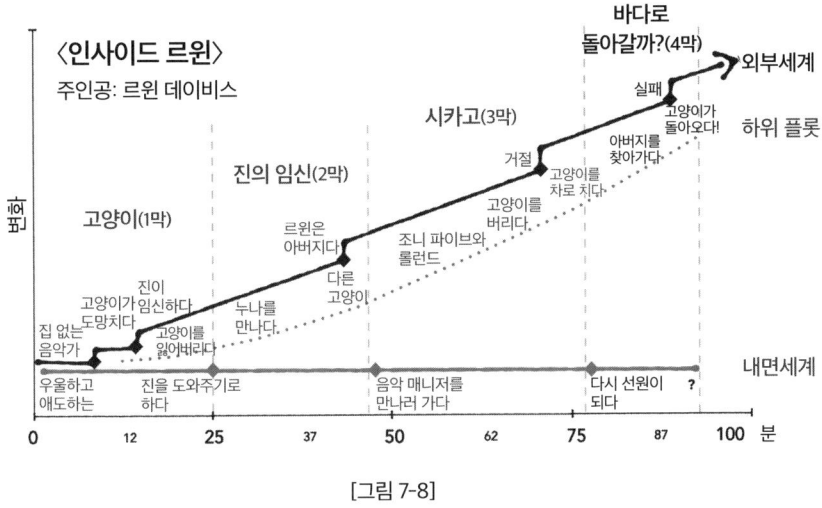

[그림 7-8]

게 큰 상처를 준 것이다. 마침 좋은 소식도 있었다. 고르페인 부부의 고양이가 돌아왔다! 고양이는 어느 날 불쑥 다시 나타났다고 한다. 르윈은 고양이의 이름이 율리시스라는 말을 듣고 깜짝 놀란다. '여태껏 고양이 이름도 몰랐다니.' 짐과 함께 세션으로 참가한 색다른 노래는 어떻게 되었을까? 노래는 예상외로 대성공을 거두었다. 하지만 르윈은 이미 돈을 받아버려서 저작권료를 한 푼도 받지 못한다. 이럴 수가. 그는 침대에 쓰러지듯 누워 잠이 든다. 상선의 선원이 되지도 못하고('외부의' 변화), 고르페인 부부의 집으로 되돌아가면서 이야기는 마지막 5막으로 이어진다. 하지만 앞서 살펴봤듯 눈앞에 닥친 역경을 헤쳐나가기 위해 르윈이 어떤 선택을 내릴지는 좀처럼 알 수 없다.

이튿날 아침 르윈은 고르페인 부부의 아파트에서 일어난다. 이번에는 고양이가 빠져나가지 못하게 잘 붙잡아둔다. 그날 밤 르윈은 가스라이트

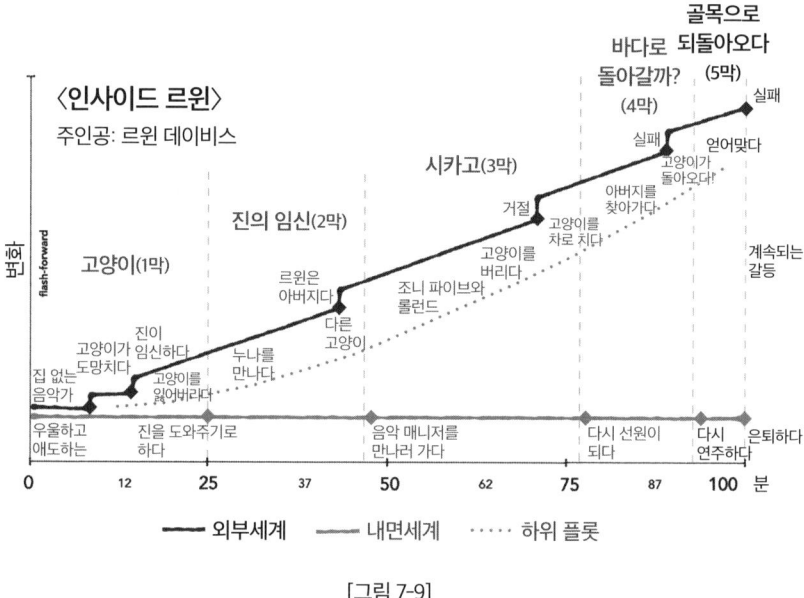

[그림 7-9]

카페에서 공연한다. 영화 시작 부분에 나온 그 노래다. 열정이 담긴 자신감 넘치는 공연이다. 이번에도 공연이 끝난 뒤 누군가가 뒷골목에서 그를 기다린다. 첫 장면에 나온 그 남자다. 상황이 반복된다. 르윈은 남자에게 얻어맞는다. 관객은 영화의 첫 장면이 실은 마지막 장면임을 그제야 깨닫는다. 르윈은 돌고 돌아 제자리로 온 것이다. 그의 인생도 다시 제자리였다. 그는 집 없는 빈털터리에, 이룬 것 하나 없는 외로운 사람이다.

　르윈은 고르페인 부부의 고양이를 또 잃어버릴 것이다. 남의 집 소파에서 잠을 자고, 사람들을 만나 똑같은 실수를 저지르고, 망가진 음악의 꿈을 여전히 좇을 것이다. 변함없이 마이키를 그리워할 것이다. 〈인사이드 르윈〉은 비관적 아크를 걷는 불변형 인물을 완벽히 그려낸 영화다. 르원은 앞이 캄캄한 절망 속에 무기력하게 갇힌 채 반복되는 루프를 영원히 벗어나지 못한다. 영화는 반복되는 루프라는 줄거리를 통해 주제를 드러낸다. 르윈은 친구이자 음악 동료였던 마이키가 죽은 뒤 슬픔에 빠진 나머지 가슴에 구멍이 뚫렸다. 그 구멍은 르윈은 물론, 그 누구도 메우지 못한다.

앞서와 마찬가지로 '슬며시' 막이 전환된다. 르윈은 문제를 어떻게 해결할지 제대로 선택하지 못하며 상황은 몹시 버겁다. 르윈은 뭔가 깨달은 듯하지만, 이야기를 이끌어가지는 못한다.

르윈은 이제 체념한 것 같기도 하다. 그는 자신이 결코 성공할 수 없음을 안다. 〈허트 로커〉의 윌리엄 제임스 중사처럼 르윈도 깨닫는다. 하지만 그는 자신을 바꿀 수도, 절망의 루프를 벗어날 수도 없다.

르윈의 이야기는 코엔 형제의 작품으로는 드물게도, 그리고 비관적 아크치고는 놀랍게도, 어떤 아름다움이 우울함 사이를 비집고 밖으로 나온다. 르윈의 앞날은 캄캄하고 무력하며 절망이 반복된다. 사실 이런 이야기에서 빛을 발견하기란 어렵다. 하지만 르윈은 여전히 음악을 사랑한다. 영화는 군데군데 배치된 멋진 음악들로 르윈의 열정을 축복한다. 르윈은 몽상가이며, 터무니없이 큰 꿈을 좇고 어리석은 행동을 한다. 그러면서도 잠시나마 삶을 견딜 만하게 만드는 음악을 꿈꾼다. 누구도 그 꿈을 비난할 수는 없다.

〈스위트 컨트리〉(2017)

(※ 주의: 이 영화는 성폭행과 강간 장면을 포함합니다.)

데이비드 트랜터David Tranter와 스티븐 맥그레거Steven McGregor가 각본을 쓴 〈스위트 컨트리〉는 시선을 사로잡는 강력한 호주식 서부영화이다. 호주식 서부영화에는 원래의 서부영화보다 총싸움이 적고 영웅도 별로 등장하지 않는다. 트랜터는 집안 어른의 삶에서 영감을 받아 이야기를 썼다고 한다. 영화는 식민지 국가에서 벌어지는 권력과 정의의 역학을 탐구한다. 다른 호주 고전 영화들처럼, 이 영화도 강인한 의지를 보여주며 손쉬운 구원을 거부한다. 영화에 담긴 야망과 집념이 눈부신 미장센을 배경으로 반짝인다.

〈스위트 컨트리〉의 중심에는 원주민 소작농 샘 켈리가 있다. 우리가 다루는, 비관적 아크를 걷는 불변형 인물의 마지막 주인공이다. 이야기의 무대는 호주의 북부 지역으로, 시기는 제1차 세계대전이 끝난 직후이다. 오프닝 장면에서 샘은 사슬에 묶인 죄수로 등장하며, 먼지가 풀풀 날리는 거리에서 군중이 지켜보는 가운데 고개를 앞으로 떨구고 있다. 화면에 비치지 않는 곳에서 지금 어떤 상황인지 아는지 샘에게 묻는 목소리가 들린다. 샘은 고개를 끄덕인다.

우리는 곧장 이야기로 빨려 들어간다. 이 남자는 도대체 누굴까? 왜 사슬에 묶여 있을까? 남자는 어떤 일을 겪었고, 앞으로 어떻게 될까? 영화는 흥미를 자아내는 극적인 질문들이 어떻게 관객을 영화 속으로 끌어들이는지 멋지게 보여준다.

이야기는 과거로 되돌아가 전혀 다른 상황에 놓인 샘이 등장한다. '외부'세계를 보면, 그는 친절한 목사 프레드 스미스가 소유한 농장에서 아내 리지와 함께 일하며 살고 있다. '내면'세계를 보면, 그는 조용한 편이고 관찰력이 좋다. 프레드 목사와 마찬가지로 친절한 사람이라는 걸 알 수 있다. 다시 한번 극적인 질문들이 떠오른다. 샘처럼 전혀 위협적이지 않아 보이는 사람이 어쩌다 사슬에 묶이게 된 걸까?

어느 날, 샘은 새로 온 농부 해리 마치를 도와 목장 울타리를 손봐달라는 부탁을 받는다. 샘과 프레드 모두 제1차 세계대전에 참전했다가 귀향한 해리를 조금 의심스러워하면서도 결국 돕기로 한다. 하지만 해리가 샘과 리지 같은 흑인 원주민을 극도로 차별하는 인종주의자라는 사실이 금세 밝혀진다. 해리는 원주민들을 모욕하고 음식을 주지 않는다. 그리고 잔뜩 술을 마신 다음 한밤중에 괴상한 군사 의식을 치르듯 총을 쏴댄다. 샘은 해리의 행동에 거부감을 느끼지만, 겉으로 드러내지 않고 말썽도 일으키지 않는다. 이튿날 해리는 소를 돌보고 오라며 샘을 멀리 보낸 다음, 리지를 강간하고 이를 발설하면 죽여버리겠다고 협박한다. 집으로 돌아온 샘은 해리의 행동이 이상하다고 프레드에게 이야기하고, 두 사람은 해리를 다시는 도와주지 않기로 한다. 리지는 해리에게 강간당한 사실을 이야기하지 않는다.

오프닝 장면에서 영화는 능숙한 솜씨로 미래를 잠깐씩 오가며 우리가 이 정체 모를 인물을 더 깊이 이해할 수 있도록 도와준다. 우리는 참전 군인 해리가 밤에 불을 보며 눈물 흘리는 모습, 프레드가 하늘에서 내리는 귀한 빗방울을 음미하는 모습, 샘이 학대하는 농장주에게 대항하는 모습을 차례로 목격한다. 영화는 섬세하게 이야기를 조율하면서 인물들을 한층 깊이 들여다보도록 관객을 부추긴다. 등장인물들은 겉보기와 다른 면을 지녔으며, 특히 샘이 그렇다. 샘은 조용한 사람이지만 강인하고 자부심이 강하다. 그는 피부색에 개의치 않으며, 그 누구에게도 부당한 대우를 받을 사람이 아니다.

해리는 농장 일손이 필요해 다른 농장주로부터 원주민 일꾼을 몇 사람 고용한다. 일꾼 중에는 아직 소년인 필로막이 있다. 필로막은 해리의 시계를 훔치려 했다고 의심받는다. 해리가 필로막을 사슬로 감아 바위에 묶어두지만, 필로막은 사슬을 풀고 달아나 프레드의 농장에 숨는다. 그곳에는 샘과 리지가 있다. 해리가 총을 들고 농장에 나타나 샘이 도망친 일꾼을 숨겨주고 있다고 말한다. 해리가 총을 쏘자 문이 부서진다. 그러자 부서진 문 뒤에 있던 샘이 소총으로 해리를 쏘아 살해한다.

백인 남성을 죽인 죄가 얼마나 심각한지 알기에 샘과 리지는 농장을 벗어나 오지로 달아난다. 한편, 필로막은 억울하게 사슬에 묶인 일에 반

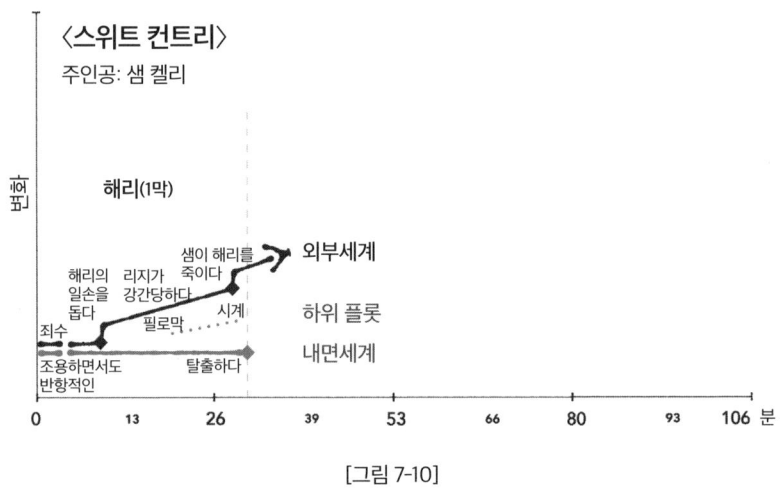

[그림 7-10]

항하는 마음으로, 해리의 시신에서 시계를 훔친다. 해리가 총을 들어 공격하고('외부의' 변화), 샘이 자기방어를 하기로 결심하면서('내면의' 선택) 이야기는 2막으로 넘어간다.

끈질긴 경찰 플레처는 병력을 모아 샘과 리지를 잡으러 출발한다. 프레드 목사는 샘이 안전한지 확인하기 위해 수색대에 들어간다. 샘은 이 거친 땅에 대한 지식을 이용해 숨바꼭질하듯 경찰보다 늘 한발 앞서 도망친다. 그는 경찰 수색대를 어떤 골짜기로 유인한다. 골짜기에 사는 무시무시한 원주민 부족이 경찰 수색대를 습격하고 경찰 중 한 명이 사망한다. 프레드 목사는 샘이 결백하며 경찰보다 유리한 상황이라고 판단해 다시 마을로 돌아온다. 하지만 플레처는 포기하지 않고 반드시 샘을 잡겠다고 다짐한다.

샘은 기발하게도 플레처의 신발에 전갈을 심어둔다. 수색대 병력 대부분이 포기하고 돌아가지만, 플레처는 돌아가지 않고 고집을 부린다. 결국 샘은 플레처를 외딴 소금 호수로 꾀어낸다. 플레처는 목이 마르고 방향감각마저 상실한 채 죽어간다. 그때 어디선가 샘이 나타나 물통을 플레처에게 건네주고 사라진다.

주된 줄거리는 샘과 리지가 경찰의 눈을 피해 달아나는 이야기를 다루지만, 치밀하게 짜인 하위 플롯에서는 필로막의 이야기가 나란히 펼쳐진다. 하위 플롯을 살펴보면, 필로막은 삼촌 대신 목장 관리자가 되라는 유혹을 당한다. 백인 주인은 필로막에게 '어른의 신발'을 선물하고 목장 관리자 숙소에서 잠을 자게 해준다. 하지만 삼촌은 백인의 방식을 너무 빨리 수용하면 안 된다고 필로막에게 경고한다. 삼촌도 백인에게 가족을 빼앗겼고 문화를 잃었으며 도둑질을 시작했다고 말한다. 삼촌은 필로막이 자신과 같은 길을 간다고 느끼고 원주민과 백인 세계 사이에서 사는 것은 위험하다고 경고한다.

　필로막의 이야기는 중심 줄거리와 겹치는 일이 없지만 샘의 탈출과 대비되는 이야기로써 관객의 흥미를 끈다. 여기서 필로막의 이야기는 샘 이야기에 또 다른 차원을 제공하면서 원주민 사회 내부에서는 물론, 원주민과 백인 사이에 벌어지는 미묘한 권력 투쟁에 주목한다.

　다시 샘의 이야기로 돌아와 보면, 그는 경찰을 이긴 듯 보인다. 하지만 문제가 있다. 리지가 임신 중이라 도망치기가 어렵다. 어떤 원주민 부족이 리지를 공격하자, 샘은 아내를 보호하기 위해 하는 수 없이 그를 죽인다. 그날 밤 샘은 프레드 목사가 말한 신이 그들을 굽어살피는지 궁금해한다. 그러면서 신을 온전히 받아들이면 자신들을 돌봐줄지도 모른다고 생각한다. 리지가 임신하고 원주민에게 공격받으면서('외부의' 변화),

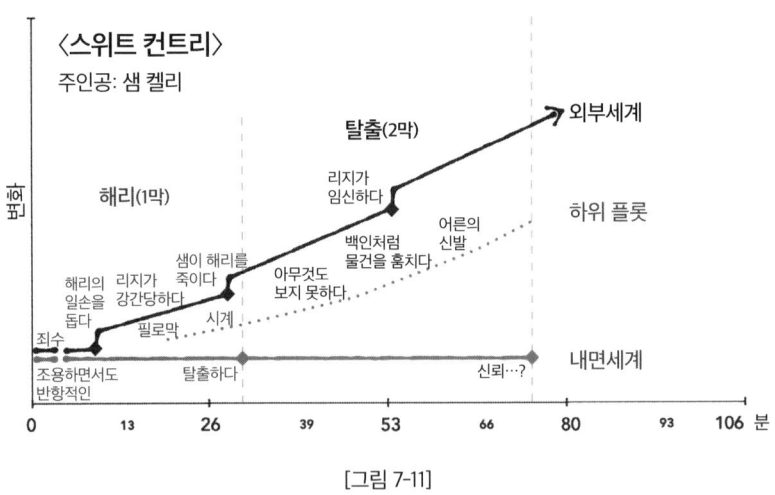

[그림 7-11]

잘 팔리는 스토리의 비밀

샘은 하는 수 없이 백인의 법을 신뢰하기로 결심한다('내면의' 선택).

플레처는 잠에서 깨고 마을 한가운데에 앉아 있는 샘과 리지를 발견한다. 두 사람은 그 자리에서 체포되고 치안판사 샌드힐의 주관 아래에 재판이 열린다.

사실 재판은 샘이 원하는 상황이 아니다. 샘은 백인 법정에서 공정한 재판을 받을 수 없으리라고 판단해 도망쳤다. 어쩔 수 없이 자수하지만 샘은 자신이 틀렸기를 바란다. 샘의 관점에서 보면, 자수는 절박한 상황에서 내린 최후의 수단이다. 즉 샘의 한결같은 신념, 이 땅에 흑인을 위한 정의는 없다는 믿음은 조금도 달라지지 않았다.

이 마을에는 술집만 있고 교회가 없어서 재판은 거리에서 공개적으로 진행된다. 그사이 마을 사람들은 이미 판결이 끝난 것처럼 굴며 근처에 교수대를 설치한다. 하지만 샌드힐 판사는 법과 공정함에서 아주 까다로운 사람이다. 그는 증인의 증언을 통해서 해리가 술에 취했고, 필로막을 사슬로 바위에 묶은 다음 탈출한 그를 쫓아왔으며, 먼저 발포했다는 사실을 밝혀낸다.

샌드힐 판사가 리지를 심문하려고 하지만, 리지는 충격 탓에 해리에게 강간당한 사실을 증언하기 힘들다. 샘은 심문 중에 리지의 "몸 안에 생명이 자라고 있다"라고 밝힌다. 샘은 괴롭고 굴욕적이었지만 자신은 아이를 가질 수 없기에, 리지의 몸 안에 있는 아이가 해리의 아이라고 설명한다. 재판이 끝나자 플레처와 프레드 목사, 필로막을 비롯해 모두가 지켜보는 가운데, 사건의 전후 사정이 하나씩 맞춰진다. 샘은 자신을 보호하기 위해 해리를 죽였다. 샘이 달아난 이유는 단지 백인을 죽였기 때문이었다. 진실은 단순했다. 샘은 무죄판결을 받았고, 샘을 비롯한 모두가 판결에 충격을 받는다.

플레처는 마을을 무사히 떠나도록 샘과 리지, 프레드 목사를 안전하게 배웅한다. 샘이 틀린 것 같다. 백인의 법률은 샘을 풀어주었다. 법률은 공정했다. 하지만 곧이어 어디선가 날아든 총알이 샘의 가슴을 뚫고 지나간다. 다리가 풀려 주저앉은 샘은 리지의 품 안에서 죽는다. 프레드 목사는 망연자실해서 "이 땅에 도대체 어떤 희망이 있단 말인가?"라고 거듭 읊조린다. 샘은 원래의 신념, 즉 백인의 세상은 원주민에게 정의롭지 않다는 믿음을 간직한 채 죽음을 맞이한다.

샘 이야기의 결말은 당혹스럽고 충격적이지만, 이야기는 아직 끝난 것이 아니다. 짤막한 에필로그에서 프레드 목사가 교회 건물을 둘러보고 필로막은 강가에 앉아 해리의 시신에서 훔친 시계를 만지작거린다. 필로

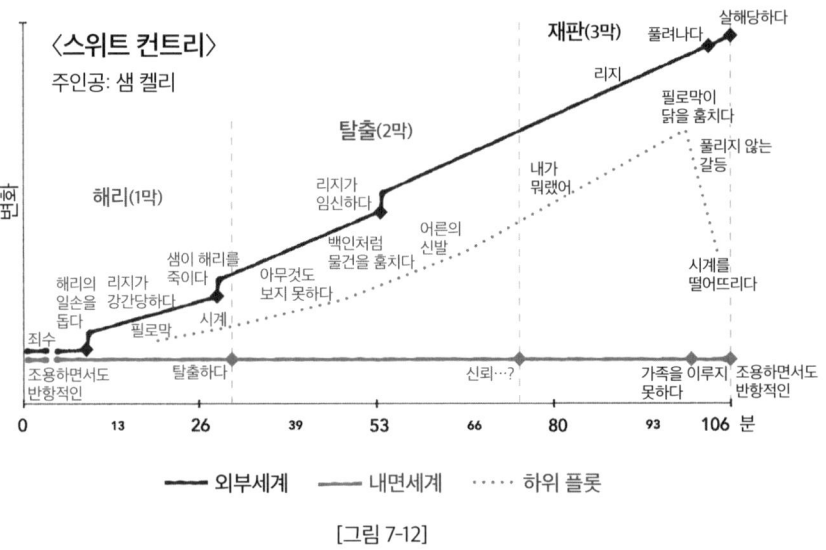

[그림 7-12]

216

막의 백인 주인은 샘이 붙잡혀 처벌받을 거라고 장담했다. 필로막은 샘의 마지막이 보여준 사회의 폭력과 부당함을 깨닫고 시계를 강물에 던진다.

분명 속이 뒤집히는 이야기다. 백인 사회에 대한 샘의 불신은 결국 옳았다. 백인의 법정이 뜻밖에도 그를 풀어주었지만, 여론은 샘을 심판했다. 아마도 아주 짧게나마 샘은 상황이 다를 수도 있다고 생각했을 것이다. 총알이 날아와 가슴에 박히기 전까지는 말이다. 결국 샘이라는 인물의 내면은 변하지 않은 채로 남았고, 이야기는 비관적 아크로 마무리되었다.

샘이 어떤 식으로든 감정의 변화를 겪었다면 이야기가 다르게 흘러갈 수도 있었을까? 간략하게나마 이를 되짚어보자. 예를 들어 샘이 해리를 총으로 쏜 다음 달아나는 대신에 백인의 시스템을 신뢰했다면 어떠했을까? 우리가 영화를 통해 접한 사실에 근거해 생각해보면, 샘은 곧장 감옥에 수감되었을 것이다. 진실을 알리려고 노력한 끝에 무죄가 되었을지도 모른다. 하지만 여전히 등 뒤에서 노리는 자들이 있었을 것이다. 샘은 원래 줄거리와 마찬가지로 살해당했을 확률이 높다. 여기에는 불의에 맞서 승리하는 할리우드식 결말이 나오지 않는다. 그 대신 인종차별, 탄압, 강탈과 같이 강력한 힘들이 샘의 아크를 비관적으로 만들고, 샘이 평범한 선택을 하지 못하게 한다. 더욱이 샘이 내리는 선택은 식민지 세상에서 백인의 선택과 같은 힘을 발휘하지 못한다.

샘의 이야기는 비극적이다. 하지만 필로막의 하위 플롯은 영화의 주제를 단순한 정의 투쟁 밖으로 넓혀준다. 바로 문화적 세뇌가 사람들의 정체성과 문화, 독립성을 어떻게 훼손하는지 면밀히 탐구한다. 필로막은 해리의 시계를 강물에 던진다. 어쩌면 그는 샘과 다른 길을 찾아 운명을 개척할 수 있을지도 모른다.

요약: 비극적인, 피할 수 없는, 운명적인 이야기

비관적 아크를 걷는 불변형 인물은 불행을 자초한다고 생각될 것이다. 그들은 세상이 그들에게 던진 문제를 거부하며 대안을 찾는 대신 자신은 옳고 다른 사람은 모두 틀렸다는 믿음을 고집하며 앞으로 나아간다.

하지만 이는 비관적 아크와 불변형 인물에 담긴 이야기의 잠재력을 오해하는 일이다. 세 편의 영화를 통해 살펴보았듯, 같은 아크의 이야기라도 실제 영화의 결이나 분위기는 천차만별이다. 〈멀홀랜드 드라이브〉는 기괴하고 묘한 분위기의 퍼즐처럼 보이면서, 할리우드 '드림'이나 눈에 보이지 않는 강력한 힘들에 대한 날카로운 사회 비평도 담고 있다. 〈인사이드 르윈〉은 재치와 재미를 담고 있으며 유쾌하면서도 우울하다. 더욱이 르윈이 마주하는 비극적 운명은 숭고한 이상주의를 품고 있다. 물론 그는 성공하지 못하겠지만, 적어도 노래할 때만큼은 이 무심한 세상을 조금이나마 아름답게 만들려고 애쓰고 있기 때문이다. 〈스위트 컨트리〉의 샘은 지독한 비극과 부당한 사회 탓에 죽지만, 처절한 절망 속에서도 필로막이 구원받을지도 모른다는 희망을 보여준다.

세 편의 영화는 모두 슬픈 줄거리이지만, 저마다 다른 방식으로 슬프다. 주인공들은 성격이 변하지 않은 채로 비극적 최후를 맞이한다. 영화는 세상이 살기 힘들고 거친 곳이라고 말한다. 어쩌면 이것이 할리우드 영화가 말해온 이야기보다 더 진실에 가깝지 않을까? 세 편의 영화는 현실 세계로부터 도망치는 게 아니라, 우리가 만든 환상으로부터 달아난다. 바로 거기에 이 이야기들이 가진 힘이 있다.

때로 세상은 우리를 무릎 꿇게 만든다. 그럴 때 세상이 얼마나 살기 힘든 곳인지 솔직하게 알려주는 이야기는 생명의 동아줄이 되기도 한다. 눈 가리고 아웅 하듯 "이봐, 힘내"라고 말하는 대신, "네 마음 알아"라고 말한다. 비관적 아크를 걷는 불변형 인물을 더 만나보고 싶다면, 다음 영화를 찾아보자. 〈언컷 젬스〉, 〈차이나타운〉, 〈지옥의 묵시록〉, 〈퍼펙트 케어〉, 〈데어 윌 비 블러드〉, 〈비열한 거리〉, 〈노인을 위한 나라는 없다〉, 〈라스베가스를 떠나며〉, 〈황무지〉, 〈잇 컴스 앳 나잇〉, 〈디파티드〉, 〈로스트 인 더스트〉.

4부   대안적 아크들

Beyond the Hero's Journey

8장

"나는 뭐가 되어야 할지 모르겠어"

미니멀 아크

———

지금까지 우리는 주로 변화와 갈등, 선택에 대해 이야기했다. 이것은 캐릭터 아크가 무엇인지 이해하려면 반드시 알아야 하는 개념들이다. '변화'가 '갈등'을 빚어내고 인물이 '선택'하도록 압박한다. 인물이 외부세계와 내면세계의 틈 사이에서 고군분투하는 동안, 이 세 가지 개념은 이야기에 형태를 부여한다. 온갖 이야기를 아우르는 무척 근사한 이야기 문법이다. 하지만 모든 이야기가 변화와 갈등, 선택에 따라 펼쳐질까? 모든 이야기의 외부세계가 크게 변화해야 인물을 압박할까? 항상 갈등이 깊어져야 이야기가 펼쳐질까? 언제나 내면의 변화가 있어야 이야기가 오르락내리락할까? 아니 애초에 선택이란 '뭘까?'

지금까지 사용한 용어를 분석하고 의심하면서 혼란에 빠지기에 앞서, 흥행은 별로였지만 소수의 마니아가 사랑하는 영화를 몇 편 살펴보자.

223

이 영화들은 이야기가 변화, 갈등, 선택으로 전개된다는 고정관념에 도전한다.

이 영화들은 이야기를 풀어나가는 자기만의 색깔이 있다. 이 영화들도 기존과 비슷한 이야기를 하고 있는 것은 사실이다. 인물이 등장하고, 사건이 발생하고, 다른 사건이 발생하고, 이야기가 끝난다. 하지만 이야기는 '중대한' 변화와 '깊은' 갈등과 '극적인' 선택으로 펼쳐진다기보다 더 은밀하고, 미묘하며, 섬세한 요소에 따라 흘러간다.

이런 이야기는 대체로 줄거리가 잔잔해서, 언제 변화가 일어나고 갈등이 고조되며, 그 갈등을 해결하기 위해 언제 인물이 선택을 내리는지 알기가 어렵다. 가끔은 선택을 한 건지 하지 않은 건지도 헷갈린다! 이렇게 뚜렷한 막의 구분 없이 단막극처럼 진행되는 영화들의 구조를 가리켜 미니멀 아크Minimalist Arc라고 부른다. 영화는 잔잔하며 큰 플롯 변화보다는 인물에 초점을 두는 편이다. 영화는 처음에는 별로 대수롭지 않은 듯한, 삶의 소소한 일상과 작은 순간들을 이야기하지만, 나중에 보면 중요한 의미를 지닌다. '나는 뭐가 되어야 할지 모르겠어'라는 이 장의 제목처럼 미니멀 아크에 등장하는 인물은 확실한 목표나 거대한 욕망에 휘둘리지 않는다. 그들의 선택은 사소하고 방향성이 없으며 애매해서 어디서 막이 끝나고 시작되는지 구별하기 어렵다. 그 대신 관객은 서서히 이야기에 젖어든다. 작고 사소한 순간들이 천천히, 켜켜이 쌓여 한순간 우리의 감정을 뒤흔든다.

하지만 그렇다고 해서 이런 이야기에 변화와 갈등, 선택이 전혀 나타나지 않는 것은 아니다. 이런 요소들이 이야기의 '방향을 좌우하지' 않는다는 뜻이다. 등장인물의 유형이 무엇이든, 아크의 형태가 무엇이든 상관없이 미니멀 아크는 오롯이 인물에 집중한다.

이는 마치 오디오의 볼륨을 줄여서 음악에 좀 더 귀를 기울이도록, 다시 말해 줄거리의 흐름 대신 인물에 주목하도록 만드는 것과 같다. 이런 이유로 나는 이번에 도표를 그려 넣지 않았다. 잔잔하고 섬세한 결을 지닌 이야기를 도표로 그리면 이야기가 가진 원래 힘을 제대로 표현하지 못하고 왜곡할 확률이 높기 때문이다.

요즘에는 이야기의 속도감이 점점 빨라져서, 사람들은 에피소드 한 편이 끝날 때마다 다급하게 '다음 편' 버튼을 눌러대며 롤러코스터를 타듯 밤새 드라마를 몰아본다. 하지만 미니멀 아크는 들뜬 마음을 잠시 내려놓는 마음챙김 명상을 닮았다. 따라서 영화 감상에 앞서 자세부터 바로 갖추어야 한다. 다음과 같은 주의 문구가 필요할 듯하다. '주의: 미니멀 아크. 시청에 앞서 과식과 음주, 피로를 삼가시오.' 약간의 인내심을 발휘한다면 이런 영화들은 커다란 즐거움을 안겨줄 것이다.

〈사랑도 통역이 되나요?〉(2003)

〈사랑도 통역이 되나요?〉는 소피아 코폴라Sofia Coppola 감독이 각본을 쓴 아카데미 수상작으로, 미니멀 아크의 걸작이다. 영화는 도쿄에서 만난 외로운 두 사람이 딱히 목적 없이 일주일을 함께 보내는 이야기를 다룬다. 만약 대본에서 코폴라 감독의 이름을 지운 다음, 영화사에 보낸다면 아무래도 좋은 반응을 얻기는 힘들 것이다. 왜일까? 외국인 혐오라는 부분을 덜어낸다고 해도(여기에 대해서는 차차 다루어보자), 이 영화는 시나리오 작가가 지켜야 할 규칙을 거의 다 무시하고 있어서이다.

영화에는 중요한 전환점도 없고, 위기가 고조되지도 않으며, 플롯의 변화도 없어서, 아무리 뒤져보아도 시작, 중간, 끝을 구분하기가 어렵다. 이야기에 등장하는 갈등은— 갈등이라고 부를 수 있다면— 감춰져 있고 일반적 기준에 비춰보아도 한참 못 미친다. 인물이 내리는 선택은 뚜렷하고 강력하다기보다는 흐릿하고 미미하다. 그리고 영화는 감정이 최고조에 달하는 순간마저도 일부러 난해하게 풀어놓는다.

하지만 영화는 관객을 '사로잡는다'. 어떻게 이런 일이 가능할까? 영화를 꼼꼼히 들여다보면서 함께 그 이유를 살펴보자. 이야기는 두 인물, 중년 영화배우 밥 해리스와 대학을 갓 졸업한 우울한 샬롯을 주목한다. 두 사람은 도쿄의 어느 호텔에 투숙 중이다. 밥은 위스키 광고 촬영차 일본에 왔다. 결혼 생활은 위태롭고 중년의 위기를 겪고 있다('외부 및 내면' 세계). 샬롯은 사진작가인 남편 존과 함께 여행 중이다. 그녀도 결혼 생활이 평탄치 않으며, '도대체 어떻게 살아야 할까'라는 20대 초반의 위기감을 느끼고 있다('외부 및 내면' 세계). 두 사람은 아직 마주치지 않았지만 비슷한 감정의 궤적을 지나고 있다.

영화 초반부 30분 동안 밥과 샬롯은 호텔에서 오가며 얼굴을 마주치고 서서히 안면을 튼다. 두 사람은 서로의 외로움을 눈치챈다. 각자 관계 문제로 갈등을 겪고 있으며, 도쿄라는 낯선 세계와 씨름하고 있음을 알아챈다(아쉽게도 영화는 그 과정에서 아시아인을 향한 고루한 문화적 편견을 드러낸다).

영화가 40분쯤 흘러 절반이 지날 무렵까지도, 두 사람이 나눈 약속이라고는 언제 한번 같이 이야기하자는 정도이다. 이야기는 느릿느릿 흐른다. 후반 60분 동안 이야기는 두 사람이 함께 도쿄를 돌아다니는 모습을

좇아간다. 두 사람은 나이트클럽과 파티, 가라오케, 초밥집, 병원, 스트립
클럽을 방문한다.

그러면서 둘은 각자 하고 싶은 일도 한다. 밥은 골프를 치고, 토크쇼
에 출연하고, 스파에 놀러 가며, 집 인테리어 문제를 아내와 전화로 의논
한다. 샬롯은 지하철을 타보고 사원을 방문하며 꽃꽂이 수업을 듣는다.

두 사람이 하는 일들이 딱히 플롯을 전개하거나 갈등을 고조시키는
역할을 하지는 않는다. 모두 지극히 평범한 일들뿐이다. 평소와 다른 특
별한 사건은 일어나지 않는다. 겉으로만 보면 아무 일도 일어나지 않는
것만 같다. 영화는 밥과 샬롯이 함께 시간을 보내는 모습을 한참 동안 비
추기만 한다. 하지만 밥과 샬롯이 무엇을 하는지는 중요하지 않다. 중요
한 것은 둘의 내면에서 일어나는 일, 감정 차원에서 일어나는 사건이다.

'외부'에서 일어나는 사건은 밋밋하고 볼거리가 없지만, 둘은 함께 시
간을 보낼수록 더욱 가까워진다. 둘은 어느새 침대 위에 나란히 누워 영
화를 보며 함께 사케를 마시고, 위기에 빠진 부부 생활을 털어놓는다. 그
리고 서로에게 호감을 느낀다. '외부'의 사건들로 괴롭지만, 서로가 곁에
있는 동안에는 견딜 만하다.

둘의 관계는 서서히 발전한다. 두 사람은 폭발하듯 급속도로 가까워
지는 게 아니라 서서히 느릿느릿 가까워진다. 둘의 관계는 앞으로 어떻게
될까? 만약 여느 이야기에서처럼 갈등이 고조된다면, 반드시 다음과 같
은 질문이 등장한다. 두 사람은 친구인가, 연인인가?

전통적 관점에서 막의 전환이나 외부의 변화라고 부를 수 있는 장면
은 하나뿐이다. 밥이 칵테일 바의 가수와 잠자리를 갖자 샬롯은 밥에게
슬며시 짜증을 부린다. 하지만 그마저도 순식간에 사그라들고 밥과 샬롯

은 도쿄의 마지막 밤을 바에서 함께 보낸다.

이튿날 두 사람은 작별 인사를 건네면서, 서로를 얼마나 그리워하게 될지 마음을 표현하지 못한 채 우물쭈물한다. 공항으로 가는 길에 밥은 거리에 있는 샬롯을 발견한다. 밥은 택시를 멈추고 샬롯에게 달려간다. 그녀는 울고 있다. 둘은 포옹하고 밥은 샬롯의 귀에 뭐라고 속삭인다. 그런 다음 가볍게 키스하고 헤어진다. 그리고 영화는 끝난다.

우리가 살펴보았듯, 〈사랑도 통역이 되나요?〉는 엄청난 외부 변화도 없고 뚜렷한 막의 구분도 없이 이야기가 펼쳐진다. 영화는 마치 마지막 장면을 위한 기나긴 준비 작업처럼 보인다. 밥과 샬롯의 선택에도 딱히 목적이 있거나 의지가 엿보이지는 않는다. 둘은 뚜렷한 목표나 하고 싶은 일이 없다. 큰 결정을 내리지도 않는다. 그저 서로를 더 자주 보고 싶은 마음뿐이다. 그 마음이 어떻게 끝날지 두 사람도 전혀 모른다.

우리가 이 이야기를 그림으로 그린다면 밥과 샬롯의 아크를 어떻게 표현하면 좋을까? 우선 우리가 지금까지 봐온 이야기들과 달리 여기에는 두 사람 몫의 아크가 있다. 하지만 겉보기에는 달라도 두 사람은 감정 측면에서 닮은 구석이 많다. 두 사람의 아크는 본질적으로 똑같다. 둘 다 변화형 인물이지만, 줄거리가 상당히 잔잔해서 변화가 눈에 확 띈다기보다 이제 막 변화가 시작된 듯한 느낌이다.

관객은 왠지 밥과 샬롯이 앞으로 잘 풀릴 것 같은 느낌을 받는다. 앞날이 밝게 느껴진다. 두 사람에게는 각자 돌아갈 곳이 있으며, 둘의 만남은 긍정적인 결과를 낳을 것만 같다. 마지막 장면에서 밥과 샬롯은 서로를 향해 마음의 문을 열고 변화한다. 여전히 길을 잃은 상태이지만 적어도 더는 혼자가 아님을 깨닫는다. 이 세상에 자신을 이해해주는 사람이 있다. 자신을 걱정하는 사람이 있다.

코폴라 감독은 밥과 샬롯의 감정 변화를 묘사하며 도쿄를 중요한 배경으로 삼는다. 두 사람은 도쿄에서 지내는 동안 낯선 문화와 관습에 힘들어하고 고립감과 이질감을 느끼며, 그 덕분에 서로 가까워진다. 도쿄라는 배경은 밥과 샬롯이 복잡한 세상 속에서 의미와 진정성, 유대를 찾는 모습을 효과적으로 드러낸다.

하지만 영화는 밥과 샬롯의 감정과 고민에 초점을 맞추느라 다른 인물을 조롱하며 인종적 편견을 드러낸다. '로스트 인 트랜슬레이션Lost In Translation'★이라는 영어 제목은 다른 의미로도 영화와 찰떡이다. 등장인물이 외국인을 혐오하고 경멸하는 태도를 보인다고 의심할 만한 장면은 꽤 많다. 영화가 개봉된 후 오랫동안 비판받은 부분이며, 이는 정당한 비판이다. 다만 이런 단점에도 불구하고 영화에는 멋진 장면이 많다. 이 영화는 주인공에게 딱히 목적의식이 없어도, 이야기에 갈등이 소용돌이치지 않아도, 막을 칼같이 구분하지 않아도, 얼마든지 다른 방식으로 이야기를 풀어나갈 수 있음을 근사하게 보여준다.

가장 좋은 본보기는 마지막 결말 장면일 것이다. 밥이 샬롯에게 한 말은 무엇일까? 영화는 그 말을 관객에게 들려주지 않는다. 영화에서 줄곧 그래왔듯 밥과 샬롯이 무엇을 느끼고, 특히 서로를 어떻게 생각하는지는 열려 있다. 영화는 침묵하고 가만히 인물을 응시하면서 관객을 위해 빈자리를 남겨둔다. 밥의 대사를 직접 들려주는 대신 영화는 관객에게 훨씬 흥미로운 제안을 건넨다. '상상해보시오'라고.

★ 영화의 원제로 '통역에 실패하다'라는 뜻이다.

〈패터슨〉(2016)

짐 자무시Jim Jarmusch 감독의 조용한 코미디 드라마 〈패터슨〉만큼 담백한 영화는 드물다. 사실 이 영화를 코미디라고 부르는 건 지나친 감이 있다. 블랙 코미디 같은 장면이 몇 있기는 하지만 말이다. 게다가 '드라마'라는 표현도 이야기가 왠지 극적일 것 같다는 인상을 주지만, 영화는 극적인 것과 거리가 멀다. 나는 〈패터슨〉을 보면서 갈등이 있어야 드라마가 생기고 드라마가 있어야 이야기가 펼쳐진다는 믿음을 완전히 버렸다. 이 영화는 재치 있고, 흥미로우며, 놀랍고, 깊은 울림을 주는 작품이다.

〈패터슨〉은 뉴저지의 패터슨이라는 동네에 사는 패터슨이라는 이름의 수줍음이 많은 아마추어 시인에 관한 이야기다(재치 있지 않은가?). 패터슨은 시를 쓰는 취미와 별개로 버스 운전기사로 일한다. 아내 로라는 컨트리 뮤직 가수가 되고 싶어 한다. 둘은 마빈이라는 개를 기른다. 패터슨은 수줍음이 많고 겸손한 사람으로 자신이 쓴 시를 출판하거나 사람들 앞에서 낭송한 적이 없으며, 앞으로도 그럴 생각이 없다. 패터슨의 외부 세계와 내면세계에 관해 알아야 할 내용은 이게 전부다.

영화는 일주일을 7막으로 나누어 하루가 지날 때마다 막이 하나씩 오른다. 패터슨이 버스를 운전하려고 출근하면서 월요일이 시작된다. 패터슨은 버스를 운전하는 동안 승객들이 나누는 대화를 엿듣는다. 때로는 대화 속에서 시의 소재를 찾기도 하며, 휴식 시간에는 노트에 시를 적는다. 집으로 돌아오면 아내 로라와 함께 저녁을 먹고 마빈을 데리고 산책하고 좋아하는 바에 잠깐 들러 조용히 술을 마신다. 영화의 90퍼센트는 이 과정이 반복된다. 아침에 패터슨이 일어나고 출근하고 시를 쓰고 퇴근하고 바에 간다.

영화의 하위 플롯을 보면, 세 가지가 눈에 띈다. 우선 컨트리 뮤직 가수가 되려는 로라의 야망, 그리고 패터슨과 마빈의 갈등이다(패터슨과 마빈은 사이가 좋지 않다). 마지막으로 패터슨이 시를 적는 노트에 관한 이야기다. 패터슨은 아내에게 노트에 적은 시를 사진으로 찍어놓겠다고 말하지만 실제로 하지 않는다. 여기까지가 영화의 95퍼센트에 해당하는 내용이다.

〈패터슨〉의 이야기는 짜임새도 분명하고 막의 구분도 뚜렷하지만 새롭거나 낯선 '외부의' 변화가 발생하거나 '내면의' 선택이 나타나지는 않는다. 그저 일주일 동안 하루하루 흘러갈 뿐이다. 해가 뜨고 해가 진다. 매일 어떤 사건이 일어나기는 하지만, 지극히 일상적인 사건들뿐이다. 패터슨의 외부세계는 아무것도 '바뀌지 않는다'.

하지만 영화는 남다른 방식으로 관객을 패터슨의 일상으로 푹 빠져들게 만든다. 우리는 조용히 주변을 관찰하고 생각을 곱씹는 패터슨의 일과를 날마다 지켜보며 서서히 길들여진다. 패터슨이 사물을 보고 듣고 그것에 관해 시를 쓸 때 우리도 곁에 있다. 그 시들은 우리가 마치 패터슨의 머릿속을 훔쳐보기라도 하듯, 한 자 한 자 화면 위에 떠오른다. 시는 단순하면서도 이해하기 쉽고 패터슨이 관찰한 내용을 아름답게 표현하고 있다. 원래 시를 읽던 사람이 아니더라도 패터슨의 글은 즐길 수 있다. 상당히 독특한 방식이지만, 영화는 특별한 사건이나 변화 없이 이런 식으로 줄곧 이야기를 끌고 나간다. 관객은 패터슨이 이번에는 어떤 시를 쓸지 궁금해하며 그를 따라간다.

이야기의 구조는 극적인 요소가 거의 없지만 결국 단순하면서도 끔찍한 사건이 벌어진다. 마빈이 패터슨의 시가 적힌 노트를 먹어치운 것이다. 사건은 토요일에 발생한다. 패터슨은 하루 종일 말없이 흐느낀다. 관객들도 그와 함께 가슴 아파하며 눈물을 흘린다. 패터슨과 마찬가지로 우리도 그 시들을 사랑했기 때문이다.

일요일이 되고 영화의 마지막 막이 오른다. 패터슨은 산책을 나서고 관광객 한 명과 마주친다. 관광객은 시인 윌리엄 카를로스 윌리엄스의 고향으로 알려진 패터슨(주인공이 아니라 동네 이름)을 찾아왔다. 패터슨은 자신이 시를 쓴다는 사실을 감춘 채 관광객과 함께 시를 사랑하는 마음으로 이야기를 나눈다. 관광객은 다시 길을 나서기 전에 선물이라며 패터슨에게 빈 노트를 하나 건넨다. 그다음 장면에서 패터슨은 조용히 앉아 주변을 둘러보며 생각에 잠긴다. 그리고 시를 쓰기 시작한다. 영화는 거기서 끝난다.

이 마지막 장면은 미니멀 아크의 귀재가 빚어낸 숭고한 결말이며, 단순하고 주의 깊게 관찰된 이야기가 지닌 미묘한 힘을 보여준다. 그렇다면 패터슨은 어떤 유형의 인물일까? 그는 변화형 인물일까? 그렇지는 않다. 그는 잠깐 슬퍼한 다음, 다시 조용히 시를 쓰기 시작한다. 그리고 시를 쓰고 난 다음에도, 시를 복사해두려고 가게로 달려갈 것 같지도 않다. 오히려 패터슨은 내심 잃어버린 시들을 더욱 특별히 여기는 듯하다. 패터슨은 상실감을 음미하면서 다시 시를 쓰기 시작한다. 그는 매우 행복한 불변형 인물이다. 관객은 그가 바뀌지 않기를 바란다.

패터슨의 아크는 어떨까? 그것은 뻔뻔할 만큼 낙관적이다. 적어둔 시를 모두 잃어버렸건만 패터슨은 시 짓기를 멈출 생각이 없다. 어쩌면 언젠가는 사람들 앞에서 시를 낭송하고 책으로 출판할지도 모른다. 아닐 수도 있지만, 상관은 없다. 패터슨은 자기가 쓴 시를 좋아하고, 자기 삶과 아내를 사랑하며, 기르는 개마저도 아낀다(그건 조금 노력이 필요할 수도 있다). 따라서 우리가 살펴본 용어를 사용한다면, 패터슨은 낙관적 아크를 걷는 불변형 인물이라고 말할 수 있다.

〈패터슨〉의 미니멀한 구조는 다른 영화들처럼 변화나 갈등, 선택과 같은 요소로 규정하기 힘들다. 〈사랑도 통역이 되나요?〉에서 살펴봤듯, 이런 관점에서 미니멀 아크를 보면 영화가 밋밋하게 느껴지고 진짜 매력을 알 수 없다. 〈패터슨〉은 주인공 패터슨이 그렇듯, 드라마의 관습을 거부하는 눈에 띄게 독창적인 이야기이며, 세상을 다른 관점으로 보도록 우리를 부추긴다.

〈콜 미 바이 유어 네임〉(2017)

이야기에 '갈등'이 있으면, 주인공이 원하는 바를 이루지 못하도록 방해하는 걸림돌이 있다는 뜻이다. 걸림돌은 주인공이 목적을 이루기 위해 가려는 길 위에 놓여 있다. 산과 바다, 적과 군대처럼 '외부'에 존재할 수도 있으며, 아니면 두려움과 편견, 잘못된 신념처럼 '내면'에 존재하기도 한다. 걸림돌은 이야기에 갈등과 긴장감을 쌓기 위해 꼭 필요한 요소다. 〈콜 미 바이 유어 네임〉 같은 이야기를 만들고 싶다면 필요 없겠지만 말이다.

안드레 애치먼André Aciman의 동명 소설을 제임스 아이보리James Ivory 가 각색한 영화 〈콜 미 바이 유어 네임〉은 미니멀 아크의 깊이와 넓이를 보여주는 좋은 로맨스 영화다. 이야기는 어느 여름 이탈리아에서 만난 두 남성의 사랑을 다루는데, 놀라운 점은 주인공을 방해하는 걸림돌이 거의 없다는 점이다. 이야기 속에서 주인공은 무언가를 원하면 바로 얻는다. 별다른 노력도 필요 없다. 영화의 갈등은 지극히 미묘하며 휙 하고 스쳐 지나가 있는 듯 없는 듯하다.

영화 속 인물도 세상도 무척이나 매력적이다. 영화는 인물들이 서로 가까워지는 과정을 보여주며, 무덥고 나른한 이탈리아의 여름 속으로 서서히 관객을 끌고 들어간다. 이야기는 뚜렷한 막들로 구분되지만, 극적인 '외부의' 변화나 인물이 내리는 대담한 '내면의' 선택이 길목마다 이정표처럼 세워져 있지는 않다. 배경으로 등장하는 한가로운 시골 풍경처럼 막의 전환은 느리고 잔잔하며 부드럽다.

1983년, 주인공 엘리오는 열일곱 살이 된 유대계 미국인으로 학구적인 부모님과 함께 이탈리아 시골에서 살고 있다. 엘리오는 과묵하지만 자신감이 넘치며 책을 좋아하고 음악을 즐겨 듣는다. 여름 동안 아버지의 연구를 돕기 위해 스물네 살 대학원생 올리버가 집에 머물게 되면서 엘리오는 어쩔 수 없이 자기 침대를 내준다.

한방에서 같이 생활하면서 올리버와 엘리오 두 사람은 여름 내내 많은 시간을 함께 보낸다. 책을 읽고, 식사하고, 산책하고, 자전거를 타고, 함께 수영한다. 엘리오는 소꿉친구 마르치아와 농담을 주고받고 성적 관계를 맺으면서도 줄곧 올리버를 떠올린다.

엘리오는 올리버와 함께 마을 구경을 하며 슬쩍 자신의 마음을 내비친다. 올리버는 서로 엮이지 말자며 경고하지만, 결국 두 사람은 키스한다. 올리버는 더는 관계가 깊어지지 않기를 바란다. 그 뒤로 며칠 동안 올리버는 되도록 엘리오를 멀리하려고 애쓴다.

얼마 지나지 않은 어느 날, 두 사람은 한밤중에 몰래 만나 섹스한다.

잘 팔리는 스토리의 비밀

엘리오는 여느 10대 아이들이 그러듯, 잠시 올리버에게 토라진 듯 샐쭉한 태도를 보이지만 오래가지는 않는다. 두 사람은 이제 툭하면 만나 끈적한 섹스를 하고 서로의 팔베개를 벤 채 잠이 든다.

여름이 끝나갈 무렵, 엘리오의 부모님은 둘의 사이를 눈치채고 함께 여행을 가라고 부추긴다. 두 사람은 한가로운 이탈리아 마을에서 사흘 동안 황홀하고 로맨틱한 시간을 보낸다. 여행이 끝나고 둘은 기차역에서 아쉬운 작별 인사를 나눈다.

엘리오는 슬픔에 잠긴다. 마음씨 좋은 마르치아는 엘리오를 걱정하고 엘리오가 자기가 아닌 올리버를 선택한 것도 이해한다. 엘리오의 부모님도 엘리오를 지지한다. 아버지는 젊은 시절 엘리오와 올리버 같은 관계를 경험할 뻔했다고 고백하며, 올리버와 함께 나눈 시간을 소중히 여기라고 엘리오를 다독인다.

몇 달 뒤 올리버는 엘리오에게 전화를 걸어 약혼 소식을 전한다. 엘리오와 올리버는 전화로 이야기하면서 여전히 서로를 그리워하고 있음을 깨닫는다. 하지만 둘은 관계를 발전시키지 않기로 결정한다. 통화를 마친 다음 엘리오는 저녁 식사를 앞두고 불 앞에 앉아 혼자 슬퍼한다. 마침내 엘리오는 눈물을 닦고 마음을 추스른 다음, 저녁을 먹으러 식탁으로 걸어간다. 이 마지막 장면은 로맨스 영화 역사에서 오래도록 기억될 만큼 가슴 시리고 아름답다.

줄거리에는 갈등이랄 게 거의 없고, 장애물이랄 것도 찾아보기 힘들다. 엘리오와 올리버는 눈 깜짝할 사이에 서로의 마음을 눈치챘다. 둘 사이를 가로막는 것은 아무것도 없다. 둘이 가끔 말다툼을 해도 금세 화가 풀리고 긴장감이 이어지는 법이 없다.

엘리오에게 이별을 당한 마르치아는 또 어떤가? 분명 마르치아도 가슴이 아프지 않았을까? 하지만 아니다. 마르치아는 오랜 세월 엘리오와 친구로 지냈다. 그래서 엘리오의 선택을 모두 이해하고 엘리오가 진심으로 올리버를 사랑한다는 사실을 알아차린다. 여기에도 갈등은 없다.

그럼 부모님은 어떨까? 부모님과의 사이에도 갈등은 없다. 부모님은 올리버와 엘리오의 관계를 알고 있을 뿐 아니라, 두 사람을 존중해서 간섭하지 않으며, 되레 격려하기까지 한다. 마침내 두 사람의 관계가 밝혀지자, 엘리오의 아버지는 완벽히 이상적인 아버지처럼 마음을 열고 솔직하게 아들의 감정을 지지해준다.

엘리오 자신은 어떨까? 성 정체성에 혼란을 느끼지는 않을까? 엘리오가 자신의 성 정체성을 주변에 숨기기는 한다. 하지만 엘리오는 성 정체성에서 오는 갈등 때문이라기보다 부모님이 슬퍼할까 봐 감정을 숨기는 것처럼 보인다. 실제로 엘리오는 올리버에게 접근할 때 태도에서 자신감이 넘치고 매우 솔직하다. 올리버가 엘리오의 첫사랑일까? 아마도 아닐 것이다.

이번에는 이탈리아 시골이라는 문화적 배경을 살펴볼까? 그곳은 매우 전통적인 이탈리아 마을로 동성애에 관해 역사적으로 갈팡질팡하는 태도를 보였다. 하지만 이런 배경은 기차역에서 두 사람이 헤어지면서 살짝 포옹할 때를 제외하면 거의 이야기에서 드러나지 않는다. 두 사람은 마치 사랑의 거품 안에 살면서 바깥세상이 줄 법한 갈등이나 장애물로부터 보호받는 듯하다.

물론 올리버가 엘리오를 떠나 다른 사람과 약혼하자 엘리오는 크게 상처 입고 괴로워한다. 하지만 엘리오가 성장하고 성숙해가는 모습을 보면 결국 괴로움을 이겨내고 성장하리라는 느낌이 든다. 영화의 단 하나뿐인 갈등마저 긍정적이고 가치 있는 결과로 바뀌는 셈이다. 그렇다면 극적이라고 말할 부분이 도대체 어디 있을까?

나는 영화를 비난하려고 이런 질문을 하는 게 아니다. 바로 이런 점들이야말로 내가 이 영화를 사랑하는 이유다. 어떤 예술이든 관습을 따르면 쉽다. 예술 분야마다 오랫동안 전해 내려온 관습이 있고, 해오던 방식이 있기 때문이다. 하지만 우리의 예측을 무너뜨리고 세상을 새로운 관점으로 보게 해주는 예술을 만날 때 우리는 비로소 가슴이 설렌다.

〈콜 미 바이 유어 네임〉은 잔잔한 줄거리 위에 극적 갈등을 확 줄여서 변화형 인물이 낙관적 아크를 걷는 모습을 독창적이고 매력 있게 묘사했다. 엘리오와 올리버의 세계는 다른 영화들처럼 갈등과 투쟁을 쌓아 만든 것이 아니다. 그 세계는 사랑을 갈구하는 마음에서 탄생했다. 영화가 원작 소설을 약간 손보기는 했지만, 소설과 영화 모두 마치 마법을 부리듯 엘리오와 올리버의 사랑이 펼쳐지는 나른한 여름 풍경 속으로 관객을 데려간다. 둘의 사랑은 시간의 흐름을 따라 서서히 자라난다. 이야기 공식에 맞춰 갈등을 만들어냈다면 마법은 깨져버렸을 것이다.

요약: 잔잔하고, 친밀한, 인물에 주목하는 이야기

좋은 물건은 과대 포장이 필요 없다. 세 편의 영화에서 보았듯 좋은 이야기가 꼭 극적 사건이나 끊임없는 갈등, 인물의 굳은 결심에서 나오는 것은 아니다.

물론 요즘에는 블록버스터 이야기가 넘쳐난다. 사람들은 주제는 '간결하고 명확해야' 하며, 첫 장면부터 관객의 멱살을 낚아채야 하고, 이야기가 늘어지면 안 된다고 조언한다. 하지만 여기에는 관객이 보고 싶어 하는 중요한 무언가가 빠져 있다. 미니멀 아크는 바로 그 무언가를 제공한다. 바로 '친밀함'이다.

미니멀 아크는 기존 작법이 제안하는 극적 요소를 줄여가며 관객을 인물이 사는 세상으로 데려온다. 다른 영화들이 슬쩍 훑고 지나가는 장소에 터를 잡고 머무른다. 쉴 새 없이 설명을 늘어놓는 곳에서 묵묵히 인물을 관찰한다. 자동차가 쫓고 쫓기며 건물이 폭발하고 우주가 멸망하는 장면에서 침묵과 여백, 고요함을 관철한다.

오해하지 말기를 바란다. 미니멀 아크도 변화와 갈등, 선택을 사용한다. 다만 관객이 등장인물과 그 세계에 가까이 다가가고 친밀함을 느낄 수 있도록 사용한다는 점이 다를 뿐이다. 미니멀 아크에서 공간이 주는 느낌은 무척 중요하다. 〈사랑도 통역이 되나요?〉에 나오는 도쿄의 호텔과 풍경, 〈패터슨〉의 황량한 패터슨 거리, 〈콜 미 바이 유어 네임〉의 배경이 되는 뙤약볕이 내리쬐는 롬바르디아의 들판이 그렇다. 미니멀 아크는 갈등 요소가 부족하지만, 대신 인물과 장소를 섬세하고 자세하게 묘사함으로써 관객의 친밀감을 고조시킨다. 그 결과, 영화는 감정의 더 깊숙한 곳까지 도달한다. 미니멀 아크를 다룬 영화를 더 찾아보고 싶다면 다음 영화를 살펴보자. 〈노매드랜드〉, 〈원스〉, 〈고스트 스토리〉, 〈비포 선라이즈〉, 〈에코〉, 〈다운 바이 로〉, 〈알바〉, 〈더 피버〉, 〈스트레이트 스토리〉, 〈더 위켄드〉.

9장

"나와 함께 갈 거야?"

주인공이 둘 혹은 여럿 등장하는 이야기

———

영웅의 여정은 이야기의 중심에 '영웅'을 둔다. 당연한 일이다. 다른 인물을 중심에 둘 이유가 없다. 우리는 이제껏 강력한 주인공이 등장해 이야기의 방향을 결정하는 이야기 위주로 살펴보았다. 이야기 작법을 가르칠 때는 보통 이런 식이다. 주인공 하나만 신경 쓰는 편이 작법 원칙을 살피고 이해하기에 수월하기 때문이다.

하지만 모든 이야기가 한 명의 주인공을 중심으로 돌아가지는 않는다. 솔직히 말하면, 우리가 보고 듣는 이야기의 절대다수는 주인공이 둘 혹은 여럿 등장해서 각각의 아크를 걷는 이야기다. 특히 TV 드라마는 다수의 주인공이 등장하는 이야기를 기본으로 제작된다. TV 드라마는 하나의 이야기만 다루지 않는다. TV 드라마는 짧게는 몇 년, 길게는 몇십 년에 걸쳐 캐릭터 아크를 풀어가며 여러 이야기를 씨줄과 날줄처럼 엮어서 풍성한 이야기를 빚어낸다. 이를 '이중 주인공과 앙상블 이야기Dual and Ensemble Narratives'라고 부른다.

하지만 여러 갈래로 나뉜 이야기와 아크를 쫓아가다 보면 헷갈리기 십상이다. 즐겨 보는 드라마라고 해도 마찬가지다. 이때는 주인공이 하나인 이야기처럼 '변화'와 '갈등', '선택'의 개념을 이정표 삼아 이야기를 따라가면 한결 수월하다.

본격적으로 이중 주인공과 앙상블 이야기를 다루기에 앞서, 비교적 단순한 영화를 예로 들어 살펴보자. 영화는 캐릭터 아크도 한 손에 꼽을 수 있을 만큼 적고 이야기도 길어야 몇 시간이면 끝나니 예시로 살펴보기에 딱 알맞다. 먼저 '앙상블 이야기Ensemble Narratives'부터 정의해보자.

우선 앙상블 이야기에는 등장인물이 많다. 조연을 비롯해 배경 인물에서 단역까지, 커피를 가져다주는 활달한 웨이터, 주인공을 방해하는 불쾌한 사장, 주인공을 경멸하는 무심한 배우자 등 수많은 인물이 등장한다. 그렇다면 여러 인물 가운데 어떤 인물이 단순한 조연에서 주목받는 주연으로 바뀌는 이유는 무엇일까? 간단하다. 바로 관점이다.

이야기가 특정 인물을 주목하고 인물의 내면과 동기, 선택을 드러내기 시작하면, 그 인물은 이야기에 고유한 관점을 부여한다. 작가는 이렇게 말하는 셈이다. "이 인물은 중요합니다. 이 사람을 주목해주세요." 마찬가지로 이야기에 변화가 발생해 어떤 인물에게 영향을 주고, 그 인물에 주목하느라 이야기의 시간을 할애한다면, 작가는 이렇게 말하는 셈이다. "이 인물을 주목해주세요. 지금부터 이 사람에게 신경 쓸 겁니다." 인물이 경험하는 '변화', 인물이 겪는 '갈등', 인물이 내리는 '선택'이 이야기의 '방향을 결정하기' 때문이다. 물론 이야기 안에는 관점을 지니지 않은 인물이 여럿 등장한다. 그들의 변화와 갈등, 선택은 이야기의 방향을 '결정하지 않는다'.

주인공이 둘 혹은 여럿이면 인물들이 가진 내면세계와 외부세계 역시 각각 탐구되어야 한다. 인물들의 변화와 갈등, 선택이 한데 모여 이야기가 펼쳐지기 때문이다. 그럼 두 주인공이 등장하는 영화의 고전이라 할 〈델마와 루이스〉부터 살펴보자.

〈델마와 루이스〉(1991)

(※ 주의: 이 영화는 성폭행과 강간 장면을 포함합니다.)

아카데미 각본상을 수상한, 칼리 쿠리Callie Khouri 각본의 〈델마와 루이스〉는 빈틈없고 탄탄한 영화로, 이중 주인공 이야기의 교과서라고 할 수 있다. 이제는 상징이 된 두 주인공 델마와 루이스는 대담했고 진솔했으며, 예리한 유머를 선보여 관객을 깜짝 놀라게 만들고 매료시켰다. 영화가 나온 지 30여 년이 넘었지만, 영화의 주제는 여전히 관객을 사로잡는다.

영화는 두 친구에 관한 이야기다. 델마는 남편에게 순종하는 아내('외부'세계)이며, 루이스는 현실에 충실한 웨이트리스이다('외부'세계). 오랫동안 친구로 지낸 사이이지만 둘은 달라도 너무 다르다. 델마는 온실 속 화초 같은 삶을 살아왔으며 남편의 수발을 드는 갑갑한 생활에서 벗어나고 싶은 마음이 굴뚝같다('내면'세계). 루이스는 델마보다 신중하며 현실적이고 내성적인 편이다. 그리고 무언가를 숨기고 있다('내면'세계).

영화는 델마와 루이스의 주말 나들이로 시작된다. 두 사람은 일상의 무거운 짐을 벗어던진 채 자유로운 시간을 만끽한다. 그러나 둘의 나들이는 단박에 끔찍한 사건으로 뒤바뀐다. 델마는 함께 춤춘 남성에게 주차장에서 강간당할 위기에 놓인다. 루이스가 델마를 구하러 오고 말다툼 끝에 남자를 총으로 쏴 죽인다. 두 사람은 허둥지둥 차를 타고 달아난다.

이 대본에서 멋진 부분은 두 주인공의 성격이 달라서 각자 다른 선택을 하지만, 결국 둘의 선택이 한데 어우러져 이야기가 펼쳐진다는 점이다. 둘의 아크를 가까이서 꼼꼼히 살펴보자.

[그림 9-1]에서 보듯, 루이스는 양면적 아크를 따라 걷는 변화형 인물이다. 극적인 내면의 변화를 겪지만, 끝내 갈등을 해결하지 못한다. 루이스는 델마를 공격한 남성을 살해하면서 상당히 일찍부터 감정 변화를 경험한다. 이 사건은 루이스에게 분명 '새롭고 낯선' 선택이다. 하지만 낯설기는 해도 전혀 생뚱맞은 선택은 아니다. 루이스의 선택이 예전부터 품

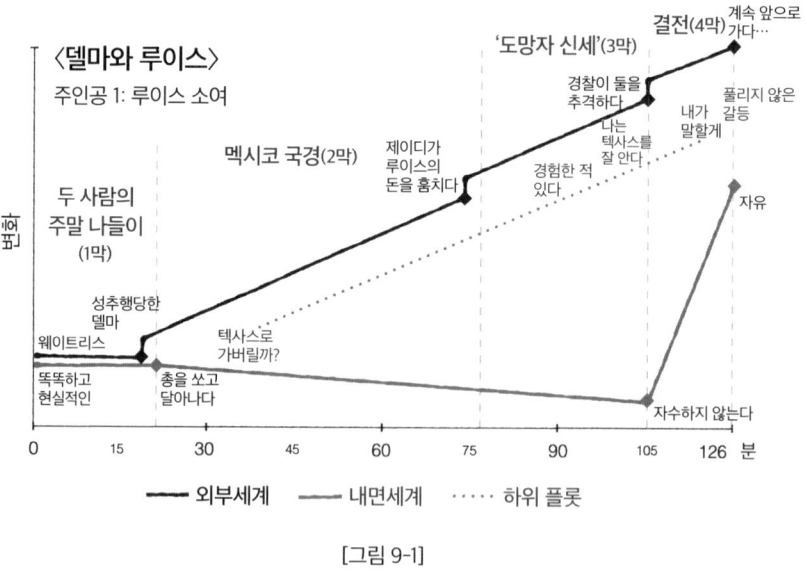

[그림 9-1]

242

고 있던 '내적' 갈등에서 비롯되었다는 힌트는 군데군데 엿보인다. 예를 들어 훗날 어디로 달아나면 좋을지 결정할 때도, 루이스는 텍사스 대신 멕시코로 달아나자는 의외의 제안을 한다. 여기서 알 수 있듯, 루이스는 텍사스를 피하고 있다. 아마도 텍사스에서 있었던 일로 '내적' 갈등을 겪는 듯하다. 한편, 영화는 루이스의 내적 갈등을 이용해 텍사스라는 손쉬운 정답 대신 멕시코라는 더 큰 장애물을 인물들에게 안겨준다.

루이스의 아크에서 흥미로운 점은 또 있다. 델마가 간곡히 설득하지만 루이스는 경찰에 자수하는 대신 달아나기로 결심한다. 루이스는 이미 마음을 굳혔다. 안타깝게도 루이스의 결정은 그녀를 더욱 범죄자처럼 보이게 만들어 경찰의 의심을 산다. 루이스는 법률 시스템을 믿지 않는다. 델마를 구하기 위한 정당방위였다고 주장해도 결국 감옥에 갇혀 처형될 거라고 여긴다.

아무도 루이스의 마음을 돌리지 못한다. 루이스는 심지어 자신을 믿어주는 형사의 제안조차 거절한다. 칠칠치 못한 델마 탓에 가진 돈을 몽땅 잃고 목적지마저 경찰에게 들키지만, 루이스는 타협이나 자수를 꿈도 꾸지 않는다. 마침내 그 이유가 드러난다. 루이스는 과거에 강간당한 경험이 있었다. 그 기억이 너무도 끔찍해서 루이스는 델마에게 사실을 털어놓지 못한다. 루이스는 시스템이 언제나 자기와 같은 여성을 돌보지 않는다고 여긴다.

마지막 막에 이르자, 루이스는 끔찍한 기억에 시달리면서도 새로운 '내면의' 변화를 경험한다. 루이스는 삶을 즐기기 시작한다. 더는 돌아갈 길이 없음을 알고 도망자 신세를 받아들인다. 델마도 바뀐다. 더는 순종하는 아내가 아니라 대담하고 거침없는 무장 강도가 되어 루이스처럼 탈주에 진심이 된다. 그 덕분에 루이스는 외롭지 않다. 루이스 곁에는 델마가 있다. 자신의 괴로움에 공감하고 예전의 삶으로 돌아가지 못하는 이유를 알아주는 사람이 곁에 있다.

마지막 순간, 두 사람은 그랜드캐니언 계곡 앞에서 경찰에게 포위된다. 델마는 경찰에게 붙잡히는 대신 과감한 대안을 제시한다. "계속 앞으로 가자." 델마의 제안은 루이스조차 떠올리지 못한 아찔할 정도로 과격한 저항의 몸짓이다. 루이스는 동의하고, 액셀을 힘껏 밟아 망각의 계곡으로 뛰어든다. 할리우드 영화에서 보기 힘든, 놀라울 만큼 강력하고 예상을 뒤엎는 결말이다(엔딩 크레디트가 올라가는 동안 나오는 서정적인 발라드가 그 효과를 반감시키긴 해도 말이다).

루이스의 이야기에서 흥미로운 부분은 그녀가 큰 결정을 내리는 순간이 한 번뿐이라는 점이다. 루이스는 강간범을 살해하고 도망친다(그러면 두 번 결정한 게 아니냐고 할 수 있지만, 두 결정은 바싹 붙어 있다). 루이스는 부당한 사법 시스템을 거부하고 멕시코로 떠나자고 주장하면서 조금도 흔들리지 않는다. 반대로 루이스가 도망치는 일만 생각할 때, 상상해본 적 없는 자유를 상상하고 이를 실행하자고 과감히 제안한 쪽은 델마이다. 델마의 과감한 제안은 어디서 비롯했을까? 이제부터 델마의 이야기를 차근차근 들여다보자.

[그림 9-2]에서 보듯, 델마도 양면적 아크를 따라 걷는 변화형 인물이다. 델마의 변화는 루이스보다 뒤늦게 찾아온다. 그리고 여러 면에서 훨씬 극적이다. 강간범을 살해하고 나서 결정을 내리는 쪽은 델마가 아니라 루이스이다. 루이스는 이야기의 흐름을 주도하고 멕시코로 탈출하는 계획을 세운다. 물론 루이스와 함께 가기로 결심한 것은 델마의 선택이

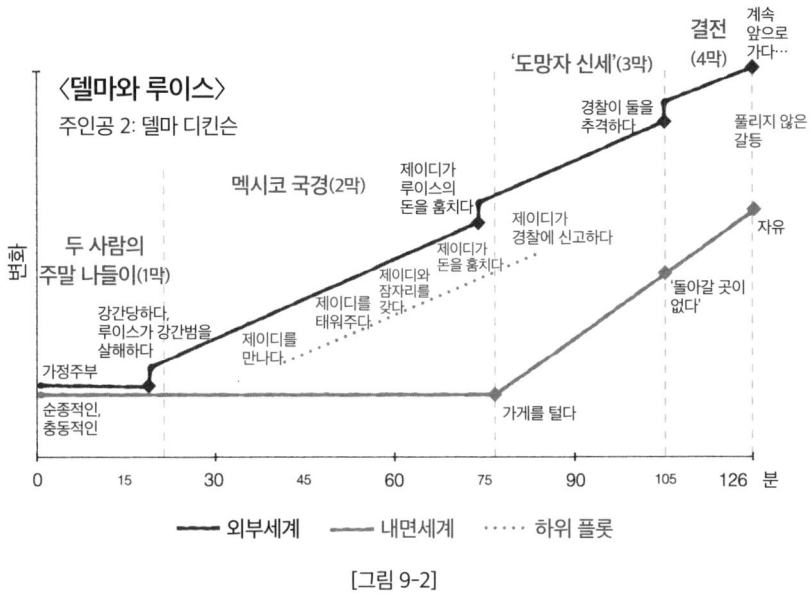

〈델마와 루이스〉
주인공 2: 델마 디킨슨

두 사람의
주말 나들이(1막)

멕시코 국경(2막)

'도망자 신세'(3막)

결전
(4막)

계속
앞으로
가다…

경찰이 둘을
추격하다

풀리지 않은
갈등

제이디가
루이스의
돈을 훔치다

제이디가
경찰에 신고하다

자유

제이디가
돈을 훔치다

제이디와
잠자리를
갖다

'돌아갈 곳이
없다'

제이디를
태워주다

제이디를
만나다

강간당하다,
루이스가 강간범을
살해하다

가정주부

순종적인,
충동적인

가게를 털다

감정

0   15   30   45   60   75   90   105   126 분

━━ 외부세계   ━━ 내면세계   ‥‥‥ 하위 플롯

[그림 9-2]

다. 하지만 델마의 선택은 반응에 가까우며 이야기의 흐름을 좌우하지 않
는다.

델마는 고속도로 위에서 히치하이크하던 제이디를 만나 사랑에 빠진
다. 제이디는 잘생겼지만 살짝 껄렁한 남자이다. 이때부터 델마는 스스로
선택하고 이야기에 영향을 미치며 훗날 감정의 변화를 일으킬 씨앗을 뿌
린다. 델마는 제이디와 잠자리를 가지면서 사사건건 구속하는 남편을 벗
어나 색다른 자유를 만끽하고 평생 최고의 섹스(아마도 첫 오르가슴)를 경
험한다. 그녀는 구름 위를 나는 듯한 기분을 느낀다. 이윽고 제이디가 둘
의 돈을 몽땅 들고 달아난 사실을 발견한다. 돈을 도둑맞은 다음, 루이스
는 실의에 빠진다. 델마는 루이스의 마음을 다독이고 멕시코 국경을 넘기

위해 뭐라도 해야만 한다. 델마는 제이디가 보여준 강도 기술을 흉내 내어 어떤 가게를 털어 현금을 두둑이 챙긴 다음 루이스와 함께 멕시코 국경으로 향한다.

툴툴댈 줄만 알던 델마의 놀라운 일탈이었다. 남편이 아닌 남성과 섹스하고 정식으로 범죄자의 길에 들어섰다. 거기서 끝이 아니다. 경찰의 단속에 걸려 루이스가 차를 세우자, 델마는 경찰관을 총으로 위협하고 루이스와 함께 힘을 모아 그를 자동차 트렁크에 가둔다. 얼마 뒤 두 사람은 시답잖게 추근대는 트럭 운전사를 혼내주기 위해 기름 탱크를 총으로 쏴 트럭을 터뜨려버린다.

루이스는 원래 품고 있던 내면의 갈등이 서서히 수면 위로 올라온 반면, 델마의 감정은 느닷없이 밖으로 터져 나온다. 델마는 과감한 결정을 내리면서 이전의 삶을 죄다 불태워버리고 완전히 새사람으로 거듭난다. 영화가 마지막을 향해 달려갈 때 델마는 이렇게 말한다. "나는 막 잠에서 깬 기분이야…… 정신이 이렇게 또렷한 적이 없었던 것 같아."

델마와 루이스는 그랜드캐니언 계곡 앞에서 오도 가도 못하는 상황에 놓인다. 경찰은 자수하지 않으면 총을 쏴서라도 둘을 제압하려고 병력을 대기 중이다. 바로 그때, 델마는 계속 앞으로 나아가자고 말한다. 그 순간 관객은 델마의 결정에 깊이 공감한다. 둘은 감옥에 갇힌 듯한 예전의 삶으로 돌아갈 수 없다. 두 사람은 육체도 정신도 옴짝달싹하지 못하고 구속받으며 살아왔다. 델마와 루이스는 난생처음 자기 뜻대로 행동한다. 절벽으로 차를 몰아 죽음을 맞이하면서, 둘은 평생을 짓눌러온 여성을 경멸하는 문화를 벗어난다.

지금껏 살펴봤듯이 델마와 루이스, 두 주인공의 아크는 절묘하게 얽혀들면서 각자의 숨겨진 감정을 끌어내고 전체 이야기를 이끌어가는 중대한 결정을 내리도록 재촉한다. 델마가 없으면 루이스가 없고, 루이스가 없으면 델마도 없다.

그렇다면 여러 인물이 등장하지만 맞닿는 접점이 적은 이야기는 어떨까? 인물은 닮았지만 줄거리가 각각 진행되는 이야기는 어떨까? 주제는 서로 통하지만 줄거리가 겹치는 부분이 많지 않은 앙상블 이야기는 어떻게 다루면 좋을까?

〈히든 피겨스〉(2016)

〈히든 피겨스〉는 심각한 인종차별과 성차별을 이겨내고 미국 우주 사업에서 중요한 역할을 해낸 세 흑인 미국 여성의 삶을 토대로 한 영화다. 앨리슨 슈로더Allison Schroeder와 시어도어 멜피Theodore Melfi가 공동으로 각본에 참여한 영화 〈히든 피겨스〉는 마음이 따뜻해지고 눈길을 끄는 이야기로 무척 재미있다.

앙상블 이야기의 본보기라고 할 〈델마와 루이스〉에서는 인물의 아크가 서로에게 곧바로 영향을 주는 반면, 〈히든 피겨스〉에서 인물들은 서로 떨어져 있으며 이야기도 따로 펼쳐진다. 〈히든 피겨스〉의 이야기는 〈델마와 루이스〉처럼 인물 옆에 착 달라붙은 이야기보다 규모가 크고 다루는 폭이 넓게 느껴진다. 서로 관련은 있지만 따로 진행되는 세 편의 이야기를 따라가면서, 영화는 널따란 캔버스 위에 인종차별과 성차별, 애국심, 자신감과 같은 굵직한 주제를 다루면서 그림을 완성해간다. 어느 쪽이 낫거나 못하다고 할 수 없다. 그저 다를 뿐이다.

영화는 세 명의 인물을 따라간다. 먼저 직장에서 하루 종일 숫자를 더하는 인간 계산기 캐서린 고블, 다음으로 유능한 관리자 도로시 본, 마지막으로 전도유망한 엔지니어 메리 잭슨이다. 세 사람 모두 1960년대 나사의 우주 항공 프로그램에서 일했던 실제 인물을 바탕으로 했다.

영화는 앙상블 이야기의 형태를 띠고 있지만, 캐서린 이야기를 가장 큰 줄기로 삼아 전면에 배치한다. 이야기에서 '외부'세계의 변화를 불러오는 굵직한 사건들, 예를 들어 러시아의 우주 진출이라든지, 유인우주선 프렌드십 7호의 발사라든지 하는 사건들은 모두 캐서린의 이야기와 가장 관련이 깊다. 그러니 캐서린 이야기부터 따라가보자.

그림에서 보듯, 캐서린은 낙관적 아크를 걷는 불변형 인물이다. 캐서린이 선택을 내리면 주변 세상이 송두리째 뒤바뀐다. 개인의 삶도, 회사

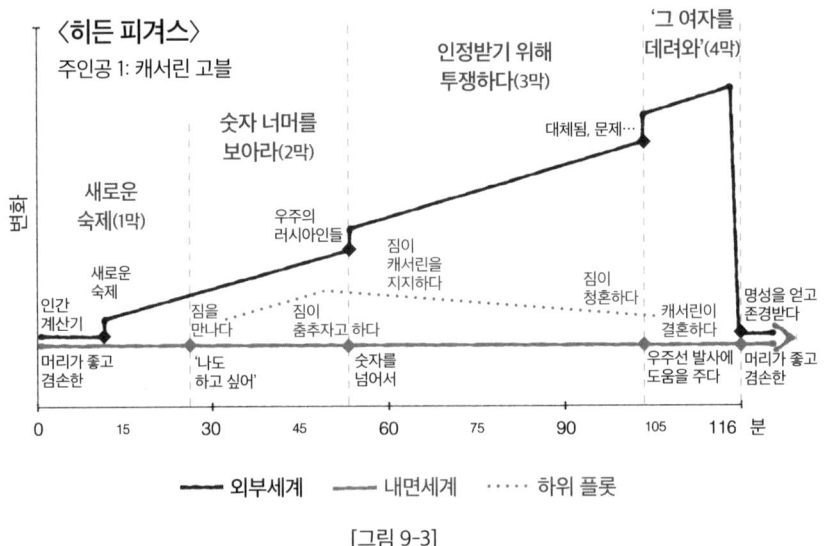

[그림 9-3]

내 직급도, 그리고 무엇보다도 사회적 위치가 바뀐다.

캐서린의 이야기는 4막으로 구분된다. 1막에서 캐서린은 나사에서 일하는 수학자로, 뛰어난 인재이지만 주위에서 인정받지 못하고 있다('내면'세계와 '외부'세계). 캐서린은 우주로 비행사를 실어 보내는 우주 항공 특수팀에 배치되어 일하기 시작하면서 새로운 '외부의' 변화를 경험한다. 우주 항공 특수팀에는 흑인 여성이 단 한 명도 없었기에 이는 특별한 기회였다. 하지만 뛰어난 능력을 지녔음에도 주변에서 무시나 당하는 바람에, 캐서린은 일주일 뒤면 다시 인간 계산기 역할로 돌아가겠구나 하고 짐작한다. 하지만 엄마와 대화하면서 자신이 정말로 그 자리를 원한다는 사실을 깨닫는다. 겉으로만 보면 캐서린은 수줍음이 많고 불안에 떠는 성격 같지만, 수학과 관련된 문제는 그 누구보다 재능이 뛰어나다. 캐서린이 새로운 기회를 놓치지 않기로 '내면의' 선택을 내리면서 이야기는 2막으로 넘어간다.

2막에서 캐서린은 흑인 여성이라는 이유로 온갖 편견과 장애물에 부딪힌다. 직속 상사인 폴 스태퍼드는 캐서린을 청소부로 착각하는가 하면, 관심을 주기는커녕 중요한 정보를 캐서린에게 숨긴다. 더욱이 캐서린은 유색인종이라는 이유로 커피포트를 따로 사용하고, 사무실에서 멀찍이 떨어진 '유색인' 화장실을 사용해야만 한다. 하지만 캐서린은 아랑곳하지 않고 열심히 일하며 능력을 발휘해, 마침내 우주선 발사를 지연시켜온 난해한 수학 문제를 해결하고 모두로부터 능력을 인정받는다. 그 결과, 팀에서 진행 중인 다른 계산 문제도 풀 수 있도록 보안 허가를 받는다. 성미가 까다로운 팀장 알 해리슨마저 캐서린의 능력에 감탄한다. 한편, 캐서린은 부인과 사별한 짐 존슨이라는 남자를 만난다. 캐서린도 남편과 사별한 처지다. 짐은 처음에 캐서린의 지적 능력을 얕잡아보지만, 결국 둘은 사귀는 사이가 된다.

3막은 극적인 사건과 함께 시작된다. 러시아에서 미국보다 먼저 유인 우주선을 발사한 것이다. 캐서린 팀은 직격탄을 맞는다. 우주 경쟁에서 러시아를 이기기 위해 미국은 우주인을 태운 유인우주선을 발사했다가 무사히 귀환해야 하며, 그러려면 복잡한 계산 문제를 해결해야 했다. 우주선 발사에 실패한다면 미국은 웃음거리가 되고 러시아는 우주 경쟁에서 앞서갈 것이다. 해리슨 팀장은 단순히 '눈에 보이는 숫자를 넘어서'라고 팀원들을 재촉하고 바로 캐서린이 그 일을 해낸다.

하지만 여전히 캐서린은 직속 상사인 스태퍼드의 시샘과 편견에 맞서 싸워야 한다. 스태퍼드는 캐서린의 업적을 중간에서 가로챈다. 하지만 캐서린은 스태퍼드에게 당당히 맞서고, 마침내 수학 계산에 필요한 정보가 제공되는 보안 회의에 참석할 권리를 쟁취한다. 회의에 참석한 캐서린은 '숫자를 넘어서는' 능력을 발휘해 팀의 문제를 앞장서서 해결해나가면서 해리슨 팀장뿐 아니라, 팀의 존폐를 손에 쥔 우주비행사 대표 존 글렌 대령의 신임까지 얻는다.

캐서린이 성과를 내고 있었지만, 안타깝게도 새로운 변화가 생겨나 캐서린을 위협한다. IBM에서 '계산 기계'를 발명해 캐서린이 하던 계산을 눈 깜짝할 사이에 해내게 된 것이다. 해리슨 팀장은 하는 수 없이 캐서린을 다른 부서로 배정한다. 하지만 좋지 않은 소식만 있는 것은 아니었다. 캐서린을 점차 존중하고 동경하게 된 짐 존슨이 캐서린에게 청혼하고 둘은 결혼식을 올린다.

4막은 존 글렌 대령이 발사대 위에 있는 장면에서 시작된다. IBM 컴퓨터 계산에 문제가 발생했고, 글렌 대령은 캐서린이 계산을 한 번 더 확인해주기를 요청한다. 대령은 캐서린을 존중했고 신뢰했기 때문이다. 캐서린은 계산 결과를 들고 관제실로 달려가고, 해리슨 팀장은 그녀가 들어올 수 있게 허가한다(캐서린은 관제실에 들어간 최초의 여성이 된다). 캐서린의 계산 결과도 컴퓨터와 일치했다. 우주선 발사는 성공한다. 팀이 협력하고 캐서린이 재능을 발휘한 덕분에, 미국은 우주비행사를 우주로 보낼 수 있었다. 마지막 장면에서 성가신 직속 상사 스태퍼드가 캐서린에게 커피를 타 준다. 캐서린은 스태퍼드와 함께 공동으로 보고서를 작성하고, 그토록 바라던 인정을 얻어낸다.

캐서린의 선택은 주변을 바꾼다. 캐서린은 흑인 여성을 대하는 동료의 태도를 바꾸고, 여성을 얕잡아보는 남자 친구의 생각을 바꾼다. 한발 더 나아가 우주여행을 현실로 구현하는 새로운 수학의 분과를 만들어낸다. 그럼 캐서린의 감정도 함께 바뀌었을까? 캐서린이 처음보다 당당하고 적극적으로 변했다고 말할 수도 있지만, 그것은 사소한 변화다. 업무 첫날부터 캐서린은 자신을 몰아세우며 남들보다 더 많이 일하고, 더 많이 관찰한 덕분에 우주 항공팀에 합류한다. 캐서린의 성격이 크게 변했다고 보기는 힘들다. 캐서린이 성공한 이유는 자신감이 생겨서가 아니라, 자신의 수학적 재능과 능력을 한결같이 굳게 믿은 덕분이라고 말하고 싶다. 따라서 캐서린은 낙관적 아크를 걷는 불변형 인물이다.

캐서린의 이야기는 다른 인물의 이야기도 결정한다. 다른 인물의 이야기는 캐서린의 이야기와 닮았으며, 마찬가지로 주위의 인정을 얻고 사람들에게 존중받기 위해 세상과 맞서 싸우는 이야기다. 하지만 반대로 다른 인물의 이야기는 캐서린의 이야기에 별로 영향을 주지 않는다. 그럼 이제 두 번째 주인공 도로시 본을 만나보자.

캐서린 이야기의 막을 기준 삼아 살펴보면, 도로시의 주요 변화가 모두 캐서린의 '그늘' 아래에서 나타나는 게 눈에 띈다. 도로시도 캐서린처럼 불변형 인물로 낙관적 아크를 걷는다.

자동차 밑에서 시동 기관을 수리하면서 등장하는 도로시는 나사 안에서 모두 흑인 여성으로 구성된, 이른바 인간 계산기들을 관리하는('외부' 세계), 강인하고 자신감 넘치는 리더이다('내면'세계). 도로시는 능력이 뛰어나지만 임시 관리자에 머물고 있다. 상사인 미첼이 야심 있는 흑인 여성을 질색하는 탓에 승진길이 막혔다.

2막이 시작되고 IBM '계산 기계'가 나사에 새로 도입되면서 도로시의 '외부' 환경은 급변한다. 나사에는 이 첨단 기계를 다룰 줄 아는 사람이

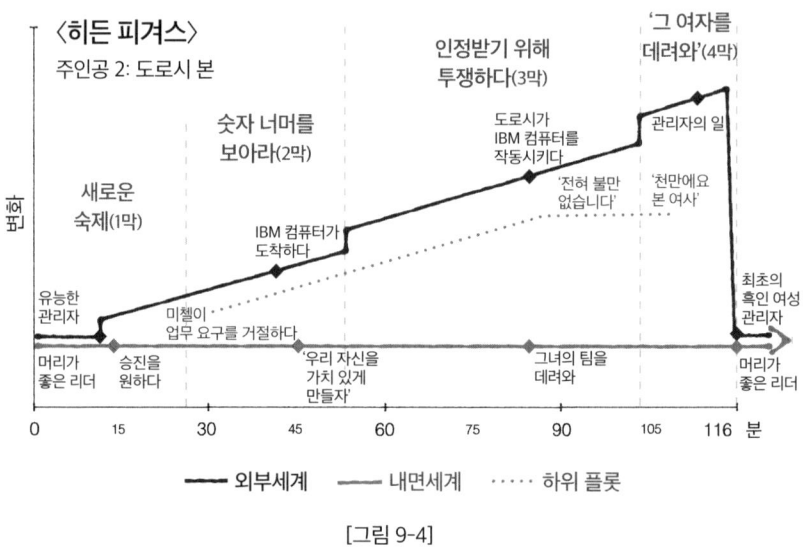

[그림 9-4]

잘 팔리는 스토리의 비밀

아무도 없다. 도로시는 컴퓨터가 앞으로 불러올 사태를 예상하고, 캐서린과 메리에게 쓸모 있는 사람이 되어야 한다고 조언한다('내면의' 선택).

3막에서 도로시는 IBM 컴퓨터 사용법을 조금씩 배운다. 하지만 상사인 미첼의 도움이나 격려를 받기는커녕, 자투리 시간을 활용해 도서관의 '백인 전용' 구역에서 남들 눈에 띌까 걱정하며 책을 훔쳐다가 필요한 정보를 얻는다. 도로시는 공부한 내용을 자신의 팀원들에게 알려주며 훗날 컴퓨터가 작동될 때를 대비한다.

미리 준비한 덕분에, 도로시는 컴퓨터를 다룰 줄 아는 사람이 아무도 없는 상황에서 처음으로 계산 작업에 컴퓨터를 동원해 성공한다. 능력을 인정받은 도로시는 컴퓨터 작업에 필요하다며 인간 계산기 팀을 불러 모은다. 도로시와 인간 계산기 팀이 그간의 노력을 보상받는 순간이다. 컴퓨터를 활용한 덕분에 우주 항공 특수팀도 큰 발전을 거둔다.

도로시가 계산 작업에 IBM 컴퓨터를 활용하자 캐서린은 쓸모가 없어진다. 영화는 어쩌면 문제가 되었을 법한 둘의 갈등을 굳이 수면 위로 끄집어내 다루지 않는다. 그 대신 둘의 이야기는 조화롭게 맞물리며 새로운 줄거리로 펼쳐진다. 얼마 후 IBM 컴퓨터의 계산값을 확인하기 위해 캐서린이 관제실로 호출된다. 그때 도로시는 재능을 마음껏 펼쳐보라며 캐서린을 응원한다. 마지막 4막이 되자, 상사 미첼이 도로시에게 다가와 그토록 바라던 관리자 직책을 준다.

도로시도 캐서린처럼 낙관적 아크를 걷는 불변형 인물이다. 자신이 바뀌는 대신 세상을 바꾸는 인물이다. 다만 상사인 미첼은 예외일 듯하다. 흑인 여성을 대하는 태도가 살짝 바뀌는 듯하지만 말이다.

도로시의 이야기가 편견에 맞서 싸워 마침내 승리하는 이야기라는 측면에서 캐서린의 이야기와 닮았지만, 두 이야기는 델마와 루이스의 이야기만큼 촘촘하게 얽혀 있지는 않다. 도로시의 이야기는 문화적 배경을 드러내고 영화의 주제를 새로운 각도에서 비춰주며 캐서린의 이야기와 평행선을 그리며 펼쳐진다.

〈히든 피겨스〉의 마지막 주인공은 메리 잭슨으로, 캐서린과 도로시와 마찬가지로 실존 인물이다. 메리의 이야기가 캐서린, 도로시의 이야기와 어떻게 서로 맞물리는지 살펴보자. 메리도 캐서린과 도로시처럼 낙관적 아크를 걷는 불변형 인물이다. 그리고 인정받고 존중받기 위해 세상과 투쟁하는 인물이다.

메리는 도로시 팀에서 일하고 있으며, 재능은 뛰어나지만 실의에 빠져 있다. 엔지니어가 되고 싶지만('내면'세계), 정치에 관심 많은 남편이

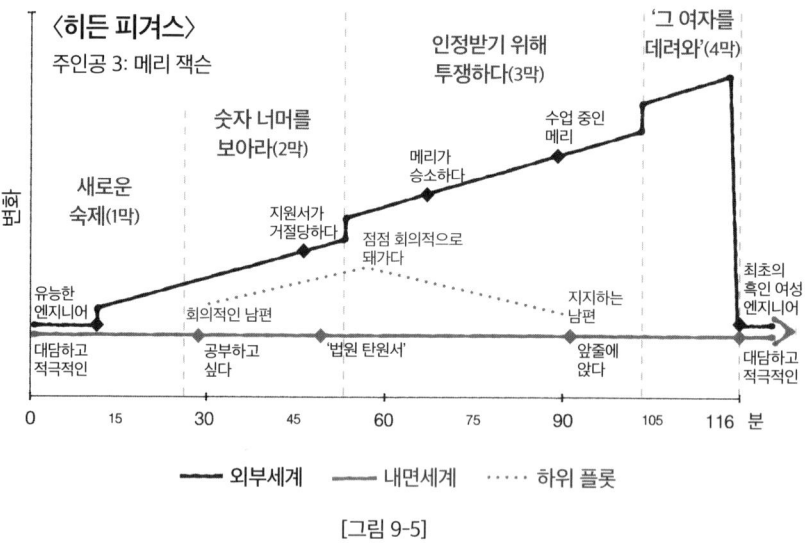

[그림 9-5]

항상 일깨워주듯 그 길에는 성차별, 인종차별과 같이 걸림돌이 수두룩하다('외부'세계). 메리는 우주 캡슐을 디자인하는 팀으로 부서를 옮기고, 새 팀장은 메리에게 상임 엔지니어 자리에 지원해보라고 권유한다.

2막에서 메리는 엔지니어 자리에 지원하지만, 지원서를 내려면 백인만 들을 수 있는 학교 수업을 들어야만 한다고 미첼이 빈정댄다. 메리도 예상한 바다. 시스템은 메리와 같은 흑인 여성이 발을 들이지 못하게 설계되어 있다. 하지만 도로시의 격려에 용기를 낸 메리는 백인 학교 수업을 들을 수 있게 해달라고 법원에 탄원서를 제출한다.

3막에서 메리 부부는 흑인 시위대가 탄 버스가 공격당한 뉴스를 보며 심란해한다. 남편이 애써봐야 소용없다며 체념하라고 말하지만, 메리는 법정에 나가 자신의 주장을 차분하게 펼친다. 재판은 순조롭게 진행되어 판사는 메리가 야간 수업을 들을 수 있도록 허가한다. 메리가 성공하자 남편의 딱딱한 태도가 한결 누그러진다. 메리는 온통 백인 남성만 앉아 있는 교실로 들어간 뒤, 맨 앞자리에 앉아 당당하게 수업을 듣는다.

메리의 이야기는 다른 주인공들에 비해 잔잔하지만 메리의 존재감은 빛을 발한다. 캐서린은 수줍음이 많고, 도로시는 현실적이며, 메리는 투사처럼 싸운다. 세 사람은 각자의 자리에서 각자의 방식으로 흑인 여성을 향한 사회의 편견과 맞서 싸운다. 세 사람은 영향을 주고받기는 하지만, 하나로 합쳐지지는 않는다. 루이스 없는 렐마는 상상할 수 없지만, 도로시나 메리가 없어도 캐서린의 이야기는 존재하며 하나의 이야기로 온전히 성립한다.

〈히든 피겨스〉는 미국이 러시아와의 우주 경쟁에서 승리한 이유를 역사적 실존 인물인 세 흑인 여성의 이야기를 바탕으로 탐색하면서, 미국내 불평등과 애국주의를 넓은 관점에서 조망한다. 그 결과 강력하고, 흥미롭고, 매력적인 이야기가 나왔다.

영화에서 다룬 흑인 여성의 자유를 두고 역사적 진실을 따지는 사람도 있겠지만, 가장 믿기 힘든 일은 그들의 삶이 영화로 다루어지기까지 60여 년이 걸렸다는 사실이다. 이 사실은 영화의 주제를 한층 돋보이게 만든다.

이제 마지막 앙상블 이야기를 살펴보자. 마지막 앙상블에 등장하는 인물의 아크는 제각각이어서 낙관적 아크를 걷는 인물도, 비관적 아크를 걷는 인물도 있다.

〈어느 가족〉(2018)

칸 영화제에서 황금종려상을 받은 〈어느 가족〉은 고레에다 히로카즈是枝裕和 감독이 각본을 썼으며, 여섯 명의 아크가 얽히고설켜 다층적인 이야기 구조를 빚는다. 영화는 도쿄에서 찢어지게 가난한 어느 가족이 물건을 훔쳐가며 생활하는 이야기다. 인물이 꽤 많이 등장하지만, 영화는 인물마다 풍성하고 고유한 내면세계를 능숙하게 풀어내는 한편, 가족의 의미란 무엇인지 우리에게 잔잔하고 섬세한 말투로 되묻는다.

〈어느 가족〉의 놀라운 점 중 하나는 여러 인물이 앙상블을 이루며 생겨나는 감정의 폭이다. 〈델마와 루이스〉, 〈히든 피겨스〉와 달리 〈어느 가족〉의 인물들은 한 가지 종류의 아크만 지니지 않았다. 변화형 인물이 대부분이지만, 보여주는 감정의 궤적은 여러 갈래로 나뉜다.

이야기의 중심이 되는 가족 구성원은, 일용직 노동자인 오사무, 세탁

소 기업에서 일하는 아내 노부요, 호스티스 클럽에서 일하는 젊은 여성 아키, 어린아이 쇼타, 할머니 하츠에다.

언뜻 보면 이들은 혈연관계처럼 보인다. 하지만 이야기가 펼쳐지면서, 관객은 그렇지 않다는 사실을 서서히 깨닫는다. 오사무와 노부요는 사귀는 사이는 맞지만 결혼한 부부는 아니다. 더욱이 쇼타는 두 사람의 친자식도 아니다. 이들은 하츠에 할머니의 집에 모여 살지만, 할머니와 혈연관계로 보이지는 않는다. 하츠에 할머니를 두고 아키는 '할머니'라고 부르고, 노부요는 '언니'라고 부르지만 실제로는 둘 다 사실이 아니다. 또 다른 주인공은 유리라는 소녀로, 부모의 학대를 받고 집을 나와 이 가족에 합류하게 된다.

기이한 조합의 사람들은 어쩌다 함께 살게 되었을까? 어쩌다 도둑질하고, 허드렛일을 하며 근근이 먹고살게 되었을까? 이 흥미롭고 극적인 물음은 관객을 이야기 속으로 단숨에 끌고 들어간다. 등장인물 여섯 명의 아크를 모두 이야기하는 대신, 이야기가 확연히 구별되는 세 인물을 중심으로 줄거리를 간략하게 정리해보자. 우선 이야기의 중심인 쇼타부터 시작해보자.

쇼타는 자기보다 어린 유리가 등장하자 질투를 느끼고 긴장한다('외부'의 변화). 오사무는 쇼타에게 자신을 '아빠'로, 유리를 '여동생'으로 부르라고 말하지만 쇼타는 내키지 않는다. 쇼타는 도둑질을 배웠지만, 막상 유리에게 도둑질을 가르치려니 마음이 찜찜하다. 누군가 돈을 내고 '사기' 전까지 물건은 누구의 것도 아니니 도둑질이 아니라고 오사무가 쇼타를 달래보지만, 쇼타는 괴상하게 배배 꼬인 오사무의 논리를 의심하기 시작한다. 쇼타는 도둑질을 정당화하는 거짓말도, '가족'이라는 환상도 결국 꿰뚫어본다. 쇼타는 도둑질하던 중 유리가 경찰에 붙잡힐 듯한 상황에 몰리자, 시선을 끌어 유리 대신 경찰에 붙잡힌다('내면의' 선택).

쇼타가 붙잡히면서 경찰은 유리가 실종 신고된 아이임을 알아낸다. 이윽고 '가족' 모두 경찰에게 체포된다. 경찰의 취조 과정에서 오사무가 무더운 날 자동차 안에 갇혀 있던 쇼타를 구했음이 드러난다. 경찰은 '가족'이 쇼타를 버리고 도망치려 했다고 쇼타에게 말한다. 얼마 후, 오사무는 이제 고아원에서 사는 쇼타와 만난다. 오사무는 쇼타를 두고 떠나려 했다고 쇼타에게 털어놓는다. 그리고 더는 '아빠'라고 부르지 않아도 괜찮다고 쇼타를 다독인다. 두 사람이 (아마도 영원히) 헤어지는 장면에서 오사무는 쇼타가 탄 버스를 뒤쫓아 달려가고, 버스에 탄 쇼타는 나지막이 '아빠'라고 읊조린다.

쇼타는 동생 유리가 합류하면서 가족이 어떤 사람들인지 되짚어보고, 가족이 생계를 위해 하는 일들이 옳은지 곱씹으면서, 가족의 정체에 의구심을 품는다. 결국 쇼타는 가족을 떠나고 도둑질하며 하루하루 사는 불안한 생활에서 벗어난다. 하지만 가족을 떠난 뒤에야 그들이 물건을 훔쳐야 했던 이유와 자신을 진심으로 사랑했음을 깨닫고 가족을 그리워한다. 쇼타의 삶은 더 안전해졌지만, 가족의 사랑은 잃고 말았다. 즉 쇼타는 양면적 아크를 걷는 변화형 인물이다.

다음으로, 할머니 하츠에는 쇼타와는 다른 아크를 보여준다. 하츠에는 집의 소유자로, 집안의 가장 역할을 하며, 음식을 요리하고, 집 안을 청소하고, 마음이 힘들 때나 도움이 필요할 때 가족들 곁을 지킨다. 그리고 불쑥 나타난 유리를 자연스럽게 가족으로 품는다('외부의' 변화). 하츠에는 누구와도 잘 지내지만, 특히 아키와 가깝게 지낸다. 사실 하츠에는 죽은 전남편의 아들에게 돈을 받고 있는데, 아키는 그 사람의 딸이다. 하츠에는 친아버지에게 버림받은 아키를 가족으로 거둔 것이다('내면의' 변화). 어느 날, 하츠에는 '가족들'과 함께 바닷가로 물놀이를 가고 가족들이 물놀이하는 모습을 가만히 지켜보다가 나지막이 "고마워"하고 속삭인다. 그날 밤 하츠에는 잠든 채로 사망한다.

하츠에의 이야기는 쇼타와 달리 평화롭고 행복하다. 하츠에는 남편과 이별한 뒤에도 가족에게 버려진 사람들을 한데 모아 새로운 '가족'을 꾸린다. 그들은 하츠에의 마지막 삶을 사랑과 가족이라는 관계로 포근히 채워주었다. 하츠에는 유리를 따스하게 맞이한다. 하츠에는 쇼타와 달리 낙관적 아크를 걷는 불변형 인물이다.

마지막으로, 노부요의 아크를 살펴보자. 유리가 가족에 합류했을 때('외부의' 변화), 노부요는 몸값을 요구하면 납치나 다름없다고 주장한다. 노부요는 어린 유리를 필사적으로 보호하며 뉴스의 실종 신고를 보고는 유리를 절대 집으로 돌려보내지 않겠다고 다짐한다('내면의' 선택). 직장 동료에게 유리와 함께 있는 모습을 들켜 협박당하자, 노부요는 발설하면 죽여버린다고 동료를 위협한다. 그 위협은 진심이다. 얼마 후 가족이 경찰에게 체포되자, 노부요의 끔찍한 과거가 드러난다. 노부요는 과거 오사무와 바람피우다 들통나자 자신을 학대해온 남편을 살해했다. 노부요와 오사무는 도망쳐 몸을 숨겼고, 하츠에와 함께 살면서 가족을 꾸렸다.

마지막 장면에서 노부요는 쇼타와 함께 감옥으로 면회를 와달라고 오사무에게 부탁한다. 노부요는 쇼타가 친가족을 찾을 수 있도록 어린 쇼타가 갇혀 있던 자동차를 자세하게 묘사한다. 그러면서 노부요는 자신들이 좋은 부모가 아니라고 쇼타에게 이야기하며 작별 인사를 건네고 면회를 마친다.

　노부요는 과거에 남편에게 학대당했고, 그래서 유리를 끝까지 지키려 한다. 아이를 사랑해서 지키려고 한 선택이지만, 결국 가족은 뿔뿔이 흩어지고 노부요는 감옥에 갇힌 신세가 되고 만다. 노부요는 자신이 저지른 실수를 깨닫고, 쇼타가 정을 떼고 친가족의 품으로 돌아가도록 배려한다. 노부요는 가슴 아픈 사연을 품은 채 비관적 아크를 걷는 변화형 인물이다. 쇼타와 작별하며 노부요가 보여주는 따뜻한 웃음 속에는 괴로운 과거와 외로운 미래가 공존한다.

　앞서 살펴봤듯, 〈어느 가족〉은 마치 감정의 미술관처럼 잔잔한 기쁨에서 애틋한 슬픔까지 다양한 감정의 세계로 관객을 안내한다. 다양한 사연을 가진 주인공이 등장해 관객이 공감할 만한 사람이 하나쯤은 있다는 점이 이 영화의 힘이다. 인물은 저마다 서로 다른 사연을 지녔기에 개성이 있고, 진솔하며, 매력적이다. 여섯 명이나 되는 인물을 한 가족으로 묶어내는 것은 뛰어난 글쓰기의 힘이기도 하다.

요약: 다층적인, 다채로운, 폭이 넓은 이야기

이중 주인공과 앙상블 이야기는 영화에서도 종종 보이며, TV에서는 발에 차일 만큼 많다. 그 종류도 다양해서 어떤 이야기는 주인공들이 저마다 고유한 관점을 가지고 내면세계와 감정의 관심사를 탐색한다. 인물들은 서로 긴밀하게 연결되어 있어 어떤 인물이 변화를 경험하고 선택을 내리면 금세 다른 인물에게 영향을 미친다. 다음과 같은 영화들이 여기에 해당한다. 〈델마와 루이스〉, 〈기생충〉, 〈더 페이버릿〉, 〈퀸 앤 슬림〉, 〈결혼 이야기), 〈매드맥스: 분노의 도로〉, 〈쇼생크 탈출〉, 〈콜드 워〉, 〈아폴로 13〉, 〈토이 스토리〉. 때로는 서로 느슨하게 연결된 채 비슷한 이야기를 풀어내면서 하나의 분위기를 빚어내기도 한다. 〈히든 피겨스〉, 〈러브 액츄얼리〉, 〈로얄 테넌바움〉, 〈디 아워스〉, 〈내쉬빌〉과 같은 영화가 여기에 해당한다. 마지막으로, 여러 이야기가 대조되면서 서로 다른 감성과 분위기를 자아내며 풍성한 이야기를 빚는 경우가 있다. 〈어느 가족〉, 〈아이스 스톰〉, 〈컨테이젼〉, 〈파고〉, 〈트래픽〉, 〈펄프 픽션〉, 〈매그놀리아〉 같은 영화가 여기에 해당한다.

얼핏 보면 이중 주인공과 앙상블 이야기는 다른 이야기보다 복잡해 보이지만, 인물의 아크를 빚어내는 원리는 다른 이야기와 마찬가지로 외부의 변화, 갈등, 내면의 선택이다. 인물들은 저마다 뚜렷한 관점을 지니고 자신만의 아크를 걷는다. 따라서 관객은 길을 헤매지 않고 여러 이야기를 동시에 따라갈 수 있다. 앙상블 이야기는 이야기의 무대를 확 넓혀서 인물마다 품은 감정과 이야기의 주제를 다양하게 드러낼 수 있다.

10장

TV 시리즈의 캐릭터 아크

지금까지 우리는 여러 영화를 예로 들면서 다양한 캐릭터 아크를 살펴보았다. 우리는 '외부'에서 일어난 변화로 인물이 어떤 상황에 빠지는 모습, 인물의 '내면'세계와 '외부'세계에서 '갈등'이 생겨나는 과정을 보았으며, 갈등을 해결하기 위해 인물이 어떤 선택을 하는지 살펴보았다. 때로는 인물이 내리는 선택이 '낯설거나 새로울' 수도 있다. 이는 인물이 경험하는 사건 때문에 '감정이 변화한다'는 뜻이다. 때로는 인물이 결과에 아랑곳하지 않고 자기 선택을 고집한다. 이는 인물이 사건을 경험하지만 '감정은 변화하지 않는다'는 뜻이다. 이런 다양한 요소가 한데 모여 인물에게 아크를 부여한다. 아크에는 '낙관적', '비관적', '양면적' 형태가 있다.

　캐릭터 아크를 통해 우리가 빚어낼 수 있는 이야기의 종류는 헤아릴 수 없이 많다. 우리가 살펴본 영화가 모든 이야기를 포용할 수는 없다. 다만 3막 영웅의 여정이 제시한 협소한 틀보다는 훨씬 넓은 범위의 이야기를 담아낸다는 것만은 분명하다. 하지만 장편영화도 이야기의 한 종류일 뿐이다. 이야기 형식에는 연극, 소설, 팟캐스트, 라디오 드라마를 비롯해 지난 20여 년 동안 시장을 지배해온 TV 시리즈도 있다. 과연 우리가 이제껏 살펴본 캐릭터 아크를 활용한 접근법이 다른 이야기 형식에도 적용될까?

나는 소설이나 라디오 드라마, 연극 대본을 집필해본 경험이 없으므로 그 부분은 말을 아끼겠다. 다만 오랫동안 TV 쪽에서 일해본 경험에 비추어보면, TV 시리즈 작가들은 이 책에서 다룬 캐릭터 아크 접근법을 언제나 사용한다고 장담한다.

TV 시리즈 작가에게 캐릭터 아크는 배관공의 스패너나 마찬가지다. 항상 연장통에 넣고 다녀야 하는 도구라는 뜻이다. 그렇다고 모든 TV 시리즈 작가가 똑같은 방식으로 글을 쓴다는 뜻은 아니다. 모든 이야기가 다르듯 모든 작가는 다르다. 어떤 작가는 인물을 속속들이 파악한 뒤에야 작업에 착수한다. 인물은 어떤 사람인가? 어디 출신인가? 무엇을 욕망하는가? 무엇을 믿는가? 무엇을 두려워하는가? 무엇을 바라는가?

이렇게 이야기를 발전시키는 방법을 '안에서 밖으로 향하는inside-out' 접근법이라고 한다. 수많은 작가가 말하듯 작가는 인물의 머릿속으로 들어가 인물의 관점으로 세상을 바라보려 애쓰며 인물의 '내면세계'를 이야기하려 한다.

반면 어떤 작가들은 이야기의 외부세계에서 어떤 일이 벌어지는지 알고 싶어 한다. 이야기는 어떻게 시작되는가? 어떤 사건이 벌어지는가? 갈등은 어디에서 비롯되는가? 갈등은 인물을 어떻게 압박하는가? 어떤 장애물이 인물을 가로막는가? 갈등은 어떻게 고조되는가? 이런 유형의 작가들은 플롯을 중심으로 이야기를 전개하며, 인물을 압박하는 놀랍고 흥미로운 사건을 떠올리기 좋아한다. 그들은 인물의 '외부'세계를 먼저 이야기한 다음 인물의 특성을 결정한다.

끝으로 드물기는 하지만, 어떤 작가들은 큰 그림을 이야기하고 싶어한다. 그들은 플롯도 인물도 다루기 좋아하지만, 그들이 정말 흥미로워하는 부분은 이야기가 모여 어떤 의미를 지니는지, 세상에 관해 무엇을 말하는지, 세상을 어떤 관점으로 보는지, '보편적 진실'을 어떻게 붙잡는지, 우리가 모르던 무언가를 어떻게 알려주는지 등이다. 이런 유형의 작가는 인물과 플롯을 길잡이 삼아 인간과 인생, 세상에 관한 커다란 생각들을 탐색한다.

세 가지 접근법은 모두 매우 필수적이면서 상호 보완적이다. 어느 하나만으로는 이야기를 꾸려가기 힘들다. 어떤 접근법을 선택하든지 결국 어느 시점에 도달하면 작가들은 인물과 플롯, 주제를 모두 이야기해야 하며, 이런 요소들을 캐릭터 아크와 연결해야만 한다. TV 시리즈의 인물과 주제는 작가가 각본에 참여할 즈음에는 완성 단계인 경우가 많아서 작가들은 첫날부터 캐릭터 아크를 집요하게 파고든다. 작가들은 이렇게 질문한다. '이 에피소드에서 이 인물에게 어떤 사건이 일어날까? 그 사건은 어떻게 시작해서 어떻게 끝날까? 상황은 나아질까, 나빠질까, 아니면 이도 저도 아니게 될까? 이 에피소드에서 인물의 아크는 어떻게 될까?' 그런데 TV 시리즈 작가가 캐릭터 아크에 그토록 목을 매는 이유가 도대체 뭘까?

기나긴 이야기

TV 시리즈는 끔찍할 정도로 긴 이야기다. TV 시리즈는 흔히 시즌마다 적게는 여섯 개에서 많게는 스무 개의 에피소드로 구성된다. 어떤 장르를 찍고 있는지에 달렸지만, 만약 드라마라고 한다면 에피소드 한 편은 대략 45~60분 길이다. 코미디라면 한 편당 20~30분 정도가 될 것이다(웹 시리즈라면 에피소드 길이는 더 짧아진다).

따라서 TV 시리즈의 한 시즌을 극장에서 보는 영화에 빗대어본다면, 가장 짧은 것이 두 시간 길이로 영화의 평균 상영 시간과 비슷하며, 긴 것은 20시간에 달한다. 극장에서 20시간짜리 영화를 보려면 특대형 팝콘을 집어 먹으며 수시로 화장실을 들락거려야 할 것이다. 하지만 TV 시리즈가 늘 이 정도는 아니다. 실제로는 더 길 때가 허다하다!

인터넷의 등장으로 TV 시청자들이 뿔뿔이 흩어지기 전에(이 부분은 뒤에서 더 자세히 다룰 것이다), 드라마는 매년 30~40편의 에피소드가 모여 한 시즌을 구성했다. 심지어 요즘도 전 세계의 연속극은 시청률 평가철이 되면 날마다 에피소드를 퍼부어 한 시즌당 거의 100시간 분량의 이야기를 송출한다! 어마어마한 양의 이야기다!

〈웨스트 윙〉의 작가 에런 소킨이나 〈파고〉의 노아 홀리Noah Hawley, 〈굿와이프〉의 미셸 킹Michelle King과 로버트 킹Robert King 부부처럼 초인이 아닌 다음에야, 마감 기일 안에 모든 회차의 에피소드를 혼자서 써내기란 신체적으로도 버겁고 정신적으로도 힘겨운 작업이다. 따라서 대부분은 다른 작가들과 팀을 꾸려 작업한다.

메인 작가는 작가 팀을 한자리에 모아 한 시즌을 채울 만큼 충분한 이야기를 '써낼' 전략을 마련해야 하며, 관객들이 이야기의 사건을 '따라오게끔' 적절한 수단을 준비해야 한다. 이렇게 전략을 마련하고 수단을 준비하는 방법이 바로 아크이다. 아크는 궤적을 뜻하며 궤적은 '모양'이라는 사실을 기억하자. '모양'은 사건이 생기고 상황이 바뀌며 갈등이 고조되어 인물이 선택을 내리는 동안, 다시 말해 이야기가 전개되는 '사이에' 드러나는 움직임이다. 한마디로, 아크는 '이야기의 모양'이다.

TV 시리즈는 매우 길어서, 하나의 아크에 의존하지 않고 여러 아크를 골고루 사용한다. 이 사실을 이해하기 위해, TV 시리즈 작가가 이야기의 모양을 결정하기 위해 어떤 아크를 사용하는지 하나씩 살펴보도록 하자. TV 시리즈 작가는 이야기의 균형을 잡기 위해 두 가지 아크, 즉 '에피소드$_{episodic}$' 아크와 '줄거리$_{serial}$' 아크를 이용한다. 에피소드 아크(혹은 '절차적$_{procedural}$' 아크라고도 한다)를 주로 이용하는 시리즈는 에피소드마다 시작, 중간, 끝을 가진 독립된 이야기로 구성된다. 쉽게 말해 '한 주의 사건 사고' 같은 구조로 되어 있어, 법정이나 의학, 경찰 드라마에 주로 사용된다. 시청자는 순서에 상관없이 아무 에피소드나 중간부터 시청해도 쉽게 내용을 이해할 수 있다. 에피소드 아크를 사용하는 TV 시리즈는 다음과 같다. 〈로 앤 오더〉, 〈하우스〉, 〈멘탈리스트〉, 〈릭 앤 모티〉, 〈캐슬〉, 〈엘리멘트리〉, 〈CSI 과학 수사대〉.

반면 줄거리 아크를 주로 이용하는 시리즈는 회를 거듭할수록 이야기가 확장되고 시즌 전체에 걸쳐 계속 발전한다. 시청자가 중간부터 시청하면 줄거리를 따라가기 어렵다는 단점이 있지만, 인물 간의 관계를 보다 깊이 탐구하기에 알맞은 방식이다. 줄거리 아크를 사용하는 TV 시리즈는 다음과 같다. 〈소프라노스〉, 〈석세션〉, 〈플리백〉, 〈워킹 데드〉, 〈미스터 로봇〉, 〈로스트〉, 〈기묘한 이야기〉, 〈디 아메리칸즈〉, 〈매드맨〉, 〈왕좌의 게임〉, 〈더 와이어〉, 〈프라이데이 나잇 라이츠〉.

오늘날 TV 시리즈는 대체로 에피소드 아크와 줄거리 아크를 골고루 혼합해 사용한다. 양쪽의 장점만 쏙쏙 담아 인물 관계를 세밀히 탐색하면서도 가벼운 시청자를 위해 회차마다 이야기를 마무리 짓는다. 두 가지 아크를 섞어서 사용하는 TV 시리즈는 다음과 같다. 〈굿 와이프〉, 〈페어런트 후드〉, 〈실리콘 밸리〉, 〈베터 콜 사울〉, 〈굿 플레이스〉, 〈디스 이즈 어스〉, 〈더 씩 오브 잇〉, 〈더 크라운〉, 〈브레이킹 배드〉.

각 에피소드에 담긴 작은 아크가 각 시즌에 담긴 큰 아크에 포함되며, 각 시즌에 담긴 큰 아크는 시리즈에 담긴 더 큰 아크 안에 포함된다. 에피소드를 효과적으로 집필하려면, 작가는 지금 쓰는 에피소드는 물론, 에피소드를 관통하는 시즌 전체의 아크를 숙지해야 한다. 하지만 이게 다가 아니다!

기나긴 이야기와 많은 등장인물

여러분이 가장 좋아하는 TV 드라마를 떠올려보자. 드라마에서 다루어지는 인물은 몇 명인가? 최근 30년 안에 제작된 드라마라면, 적게는 세 명, 많게는 스무 명에 가까운 인물이 등장하고, 인물마다 고유한 캐릭터 아크를 지닐 확률이 높다. 주인공 혼자 이야기를 끌고 가는 장편영화와 달리 TV 시리즈는 다양한 인물 군상이 등장할 확률이 높다.

〈브레이킹 배드〉에 등장하는 인물은 월터, 제시, 스카일러, 행크, 마리, 구스, 사울 등이다. 〈라인 오브 듀티〉에는 스티브, 테드, 케이트, 린제이,

토니 등이 등장한다. 〈걸스〉에는 해나, 제사, 마르니, 쇼샤나, 아담, 찰리, 레이 등이 등장한다. 〈왕좌의 게임〉에는 존 스노, 대너리스, 아리아, 칼, 티리온 등이 등장한다.

대체로 시리즈를 이끄는 주인공이 있긴 하지만, 주인공 혼자 극을 이끌어가는 일은 별로 없다. 〈사인필드〉에서 제리는 일레인, 크레이머, 조지와 함께 손잡고 간다. 〈그레이 아나토미〉에서 메러디스 그레이는 데릭, 크리스티나, 알렉스, 마크의 도움을 받는다. 〈소프라노스〉에서 토니는 크리스토퍼, 카멜라, 아드리아나, 몰리, 주니어 등 여러 인물이 곁을 지킨다.

TV 시리즈는 보통 한 인물의 관점을 고수하지 않으며 틈틈이 다른 인물의 아크를 따라간다. TV 드라마를 즐겨 보는 시청자들은 다양한 줄거리를 좇아가며 여러 인물이 주고받는 관계를 파악하는 일에 꽤 익숙하다. 시리즈가 오래 방영될수록 아크가 늘어나고 새 인물이 등장하면서 이야기가 확장되기 때문이다.

영화를 볼 때 우리가 주로 주인공 한 명의 줄거리만 따라간다는 점을 떠올려보면, TV를 볼 때 짧게는 몇 년, 길게는 몇십 년에 걸쳐 여러 인물의 이야기를 따라간다는 사실은 상당히 놀랍다! TV 시리즈 작가들은 이 과정에서 창의적 역량과 인내심을 증명해야 한다. TV 시리즈를 오랫동안 집필하면서 모든 등장인물의 이야기에 균형을 맞추고, 복잡한 줄거리를 다듬어, 시청자의 관심을 놓치지 않는다는 것은 경이로운 일이다. 작가가 흡족한 결말로 시리즈를 마무리해낸다면, 이는 올림픽 마라톤 우승이나 체조 경기에서 만점에 빗댈 만큼 훌륭한 업적이다.

TV 시리즈 작가는 에피소드 한 편을 준비하면서 여러 인물의 아크를 잘게 쪼갠다. 어떤 사람은 이를 '이야기 가닥story strands'이라고 부르며, 어떤 사람은 이야기의 'A, B, C' 혹은 '비트beats'라고도 하는데, 결국 다 같은 말이다.

기나긴 이야기와 많은 등장인물, 요동치는 감정

TV 시리즈는 무척이나 길고 따라갈 등장인물이 많아서, 작가는 시청자가 보기 편하도록, 또 자신이 작업하기 편하도록 시즌이나 에피소드의 이야기를 적절한 크기로 쪼개곤 한다. 어떤 인물은 한 에피소드가 끝날 때 일이 잘 풀릴 듯하다가, 얼마 뒤 곧장 암담한 상황에 빠지기도 한다. 잘하면 시즌이 끝나기 전에 회복하기도 하고, 아니면 원래의 모습을 되찾기 위해 나머지 일곱 시즌 내내 좌충우돌을 거듭하기도 한다.

작가는 한 인물의 흥망성쇠를 쫓아가면서도 더 넓은 시야에서 줄거리 전체를 조망하고 같은 패턴이 반복되지 않도록 주의를 기울인다. 모든 이야기가 죄다 잘 풀리거나(낙관적 아크), 반대로 너무 안 풀리면(비관적 아크) 곤란하다. 이야기는 다채로워야 한다.

작가가 예의 주시하는 또 다른 요소는 인물의 '감정이 얼마나 달라지는지'다. 이것은 아주 중요한 포인트다. 영화와 마찬가지로 TV 시리즈의 주인공도 내면세계와 외부세계로 구분해 들여다볼 수 있다. 주인공은 두려움과 욕망, 신념을 지녔고 친구와 가족, 사회적 지위, 직업을 가지고 있다. 하지만 TV 시리즈가 영화와 크게 다른 점이 하나 있다. TV 시리즈의 주인공은 별로 달라지지 않는다. 이 점을 명심해야 한다. TV 드라마는 무척 길다. 따라서 인물의 캐릭터 아크도 굉장히 길다.

TV 시리즈에서 주인공의 감정이 변화하려면 시간이 걸린다. 그 과정에서 주인공은 상당한 감정의 파도를 경험해야만 한다. 인물은 고군분투하면서 느릿느릿 바뀐다. 한 에피소드가 끝나면 인물은 새로운 무언가를 배우고 세상을 다른 관점으로 보게 되며, 새롭거나 낯선 일들을 시도하지만, 다음 에피소드가 되면 다시 예전으로 되돌아온다. 두 걸음 나아갔다가 한 걸음 물러선다.

〈브레이킹 배드〉가 영화였다면, 월터 화이트는 최대 세 시간 안에 고등학교 선생님에서 사이코패스 마약왕으로 거듭나야 한다. 하지만 TV 시리즈라면, 다섯 시즌에 걸쳐서 무려 62시간 동안, 느릿느릿 바뀌면 된다. 관객은 월터라는 인물의 내면을 들여다보고 주변 사람과의 관계를 살펴볼 시간이 넉넉하다. 한발 더 나아가 월터를 이해하는 데 그치지 않고 월터를 변화시킨 주변 사람과 상황까지 찬찬히 파악할 수 있다.

최근 들어 TV 시리즈들이 마치 이야기의 발전소처럼 온갖 흥미로운 인물을 쉴 새 없이 만들어내는 이유가 여기 있다. TV 시리즈는 시간이 넉넉한 만큼, 인물을 이런저런 상황에 빠뜨리고 연거푸 압박하면서 어떤 감정의 변화를 보이는지, 보이지 않는지 꼼꼼히 관찰하며 인물의 내면을 탐색할 수 있다!

앞서 살펴봤듯 등장인물이 꼭 감정의 변화를 겪어야 하는 것은 아니다. TV 시리즈도 마찬가지다. 실제로 TV 코미디는 언제든 TV를 틀면 전과 다름없는 인물이 화면 속에 등장해 터무니없는 실수를 반복할 거라고 시청자에게 약속해왔다. 예를 들어 〈심슨 가족〉과 같은 TV 시리즈는 등장인물이 얼마나 한결같은지를 보여주는 유행어가 존재할 정도다(주인공 호머 심슨은 번번이 '어이쿠!' 하고 소리 내며 똑같은 실수를 반복한다). 최근에 코미디 장르는 더욱 섬세한 인물의 이야기를 빚어내면서, 〈팍스 앤 레크리에이션〉, 〈커뮤니티〉, 〈굿 플레이스〉, 〈빅뱅 이론〉 같은 드라마를 만들어냈다. 여기서도 인물은 변화하지만, 여름 햇볕에 빙하가 녹듯 느릿느릿 변화한다!

TV 시리즈에서 내가 가장 좋아하는 불변형 인물은 토니 소프라노다. 〈소프라노스〉의 마지막 에피소드에서 심리치료사 멜피 박사는 여러 해 동안 커다란 인내심을 발휘하며 마피아 보스인 토니의 심리 치료를 해오지만, 상담 시간이 토니의 반사회적 행동을 부추길 뿐임을 깨닫고 결국 치료를 중단한다. 토니가 결코 치료될 수 없는 인물임을 깨달은 것이다. 토니는 끝끝내 변화하지 않는다.

아크인가, 막인가?

이렇듯 아크는 작가와 시청자 모두에게 무척 중요한 요소다. 사람들은 아크를 통해 길고, 복잡하고, 다양한 이야기를 손쉽게 이해한다. 그럼 막은 어떤 역할을 할까?

사람들, 특히 3막 영웅의 여정을 옹호하는 사람들은 모든 이야기가 시작, 중간, 끝이라는 3막으로 나뉜다고 주장한다. 하지만 애초에 막이 무엇이며, 어디서 시작되고 어디서 끝나는지, 3막 구조를 주장하는 사람들 사이에서도 의견이 분분하다.

TV 시리즈도 이야기의 막을 구분하지만 3막 영웅의 여정에서 말하는 방식과는 살짝 다르다. TV 드라마는 예전부터 주로 기업에서 광고비를 받아 제작비를 해결했다. 이런 수익 구조 탓에 방송국은 10분마다 느닷없이 드라마를 멈춘 다음, 드라마 내용과 상관없는 요란한 광고를 틀어

대며 시청자가 혹시라도 광고 상품에 관심을 보일까 기대한다. 따라서 드라마의 인기를 지표 삼아 방영 시간을 편성하고 드라마를 몇 개의 막으로 나누어 중간 광고를 얼마나 내보낼지 결정하는 주체는 작가가 아니라 방송국 임원이다. 드라마가 한 시간 방영되는 동안 적게는 네 번, 많게는 일곱 번까지 중간 광고가 나간다.

상업적 관점에서 보면 중간 광고는 효과가 톡톡했고, 지금도 수많은 TV 프로그램과 인터넷 콘텐츠가 같은 방식으로 중간 광고를 삽입한다. 하지만 예나 지금이나 중간 광고는 짜증이 난다. 따라서 작가들은 중간 광고를 보고 짜증이 잔뜩 난 시청자를 다시 이야기로 끌어들일 방법을 고민해야 했다.

TV 시리즈 작가들은 장편영화처럼 이야기 중간에 극적인 전환이 일어나는 장면을 삽입하고(단서가 발견되고, 불륜이 들통나고, 비밀이 폭로되는 순간), 주인공이 중대한 결심을 하는 장면(적과 맞서 싸우고, 사랑을 고백하고, 새로운 사건을 맡는 순간)을 넣는 방식으로 '막'을 구분해 문제를 해결했다.

TV 시리즈 작가들은 이야기의 막을 잘게 나누는 일에 능숙해졌다. 중간 광고가 나가는 동안 시청자가 채널을 돌리지 못하게 막이라는 극적인 전환점을 집어넣어 다음 내용을 궁금해하도록 만들었다.

최근 수십 년 사이, HBO나 AMC, 넷플릭스와 같이 광고에 덜 의존하는 구독·스트리밍 서비스가 생겨나면서 중간 광고를 넣지 않는 뛰어난 TV 시리즈가 등장했다. 물론 전 세계 방송사들의 광고는 줄어들었다.

〈소프라노스〉, 〈매드맨〉, 〈데드우드〉 같은 TV 시리즈는 경직된 과거의 구조를 버리고 과감하게 전편의 줄거리가 이어지는 새로운 구조를 시도했다. 막의 구분을 없애자 TV 시리즈의 이야기 구조는 더욱 폭이 넓어지고 정해진 틀을 벗어나 소설처럼 섬세한 줄거리로 탈바꿈했다. HBO의 걸작 드라마 〈더 와이어〉를 제작한 데이비드 사이먼David Simon은 볼티모어 거리에서 벌어지는 권력과 부패를 다룬 복잡하고 다층적인 구조의 범죄 드라마에 '가벼운 시청자'를 끌어들인 비결이 무엇인지 질문받은 적이 있다. 그는 핵심을 짚었다. "가벼운 시청자는 필요 없습니다. 가볍게 보는 시청자를 누가 원한답니까?"

하지만 중간 광고가 없어 막의 구분이 사라진 지금도, 케이블과 구독 서비스의 TV 시리즈는 막 대신에 캐릭터 아크를 이용해 이야기에 형태를 부여한다. 실제로 케이블과 스트리밍 서비스가 연속되는 줄거리를 받아들이면서 캐릭터 아크는 이전보다 훨씬 중요해졌다.

'캐릭터 아크'라는 용어는 이제 문화적으로 널리 퍼져서 더는 업계에서만 쓰는 특수한 용어가 아니다. 시청자(설령 가벼운 시청자라고 해도)와 드라마 팬들은 좋아하는 등장인물과 TV 시리즈를 이야기하며 캐릭터 아크라는 말을 사용한다. 인터넷에서 〈왕좌의 게임〉 결말에 관한 댓글만 슬쩍 훑어봐도 알 수 있다. 시청자들은 주로 몇 년에 걸쳐 따라온 주요 인물들의 아크가 못마땅하게 끝맺었다며 불만을 토로했다. 말하자면 결말이 영 '시원찮았다'라는 것이다.

TV 시리즈는 이야기를 구성할 때 아크와 막을 영화와 비슷하면서도 다른 방식으로 사용한다. 장편영화와 마찬가지로 캐릭터 아크를 사용하지만, 하나가 아니라 여러 개의 아크를 골고루 활용한다. 마찬가지로 막을 나누지만, 신화에 나오는 공식이 아니라 방송국 임원이 결정한다.

안티 히어로가 주인공이 되다

과거에 제작된 TV 시리즈는 줄거리가 길고 등장인물이 많으며 중간 광고가 나와, 3막 영웅의 여정에서 주장하는 공식과는 맞지 않았다. 하지만 최근 수십 년 사이에 제작된 TV 시리즈도 공식에 맞지 않기는 마찬가지다.

배경을 설명하자면, TV 시리즈는 오랫동안 영화나 소설에 비하면 저렴하고 열악한 이야기 형식으로 여겨졌다. 제작물은 가치가 낮았고 세트장은 나무 쪼가리로 세웠으며, 출연진은 영화판에 미처 데뷔하지 못한 배우들이었다. 줄거리는 붕어빵 틀에 찍어내듯 대량생산되어 이번 주나 다음 주나 내용이 엇비슷했다.

정확한 시기는 아직 논란의 여지가 있지만, 대략 1990년대나 2000년대 무렵부터 TV 시리즈가 달라진다. 그야말로 환골탈태한다. 〈소프라노스〉, 〈더 와이어〉, 〈식스 핏 언더〉, 〈브레이킹 배드〉, 〈매드맨〉, 〈레프트 오버〉, 〈플리백〉, 〈보잭 홀스맨〉, 〈애틀란타〉 같은 TV 시리즈는 스토리텔링의 놀라운 폭과 깊이를 선보였다. TV 시리즈는 야심만만했고 세련되어졌으며, 영화와 어깨를 나란히 하는 정도가 아니라 아예 영화를 뛰어넘어버렸다. 영화가 단편소설이라면 TV 드라마는 섬세한 줄거리를 지닌 대하소설이 되었다.

그다음은 어떻게 됐을까? 지난 20년 동안 TV 시리즈를 저렴한 이야기 형식에서 앞다퉈 소비하는 예술 장르로 바꾼 요인은 무엇일까? 이렇듯 극적인 변화를 일으킨 원인은 많다. 원인을 일일이 설명하려면 책 한 권으로는 부족할 것이다. 이 현상은 이렇게 요약할 수 있다. 역사적으로 보면 TV 드라마는 모든 시청자가 웃고 즐길 수 있는 장르였다. 하지만 인터넷과 케이블 방송이 등장해 틈새시장을 공략하면서 시청자는 작은 집단으로 쪼개졌고, 이들은 자극적이고 흥미진진한 콘텐츠를 언제 어디서나 원할 때마다 보기를 원했다.

이 사실을 이해하면 욕설을 입에 달고 사는, 트라우마를 지닌 섹스 중독자가 주인공으로 나오는 〈플리백〉 같은 드라마가 어떻게 최근 몇 년 사이에 크게 흥행했는지 알 수 있다. 그렇다고 해서 모든 드라마가 〈플리백〉처럼 틈새시장을 공략한다거나 자극적이라는 뜻은 아니다. 전 세계적으로 보면 〈빅뱅 이론〉, 〈모던 패밀리〉, 〈굿 닥터〉, 〈디스 이즈 어스〉와 같이 폭넓은 대중에게 호소하는 드라마도 여전히 인기가 많다. 저마다 나름의 장점이 있는 법이다. 그러나 TV 드라마가 다루는 소재가 달라지고 있음은 부정할 수 없다. 특히 넷플릭스나 아마존 같은 기업은 틈새시장을 공략하며 급부상해 전 세계에 콘텐츠를 공급하고 있으며, 그들이 제작한 드라마는 몇 달 내내 뉴스 1면을 장식하는 탓에 그냥 무시하고 지나칠 수가 없다.

TV의 '황금기'인 오늘날 흥미로운 사실은 시대를 규정하는 드라마가 대체로 안티 히어로에 관한 이야기라는 점이다. 〈소프라노스〉, 〈브레이킹 배드〉, 〈식스 핏 언더〉, 〈매드맨〉, 〈레프트 오버〉, 〈플리백〉 모두 안티 히어로를 다룬다.

〈소프라노스〉의 주인공 토니 소프라노는 사이코패스 마피아 두목이다. 〈브레이킹 배드〉의 월터 화이트는 사람 좋은 화학 교사에서 무자비한 마약왕으로 변신한다. 〈매드맨〉의 돈 드레이퍼는 불륜을 일삼고 타인의 감정에 무관심한 이기적인 인물이다. 〈식스 핏 언더〉의 피셔 가문은 제대로 할 줄 아는 게 없는 장의사 집안이다. 〈레프트 오버〉의 케빈과 노라는 트라우마에서 회복하는 중이지만 종종 자살 충동을 느낀다. 〈플리백〉의 주인공 플리백은 역시나 엉망진창이다. 여기 언급한 주인공들은 영웅의 여정에서 말하는 '영웅'과 거리가 멀다. 주인공들의 아크도 마찬가지다. 토니 소프라노가 실제로 죽었는지 여부와 상관없이 상황은 해결되지 않은 채 이야기가 끝난다. 월터 화이트나 돈 드레이퍼도 마찬가지다. 특히 돈 드레이퍼는 몹시 비극적인 인물로 끔찍할 정도로 비관적인 아크를 걷는다. 피셔 가문의 아크는 가슴을 울리지만 모호한 결말을 보여주며, 〈레프트 오버〉의 케빈과 노라도 마찬가지다. 그나마 결말이 낙관적인 것은 〈플리백〉뿐인데, 그마저도 슬픔과 회한이 뒤섞인 형태이다.

TV 시리즈는 영화와 달리 결말에 이르러 온 세상이 아름답게 보일 만큼 변화하는 주인공을 이야기하지 않는다. 때로는 상황이 끔찍해 보이고(〈브레이킹 배드〉), 모호하기도 하며(〈레프트 오버〉), 희망차 보이기도 한다(〈플리백〉). 때로는 극적인 변화가 일어나며(월터 화이트), 때로는 변화가 없다(토니 소프라노). TV 시리즈는 영웅의 여정이 제안하는 공식을 따르지 않는다.

플리백을 안티 히어로라기보다 '결함이 있는' 인물로 간주한다면(사실 그편이 더 정확하다고 할 수 있겠다), 〈플리백〉은 주인공이 어떻게 콤플렉스를 극복하고 성장하는지를 다룬 이야기라고 볼 수도 있다. 그러니 만약 다음 시즌이 나오지 않는다면, 〈플리백〉은 영웅의 여정을 다룬 이야기라고 할 수도 있다. 〈플리백〉을 제작한 피비 월러브리지 Phoebe Waller-Bridge 는 애초에 시즌 1만 제작할 생각이었다고 밝힌 바 있다. 만약 그랬다면 플리백은 몹시 비관적인 아크를 걷는 인물이 되고 말았을 것이다. 다행히도 월러브리지는 후속편을 떠올렸고, 시즌 1보다 훨씬 훌륭한 시즌 2를 세상에 내놓으면서 〈플리백〉을 훨씬 낙관적인 이야기로 만들었다! 하지만 지금쯤 새로운 시즌이 그녀의 머릿속에서 꿈틀대고 있을지도 모른다. 조만간 〈플리백〉의 여정에 새로운 막이 열릴지도 모를 일이다.

이것이 TV 시리즈의 진실이다. TV 드라마는 3막 영웅의 여정처럼 정해진 형식이 아니라 끝없이 새로운 인물이 튀어나오고 쉼 없이 새로운 이야기가 쏟아지는 구조로 이루어진다. 몇 해에 걸쳐 다양한 인물이 나오고 여러 갈래의 줄거리가 펼쳐진다.

팬들이 몇 년씩 애정을 쏟아부은 드라마의 줄거리, 인물, 아크를 한데 모아 결말을 완성하는 일은 거의 전쟁에 가깝다. 팬들의 찬사를 한 몸에 받는 결말이 있는가 하면(〈브레이킹 배드〉, 〈매드맨〉, 〈식스 핏 언더〉, 〈소프라노스〉), 팬들을 갈기갈기 찢어놓는 재앙 같은 결말도 있다(〈왕좌의 게임〉, 〈덱스터〉, 〈로스트〉, 〈내가 그녀를 만났을 때〉). 만약 결말과 관련된 문제를 몽땅 해결하는 사람이 나타난다면, 진정한 영웅이 될 것이다!

5부   창작자를 위한
                    실전 글쓰기

Beyond the Hero's Journey

11장

캐릭터 아크를 이용해 글 쓰는 법

드디어 결론이다. 당신은 아크 분석의 모든 과정을 수료했다. 한 장 한 장 꼼꼼히 이 책을 읽었다. 이야기를 구성하고 인물의 감정선을 만드는 데 캐릭터 아크가 얼마나 강력한 영향을 미치는지 조목조목 살펴보았다. 가슴이 벅차오르는 희망 가득한 이야기를 읽었으며(〈스타워즈〉, 〈에린 브로코비치〉, 〈모아나〉), 당혹스럽고 알쏭달쏭한 이야기도 접했으며(〈소셜 네트워크〉, 〈아무르〉, 〈윈터스 본〉), 끔찍하고 절망적인 이야기도 살펴보았다(〈멀홀랜드 드라이브〉, 〈대부〉, 〈언더 더 스킨〉).

우리는 주인공이 내면의 가치와 신념을 고집하는지, 아니면 감정이 바뀌는지에 따라 인물의 아크가 달라진다는 사실을 배웠다. 루크 스카이워커는 감정의 변화를 경험하면서 '죽음의 별'을 파괴한다. 에린 브로코비치는 자기가 바뀌는 대신 주변 사람의 태도를 바꾸면서 소송을 승리로 이끈다.

'인물'과 '변화', '갈등'과 '선택'이라는 상식적인 원리를 이해하면 인물이 자신의 삶을 좀먹는 갈등을 어떻게 해결하려고 노력하는지, 줄거리가 진행되고 막이 전환되는 과정에서 어떻게 이야기가 만들어지는지 알수 있다. 때때로 이야기는 3막으로 이루어진다(〈문라이트〉, 〈스위트 컨트리〉). 하지만 4막으로 이루어지거나(〈대부〉, 〈언더 더 스킨〉, 〈모아나〉, 〈멀홀랜드 드라이브〉, 〈윈터스 본〉, 〈나이팅게일〉), 5막(〈버닝〉, 〈아무르〉, 〈에린 브로코비치〉, 〈터미네이터〉, 〈소셜 네트워크〉), 혹은 그보다 더 많은 막으로 나뉘기도 한다(〈허트 로커〉). 간혹 이야기는 극적인 막의 구분보다 조용한 내면의 선택을 따라 잔잔하게 펼쳐진다(〈사랑도 통역이 되나요?〉, 〈패터슨〉, 〈콜 미 바이 유어 네임〉).

우리는 캐릭터 아크가 여러 개 등장하는 이야기가 어떻게 펼쳐지는지도 살펴보았다(〈델마와 루이스〉, 〈히든 피겨스〉, 〈어느 가족〉). TV 드라마에서는 많은 인물을 등장시켜 시즌을 여러 번 거쳐야 해결되는 아크를 만들기도 한다. 좋다. 지금까지 우리는 여러 분야를 두루 살펴보았다. 이제는 자신만의 이야기를 쓰는 방법이 궁금할 것이다. 막연한 아이디어를 빈틈없고 흡입력 있는 이야기로 바꾸려면 어떻게 하면 좋을까? 어떤 과정을 거쳐야 하는 걸까? 비밀이 무엇일까? 사실 당신은 이미 방법을 알고있다. 가장 최근에 본 영화를 떠올려보자. 주인공이 누구였는지 생각해보자. 주인공은 변화형 인물이었는가, 불변형 인물이었는가? 주인공의 아크는 무엇이었는가?

내 이야기를 참고해보자. 이 장을 집필하면서 나는 아이슬란드 영화 〈화이트 화이트 데이A White, White Day〉를 보았다. 영화는 아내의 죽음을 애도하는 남편에 관한 이야기다. 줄거리를 일일이 읊을 필요도 없이 나는 남편이 변화형 인물이라고 장담한다. 의심할 여지가 없다. 그러면 아크는 어떤 종류일까? 주인공의 상황은 어떻게 전개될까? 아주 간단하다. 〈화이트 화이트 데이〉는 낙관적 아크를 보여준다. 가슴 아프고 눈물 나는 이야기이지만 결국에 주인공의 앞날은 밝아 보인다.

다시 한번 가장 최근에 본 영화를 떠올려보자. 줄거리를 잠시 되짚어보자. 영화의 시작과 끝에서 주인공은 달라졌는가, 그대로인가? 아크는 낙관적인가, 비관적인가, 양면적인가? 이 질문들에 대답할 수 있다면 당신은 이미 영화의 이야기가 어떤 형태로 이루어졌으며, 주인공의 감정이 어떤 여정을 거치는지, 영화의 주제가 무엇인지를 전부 이해하고 있는 셈이다.

막이 몇 개나 나오는지 한번 세어볼까? 앞서 언급한 일들보다 더 어려운 작업이다. 〈화이트 화이트 데이〉는 4막이나 5막으로 이루어진 듯한데, 확실하게 결론 내리려면 한 번 더 영화를 봐야 할 것 같다. 하지만 그리 어렵지는 않을 것이다. 중대한 외부 변화가 일어나고 주인공이 분명한 내면의 선택을 내리는 장면을 찾다 보면 막과 막을 구분하는 이정표가 눈에 띌 것이다. 일단 익숙해지고 나면, 영화를 볼 때마다 어디서 막이 구분되는지 또렷이 눈에 들어온다. 극적이고 새로운 상황에서 주인공이 무엇을 할지 결심하고 변화하는 순간을 느낄 수 있다.

살펴보았듯이 당신은 이미 이야기를 규정하는 요소를 많이 알고 있다. 이야기를 만드는 블록에 익숙해지면 자신의 이야기도 손쉽게 지을 수 있다. 아직 잘 모르겠는가? 그러면 다음과 같은 방법을 사용해보자.

11장 캐릭터 아크를 이용해 글 쓰는 법

영감을 준 영화 다섯 편 보기

먼저 당신만의 이야기를 집필하는 데 영감을 준 영화 다섯 편을 나열해 보자. 그런 다음 소파에 편안히 누워 영화를 감상하자. 아니면 영화를 보는 대신 대본을 읽는 것도 좋은 방법이다. 영화를 감상하면서, 주인공의 내면세계와 외부세계에 대해 아는 대로 말해보자. 주인공은 어떤 인물인가? 변화형인가, 불변형인가? 어떤 아크를 경험하는가? 이야기를 구분하는 막은 몇 개인가? 막은 어디에서 구분되는가? 막과 막 사이는 얼마나 떨어져 있는가? 막을 구분하는 외부의 변화와 내면의 선택은 무엇인가?

더 깊이 파고들고 싶다면, 이 책에 실린 그림처럼 막과 캐릭터 아크를 그림으로 그려보는 방법도 있다. 하지만 꼭 그래야 하는 것은 아니다. 다만 당신이 좋아하는 영화를 감상할 때 막의 구분과 캐릭터 아크를 염두에 두면 훨씬 좋다. 특히 그 영화가 왜 재미있고, 이야기가 어떤 짜임새를 가지는지 곰곰이 생각해본 적이 없다면 더욱 도움이 될 것이다. 이런 방식으로 영화 다섯 편을 보고 나면, 영화를 보는 새로운 눈이 생길 것이다. 좋아하는 이야기를 보면서 패턴을 찾다 보면 내가 쓰려는 이야기의 실마리도 얻게 되는 법이다.

더불어 당신이 매력을 느끼는 캐릭터 아크가 무엇인지도 눈에 보이기 시작할 것이다. 나는 양면적 아크를 걷는 변화형 인물에게 몹시 끌리는 편이다. 다른 이야기를 좋아하지 않는다는 뜻은 아니다. 나는 되도록 영화를 폭넓게 보려고 애쓴다. 다만 양면적 아크가 보여주는 혼란과 복잡함이 내 세계관과 잘 맞는다고 느낀다. 나는 실제로 이 세상이 믿을 수 없이 복잡하고 혼란한 곳이라고 느낀다. 그래서 그런 감각을 자극하는 영화를 만나면 자연스레 마음이 간다. 당신은 어떤가? 마음이 끌리는 인물과 아크가 있는가?

여기서 제시한 방법을 따라서 자신만의 이야기를 찾아보자. 마음 가는 대로 인물과 아크를 연결해보자. 어떤 이야기 형태에 마음이 끌리는가? 이야기의 아크는 낙관적인가, 비관적인가, 양면적인가? 변화형 인물이 마음에 드는가, 불변형 인물이 마음에 드는가? 어떤 이야기를 다룰지 고민될 때 시도해볼 수 있는 방법이 하나 더 있다. 대본을 옆에 끼고 영화를 보는 방법이다. 이야기를 베끼라는 뜻이 아니다. 대본에 적힌 이야기가 어떻게 영상으로 표현되는지, 혹은 표현되지 않는지, 이야기가 성공하거나 실패한 원인이 무엇인지 배울 수 있다.

어떤 분야에서건 새로운 예술 형식을 익히려면 숙련된 예술가가 사용한 기법을 먼저 완벽히 내 것으로 만들어야 한다. 그래야 자신만의 길을 찾을 수 있다. 지금 작업 중인 이야기와 닮은 이야기를 살펴보고 이야기의 큰 그림을 먼저 눈에 익힌다면, 당신만의 이야기와 캐릭터 아크를 어떻게 풀어내면 좋을지 좋은 아이디어를 얻게 될 것이다.

장면별로 연구하기

영화의 장면 장면마다 같은 방법으로 접근해도 된다. '인물'과 '변화', '갈등'과 '선택'의 원리는 1막, 2막처럼 막 단위나 이야기 전체에만 적용되는 게 아니다. 작은 단위의 장면과 사건에도 충분히 적용된다. 이번에도 좋아하는 영화의 좋아하는 장면을 떠올려보자. 그 장면은 어떻게 그려지는가? 이유가 뭘까? 영화 속 인물과 사건에 깊이 빠져 있으면 객관적인 질문에 대답하기 힘들 때도 있다. 그럴 때는 한 걸음 뒤로 물러나서 차근차근 분석해보자. 결국 영화에 나오는 장면과 사건은 모두 다음과 같이 요약된다.

'인물'이……
'변화'를 겪고……
'변화'는 '갈등'을 낳고……
'갈등'은 '선택'을 부추긴다.

〈스타워즈〉에서 루크는 벤이 반란군에 가담해서 자신을 도와달라고 부탁하지만, 고민 끝에 집으로 돌아가 삼촌을 도와 농장에서 일하기를 선택한다. 〈문라이트〉에서 샤이론은 바닷가에서 만난 케빈이 입을 맞추려고 몸을 숙이자 망설이다가, 마침내 위험을 감수하고 친밀함을 받아들이기로 선택한다. 〈윈터스 본〉에서 리는 티어드롭이 보증인에게 빼앗기기 전에 숲을 팔라며 재촉하자, 어찌할 줄 몰라 갈팡질팡하고 엄마에게 달려가 도와달라고 말한다. 〈델마와 루이스〉에서 델마는 주말 동안 외출하면서 행선지를 남편에게 말하지 않기로 결정한다. 〈히든 피겨스〉에서 캐서린은 '흑인 전용' 커피포트를 마주하고 침묵하기로 선택한다.

'모든' 장면, '모든' 순간마다, '인물'은 '변화'와 '갈등', '선택'을 마주한다. 영화의 신은 그렇게 만들어진다. 이런 요소들이 영화의 신을 '극적으로' 만든다. 당신이 좋아하는 장면을 꼼꼼히 들여다보자. 인물이 '변화'를 마주하고 '갈등'을 경험하고 '선택'을 내리는 모습을 샅샅이 관찰하자. 〈히든 피겨스〉의 커피포트 사건이나 〈델마와 루이스〉에서 델마가 메모를 남기지 않고 떠날 때처럼, 때때로 인물은 사소한 선택을 내린다.

때때로 인물은 굵직한 선택을 내리고 갈등을 새로운 방식으로 해결하면서 이야기의 새로운 막을 연다. 예를 들어 〈문라이트〉에서 샤이론은 폭력의 필요성을 체감하고 티렐을 공격하며, 〈모아나〉에서 모아나는 자신의 운명을 받아들이기로 결심하고 테 피티의 심장을 되돌려놓는다. 인물이 내리는 선택은 원인이 되어 이야기에 파문을 일으키며 다양한 사건이라는 결과로 나타난다. 인물은 선택을 내리면서 극적인 감정 변화를 겪기도 하며(〈문라이트〉), 아무런 감정 변화를 겪지 않기도 한다(〈모아나〉). 이런 원리를 이해하면 당신은 이야기에 나오는 모든 장면과 인물이 내리는 모든 선택을 크든 작든 할 것 없이 전체 이야기의 흐름에 유기적으로 연결할 수 있다.

조연과 하위 플롯 살펴보기

같은 원리가 조연의 역할에도 적용된다. 우리는 이미 주인공이 여럿 등장하는 캐릭터 아크를 조합해 만든 이야기를 살펴보았다(〈델마와 루이스〉, 〈히든 피겨스〉, 〈어느 가족〉). 영화의 인물들은 다른 듯 닮은 길을 걸으면서 서로의 아크를 보완하고 지지한다. 막이 넘어가고 장면이 바뀔 때마다 모든 인물이 '변화'를 마주하고, '갈등'과 씨름하며, '선택'을 강요받는다. 이 원리를 조연에게도 똑같이 적용해보자. 모든 인물은 각자의 아크를 걷는다. 조연이 내리는 선택은 주인공의 선택만큼 대단해 보이지 않는다. 조연이 겪는 갈등과 감정의 변화는 주인공만큼 많아 보이지 않는다. 하지만 조연도 나름의 아크를 걷는다.

11장 캐릭터 아크를 이용해 글 쓰는 법

예를 들어 〈스타워즈〉의 한 솔로는 이기적인 불한당에서 제국의 침략에 대항하는 반란군으로 완벽하게 거듭난다(여러모로 한 솔로의 아크가 루크의 아크보다 백배 낫다!). 〈레이디 버드〉에서 엄마로 나오는 매리언은 어떨까? 매리언은 딸이 자신을 버리고 떠나려고 분투하는 동안(적어도 매리언은 그렇게 생각한다), 내면의 상처와 좌절된 꿈을 안고 씨름한다. 매리언은 비교적 변화가 적은 인물이지만, 엄마의 희생에 감사하는 레이디 버드의 모습에서 밝은 미래를 예감한다.

〈히든 피겨스〉에서 캐서린의 직속 상사로 나오는 폴 스태퍼드처럼 역할이 작은 인물은 어떨까? 폴은 이야기에서 악당 역할이다. 하지만 '흑인 전용' 커피포트를 쓰라고 끝까지 고집부리는 대신 마침내 마음을 바꿔 캐서린에게 커피를 타다 준다. 폴은 확실히 변화형 인물로 캐서린 덕분에 낙관적 아크를 걷게 되며, 앞으로의 삶이 더 풍요로울 것으로 기대된다. 조연들도 저마다 이야기가 있다. 악당들도 사연이 있다. 아니, 악당들이야말로 사연이 많다.

플롯을 진행하는 장치나 뻔한 유형의 찍어낸 듯한 악당이 아니라, 진솔하고 믿음이 가는 입체적인 조연을 창조하고 싶다면, 나름의 내면세계가 필요하다. 그들은 무엇을 믿고 무엇을 소중히 하는가? 무엇을 두려워하고, 무엇을 갈구하며, 무엇을 바라고 꿈꾸는가?

조연을 만들고 싶다면 다음과 같은 질문을 던져보자. 조연을 주인공으로 이야기를 쓴다면 어떤 이야기가 나올까? 인물은 변화형인가, 불변형인가? 아크는 낙관적인가, 비관적인가, 양면적인가? 내용이 많지 않아도 좋다. 굳이 주인공보다 매력 있는 복잡한 인물을 만들려고 애쓰지 않아도 된다. 하지만 조연을 살아 숨 쉬는 인물로 만들려면 충분한 입체감이 필요하다. 글을 쓰다 보면 조연을 깜빡하고 챙기지 않을 때가 있고, 그러면 조연은 뻔한 인물이 되기 십상이다. 하지만 조연은 주된 줄거리에서도, '하위 플롯' 안에서도 없어서는 안 될 중요한 역할이다.

앞서 살펴보았듯 이야기는 하나의 줄거리로만 구성되지 않는다. 주된 줄거리(플롯 A)는 있지만, 주인공이 발을 담그는 하위 플롯이 여럿 존재한다. 하위 플롯 안에 조연들이 잔뜩 등장한다. 〈레이디 버드〉의 플롯 A는 명문대에 들어가고 싶은 레이디 버드의 욕심이다. 하지만 하위 플롯은 매리언, 대니, 카일, 제나와 같은 다채로운 조연을 중심으로 펼쳐지며, 조연들의 이야기가 결국 레이디 버드의 감정이 달라지도록 촉구하는 역할을 한다. 조연들의 이야기가 없다면, 관객은 레이디 버드에게 흥미를 느끼지도, 다가가지도 못할 것이다.

마찬가지로 〈문라이트〉에서 샤이론이 성 정체성과 씨름하는 모습은 후안, 케빈, 엄마인 폴라, 악당 티렐과 쌓아가는 줄거리 위에서 펼쳐질 때 더욱 의미를 지닌다. 조연들의 이야기는 샤이론의 여정에 감정적 배경을 제공하고, 샤이론의 이야기를 더욱 깊이 있고 다채롭게 만든다. 조연은 플롯의 장치가 아니며, 상황을 설명하는 해설자도 아니다. 나름의 내면세계와 이야기를 지닌 독립된 인물이다.

주제에 맞춰 글쓰기

끝으로, 캐릭터 아크와 주제의 관계에 대해 알아보자. 주제는 진저리 날 만큼 이해하기 힘든 개념으로 알려져 있다. 사람들은 흔히 이야기는 교훈을 주어야 한다고 여기며 '낯선 사람에게 친절해라', '욕심을 부리면 반드시 패망한다', '부모님께 효도해라' 같은 말을 주제라고 받아들인다. 하지만 이것은 주제라는 개념을 지나치게 협소하고 단순하게 생각한 것이다. 이야기가 항상 인생의 진리를 일깨우는 도덕적 교훈을 제시하지는 않는다. 〈언더 더 스킨〉의 교훈이 뭘까? 외계인이 되지 말자? 인간을 죽이지 말자? 〈멀홀랜드 드라이브〉의 교훈은 뭘까? 시샘하지 마라? 헤어진 연인을 죽이지 마라? 〈허트 로커〉의 교훈은? 폭탄을 제거할 때는 침착해라?

나는 이야기의 주제를 작가의 고유하고 개인적인 세계관이라는 관점에서 바라본다. 이야기의 인물을 만들고 캐릭터 아크를 다루는 방법을 보면, 작가가 세계를 어떤 시선으로 보는지 잘 알 수 있다. 예를 들어 〈언더 더 스킨〉의 주인공은 비관적 아크를 걷는 변화형 인물이다. 이것은 무슨 뜻일까? 작가가 볼 때 세상일이 늘 생각대로 돌아가지는 않는다는 뜻이다. 앞날은 막막하고 암울하며, 끝에는 폭력과 죽음이 기다린다. 주인공이 제아무리 극적인 감정 변화를 겪어도 간단히 구원받는 일은 없다. 당신은 사냥꾼 아니면 사냥감이다. 탈출구는 없다. 영화는 오늘날의 글래스고를 배경 삼아 불안감이 넘쳐흐르고 금세 멸망할 듯한 세상을 그려낸다. 아울러 현대사회의 성폭력이라는 강력한 주제를 환기한다. 반복되는 폭력을 막아내는 일도, 위험에서 벗어나는 일도 쉽지 않음을 영화는 비관적 아크를 이용해 드러낸다.

캐릭터 아크를 관찰하는 방법 외에도, 작가의 세계관과 이야기의 주제를 파악하는 방법으로 '선택'의 원리를 꼽을 수 있다. 우리는 흔히 선택이 의도를 포함한다고 생각한다. 내가 선택을 했다면 그것은 내 의지로 한 선택이다. 그렇지 않은가? 하지만 우리가 살펴본 바로는 선택은 인물이 마주치는 외부 요소로부터 크게 영향을 받는다. 예를 들어 〈터미네이터〉에 나오는 살인 로봇, 〈대부〉에서 마이클 코를레오네 가문을 위협하는 세력이 그런 외부 요소다.

달리 말하면 선택이 늘 선택인 것은 아니다. 사라 코너가 미친 사람처럼 보이는 리스를 뒤따라 달아나는 것 말고 다른 선택을 할 수 있었을까? 아닐 것이다. 마이클 코를레오네는 불법을 일삼는 가업을 멀리할 수 있었을까? 그럴 수도 있었겠지만, 만약 그랬다면 사랑하는 아버지가 오랜 세월 지켜온 모든 것을 등지게 되었을 것이다. 가문의 역사와 가치를 지키려면 '참여할 수밖에 없는' 운명이었다. 정말로 그에게 선택의 여지가 있었을까?

인물은 고립된 채 선택을 하지 않는다. 주변으로부터 영향을 받는다. 인물의 믿음이나 가치는 문화적 관습, 의식, 습관과 같이 자신이 통제할 수 없는 요인으로 형성된다. 이야기가 펼쳐질 때 인물이 어떤 결정을 내리는지 차분히 들여다보면 작가의 세계관이 무엇인지, 영화가 의도한 주제가 무엇인지 알 수 있다. 예를 들어 〈에린 브로코비치〉에서 에린은 과감하게 선택을 내리고 주변 세상을 바꾼다. 작가인 수재나 그랜트는 홀로 일하며 아이를 키우는 엄마들을 향한 사람들의 편견과 오지랖을 되짚어보고 그들이 무엇을 할 수 있는지 이야기한다. 〈나이팅게일〉에서 주인공 클레어는 빌리가 근본적으로 자신과 같은 존재라는 사실을 깨닫고 더욱 겸손해진다. 작가 제니퍼 켄트는 식민지 시대를 배경으로 권력과 불공정함, 연민이 서로 어떤 영향을 주고받는지 그 역학을 탐구한다. 〈소셜 네트워크〉에서 마크 저커버그는 감정의 변화를 경험하지만, 자신이 한 선택으로 이미 모든 인간관계가 무너져 내린 뒤였다. 작가 에런 소킨은 사회적 지위가 사실상 얼마나 얄팍한 것이며, 가족과 친구를 버리고 성공을 뒤쫓는 욕망의 결과가 무엇인지 곱씹는다.

　작가가 이야기를 통해 살펴보려는 주제와 세계관을 이해하려면 반드시 선택의 원리를 알아야 한다. 이야기가 펼쳐지는 동안, 인물이 예전과 전혀 다른 선택을 내리는가? 인물이 감정 변화를 경험하는가? 인물의 선택과 감정 변화는 이야기 속 세계를 어떻게 묘사하는가? 현실 세계를 어떻게 해석하는가? 우리가 사는 세상을 긍정하는가, 아니면 다른 각도에서 사물을 보도록 관객을 재촉하는가? 선택이라는 개념을 제대로 이해하면 이야기의 주제가 무엇인지, 도대체 이야기란 무엇인지 알 수 있다.

요약: 인물, 변화, 갈등, 선택

먼 길을 돌아왔다. 이제는 실천만 남았다. '인물', '변화', '갈등', '선택'의 원리를 이해하고, 캐릭터 아크가 어떻게 작동하는지 알았으니, 당신만의 이야기를 쓸 준비를 모두 마친 셈이다. 솔직히 말하면, 앞서 다룬 원리가 모든 글쓰기에 적용되는 것은 아니다. 사실 우리가 살펴본 이야기 작법은 어디까지나 서구 문화에 바탕을 둔 접근법이 아닐까 하는 생각도 든다. 제대로 설명하려면 책 한 권은 너끈히 필요한 '선택'과 같은 개념이 특히 그렇다. 하지만 이런 원리를 이용하면 폭넓은 장르와 다양한 소재의 이야기를 분석하고 논의하고 집필할 때 큰 도움이 되는 건 분명하다.

　앞서 소개한 원리를 단계별로 습득해가며 이야기를 꾸준히 써나가면, 자연스레 글을 쓰는 법을 터득하고 작가로서 성장할 수 있다. 이야기를 써나가며 성공과 실패를 거듭하다 보면 '내가' 무엇을 말하고 싶은지, '내가' 어떻게 말하는지 알게 된다. 세상에 온갖 이야기가 존재하듯, 글 쓰는 법도 다양해서 만능 도구처럼 누구에게나 딱 맞는 방법은 없다. 이야기가 제각각 다르듯 작가도 제각각이다. 작가들은 저마다 다른 영감을 가지고, 다른 장소를 배경으로, 다른 사건을 풀어낸다. 글 쓰는 법을 터득하려면 다른 누구도 아닌 '나만의' 방법이 필요하다. 12장에서 이 방법에 대해 자세히 살펴보도록 하자.

창작자가 꼭 알아야 할
글쓰기의 6가지 원칙

사람들은 흔히 이야기 만드는 일을 집짓기에 빗대어 말한다. 우선, 공사 계획을 세우고(대강의 틀을 짜고), 지반을 다듬고(3막 구조를 세우고), 하나씩 벽돌을 쌓아서(장면을 구성해서), 집을 짓는다(이야기를 완성한다). 계획과 달리 욕실이 너무 협소하게 지어질 수도 있지만, 어쨌든 집을 완성한다(비유하자면, 은근슬쩍 다른 작품을 모방해 결말을 마무리했을지라도, 아무튼 이야기는 완성한다).

집짓기가 형편없는 비유는 아니지만, 글쓰기와의 커다란 차이점이 두 가지 있다. 우선, 집을 지을 때는 어떤 집을 지을지 건축가가 구상하고, 건축가의 구상을 바탕으로 상세한 계획을 세우고, 시공업자와 계약을 체결한 다음, 전기 기사와 배관 기사, 도배와 마루 등 각 부분을 작업할 인부들이 다 같이 공사에 참여한다. 계획한 대로 집을 짓기 위해 여럿이 힘을 합쳐 결정하고 또 결정한다. 한마디로, 집짓기는 공동 작업이다.

하지만 이야기를 쓰는 일은 '혼자' 하는 작업이다. 당신은 누구의 도움도 없이 혼자 글을 써야 한다. 이야기의 주인공은 어떤 사람이며, 성격은 어떻고, 좋아하는 외투의 소재나 색깔은 무엇인지, 어떤 이야기를 주로 하며, 어떤 말투로 말하는지, 어떤 일을 겪고, 어떤 상황에 빠지는지, 어떤 사건을 겪는지, 이 모든 일에 궁극적으로 어떤 의미가 있는지를 오롯이 혼자 결정해야 한다! 물론 배우자에게 묻거나 친구에게 전화를 걸거나 믿음직한 동료에게 조언을 구할 수도 있다. 천사 같은 편집자가 주변에 있다면 대신 원고를 읽어봐달라고 부탁할 수도 있다. 하지만 그러려면 일단 뭐든 써야 한다. 누구도 대신해줄 수 없는 무수한 결정을 혼자 내려야 한다. 당신이 쓴 이야기가 영화로 제작된다면, 참신한 아이디어와 발상을 제안하며 당신을 도와줄 (어쩌면 훼방 놓을) 사람이 감독과 프로듀서를 비롯해 무수히 많을 것이다. 하지만 그러려면 먼저 그들이 읽을 대본부터 '제대로' 써야 한다. 오롯이 혼자서 말이다.

다음으로 집짓기는 시간순이지만 글쓰기는 시간순이 아니라는 점이 다르다. 집을 지으려면 지반부터 다져야 한다. 그런 다음 벽체를 세우고 그 위에 지붕을 올린다. 집짓기의 3막 구조랄까. 이 순서를 지키지 않고 집을 짓기란 사실상 불가능하다. 따라서 이 과정에는 선택이랄 게 별로 없다. 집을 지으려면 순서를 따라야 한다는 사실을 누구나 알고 있다. 하지만 글쓰기는 시간순이 아니다. 이야기 자체는 시작, 중간, 끝이 있어 시간순으로 구성되기도 한다. 하지만 이야기를 쓰는 과정은 단계를 밟듯 순서대로 진행되지 않는다.

이야기를 서두부터 시작(지반 다지기)했다고 하더라도, 중간(벽체)이

짧아지기도 하고 결말(지붕)은 중간(벽체)과 크기가 맞지 않을 수도 있다. 글을 마무리하고 보면 시작, 중간 부분이 각각 딴소리하는 것처럼 보일 수도 있다(집의 완성도). 마음에 드는 부분이 있겠지만 적어도 한 번은 글을 다듬어야 할 것이다. 아니, 여러 번 다듬어야 할 것이다. 상황이 이렇다 보니 작가는 시간순으로 글을 쓰는 대신, 시간을 거슬러 올라가 자료를 처음부터 다시 조사하고, 줄거리를 고쳐 쓰고, 새로운 사건을 끼워 넣고, 기존 사건을 삭제하고, 문장을 다듬고, 원고를 꼼꼼히 되짚어보고 가끔은 아예 폐기한다. 작가들은 이야기를 끝까지 써보고 난 뒤에야 이야기의 구석구석을 제대로 '안다'. 건축가가 집을 어떻게 지을지 미리 '아는' 것과는 사뭇 다르다. 작가들은 글을 쓰는 동안 이야기의 세부 사항을 '발견한다'.

창의적 예술이 아닌 분야에서 일하는 사람들에게는 좀처럼 이해하기 힘든 말이다. 새로운 작품을 창조하는 과정은, 특히 텅 빈 종이 한 장에서 출발해야 하는 글쓰기 같은 작업은 '이미 아는' 것을 구체화하는 과정이 아니라 모르던 것을 '발견하는' 과정이다. 글쓰기는 '무에서 유를 창조하는 작업'이기 때문이다. 따라서 글쓰기는 순서를 따르는 대신 쉼 없이 되돌아가기를 '반복한다'. 작가들, 특히 소설가들은 시작 단계에서 인물과 사건의 어렴풋한 이미지만 가진 채로 출발해 글을 쓰는 과정에서 이야기를 발견하고 마침내 목적지에 다다른다. 시나리오 작가는 전체 줄거리를 얼추 세운 다음 작업을 시작하지만, 소설가와 마찬가지로 집필 과정에서 인물과 이야기에 대한 중요한 사실을 발견한다.

TV 연속극처럼 정형화된 장르라면, 시나리오 작가는 다른 작가와 작업을 함께하기도 한다. 아이디어를 내고, 다시 회수하고, 줄거리를 요리

조리 바꿔가면서 함께 이야기를 빚어나간다. 그다음에 비로소 이야기의 개요를 짜기 시작하고, 개요를 다듬은 뒤에 초고를 집필하고 수정하면서 글을 써나간다. 작가는 원고를 한 번 마무리할 때마다 이 과정을 처음부터 다시 거치면서, 원고를 수정하고, 초고에서 놓친 부분을 추가하고, 새로운 요소를 집어넣고 기존의 것을 빼기도 한다. 때때로 작가들은 원고를 통째로 휴지통에 던져버리고 맨땅에서 다시 시작할 때도 있다. 헤밍웨이가 말했듯이, "글쓰기는 언제나 다시 쓰기다."

집을 이런 방식으로 짓는다면, 설계도를 번번이 절반은 뜯어고쳐야 할 것이다. 따라서 글쓰기와 집짓기는 전혀 다르다. 글쓰기는 순서대로 되는 작업이 아니다. 글쓰기는 종종 '버겁게' 느껴지며, 많은 시간을 혼자 버텨야 해서 '외롭기까지' 하다. 더욱이 아무리 쓰고 싶어도 글이 안 나올 때는 더욱 괴롭다. 그래서 우리에게 '글쓰기 연습'이 필요한 것이다. 글쓰기 연습을 하면 실제로 글쓰기에 도움이 될 뿐만 아니라 글을 쓰지 못할 것 같은 기분도 가라앉혀준다.

먼저 당신이 어떻게 쓰는지, 어떤 방법이 효과적인지, 글을 쓰고 싶게 만드는 요소는 무엇인지, 다른 무엇보다 어떤 이야기를 쓰고 싶은지 알아내는 과정에서, 더 창의적이고 생산적이고 독창적인 글을 쓰는 길을 발견하게 될 것이다. 연습은 습관이다. 아무 생각 없이 그냥 하는 것이다. 먼저 글에 집중할 수 있도록 시간과 장소를 준비한다. 그런 다음, '직장'에 출근한다고 생각하자. 직장에 다니듯 아침마다 눈을 뜨면 자리에 앉아 글을 쓴다. 열심히 쓰고, 최선을 다해 쓰고, 그날 써야 할 분량만큼 쓴다. 한 술 더 뜬다면, 글쓰기를 즐겨보자. 글쓰기가 직업과 크게 다른 점은 누가 돈을 주지 않아도 우리가 알아서 매일 글을 쓴다는 점이다. 어쩌면 아무도 읽지 않을지 모르지만, 그래도 우리는 쓴다.

왠지 이쯤에서 책을 살포시 접어서 내려놓거나 벽을 향해 던지는 사람이 있을지도 모르겠다는 생각이 든다. 하지만 솔직히 말하겠다. 글쓰기는 연습이다. 연습이 전부다. 원고료를 받건 말건, 내 원고를 누가 읽어주건 말건 상관없다. 작가도, 음악가도, 배우도, 사진작가도, 화가도, 어떤 예술가도 마찬가지다. 예술의 장인이 되기 위해 돈을 받으며 공부한 예술가는 없다(공부를 마친 예술가만 돈을 받는다). 오랜 시간이 걸리는 일이며, 자신이 하는 일을 온몸으로 사랑해야 하는 일이다. 프로 예술가 가운데 연습을 건너뛰는 사람은 없다. 연습은 사기꾼과 진짜 예술가를 가른다.

이야기를 만드는 법을 배우고 싶다면 먼저 최선을 다해, 혹은 프로 수준으로 글을 써야 하며, 그다음에는 글쓰기 연습을 일과에 포함해야 한다. 글을 쓰고 이야기를 생각하는 일이 심장박동이 뛰듯 일상이 되어야 한다. 의식하지 않아도 늘 하는 일, 쉼 없이 계속하는 일이 되어야 한다. 그럼 글쓰기 연습은 어떻게 해야 할까? 어떤 방법이 있을까? 구체적인 방법은 작가마다 다를 것이다. 나에게 가장 잘 맞는 연습 방법을 찾으려면 시간이 꽤 걸리기도 한다. 하지만 아무리 시간이 걸리더라도 반드시 찾아야만 한다.

글쓰기 연습을 꾸준히 한다고 해서 어느 날 갑자기 당신이 쓴 시나리오가 대박 나지는 않는다. 하지만 자신만의 목소리로 글을 쓰는 작가가 되려면 연습뿐이다. 모든 작가는 궁극적으로 자신만의 목소리를 내기 위해 오늘도 연습한다.

우리는 단순히 하고 싶은 이야기를 늘어놓는 데 그치지 않고, 그 이야기를 우리만의 방식으로 하려고 애쓴다. 어디서도 들어본 적 없는, 내 목소리와 시선이 오롯이 담긴 이야기를 쓰려고 한다. 따라서 거듭 말하지만, 자신만의 목소리를 찾아내는 길은 연습, 연습, 연습뿐이다! 그럼, 이제 글쓰기 연습에 도움이 될 만한 팁을 몇 가지 살펴보자.

1. 규칙적으로 써라

글쓰기는 시간이 걸린다. 여간 오래 걸리는 게 아니다. 처음 글을 쓰는 시나리오 작가나 소설가가 첫 작품을 완성하는 데 짧게는 몇 년, 길게는 수십 년이 걸리는 일도 허다하다. 하지만 글을 '완성했다'고 해서 끝이 아니다. 장편영화의 각본은 초고를 완성할 때까지 대개 3~6개월이 걸리며, 그다음에는 다시 몇 달 동안 퇴고를 거친다. 소설은 한 편을 완성하는 데 1년이 걸리기도 한다.

작가들이 종종 일과 중에 바깥을 산책하고 카페에서 친구를 만나 수다를 떨지만, 알고 보면 산책은 마감일에 쫓겨 밖으로 달아난 것이며, 친구들은 구성이 엉망진창인 이야기를 듣느라 곤욕을 치르는 중이다. 작가는 키보드를 두드리지 않는 순간에도 글쓰기와 씨름하느라 기진맥진할 때가 많다.

글을 쓸 시간도 있어야 하지만, 글쓰기에 몰입할 체력과 집중력도 비축해야 한다. 어떤 작가들은 글쓰기에 필요한 준비물이 이미 다 마련되어 있다. 억대 연봉을 받는 다정한 배우자가 곁을 지키고, 벽난로가 달린 아늑한 집필실이 기다리며, 든든한 신탁 자금을 벗 삼아, 연휴 때마다 아이들을 가정부에게 맡긴 채 이탈리아의 호숫가 별장에서 시간을 보낸다.

그런 축복받은 여건이 아니라면, 글을 쓸 시간과 에너지부터 우선 확

보해야 한다. 하루하루 먹고살려면 해야 할 일이 많다. 친구를 만나고, 가족과 아이들을 돌보고, 결혼 생활도 유지해야 하고, 경력도 관리해야 한다. 어떻게 해야 바쁜 일과표 안에 글쓰기처럼 진 빠지는(혹은 시간을 잡아먹는) 일을 집어넣을 수 있을까? 먼저 시간을 잘게 쪼개보자(정신을 쪼개라는 말은 아니지만 할 수만 있다면 나쁜 생각은 아니다). 글쓰기에 필요한 시간을 잘게 나누어보라. 예를 들어 한 시간에 300단어씩(A4 반쪽이 살짝 넘는 분량), 일주일에서 주말을 빼고 5일 동안 매일 글을 쓰면, 1년 뒤에 소설책 한 권 분량인 8만 단어가 나온다. 차고 넘칠 만큼 충분한 분량이다! 척 팔라닉Chuck Palahniuk의《파이트 클럽》, 셜리 잭슨Shirley Jackson의《우리는 언제나 성에 살았다》, 더글러스 애덤스Douglas Adams의《은하수를 여행하는 히치하이커를 위한 안내서》모두 5만 단어가 채 되지 않는다. 존 스타인벡의《생쥐와 인간》은 겨우 3만 단어다!

마찬가지로 하루에 한 시간만 짬을 내어 한 쪽씩 대본을 쓰면(소설보다 훨씬 부담이 덜하다), 6개월 뒤에 120쪽짜리 두툼한 대본을 손에 쥐게 된다. 매일 쓰는 일이 부담되면, 시간을 합쳐서 집중적으로 글을 쓰는 방법도 있다. 하루걸러 하루 두 시간씩 쓰든지, 일주일에 하루 시간을 내어 온종일 써도 된다. 아니면 한 달에 한 번, 일주일 내내 휴대전화의 전원을 끄고, 컴퓨터의 소셜 미디어와 이메일 알림도 끄고, 오로지 글만 써도 좋다.

규칙적으로 종이를 채워가는 일은 글을 쓴다는 뜻이다. 빈 종이 위에 단어를 배열해서 이야기를 만들어가고 있다면, 스스로 작가라고 소개해도 부끄러운 일이 아니다. 규칙적으로 글을 쓰는 사람이 곧 작가다. 글쓰기는 일상에 녹아들어 반복되어야 한다. 마감일이나 원고료와는 상관없다. 작가는 글을 쓰는 과정에서 세상을 이해한다. 글쓰기는 작가의 삶이다. 작가로 불리고 싶다면 규칙적으로, 실제로 글을 쓰자. 한 편의 이야기를 마무리 지을 수 있을 만큼 길게 쓰자. 물론 아직은 초고에 불과하다. 할 일이 많다. 하지만 초고는 충분히 멋지다. 당신은 무에서 유를 창조해 낸 것이다.

2. 원고를 끝맺어라

규칙적으로 글을 쓰다 보면 '글쓰기 말고는' 주변이 온통 재미로 가득 차 보일 때가 온다. 생전 느껴보지 못한 재미가 마구 쏟아진다. 예를 들어 나는 앞의 문장을 쓰기 전에 식기세척기 안에 든 그릇을 밖으로 꺼내 하나하나 정리했다. 식기세척기를 꼭 비워야 했을까? 물론이다. 그런데 '지금' 비워야 했을까? 그렇지는 않다.

당신이 빈 종이에 단어를 채우지 못하도록, 관심을 끄는 일들이 여기저기서 줄지어 고개를 내밀 것이다. 사소한 일부터 꼽자면, 식기세척기 비우기, 책장 정리하기, 이메일과 소셜 미디어 알림 확인하기, 에어컨 온도 조정하기 같은 일이 있고, 좀 더 큰일로는 집세 내기, 아이들 밥 차려주기, 친구 만나기, 인생을 즐기기 같은 일이 있다.

주의를 흐트러뜨리는 일은 주변에 잔뜩 널렸다. 때로는 그 일이 정말 중요하고 생산적으로 '보일' 때도 있다. 이야기의 배경이 되는 역사적 사실을 조사하는 일이라든지, 워드 프로그램을 업그레이드하는 일, 이야기의 오프닝 장면을 '다시 한번' 쓰는 일이나, 주인공의 배경을 '다시 한번' 요점 정리하는 일, 구성에 문제가 있으면 바로바로 글을 고칠 수 있게 표시해두어야 하니 문구점으로 달려가 색깔별 포스트잇을 산다든지 하는 일들이 있다. 하지만 전부 쓸데없는 일이다. 가장 큰 문제는 아직 원고를 끝맺지 않았다는 것이다. 나머지 문제는 그다음에 생각해도 늦지 않다. 일단 원고를 완성하는 게 먼저다. 원고의 완성은 아무리 강조해도 지나치지 않다. 글을 써야 글이 나온다는 사실을 잊지 말자.

원고를 끝내도록 도와주는 존재가 바로 마감일이다. 모순되는 말 같지만, 가장 맞추기 쉬운 마감일은 남이 정해준 마감일이다. 프로듀서나 편집자, 상사가 정한 마감일 말이다. 타인의 기대를 충족하지 못할 거라는 두려움 덕분에 우리는 온 힘을 다해 글을 쥐어짜내고 마감일을 맞춘다.

반면 스스로 정한 마감일을 맞추기란 몹시 힘들다. 앞서 살펴보았듯 세상에는 글쓰기보다 쉬운 일이 널렸다. 자기가 정한 마감일을 못 지켜봤자 실망할 사람은 나뿐이다. 하지만 꾸준히 글을 쓰다 보면 마감일을 지키는 법을 알게 된다. 솔직히 마감을 좋아하게 될 거라고는 말 못 하겠다. 마감일을 좋아하는 작가가 세상에 존재할까? 하지만 마감일 덕분에 글을 완성할 수 있다는 사실을 알게 되면 감사한 마음이 들어 마감일을 향해 꾸벅 절하고 싶을지도 모른다. 마감일이 있기에 우리는 집필 중인 원고에서 경로를 이탈하지 않고 정신을 다잡을 수 있다.

다만 스스로 마감일을 정할 때는 조심해야 한다. 비현실적인 목표를 세우면 안 된다. 글을 쓰는 동안 다른 개인적 일정이나 업무가 겹치지 않는지 조목조목 살펴야 한다. 날마다 얼마나 쓸 수 있을까? 한 주나 한 달 동안 얼마나 쓸 수 있을까? 숫자가 나왔다면 반으로 줄여라. 만약의 상황에 대비해야 한다! 반으로 줄인 숫자를 기준으로 마감일을 세우고 매번 쓸 분량을 계산하자.

매일 출근하던 시절 나는 오전 5시가 되면 자리에서 일어나 한 시간 동안 대본 한 쪽을 썼다. 그게 전부였다. 일을 그만두기 직전에는 세 편의 파일럿 시리즈를 썼고, 그중 두 편은 제작사와 계약을 체결했다. 매일, 매주, 매달 목표치를 달성하면 자신을 다독여줘라. 길을 잃지 않고 잘 달리고 있다고. 잘하고 있다고 격려해라. 매일 글을 쓰는 것은 힘든 일이다. 목표치를 달성하지 못해도 당황하지 말자. 모자란 부분은 내일 더 쓰면 된다. 아니면 그다음 날에라도 쓰면 된다. 빈 화면에 단어를 옮겨 적는 일만 생각하자. 글을 쓰는 동안 다른 일에 정신이 팔리거나 오늘 쓸 분량을 내일로 미루기 시작하면, 아마 더는 글을 쓰지 못하게 될 것이다. 그 대신 식기세척기에 그릇을 넣고 있을 것이다.

3. 아이디어를 발전시켜라(단, 너무 몰두하지 말라)

아이디어는 곧 글을 쓰고 싶은 충동이다. 사람들은 아이디어가 어떻게 펼쳐질지 궁금해하기 때문이다. '내 아이디어가 좋은 이야기가 될까?', '내 이야기는 어떻게 펼쳐질까?', '결말은 어떻게 될까?', '사람들도 나만큼 내 이야기를 좋아할까?' 처음 글을 쓰기 시작하면, '그래, 사람들도 분명히 내 이야기를 좋아할 거야' 하고 굳게 믿으며 즐거운 마음으로 글을 술술 써나간다. 하지만 차츰 딴생각이 든다. '이야기 전개가 조금 느린 것 같아', '등장인물이 너무 뻔해 보여', '결말을 어떻게 마무리해야 할지 감이 안 오는걸', '아니, 애초에 아이디어가 별로였던 것 같아', '글쓰기가 내 길이 아닌 것 같아', '해야 할 다른 일들이 너무 많아.' 아이디어는 차차 시들고 글쓰기 충동은 사그라진다. 이윽고 글쓰기를 그만두게 된다.

글을 쓸 때 자신감이 밀물과 썰물처럼 왔다 갔다 하는 일은 꽤 흔하다. 서핑에 비유한다면 당신은 밀려온 파도에 잘 올라타 가다가도 이윽고 바다로 고꾸라진다. 다시 밀려온 파도를 놓치지 않고 올라타려면, 다시 말해 글쓰기 충동을 꺼뜨리지 않으려면 '아이디어를 발전시켜야 한다'. 아이디어가 품은 가능성을 밖으로 펼쳐내기 위해 무엇이 필요한지 먼저 파악해야 아이디어를 제대로 발전시킬 수 있다.

예를 들어 사전 계획을 철저히 세우고 줄거리를 촘촘히 짜두어야 하는 아이디어가 있다. 스릴러나 미스터리 장르가 여기에 해당한다. 이때는 사전에 줄거리를 얼추 짜놓아야 시청자보다 한발 앞서가며 이야기의 긴장감을 잃지 않을 수 있다. 막이 어떻게 나뉘는지, 캐릭터 아크가 어떻게 진행되는지 그림으로 그려두면 한결 마음이 놓일 것이다.

시간을 들여 인물을 차분히 탐구해야 하는 아이디어도 있다. 섬세한 관찰을 요하는 인물을 다루거나, 섬세한 '삶의 단면'을 담아내는 이야기가 여기에 해당한다. 인물이 어떤 목소리로 말하는지, 어떤 인생을 살아왔는지, 삶에서 중대한 선택을 내릴 때 어떤 동기가 내면에 깔려 있는지, 어떤 문화적 배경 탓에 그런 선택을 하는지(예를 들어 아침으로 무엇을 먹는지) 당신은 속속들이 알아야 한다. 또한 구체적인 역사적·문화적 배경을 무대로 이야기를 쓴다면, 관련 서적을 읽거나 전문가를 만나서 배경으로 삼은 시대를 철저히 고증하고 시대의 분위기를 실감 나게 재현해야 한다.

앞서 살펴본 방법 모두 아이디어를 발전시키고 아이디어의 가능성을 펼쳐내는 데 도움이 되는 좋은 방법이다. 물론 그 외에도 플롯, 인물, 배경, 구조, 주제, 장르, 분위기를 함께 살펴봐도 좋다. 앞서 이야기했듯, 글

잘 팔리는 스토리의 비밀

쓰기는 반복 작업이며 순서대로 진행되는 과정이 아니다. 우리는 글을 쓰는 과정에서 원고를 여러 차례 고쳐 쓰게 되며, 그러는 동안 이야기에 관해 몰랐던 사실을 잔뜩 알게 된다. 글을 쓰는 도중에 이야기의 핵심을 발견하는 일은 절대 드물지 않다. 글을 쓸 때 처음부터 모든 답을 알고 시작하는 작가는 없다.

이 점을 명심하자. 아이디어를 어떻게 발전시키면 좋을지, 그 답은 글을 쓰는 과정에서 나온다고 굳게 믿는다면, 마음의 불씨도 꺼지지 않을 것이다. 글쓰기는 따분한 그림 따라 그리기가 아니라, 발견하고 감탄하고 가슴 뛰는 일이 될 것이다.

사전 준비는 글을 쓸 마음이 들 정도만 해두어도 문제없다. 아이디어를 살펴보고, 줄거리를 사전에 짜보고, 인물을 찬찬히 연구하고, 주제와 배경 조사도 마쳤다면, 준비는 끝난 셈이다. 글을 쓰고 싶은 마음이 생겼다면 쓰자. 기다리지 말자. 거듭 말하지만, 처음부터 모든 답을 알 필요는 없다. 답은 글을 쓰는 동안 떠오를 것이다. 글을 쓰는 도중에 답을 얻으면 처음으로 되돌아가 원고를 다시 쓰고 싶어진다. 하지만 멈추지 마라. 일단 처음의 설렘을 간직한 채 끝까지 써라. 무조건 원고를 마쳐라. 아마 당신의 원고는 엉망진창일 것이다. 하지만 괜찮다. 오히려 좋다. 글을 쓰는 동안 떠오른 답이 새로운 원고를, 어쩌면 더 나은 원고를 쓸 수 있는 지침과 원동력이 되어줄 것이다.

아이디어가 성장하면 글을 쓰고 싶은 충동이 샘솟는다. 당신이 글을 쓰며 느끼는 설렘과 자신감은 글에도 고스란히 묻어난다. 그런 글에는 활력이 감돌고 열정이 살아 숨 쉬며 장면마다 아이디어가 꽃피운다.

첫 작품을 완성하느라 아이디어를 탐구하느라 몇 달씩, 몇 년씩 골몰하면서도 정작 아이디어를 글로 옮기지 않는 초보 작가가 의외로 많다. 준비가 과하면 글을 쓰고 싶은 마음이 달아난다. 적당히 계획하고 고민하면 아이디어를 키우는 셈이지만, 소화하기 힘들 만큼 세부 사항을 들이부으면 아이디어의 숨통을 틀어막는 꼴이 된다.

글쓰기에 앞서 지나치게 준비 작업에 몰두하는 이유는 두려움 탓이다. 작품이 좋지 않으면 어떡하지 하는 걱정스러운 마음에 당신은 글쓰기를 자꾸만 뒤로 미룬다. 한마디 조언하자면, '당신의 글은 어차피 별로다'. 처음부터 잘 쓸 수는 없다. 절대로 잘 쓸 수 없다. 못 써도 괜찮다. 쓰지 않고 고민하지 말고 차라리 엉망인 원고를 고쳐나가자. 원고를 마치고 나서, 다시 원고를 들여다보고 고민하고 곱씹어보면 아이디어를 수정하고 개선할 수 있다. 먼저 아이디어를 정성껏 보살펴라. 그런 다음 아이디어를 믿고, 자신을 믿고, 써라.

4. 작게 생각하라(맞다, '작게' 생각하기다)

어릴 때부터 글을 쓰기 시작한 사람들은 흔히 짧은 이야기부터 시작한다. 시작은 학교 숙제일 수도 있고, 동생이나 친구들에게 들려주려고 지어낸 이야기일 수도 있으며, 한가로운 오후를 맞이한 어느 여름날 혼자 상상의 나래를 펼쳐본 결과물일 수도 있다. 초보 작가는 여태껏 보고 들은 이야기와 주변을 관찰한 사실을 바탕으로 혼자 신이 나서, 혹은 다른 사람을 즐겁게 해주려고 이야기를 지어낸다.

하지만 프로 작가가 되려는 원대한 꿈을 품기 시작하면서 고민이 시작된다! 단편소설처럼 짧은 이야기가 아니라 장편영화나 TV 시리즈, 장편소설이나 대하소설처럼 긴 이야기를 써야 하지 않을까. 이제 어른이니까. 어른은 크고 중요한 일을 하는 법이니까. 어른은 세상을 안다. 어른은 세상에 할 말이 있다. 단편은 포부가 작다. 단편을 팔아서는 집세를 낼 수 없다!

처음 글을 쓸 때 단편소설이나 짧은 대본으로 시작하면 좋은 점은 일단 많이 쓸 수 있다는 것이다. 글쓰기를 생활화하는 데 도움이 되며, 자신이 잘 다루는 아이디어와 장르가 무엇인지, 잘 쓰는 소재가 무엇인지 알 수 있고, 무엇보다 쓰는 재미가 있다. 자신이 쓰고 싶은 이야기가 무엇인지 알아내려면 짧은 이야기가 지름길이다. 이야기를 쓰면 쓸수록 '자신의 목소리'가 또렷이 들리기 시작할 것이다.

애초에 계획한 원대한 프로젝트, 예를 들어 3부작 장편영화, 시즌 일곱 개짜리 TV 드라마, 열 권짜리 대하소설을 뚝심 있게 밀고 나가는 것도 괜찮고 존경할 만한 일이다. 하지만 일단 1~2주 안에 마무리되는 단편을 가지고 길이를 조금씩 조절해가며 아이디어를 시험해보는 편이 훨씬 효과적이다. 이야기보따리 안에 완성된 단편을 차곡차곡 담다 보면 단지 원고를 끝맺는 뿌듯함이 아니라 이야기를 완성하는 떨 듯한 기쁨을 맛볼 수 있다.

생각을 이야기로 빚어내는 일은 참기 힘든 즐거움이다. 남이 뭐라고 하든 놓치기 싫은 즐거움이다. 당신은 이미 알고 있다. 이야기가 눈앞에 존재하는 것은 기적이나 다름없으며, 무에서 유를 창조하는 과정이다. 단편을 쓰는 동안 자신의 글쓰기 스타일에 대해서도 많이 배우게 된다. 어떻게 써야 효과적인지 파악하게 된다. 이야기를 완성하는 즐거움을 자주 맛볼수록, 규모가 더 큰 이야기를 완성하는 일에도 자신이 생기고 요령과 능력을 터득하게 된다.

'작은 규모'의 이야기를 시도하는 것 외에도 다양한 종류의 이야기, 즉 웹 시리즈, 블로그 포스팅, 단막극, 팟캐스트 대본, 시 등을 연습 삼아 써볼 필요가 있다. 영화나 TV 시리즈의 경우 아무리 저예산이라고 해도 제작비를 따져보면 집값보다 비쌀 때가 다반사고 가끔은 웬만한 국가 1년 치 예산보다 클 때도 많기 때문이다.

최근 영상 제작 환경은 급변하고 있다. 낡은 이야기는 힘을 발휘하지 못하고 새로운 목소리와 이야기에 하나둘 자리를 양보하는 추세다. 다른 예술 장르에서 발판을 다진 뒤에 시나리오의 세계로 뛰어드는 사람도 점차 늘고 있다. 〈플리백〉과 〈킬링 이브〉를 쓴 피비 월러브리지와 〈추잉 검Chewing Gum〉과 〈아이 메이 디스트로이 유〉를 쓴 미카엘라 코엘Michaela Coel이 대표적이다. 두 사람 모두 여러 해 동안 단막극 대본을 쓰다가 시나리오 쪽으로 넘어왔다. 일래너 글레이저Ilana Glazer와 애비 제이콥슨Abbi Jacobson의 〈브로드 시티Broad City〉는 무예산 웹 시리즈로 출발했다. 〈주노〉, 〈툴리〉, 〈유나이티드 스테이트 오브 타라United States of Tara〉를 쓴 디아블로 코디Diablo Cody는 영화계에 혜성처럼 등장하기에 앞서, 블로거와 칼럼니스트, 작가로 활동했다. 〈더 와이어〉, 〈트레메〉, 〈더 듀스〉를 쓴 데이비드 사이먼은 기자 출신이다. 〈웨스트 윙〉, 〈소셜 네트워크〉, 〈트라이얼 오브 더 시카고 7〉의 에런 소킨도 극작가였다. 이들 모두 다른 예술 장르에서 꾸준히 목소리를 갈고닦은 덕에 시나리오 작가로 단숨에 두각을 나타낼 수 있었다.

규모가 작건 크건 다양한 이야기를 쓰는 일에 집중하다 보면, 내가 끌리는 아이디어, 결론짓고 싶은 아이디어, 손쉬운 아이디어, 남보다 잘 다루는 아이디어가 무엇인지 깨닫게 된다. 이야기를 하나씩 완성할 때마다 자신이 현재 어떤 작가인지, 앞으로 어떤 작가가 되고 싶은지 알게 된다.

아이디어를 붙잡는 방법은 작가마다 제각각이다. 시놉시스를 일일이 노트에 옮겨 적는 사람도 있고, 낙서하듯 메모지에 휘갈기는 사람도 있으며, 엑셀로 일목요연하게 정리하는가 하면, 인덱스카드를 잔뜩 만드는 사람도 있다. 한마디로 정해진 방법은 없다. 핵심은 아이디어를 놓치면 안 된다는 점이다. 아이디어를 잘 발전시켜야 한다. 아이디어가 떠오른 이유가 있을 것이다. 아이디어 안에는 당신이 찬찬히 들여다봐야 할 뭔가가 숨어 있다.

노트든, 메모지든, 엑셀이든 틈틈이 들여다보면서 이야기가 어떤 방향으로 나아가면 좋을지 고민해보자. 조사를 더 해본다면 결말이 짠 하고 눈앞에 나타나지 않을까? 내 아이디어와 비슷한 소재를 다룬 영화나 책을 살펴보면 어떨까? 아이디어에 영감을 더할 만한 미술 전시회를 찾아가거나 공연장에 가보는 건 어떨까? 아이디어를 발전시키고 글쓰기 충동을 자극하는 일이라면 마음의 문을 활짝 열고 예술이든, 역사든, 철학이든 무엇이든 참고하자.

물론 다른 일을 좇느라 정작 하려던 이야기를 내려놓는 덫에 빠져서는 안 된다. 그것은 글쓰기가 아니라 미루기다. 우선 쓰고 있던 글을 마무리해야 한다. 글을 써야 글이 써진다. 내가 가진 아이디어를 잘 키워내는 과정을 거쳐야 글쓰기 연습의 기초가 탄탄해지며, 친근하고 가벼운 아이디어를 묵직한 이야기로 옮기는 법도 터득하게 된다. 아울러 이야기의 영감을 얻고, 자신만의 목소리로 말하는 법도 깨닫게 될 것이다.

5. 조력자를 찾아라

글쓰기는 외로운 작업이다. 글을 쓰다 보면 나와 아이디어, 빈 화면과 빈 종이밖에 없을 때가 많다. 아이디어에 골몰하면서 혼자 잘 지내는 사람도 있다. 과학적 근거는 없지만, 프로 작가로서 수십 년 동안 일해온 내 감에 비추어보면, 마침내 작가가 되는 사람들은 대체로 혼자 지내는 시간이 길어져도 아무렇지 않은 사람들이 대부분인 듯하다. 작가들은 내향적이다. 나도 내향적이다. 그렇다고 작가들이 사람을 싫어한다는 뜻은 아니다. 작가들은 사람을 다루는 사람이니 말이다. 하지만 작업 시간의 90퍼센트 이상을 혼자 지내야 한다는 사실은 작가들에게 글쓰기의 단점이 아니라 매력으로 다가온다.

작가라고 해서 모두 내향적이지는 않다. 특히 영화나 TV의 경우 많은 사람이 협력해서 진행하는 작업이다 보니, 시나리오 작가는 소설가보다 외향적일 때가 많다. 장편영화의 대본을 쓰게 되면, 이야기의 초고는 대체로 투자자나 제작자가 모인 자리에서 구두로 전달하게 된다. TV 시리즈의 대본을 쓴다면 아마도 작가 팀에 소속된 한 명의 작가가 되어 매주 회의실에 빙 둘러앉아 다음 주 에피소드를 어떻게 풀어나갈지 이야기를 '잘게 쪼개는'(업계 용어다) 회의에 참석하게 된다.

이런 환경이라면 사람들과 잘 어울리고 협력을 잘하는 사람이 꼭 필요하다. 작가들이 저마다 이야기에 어떤 각도로 접근할지 (신사적으로) 경쟁하고, 가장 큰 반응을 이끌어낼 대사가 무엇인지 앞다퉈 논의하기 때문이다. 말하자면, 여기 모인 사람들은 원래는 내향적이고 조용히 혼자 글 쓰는 일을 더 좋아하는 사람들이지만, 다른 작가들과 함께 좋은 작품을 만들어내는 법을 배우는 중이다.

성격이 활달하건 수줍건 간에, 언젠가는 당신이 쓰고 있는 글을 누군가에게 보여주어야 할 때가 온다. 다른 사람을 초대해야만 한다. 다른 사람이 당신의 글을 읽을 때 비로소 글에 의미가 생긴다. 하지만 첨언하자면, 절대로 글을 아무에게나 보여주지 마라. 특히 초반에는 더욱 조심해라.

사람들은 당신의 이야기를 듣고 당신의 글을 읽은 뒤, 기꺼이 의견을 제시한다. 평생 글이라고는 써본 적 없는 사람도, 당신이 쓴 이야기가 원래 의도대로 얼마나 잘 구현되었는지 일절 관심 없는 사람도 그럴 것이다. 사람들은 쉽게 착각한다. '나는 영화를 많이 봤어. 책도 많이 읽었어. 그러니까 이야기가 뭔지 잘 알아.' 그 생각이 맞을 수도 있다. 하지만 당신이 어떤 이야기를 하려는지 그 사람이 의도까지 알 수 있을까? 아마 아닐 확률이 높다. 당신의 머릿속을 들여다보지는 못할 테니 말이다. 그러니 '진정한 조력자'를 찾아라. 당신이 쓰려는 이야기가 무엇인지 그 누구보다 잘 아는 사람을 찾아야 한다. '당신의' 이야기를 기꺼이 읽고 충분히 음미하고 깊이 이해하며 건설적인 대안을 제시하는 사람을 찾아라. 일적으로 혹은 개인적으로 당신과 친분이 있는 사람을 찾아라.

하지만 조력자가 꼭 작가여야 할 필요는 없다. 당신이 글쓰기를 얼마나 사랑하는지 알고 있고, 당신의 이야기에 관심을 기울일 줄 아는 사람이라면 친구나 가족, 배우자, 동료 중 누구라도 조력자가 될 수 있다. 당신과 함께 자주 영화도 보고, 당신이 좋아하는 책이 무엇인지도 알며, 친구와의 모임에서 당신이 안주 삼아 꺼내는 화제가 무엇인지 아는 사람이라면 더할 나위 없다. 한마디로 조력자는 '당신을' 진심으로 아끼고, 당신의 이야기 속 주인공을 함께 찾는 짝꿍이다.

작가나 창작 분야에 종사하는 사람처럼 글쓰기의 어려움을 이해하고, 당신이 고민하는 이유에 공감하며, 글쓰기에 유용한 조언을 건네주는 사람이라면 금상첨화다. 글쓰기 수업이나 독서 모임, 아니면 대본 리딩 현장이나 업계 사람들과의 사적인 모임에서 조력자를 만날 수도 있다. 내향적인 사람에게 이런 자리는 곤욕스럽지만 이겨내야 한다. 그럴 만한 가치가 있다. 조력자를 찾으면 글쓰기가 덜 외로워진다. 믿을 만한 사람들이 건네는 솔직하고 건설적인 의견이 디딤돌이 되어 작품이 탄탄해지고, 자신만의 목소리에 힘이 실리기 때문이다.

무엇보다 신뢰가 중요하다. 당신은 조력자의 말을 신뢰해야만 한다. 설령 수긍할 수 없는 의견을 준다고 해도, 조력자가 당신을 도우려 한다는 사실을 믿어라. 옳고 그름을 따지는 대신 조력자의 의도가 선하다는 것을 전적으로 신뢰하면, 조력자의 통찰에 마음을 열고 귀를 기울이게 된다.

나에게도 개인적 취향을 알고 서로의 의견을 존중하는 친구와 동료들, 즉 '조력자'가 몇 명 있다. 괜찮은 와인 한 병이나 정성껏 차린 집밥만 준비되면 그들은 내 글을 읽고, 내 이야기를 들어주며, 자기 의견도 가감 없이 들려준다. 나도 그들에게 똑같이 베푼다. 내 손에는 그들이 건넨 지혜가 놓여 있다. 조력자들이 나를 지지하고 응원한다는 사실을 알기에 나는 한결 가뿐한 마음으로 자리에 앉아 글을 쓸 수 있다.

6. 당신의 목소리에 귀 기울여라

드디어 최종 목적지에 다다랐다. 이제는 당신의 목소리에 귀 기울일 차례다. 작가의 목소리라는 개념은 별것이 아니라고 착각해 간과되기 십상이다. 특히 영화 시나리오처럼 협동 작업이 주가 되는 예술 장르에서 그런 일이 종종 벌어진다. 하지만 관객은 단순히 재미난 이야기를 찾아다니지 않는다. 관객은 비슷한 소재를 다룬 이야기라도 전혀 다른 이야기처럼 들리는 목소리를 찾아다닌다.

시청자들은 단순히 〈플리백〉의 줄거리만 좋아한 것이 아니다. 그들은 피비 월러브리지가 이야기하는 방식, 즉 코미디에 불경함과 나약함을 마구 뒤섞는 독특한 이야기 방식을 사랑한다. 〈소셜 네트워크〉에서 가장 흥겨운 부분은 에런 소킨의 주특기인 속사포 같은 대화다. 배리 젠킨스 감독은 〈문라이트〉의 대본을 집필하면서 수많은 단편영화 작업으로 단련된 간결하고 시적인 서사를 중심에 두었다. 무엇이든 하루아침에 되는 일은 없다. 전부 보이지 않는 곳에서 오랜 세월 노력한 결과다. 곰곰이 생각해보자. 작가로서 '당신의' 목소리는 무엇인가? '당신은' 어떤 말투로 이야기하는가? '당신의' 이야기는 독창적이고 독특한가?

작가의 목소리는 어디서 드러날까? 우선 작가가 자주 쓰는 인물 유형과 그 인물이 살아가는 내면세계와 외부세계에서 드러난다. 인물은 어떤 어투로 말하는가? 어떤 사고방식을 가졌는가? 어디 출신인가? 인물 주변의 세상은 어떤 모습인가?

다음으로, 인물이 경험하는 갈등의 형태에도 작가의 목소리가 담겨 있다. 때로는 복잡한 가족사에(〈윈터스 본〉), 확률 낮은 생존 투쟁에(〈터미

12장 창작자가 꼭 알아야 할 글쓰기의 6가지 원칙

네이터〉), 좌절되는 경력에(〈인사이드 르윈〉) 담겨 있다. 또한 작가의 목소리는 이야기의 방향을 결정하는 극적인 외부 변화로도 나타난다. 행성을 파괴하는 전함에 갇히는 사건이나(〈스타워즈〉), 참았던 울분을 불쑥 터뜨리는 사건(〈델마와 루이스〉), 신화 속 존재를 발견하는 사건으로(〈모아나〉) 나타난다. 가끔은 문제를 해결하기 위해 인물이 내리는 놀랍고 진솔한 선택에도 드러난다. 오랫동안 연락이 끊겼던 친구의 초대를 받아들이는 선택이나(〈문라이트〉), 복수를 위해 폭력을 동원하는 선택(〈나이팅게일〉), 경쟁에서 이기려고 친구를 배신하는 선택에서(〈소셜 네트워크〉) 드러난다. 이야기의 세계관이나 반복되는 주제 속에 작가의 목소리가 담기기도 한다. 일상생활에서 짓는 시나(〈패터슨〉), 꿈과 악몽, 현실을 구분하는 흐릿한 경계선이나(〈멀홀랜드 드라이브〉), 세상에서 자기 자리를 찾으려고 고군분투하는 모습에(〈레이디 버드〉) 작가의 목소리가 깃든다.

작가의 목소리가 깃드는 곳은 분위기부터 장르, 속도감, 배경까지 무수히 많다. 이 모든 것들이 수많은 이야기 속에 한데 어우러져 작가의 목소리를 빚어낸다. 작가의 목소리는 작가만의 말투다. 자기 목소리가 무엇인지 명확히 내세울 수 없다고 해서 속상해할 필요는 없다. 많은 프로 작가가 자신이 무엇을 말하고 싶은지 발견하기 위해 오랜 세월 고심하고 애쓴다. 그들은 여러 해 동안 글쓰기 연습을 반복하고 목소리를 갈고닦는다. 새로운 이야기를 쓰면서 새로운 시도를 하고 새로운 접근법을 활용해보고 새로운 장르에 도전하기도 한다. 작가들은 아무도 들어보지 못한 이야기를 남다르게 늘어놓는 자신만의 방법을 개발하느라 진땀을 흘린다.

우리가 글을 쓰는 과정에서 이야기를 발견하듯, 작가의 목소리 역시 글을 쓰기 전에 미리 '아는' 것이 아니다. 작가의 목소리는 발견해야 할

대상이다. 글을 쓰면서 자신의 목소리에 귀 기울여보자. 쓰고 또 쓰다 보면 목소리가 들리기 시작한다. 당신의 목소리가 다른 사람의 귀에 마침내 가닿고, 모두가 당신의 목소리를 알게 될 것이다. 그리고 그들은 당신의 목소리를 듣고 또 듣고 싶어 할 것이다.

동굴 벽에 비친 그림자

이 책의 맺음말을 쓰는 동안 나는 루나 루나손Runar Runarsson이 감독과 각본을 맡은, 숨이 멎을 듯 아름다운 아이슬란드 영화 〈에코〉를 보았다. 영화는 56개 신으로 구성되었으며, 크리스마스와 새해 기간의 아이슬란드를 신마다 싱글 숏으로 촬영했다. 장면 장면마다 그야말로 영화 같은 풍경이 담겨 있다. 어떤 여성이 눈 내리는 풍경을 지그시 바라보며 아이를 돌본다. 도축업자들이 도축장에서 크리스마스 캐럴에 맞춰 춤을 춘다. 어떤 할머니가 난생처음 VR 헤드셋을 머리에 착용해본다. 아마추어 배우들은 각 신마다 한 번씩만 등장하며 그때마다 멋진 장면을 연출한다. 이 영화에도 아크 분석이 효과가 있을까?

영화에는 인물의 상황을 알 수 있는 단서가 별로 없다(이름도 알 수 없다). 더욱이 각 신은 분량이 짧아서 인물의 성격이 발전하거나 이야기가 펼쳐질 만큼 시간이 넉넉하지도 않다. 인물들은 멀찍이 떨어져 있으며 별다른 접점도 없다. 두 인물 사이에 '외부의 변화'가 나타나는 순간도 있지만(예를 들어 어떤 여성이 다른 여성에게 학생 시절에 괴롭힌 일을 사과한다),

대부분의 시간 동안 아무 사건도 일어나지 않는다(예를 들어 자동차 한 대가 자동 세차장 안으로 천천히 들어간다). 이것을 이야기라고 할 수 있을까? 만약 이야기라고 한다면 인물은 변화형일까, 불변형일까? 아크는 낙관적일까, 비관적일까, 양면적일까? 알 수 없다. 그리고 사실 중요하지도 않다.

이런 질문들을 던지며 영화 〈에코〉를 캐릭터 아크나, 3막 영웅의 여정 같은 틀에 억지로 끼워 맞추려 하면 이 영화를 있는 그대로 즐길 기회를 놓치는 셈이다. 이 영화는 공동체, 의례, 풍경, 시간에 관한 조용한 명상과도 같다. 물론 영화 속에 매혹적인 인물이 나오지 않는 것은 아니지만, 〈에코〉의 진짜 힘은 다음에 어떤 이야기가 이어질지 관객을 궁금하게 만드는 호기심이 아니다. 그 힘은 한 해가 저물고 새해가 시작되는 시점에, 번잡한 마음을 내려놓고 평온한 마음으로 지극히 사적인 순간과 장소와 사람들을 가만히 관찰하는 시선이다.

내가 〈에코〉를 예로 든 이유는 이 영화가 이전과 다른 방식으로 이야기에 접근하며, 세상을 새로운 시각에서 지금껏 접해보지 못한 관점으로 바라보라고 우리를 재촉하기 때문이다. 각 신들은 무척 짧고, 인물들은 접점이 없이 떨어져 있지만, 〈에코〉의 인물과 이야기는 무척 풍성하다. 영화에 등장하는 인물들은 한 사람 한 사람을 장편영화의 주인공으로 삼아도 될 만큼 깊이가 있다. 하지만 루나손 감독이 하려는 '이야기'는 흔히 기대하듯 어떤 개인이 투쟁하고 승리하는 이야기가 아니다. 〈에코〉의 주인공은 서로 다른 듯 닮은 사람들의 모임이자 '공동체' 그 자체다. 〈에코〉의 작가는 거대한 렌즈를 통해 세상을 들여다보며 '공동체의 경험'을 이야기로 풀어낸다.

우리는 이야기가 늘 어떤 서사적 렌즈를 통해서 펼쳐진다는 사실을 쉽게 망각한다. 〈에코〉의 '공동체'든, 3막 구조든, 영웅의 여정이든, 아크 분석이든 마찬가지다. 등장인물의 내면세계와 외부세계가 인물의 이야기를 빚어가듯, 우리 삶의 경험이 우리가 상상하는 이야기의 틀을 만든다.

이야기가 우리의 경험에서 비롯된다는 사실을 깨달았다면 당신은 자기 목소리를 내는 작가로 성장하는 길에 한 발짝 내디딘 셈이다. 주위를 둘러싼 창의적·문화적 관습을 알지 못한다면 우리는 결코 새롭고 독창적인 이야기를 지어내지 못한다. 모든 프로 작가는 글을 쓰는 자신만의 방법을 본능적으로 찾아낸다. 오랜 세월 충분히 많은 이야기를 써내고 또 실패하면서, 글쓰기에 정해진 길이 없다는 걸 깨닫는다. 글쓰기에는 자신만의 길이 있을 뿐이다.

자신만의 길을 찾아라. 무엇이든 좋다. 내가 이 책에서 소개한 방법이 도움이 된다면 더할 나위 없이 기쁘겠다. 도움이 되지 않는다면, 적어도 어떤 방법이 쓸모없는지 알게 된 셈이다. 오해하지 말자. 이 책에서 살펴본 기법은 이야기라는 세계를 들여다보는 또 다른 렌즈에 지나지 않는다. 나는 아크 분석이 3막 영웅의 여정처럼 전통적인 기법에 비해 훨씬 다양한 이야기를 다룬다고 생각한다. 하지만 제아무리 쓸모 있는 아크 분석이라 해도 전 세계 모든 이야기의 전통을 아우를 만큼 깊이와 넓이를 갖출 수는 없는 노릇이다.

이야기의 기원은 오래됐지만, 이야기 작법은 지금도 발전 중이다. 항상 새로운 세대가 등장해 나름의 시선으로 세상을 경험하고 관찰한 다음, 새로운 방법을 손에 들고 나타난다. 어떤 의미에서 보면, 이야기는 플라톤의 비유에 등장하는 동굴 벽에 비친 그림자와 같다. 이야기는 현실이 아니다. 이야기는 상상의 세계다. 우리는 현실을 표현하기 위해 상상의 세계를 창조한다. 어쩔 수 없는 일이다. 우리가 세계를 이해할 수 있는 다른 방법은 없다.

이야기 작법이 하나뿐이라고 생각하는 순간, 이야기는 서서히 생명을 잃는다. 동굴 벽에 비친 그림자는 현실이 아니지만, 동굴 안에서 사는 우리는 그림자에서 눈을 뗄 수 없다. 우리는 그림자가 필요하고 그림자가 들려주는 이야기에 귀를 기울인다. 우리는 줄곧 그래왔고 앞으로도 그럴 것이다. 이야기는 우리가 누구인지, 무엇을 사랑하는지, 무엇을 두려워하는지, 무엇을 꿈꾸는지, 무엇을 위해 싸우는지 알려준다. 이야기는 실제가 아니지만, 그렇다고 거짓이라는 뜻은 아니다. 예술과 과학, 종교도 마찬가지다. 그들은 진실을 추구한다. 작가인 우리가 할 수 있는 가장 고귀한 행위는 우리의 이야기를 무엇보다 진솔하고, 설득력 있고, 흥미롭고, 신나는 그림자로 빚어내는 것이다.

감사의 말

이 책은 많은 훌륭한 사람들과 수년에 걸쳐 나눈 수많은 대화의 결과물이다. 평생 동안 영화의 스토리에 대해 생각하고 토론하면서 나의 관점은 도전받고, 해체되고, 확인되고, 무너지고, 다시 재건되고, 재정립되고, 또다시 변화해왔다. 이 책은 그러한 과정을 통해 나온 결과물이다. 다음은 그 여정에 중요한 역할을 해준 소중한 분들이다.

먼저 초고를 읽어준 크리시 크닌, 루카스 테일러, 캐스 모리아티, 샐리 파이퍼, 스티븐 배그, 재키 터너, 사이먼 케네디에게 감사드린다. 생각을 정리해가는 동안 보여주신 그들의 지성과 인내심에 진심으로 고마운 마음을 전한다. 특히 애슐리 헤이는 초고를 읽지 않았음에도 책의 결말을 열어주는 통찰을 제시해주었다. 그녀는 그 정도로 뛰어난 분이다.

항상 내 프로젝트에 시간과 노력을 아끼지 않으며 내 머릿속에서 좋은 것이 계속 나올 것이라고 믿어주는 에이전트, 제인 노백과 데인 켈리에게도 고마움을 전한다.

뉴사우스 출판사의 출판인 해리엇 맥이너니, 프로젝트 매니저 소피아오라베츠, 편집자 가브리엘라 스테리오, 디자이너 조지핀 파요르-마르쿠스와 조시 더럼에게도 감사드린다. 여러분이 보여주신 열정은 이 프로젝트에 꼭 필요한 시점에 큰 힘이 되었다.

'(비공식) 브리즈번 문학 마피아'라고 불리는 미란디 르위, 캐스 모리아티, 로라 엘버리, 샐리 파이퍼에게도 감사드린다. 여러분이 내 시나리오 워크숍에 참석한 뒤 이 책을 제안해주셨고, 그 격려는 정말 큰 도움이 되었다.

박사 과정 동안 지도해주신 트리시 피츠시몬스, 마가릿 맥베이, 찰리 스트래칸, 페니 번디 교수님과 석사 과정의 제러드 리, 스튜어트 글로버 교수님께도 감사드린다. 이 책에 담긴 많은 아이디어는 그분들과의 대화를 통해 탄생했다.

나를 스토리텔러로 신뢰하고 기회를 준 모든 분들, 특히 데비 리, 페니 채프먼, 토니 아이어스, 네이선 메이필드, 트레이시 로버트슨, 재키 터너, 노엘 만자노, 이언 콜리, 조 딜런, 나딘 베이츠, 크리스틴 수블리스, 베로니카 퓨리, 멀리사 폭스, 마크 채프먼, 개브리엘 존스에게 감사드린다.

그리고 내가 모든 것을 배운 동료 시나리오 작가들에게도 깊은 감사를 전한다. 특히 루카스 테일러, 워렌 클라크, 패디 맥레이, 팀 호바트, 벨린다 체이코, 매트 캐머런, 벤저민 로, 마리케 하디, 니키 아켄, 해나 캐롤 채프먼, 마이클 루카스, 크리스틴 바틀릿, 크리스틴 던피, 앨리스 애디슨, 데이비드 해넘, 미셸 로, 조안 소어스, 세라 램버트, 블레이크 아이시퍼드, 데일리 피어슨, 셰인 암스트롱, 리 맥그래스, 스티븐 어윈, 스티븐 배그, 사이먼 케네디, 필 엔첼마이어, 데이비드 메가리티, 키어 쇼리에게 감사드린다.

이 책 곳곳에서 사례로 사용된 영화의 감독들에게도 감사드린다. 모두 언급할 수는 없지만, 잘 만들어진 훌륭한 영화를 발견하는 일은 내 삶에서 여전히 커다란 기쁨이다.

또한 내 작업을 이해하기 위해 읽어온 수많은 시나리오 작법서의 저자들에게도 고마움을 전한다. 특히 고故 시드 필드, 크리스토퍼 보글러, 제프 러시, 켄 댄싱어, 크리스틴 톰프슨, 린다 시거, 로버트 매키, 고故 블레이크 스나이더, 존 트루비, 린다 애런슨, KM 와일랜드에게 깊이 감사드린다. 그들의 통찰은 내가 동의하지 않는 경우에도 항상 존중받을 가치가 있다. 시나리오 쓰기는 여전히 신비롭고 오해받는 예술 형식이며, 윌리엄 골드먼의 말처럼 "아무도 아무것도 모른다." 나 역시 마찬가지다.

마지막으로, 부모님에게도 감사드린다. 내가 인생에서 무엇을 하려는지 알아가려 할 때 보여주신 믿음과 너그러운 시선, 고맙습니다. 아직도 알아가는 중이에요.

그리고 내 가장 친한 친구이자 지난 30년간(그리고 앞으로도 계속) 인생의 동반자인 크리시 크닌, 당신의 믿음이 없었다면 나는 아마 아무것도 쓰지 못했을 거예요. 내 인생의 모든 순간을 함께해준 당신, 당신에게 모든 것을 빚졌어요.

잘 팔리는 스토리의 비밀

초판 1쇄 인쇄 2025년 10월 10일
초판 1쇄 발행 2025년 10월 15일

지은이 앤서니 멀린스
옮긴이 이민철
펴낸이 오세인 | 펴낸곳 세종서적(주)

국장 주지현 | 편집 최정미
표지 디자인 박은진 | 본문 디자인 김미령
마케팅 조소영 | 경영지원 홍성우

출판등록	1992년 3월 4일 제4-172호
주소	서울시 광진구 천호대로132길 15, 세종 SMS 빌딩 3층
전화	(02)775-7011
팩스	(02)776-4013
홈페이지	www.sejongbooks.co.kr
네이버 포스트	post.naver.com/sejongbooks
페이스북	www.facebook.com/sejongbooks
원고모집	sejong.edit@gmail.com

ISBN 979-11-993787-6-6 03800

- 잘못 만들어진 책은 바꾸어드립니다.
- 값은 뒤표지에 있습니다.